曹征路 文集

曹征路文集

中短篇小说卷 2

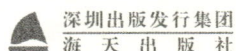
深圳出版发行集团
海天出版社

图书在版编目（CIP）数据

曹征路文集. 中短篇小说卷. 2 / 曹征路著. —深圳：海天出版社，2014.1
ISBN 978-7-5507-0831-0

Ⅰ. ①曹… Ⅱ. ①曹… Ⅲ. ①中篇小说－小说集－中国－当代②短篇小说－小说集－中国－当代 Ⅳ. ①I247.7

中国版本图书馆CIP数据核字(2013)第197242号

曹征路文集. 中短篇小说卷. 2
Caozhenglu Wenji. Zhongduanpian Xiaoshuojuan. 2

出 品 人：	尹昌龙
责任编辑：	涂　俏
责任校对：	谢　芳　黄海燕
责任技编：	蔡梅琴　梁立新
排版制作：	思成致远
装帧设计：	李松璋书籍设计工作室

出版发行：	海天出版社
地　　址：	深圳市彩田南路海天综合大厦(518033)
网　　址：	www.htph.com.cn
订购电话：	0755-83460137(批发)　83460397(邮购)
排版制作：	深圳市思成致远创意文化有限公司　Tel：0755-83537697
印　　刷：	深圳市新联美术印刷有限公司
开　　本：	787mm×1092mm　1/16
印　　张：	26.75
字　　数：	460千
版　　次：	2014年1月第1版
印　　次：	2014年1月第1次
定　　价：	88.00元

海天版图书版权所有，侵权必究。
海天版图书凡有印刷质量问题，请随时向承印厂调换。

自 序

掐指一算，老汉今年64啦，步入人生黄昏，回头数数自己的脚印不为过。再掰脚指头一算，从1971年发表第一篇短篇小说算起，也有40多年了，发表了400多万字的作品，编一个200万字的文集也不为过。感谢海天出版社，满足了我这点虚荣心。

生活中我是个散漫的人，知足且快乐，喜欢打球打牌，没有太高的追求。别人站着我蹲着就行，别人坐着我趴着就行。但写小说就不一样了，比较认真，更不愿说违心的话。我不赞成玩文学的说法。忠实地把我经历的时代变迁记录下来是个基本态度，这套文集就是我对近30年的审美记忆。尽管今天的传播手段越来越多，越来越娱乐化，但小说作品就精神深度而言，依然是其他文艺形式不能替代的。所谓不怕不识货，就怕货比货。

认真地反省起来，我的所有的作品似乎只写了一个主题——找到自觉的人生。我的经历还算得上丰富，工农兵学商差不多都见识过。见得多了，想得也就复杂一些，故而也希望人们分享自己那些经过思考的生活。我真诚地希望这个世界美好起来。不管我这些脚印是何等的浮浅，思考是何等的幼稚，我还是希望能够成为您的朋友，为您服务；希望和您一起探讨人生，探讨时代，找到规律，走向自由；希望和您一起找到认识这个世界的新方法和新角度；希望和您一起领略人类无比丰富的精神世界，领略人类无比多样的美和力。

那么，请接受我由衷的谢意。您——爱护和帮助过我的编辑们，指导和鼓励过我的师长们，每一个读过我作品的朋友们，每一个善意指教过我的批评者，谢谢啦。

本雅明认为资本主义的基本经验就是"震惊"，那么转型时期的我们也应当有传达这种"震惊"的艺术品。从这个角度看，说批判精神也是对的。一个文人对现存价值提不出怀疑和批判是他的悲哀，更是时代的悲哀。

我的艺术主张是没有主义。一个写小说的，动不动标榜主义是不自信的表现。在我看来，最好的艺术不过是量体裁衣，为自己的表现对象找到最合适的角度和形式。因为形式本身没有高下，也无先进落后之分。中国文学史的经验是这样，西方文学史的经验同样是这样。说白了，艺术就是真情实感四个字。

我去泰国旅游，见众人围观一赤膊跣足者，只见他火中取物，上下翻飞，绕前捧后，有托儿跟着大声喝彩。伸头一瞧，原来是卖烤鱼干的。于是联想到近年我国的文坛种种，哑然失笑。

小说是最具思辨色彩的艺术，要经得起咀嚼才好。倘若没有当今人类最前沿的思想发现，不能用人类文明的成果照亮时代生活，那么所有绕前捧后的表演不过是"玩花活"，是卖烤鱼干。

上世纪80年代我在北京学习时，亲眼目睹过一批青年作家用各种主义爆破了文坛，新奇怪异成为先锋，所以那个时代被称为"方法论年代"。圈内的流行词叫"玩老头子"，也亲眼看到一批老头子生怕被时代抛弃而亦步亦趋，被玩晕了。中国文坛在经历了近20年的主义轮番轰炸以后，小说艺术的基本价值作为一个问题被一再提出来，绝不是偶然的。

生动而真实的故事细节、鲜活而独特的人物性格、蕴藉而深刻的情感寓意、多数人感同身受的时代呐喊，是小说艺术永远的生命力所在。作家首先是真理的追求者,是人类合理生存方式的叩问者,是世俗潮流的怀疑者。尽管对文学精神的遮蔽古已有之,各个时代表现不一,但文学精神从来未被杀死。它仍顽强地,一代一代地,在真文学的血脉中薪火相传不绝如缕,我是相信这一点的。历史还将继续证明这一点。

所谓精神到处文章老,沧桑阅尽意气平。是为序。

曹征路写于2013年2月24日元宵节

目·录

来生还嫁你 …………………………… 1
到大海去 …………………………… 29
搓麻记 ……………………………… 53
二婚记 ……………………………… 111
光脸 ………………………………… 125
战友田大嘴的好官生涯 ……………… 133
天堂 ………………………………… 171
真相 ………………………………… 217
陪你玩到底 ………………………… 257
赶尸匠的子孙 ……………………… 305
豆选事件 …………………………… 363

来生还嫁你

一

　　叶子在十字街对过的一条街上，靠近大菜市的路口，一个专卖土产日杂的小铺面上班。生意不算大气，可也绝不冷清。从粗瓷器皿到草纸鞭炮，从竹木棉麻到干椒豆面，整日里满满当当进，满满当当出，三个女人加一个经理，也能忙出汗一身灰一头。做买卖讲究的就是个市口好外加一张笑脸。笑得好，经理的小柜就进账，到月底就能拍出几张青板给女人们发奖金。为这个经理没少表扬叶子。

　　叶子叫叶翠，跟大家混熟了，就喊成叶子了。工作一辈子，调过好几个城市，快退休的人了，倒成了叶子了。想想也怪好玩，好像她天生就小得很，不起眼得很，喊一声叶师傅就不亲热的样。

　　经理扒拉个计算器评论道："女人漂亮不在脸蛋，也不在年纪，在心里头柔顺。"那两个女人嘎嘎地笑："昨晚靠住又是床头跪。"经理别过脸，眼睛子在镜框外突出来："不得无理！"女人便不去搭理他，大声喊："叶子吃饭了！"

　　这是六月心，日头临顶的时刻。

　　叶子悻悻进来，一屁股坐缸沿上。站久了，人脸都起壳子了。"这死老头子，讲好今天送饭，怎么到现在还不来。"看看表，已经一点了。她伸手在人家饭盒里揪块饼，慢慢啃。

　　经理说："二回别难为他了，天天蹬车给你送饭，像什么话？"

女人立刻嘴一撇："你像什么话？干部当大了，就不要老婆吗？"

经理噎得眼直翻："人呐，凡事要适可而止！过分很了就不来劲了。"

女人道："放屁，你天天晚床头跪不过分。"

叶子说："好了好了，二回我自家带饭就是了。"

经理于是不敢再吭，一副好男不跟女斗的架势，慢慢嚼食，直把老花镜夹到脑门上去。

马路上明晃晃的，鬼影子也看不见一个。热浪却一阵紧似一阵逼将进来。

叶子颈子伸了几回，也就不伸。有一回听见铃铛响，故意不去看。结果却是个菜农骑个新车神气活现地在她面前兜圈子，她又怄得不行。

女人劝道："次把两次，可以原谅。"

叶子说："不是的，他特地讲，今天不开会也不出门的。"她怔着，"这不出鬼？"

女人说："不会有什么吧？天这么热？看你老头子身体也像不很好的样子。"

叶子说："是哆，这一向都不很好。我今天……这只眼跳得凶呢。"

女人却又道："不会的。你还这么迷信法子！"

叶子老头子给她送饭几年了，习惯了。习惯就成了自然，谁也不为怪。不但不为怪，有次把两次耽搁了，反倒落下埋怨。只有经理很为他鸣不平，却又孤掌难鸣似的。这是女人们十分解气、十二分得头脸的一件事，家去跟丈夫吵嘴也都是件法宝——看看人家叶子老头子就晓得怎么当丈夫了，你比他还大些啊？于是那些丈夫们只好在家死心塌地涮碗抹桌子，眼睁睁看她们晃膀子串门子叉麻将。

开头人们也并不清楚这分量。来送饭就送是了，哪家没得男人呢？只知她男人谢了顶、窄巴脸，瘦得三根筋挑一个头，讲话文绉绉慢吞吞的样子，也欢喜捣句把笑话。有时货进多了，还拉他差，喊他帮着码垛子。一来二去搞熟了，女人们还缺薄他：恁大年纪还恋老婆、天天晚在一堆还不够吗？他倒也老实：是不够、就是不够啊。把个叶子讲得脸掖进肩窝里抖。快活死了。

后来有一天就知道了。是看电视看的。电视里看到她老头子人五人六地做报告，不时挥个手很有坯子的样。知道了就不对劲了，一个个眼皮搭下来，安静了许多。就像叶子藏着掖着很不够意思的样，又像她们偷了抢了见不得人的样。经理这时才有了男子汉大豆腐的作风，说女人头发长见识短真正是年三十的狗肉一堆，说一会儿他来送饭你们看我的。结果她老头子一到，竟把唯一一张椅子从柜头上捧出来，把女人们笑得喘成一团肥膘乱颤连声喊妈。笑过了，大家这才装得没事一样。这也是省委机关大院离这条街太近的缘故，闹出这些笑话来。

叶子说："你们真是屈死我了，我有个胃痛病，就怕吃冷饭。小伢们不在身边，他不送哪个送？再说又不是一天两天，这还能装得出来吗？"说着眼就红了。

女人说："话是这么讲，总是怪别扭的。"

叶子说："他不是人吗？脱光了跟你丈夫没两样。"

经理讪讪笑着："你见过她丈夫啥样吗？"

三个女人噢一声扑上去，把经理塞进二号缸，加盖儿，一屁股坐死。这才把眼睛水笑将出来。

自此三个女人更好成一台"捣捣戏"。她老头子只要不出差，还来送饭，还捣笑话，还帮着码垛子。那心里的不自在又变成旁的味道了。

约摸三点光景，铺子前没声没息停下一辆小轿车，跳下一个干部。叶子认得是办公厅的。顿时激灵一下腿就软了,张张嘴,声都没有了。

那人说:"叶师傅,你不要急,也没啥大事,医生正给检查呢,我领你去看看。"说着对经理点点头。

叶子看着经理。经理愣半天才说:"去呀,快去呀?"

女人把他一推:"人家跟你告假呢不是?"

经理说:"哎呀还告什么假!快走。"

小车悄无声地开跑了。知了声却烦心地大噪不歇。

女人们嘀咕:"怕是不好。不然不会这样!"

经理抬脸瞧日头,怪模怪样说:"好人啊。"

二

刚搬省城那年,罗仁庆当部长,老婆工作却没着落。叶子这些年跟着他东跑西颠,苦没少吃,员没少当,炊事员、保管员、售票员、售货员。反正她也惯了,一门心思把家,把伢子带大,至于做什么员,本是无所谓的。

后来家里来个厅长,很欢迎叶子跟他单位"对口",叶子巴不得早有着落,一口就答应下来。哪晓得报到几个月,天天甩手不做事,到月拿工资,搞得就跟她是什么干部样。后来那厅长就常到家里来,他老婆也来,来了就关小房间里谈。再后来,那厅长就不来了,叶子就分到小杂货铺去了。再后来老罗看她那眼神就不对劲,躲躲闪闪做过亏心事的样。

有回吃着饭,冷丁问:"上班路远啵?"

"是哆，跟你还享到福啊？天天挤车子挤个半死。这省城有什么好？"

他讲："二回不带饭了，我去送，可好？"

她笑："哪根筋拽住的？这么好法子。"

他也笑："比方锻炼身体嘛，真把你病搞犯了，受罪的不还是我？"

黑晚坐被窝里，他才讲出来："你不晓得哎，翠。差点就当上处长了。叶处长！文件都打好了，又被我短下来。我不能干嘛。他老婆想升个副厅长，讲是末班车了，想跟我互相同情呢。这事能干啊？只好带你吃苦了。"

天妈妈哎，处长！得了啊？叶子没文化没能力，八辈子没想过当什么官。有回选个什么劳模喊她台上坐，丑得几天不能过。她想不出自家戴顶乌纱，晃晃膀子端端杯子串串门子会是个什么鬼样子。于是她就笑了，想想又笑想想又笑。

老罗怔怔地："翠哎，你不恨我吧？"

"恨，恨死你了！"

"恨我什么呢？"

"恨你不长良心。"

"我良心好得很，当中间活蹦乱跳，你摸摸？"

"不摸。"

"你摸摸。"

"非不摸。"

他噢一声就钻过来了，一头就把她拱翻掉了，嘴里头还哇哇地叫……那时已是抱外孙的人了，疯起来还跟从前一个样。

后来叶子就伏他胸口上听，听见那里头扑通扑通跳得欢很。她有一句没一句跟他讲心里话："这些年跟你调过多少地方？搬多少次家？刚刚把人搞熟了，有个讲话的好友了，你又要走了！伢子呢？讲起来你养过四个伢，走一路丢一路，狗熊也没你这么干脆。"

到头来光滑滑就剩我孤鬼一个,哭都没个回声。"

他说:"我不是人吗?"

"你在家还好,你不在家呢?几大间空屋打拳呐?苦我不怕,累我不怕,我就怕孤单,这就是老实话!"

他说:"没事找邻居呱呱嘛,大院里家属多得很。"

"我跟她们呱不来。这些当干部的开口这个人不好闭口那个人不好,一个个都跟能豆子样。"

"那你喊单位上人来家玩。"

"人家敢来啊?左一道岗右一道卫的,我上回都差点不得进家!"

于是他就不吭了。他讲我晓得你心思了。他讲我也想有伢子在身边,我不想热闹啊我也想。可是你不知道啊,翠,你不懂这里的别别窍啊,翠,就是真调来了,搞得不好最后大家都不快活。

"听你口气,不调了?"

"调,调吧,不然我心里也不安。"

叶子听见他心里在叹息,很没奈何很难受很勉强的声音扑通,扑通。

一年过去了,伢子没来。

两年过去了,伢子没来。

三年四年过去,伢子都成家了,不想来了。叶子提也懒得再提了。再提就该提退休以后怎么办了。

三

不等医生开口,叶子就晓得了,看见一屋子干部惶惶不知该怎么朝她笑的样子,她就晓得了。她没话讲,甚至没有泪。她对自己说,不能摊孬。

她脑袋轰轰响,只听见个"晚期"。后来又听见说,是打着电话,打着打着就不中了。她还是没吱声。

一只药瓶挂在床脚,她相信那都是最好的药。她用不着像旁的家属那样苦苦央告医生用好药,她用不着。不过真像旁的家属,她也用不着央告谁个了。他曾经是那样一条汉子,曾经那么强壮有力那么生龙活虎!

那最好的药水在玻璃管里一点点变圆,一点点拉长,再一点点淌进见棱见节的有骨无肉的膀子里去。就像一根断断续续的小绳子,拴在他胳膊上,拖住他,拽住他,不让他上路。她心酸酸地想:"这东西能有多大力气?"假如自己没有这个力拖住他,旁的任何东西也没有。

于是她冷得发抖,脚伸在椅子腿上别住还是抖。一个医生替她找件褂子披上,就这还是冷,从里往外冷。她晓得是空调机的缘故,又明白不是空调机的缘故。

细想起来,早就不对劲了。

有天下晚,端碗喝稀饭,还没到嘴边,碗就鲇鱼一样钻出去,正好扣在脚背上。一头虚汗蚕豆大,巴满死灰样的脸。他讲,没得事没得事,就是胃痛。讲罢自家大把吃药。叶子讲,什么药这么灵法子,二回我也吃。他讲,药还能瞎吃吗?你是老寒胃,跟我不一样。

这以后,药还常吃,偷着吃。她去抹桌子,看见抽斗里一堆药瓶,翻翻,个个都没牌子。问多了,他就嫌烦:你问我,我问哪个?反正听医生的没得错!

好生生地,他会陡然问:小四子不晓得怎么样了?叶子讲:小四子不才来看过你吗?小夫妻一白二胖地,你没看见吗?他噢一声便就不吭。三个大的早就结婚养伢子了,独独小四子五一节回来才办事。想抱孙子也没得那么快。

又有一回,突突地讲,真想一碗新米稀饭喝啊。叶子臭他:你当官当糊涂了,青黄不接的,上哪找新米去?他也笑:真是糊涂了。

还有一回……

他晓得!他肯定晓得的!他不讲,他什么也不愿讲。人家家属能对病人瞒病情,叶子连这点机会都没得。叶子好苦啊。

七点光景,他醒过来,一睁眼就冲叶子笑,好像黄表纸上裂开一道缝,抖抖地,裂开了。"翠哎。"他喊——

叶子凑过去:"嗯哪,我在哟。"

被单底下动起来,他伸出手。叶子慌忙把手塞把他。医生护士们望一眼,退出去了。

病房里一下子静下来,一下子敞亮了许多,沙发,办公桌,电话机,还有地毯,大窗帘,统统现出来。

"翠哎,中午饿肚子了吧?"他吁吁地讲,"雪菜炒肉丝哎,还有辣椒,我都盛好了……"

叶子说:"我吃过了,刚好家去有事,就吃了。手艺不差噢。"

他笑了:"雪里蕻,我家传统菜嘛,这还不会呀?"

她说:"是哆,我家腌菜腌出了名嘛。"

他说:"我们家搬到哪,哪块就有咸菜香。"

她说:"人家上门,不用打听的,闻到咸味就敲门,保险不差。"

然后,他们一起笑,笑小伢子偷咸萝卜吃;笑中秋节包咸菜饼吃;笑这辈子到底只养了四个伢,太少了;甚至笑到他们成亲时是何等寒酸又是何等疯狂。

笑着，叶子就偎到他肘弯里，让他那只骨节嶙峋的大手在头上在脸上在肩上慢慢地游。她心里熨帖多了，不那么冷了。她朝门口瞥瞥，又把脸贴过去，贴在他瘪进去的腮心里。后来，她索性躺下来，那样更舒服些。她闭起眼，什么也不想，就听他胸脯里嘶啦嘶啦地唱，向她诉说这些年还来不及讲的其实也用不着讲的话。她觉着，这就跟小来一道躺在滩头上田埂上一样。天是蓝蓝的，云是白白的，风是悠悠的，几只牛在泥水里打汪，尾巴甩得噼啪响，偶尔还抵上两角，而后又哞哞地磨颈子，小牛犊在一边很惊奇的样子干瞪眼，一根笛子在远处呜呜呀呀地吹……

"翠哎。"

"嗯哪。"

"一晃快四十年了。"

"是哆，都老了。"

他终于讲出来："你跟我吃了不少苦。"

"瞎讲，我过得快活很了，"她讲，"我知足噢。"

"我晓得，我晓得。"他抚着她，"我一直想告诉你你是个好女人，顶好的女人。"

"不好，一点也不好。"她哽住了，"老要跟你怄气。"

"瞎讲瞎讲。我呢，就欢喜看你噘嘴的样子。"

叶子快要忍不住了："我懊悔死了。"

他叹口气，愣着神："本来，好多事情上能搞得好一点，偏偏又没搞。想想，也没得什么牵挂了，就是对不住你呀！"

叶子终于没憋住，一个尖厉的声音，像瓶子破碎那样从胸膛里迸裂开，穿过喉头，一丝一缕地漫将出去。屋里一点一点地暗下来，最后一线光亮在窗棂上只轻轻一滑，就掉下去了。

四

他们顶快活的日子是在矿上那几年。那工夫人心也好,都近得很,透透亮。那工夫年轻,结杠很了,罗仁庆一顿能吃下去一斤饭外加两个大馍。身大力不亏,罗仁庆是矿上单人双机头一名,月月都有红花戴。那工夫叶子也神气,走哪块胸脯都挺得高高的,工作服洗得干干净净,裤腿折出缝来,一天也不晓得有多少好笑的事。天天下班家来,罗仁庆能把她举起来一撂几尺高。吓得她鬼喊鬼叫,心比什么还野些。那工夫她也不差,在配电房发肚灯,哪盏灯不擦得雪亮雪亮?哪个师傅她不认得?天天窗口上一露头,不用看牌子,就晓得拿哪盏灯。师傅们天天嫂子嫂子喊得不歇气。碰上吵嘴打架,她过去轻轻一笑,一天的云都散掉了。她养老大的时候,发一盏灯搭一个红鸡蛋,把个坑口摔得一地红蛋壳,从地表红到负500米!那工夫脸皮嫩得很,有个把工人手不很老实,她也就红下脸算事了,从来不很声张,矿上都是寡汉条子,难得犯回傻,讲穿了就不厚道了。有回出事故,那个人卡在溜井里,是罗仁庆倒挂丁钩下去把他抱起来,那个人后来辞工不做了,临走跑到配电房二话不讲趴地下就磕个头……罗仁庆晓得了,也二话没得,抱住她就亲,亲得外头师傅们眼泪汪汪一片巴掌响……

后来罗仁庆当干部了,自他当了干部,就过得别手别脚,凡事倒要她来作孽了。

翠哎,古师傅要结婚了。

结婚是喜事嘛。垮个脸做么事呢?

喜是喜哎,就是没场子搭铺。

是哆,老爷哎。她把铺盖卷卷,一手牵着伢,去了坑口的派班室。

翠哎，跟你商议件事。

讲得好听，商议！又想喊我吃哪门子苦就是了。

瞎讲，这是件光彩事。

是哆，老爷哎。

大炼钢铁了，你看看家里还有什么铁器家什，捐献捐献。

她笑得肚筋痛：老爷哎，你家有几根钉你哪不晓得啊？

他里外转转，末了把箱上锁牌子撬下来别在腰里，想想自家也觉着不起眼得很，一路苦笑，跑去开大会。翠哎，好日子立马就来了，马快共产主义了。

是的哟，我巴不得早一天享你福呢。

那时，他干部已经不小得很，年轻轻就是矿上副书记了。有一阵天天下晚家来，坐灯底下黑个脸不吭声，半夜半夜困不着。那时好日子没来，苦日子倒是来了。见天四两玉米糊，六尺高一条大汉肚子搞不饱，也不晓得粮食跑哪去了。罗仁庆前心贴后心，瘦成一条麻秸，风都能刮得倒。

那一回她是吓狠了，回来家吞吞吐吐开不得口。

他哎，你别吓我哎，有话你就讲！

他叹气，摇头。摇头，叹气。

叶子敞个怀扑在他身上：你犯错误了？

他摇头，还是摇头。

他哎，犯错误还好些，不当干部还快活些！

你不晓得啊，翠。他搂她，他亲她，他好久没这么热乎她了，你不懂啊，翠。

翠哎，国家也难啊。

我晓得哦，国家难。

矿上也难啊，要精减四五百人。

我晓得，矿上也难。

我也难啊，我要带头精减。

带头就带是了，哪项事你没带过头呢？

你不懂啊，精减就是辞退，就是回农村，就是没工资，就是没口粮，就是没这个窝了。

叶子变了脸，张个嘴，只是个抖。她不信硬是不相信。没吃过猪肉她见过猪跑，人家干部也有老婆。人家老婆养得一白二胖，还在办公室里坐着。哪个也不像他这么作孽，当干部就不要老婆吗？

翠哎，我没得旁的本事嘛，只能自家带头。

她冷冷地笑，眼睛洞穿过去，直要看出他的三魂六魄来，嫌你老婆没文化了吧？碍事了吧？想当陈世美了吧？

翠哎，这都是苏修逼债逼的，过二年缓过劲来，矿上还要把人收回来。

想打离婚就直讲。别五毛洋希地编鬼子话！

你瞎讲什么东西？人家跟你商议正经事……反正我代你报过名了！

叶子哭了，哭得呜呜的。心想报过名就板上钉钉了，心想他是铁心不要你了，心想是真是假就要见分晓了。是命你就犟不掉，心想真要那样，这回她是死定了。

到底是没死成，没死成心里隐隐觉得怪对不住他的样。矿上讲，不当工人还能当家属。罗仁庆讲，能当家属你就不要走。她心里话，有你这句话就中，没得口粮工资算什么？她开了一处山，逮了一窝鸡。挖蕨根、挑荠荠菜，她有一身力，她不信能饿得死。她是个女人，女人晓得好歹，为争这口气，也得把日子打发得快快活活。

罗仁庆回回下班，保健菜里挑出来的肉丁丁拿纸裹裹，悄悄带家来，两个伢轮流吃。他看着伢，眼睛红红的。他不敢看她，也像对不住她的样。

他哎，二回别带了，让人家看小了你。

他点头。他不敢看她。

他哎，还生我气啊？

翠哎，让你受罪了，难为你了。

他哎，是我不好。

我不好啊，翠。

真是我不好。

别瞎讲了。

偏讲！

他亲她，骨头都硌人。他说，就要好转了，翠。就要熬出头了，翠。

她说，不好转也能熬过去，就这样我也心满意足。那晚，气都透不出啊，亲得好长好长。

第二年，大麦和玉米收上来了，咸菜和咸蛋腌出来了，过端午节还称的肉。那工夫她还去包工队抬大土，一方土七毛钱，她一天能抬一方半，一个月能挣三四十块。就那一年，她还怀上了小三子！

人家讲，罗仁庆家里的，一天就是张笑脸。那日子，真过得快活嘛。

五

走廊里陡然喧腾起来，乱哄哄的。

叶子拉开门伸出头去，看见办公厅的头头也来了，也跟她一样把头伸到大门外，气呼呼地压低喉咙训人。这主任常到家里来，笑起来阴阴的，架子大得很。

外头安静下来，主任过来悻悻地对她讲："党政军的负责同志马上就到，全部到。"又讲，"叶师傅有什么要求也可以跟他们提。"叶子本想说，让他休息一下安静一下不好吗？哄一大堆人来做么事？可看见主任眼镜片底下光一闪，就晓得这是非同一般的话了，心里一惨，慢慢沉下去。她没吱声，人到这种地方已经不是自己的了。活了许多年纪，见过许多世面，她晓得罗仁庆早就由旁人在安排了，自己反倒像个外人。自打搬到省委大院，就有这种感觉，好像罗仁庆的老婆不是她，倒是那些主任，那些秘书！想通这一点，她竟然想笑。

她有什么要求？要求把罗仁庆还给自己，能做到吗？……现在差不多是能做到了！

然后是送花，一盆一盆的，一缸一缸的。走廊被轻轻叩响，每响一下，走廊都像是一抖，就像看见一个老大老高的阴影，跨着沉重的步子，一步一步从她心上踩过去，朝罗仁庆逼过去，压过去，挤过去。

她一惊，对花工们笑一下。花工们也惊慌地朝她点点头，慌忙埋下脸。他们的眼神很奇怪，就像她不该在这里的样子，就像她不般配的样，就像她是个跑错门的清洁工一样。

大门洞开，带进一股热风。一班子领导轻手轻脚地进来了，这些人有的她认得，更多的是不认得，却一个个比她还要伤心。他们轮班进去跟罗仁庆讲话，又轮班出来跟她挥手。

他们说，仁庆同志是好同志啊，是大家的好榜样啊，罗仁庆同志心里只有工作，从来没有自己啊。他们唏嘘着，感叹着，还一下一下拍她的手。他们说，两个月前他就在北京确诊了，他瞒着大家，不动声色地安排工作，他真坚强啊，真了不起啊，换了一般人谁也做不到啊……

叶子眼睛子睁多大,想哭哭不出,想笑笑不出。明知是这回事,真是这回事她还真受不了!瞒什么人都应该,独独不该瞒你老婆!你老婆不娇贵噢,什么苦吃不下?什么委屈受不得?什么担子挑不起?你偏偏要这样,要这样!

领导们又讲了许多,安慰了许多,交代了许多,她像是听见了,又像是一句没听见。

领导们走了,她脑袋也抽空了,空成一个黑洞。她觉着,自己也掉进那个黑洞里了。

老罗嘴动动,没得一个字。

叶子嘴动动,也一个字没得。月到中天了。

六

细想起来,叶子一辈子都在跟人打仗,跟人抢,跟人争夺自家丈夫。

叶子一辈子都是输家。

文化大革命造反那年,叶子嘴上不敢讲,心里却快活得架不住。罗仁庆给斗了两回,也没大斗。只在台上站站,牌子都没挂。后来就宣布他滚回井下当出矿工去了。叶子在一边看着真想笑,真想上台去握那个造反派的手,对他讲声谢谢,谢谢你老人家做好事了!到家就打一斤酒,炒两个小菜。

自家男人自家晓得,他这种人当干部除了折阳寿讨病灾,能有好果子吃啊?人家会当干部哎,手划下子嘴动下子,天塌下来都不眨眼的,哪个不养得富富态态的?他天生是个劳碌命吃苦命嘛,自家吃苦还不中,还非带老婆伢子吃苦。他当几年干部,家里穷得一屁股搭两胯子,除了咸菜比人家多些。闺女大了,想条裙子穿,答应多少回,月月工资拿进家,只剩个饭钱,讲起来还是帮哪个忙救哪个急,搞得你骂又骂不得气又气不得,讲却不好讲。讲多了反倒显得自己小肚鸡肠不很厚道的样。弄得几个伢水一色的工作服。

他哎,你就在家当工人,屁神不烦,好得很。这好差事上哪找?我天天烧高香求的哎!

是哆,这下你搞赢了。

搞赢不搞赢,不还是为你好吗?

果不其然,下井不到三个月活拉拉长十几斤肉。哪个见面都讲他过好了。觉也困得着,饭也吃得下,隔三差五还外去钓鱼扳虾,他自家也承认快活很了。

他快活人家就不快活,三个月过去鬼就上门了。然后眼睁睁一天天往下掉膘,眼睛子一天天眍下去,有时候几天几晚不困觉还要下盲井爬迎头。

不中啊,他讲。不干不中啊。

有什么不中?你生病还不中吗?

不中啊,翠。你不晓得,翠。

后来真住院了,胃切除,一刀割掉五分之四。这下是躺倒了,想爬都爬不动了。叶子心里话,你心强不比命强,这下服了吧?

哪晓得不知怎么就跟军代表搞饯了。事干多了,军代表反而不快活他了。军代表本来顶捧他的,讲出身好作风好样样好,现在也要整他了。整就好生整,又整不出旁的东西,就在外头放风讲他跟小护士搞腐化!

叶子一急,跑到革委会大楼跟军代表讲,你要没搞过腐化,老娘教教你,教教你就晓得了。一个住院开刀的人,肚皮上缝十针的人,能搞腐化吗?你要不想叫他当干部,老娘摆桌酒谢谢你。罗仁庆八辈子祖坟头上不冒烟，没这个乌纱帽快活很了嘛！讲得一座办公楼笑翻过去，办公桌擂得轰轰响。

　　那晚，罗仁庆盯着她咪咪笑，盯得她脸红心跳眼皮子也撑不开了。翠哎，这下我刀口真不得好了，肚筋都炸断了嘛。

　　叶子讲，我气不过嘛，我不瞎讲怎么搞？这下你怪不得我了，他讲，本来我是想就坡下台过安稳日子的，搞腐化就搞腐化，搞腐化不至于开除公职嘛。这下好了，这下你把我推风口浪尖上去了。叶子想想也是的，就为争这口气也不能甩手不干，闹也闹过了，骂也骂过了，再甩手就有点不仗义了。讲起来他还真是个干部坯子，不认命也不中啊。叶子讲，干就好生干吧，你哪个也不用怕。不过有一条：你什么错误都能犯，就这条腐化错误不许犯。可听到了？

　　是哆，我听到了，我现在就想你了！

　　死相样子。

七

　　天刚亮，叶子的同事们就溜进来，一个个脸煞白，做贼一样。"天妈妈哎，见你一面真不便宜哟！"两个女人一见她就压低喉咙诉苦。原来她们昨晚就来过了，硬等一两个钟头，拎的水果罐头都焐熟了，到底还是没进得来。女人们讲，外头干部吓死人的多，亏得经理老混蛋鬼点子多，天不亮就往里混。

　　经理说："你们就会干诈唬，关键时刻没本事了。"

　　女人说："你有本事，偷人的本事。"完了捂嘴嘎嘎地笑，把叶子笑得一仰一仰。尽管压低了声音，办公厅主任还是出来皱了眉头：讲话小声点，不要耽搁太久，首长需要安静，等等。主任亲自值班，也够辛苦了。叶子拉她们进病房，说："到里头来讲，不碍事。"经理还是巴巴结结地给主任敬了烟。两个女人一进门就东张西望，大呼小叫起来，"天妈妈哎，这里头还这么好法子！外头一毫看不出！你看这卫生间，这洗脸盆，乖乖隆咚，这大写字台！"

喊得经理一劲咳嗽，使眼色，摇头摆尾。

而叶子，此刻却再也憋不住，见到亲人一般，抓住两个女人哇哇大哭。"他瞒我瞒到今天啊，什么人都瞒连我也瞒啊，"她跺着脚，往下瘫，"我怎么搞啊我一点方子也没得啊。"

女人们慌忙搂住她，抱紧她，捶她揉她，两眼一红，热泪哗哗朝外喷，三个女人把眼泪鼻涕弄得满身都是。把个经理急得搓手叹气，团团直转。

哭痛快了，罗仁庆纸一样的脸才颤颤地裂开。请师傅们坐嘛。你喊人家坐下嘛。

坐下了，反倒没得话说。沙发隔得远远的，地毯铺得宽宽的，屋子显得空空的。护士进来换药瓶量体温，轻得像一阵风，末了还把大家扫一眼。叶子抽搐一阵，便就不抽了，心里反倒觉得怪对不住大家。

老罗说："难为你们了，这么大热天。"

女人们说，"不热，早上还阴阴的。"

经理瞟她们一眼，轻轻叹道："老罗哎，说句心里话，你工作再忙，这么大事也不该瞒叶子。叶子……多好的女人。早一点也不至于……"

说得叶子鼻子一酸，又趴到床头抽个不停。

老罗眼闭着，喘着，叶子感到他的手在用力，捏得她手指生痛。后来就看见一串浊黄的泪从眼角那里渗出来，噗噜噜地朝下滚。后来，他又笑了。他说："年纪大了，没出息了。"

叶子说:"行了,别瞎想了。我是心里难受就想找人哭哭,哭过就没得事了。"

老罗讲,"我有许多年没哭过了,差点忘记怎么哭了。"他讲,"你们不晓得,叶翠管我管得凶哎,我也是床头柜嘛,真给她晓得了,我还得了啊?"说罢,先自笑了。

大家笑一下,转眼还是唏嘘不住。

老罗讲:"生老病死,人生规律,早一步迟一步罢了……我真想让她多快活几天!"他哽住了,又拉叶子的手,"快活一天是一天!"

叶子说:"别讲了,我晓得了,我懂你心思!"

经理叹气:"也怪我不了解你们瞎插嘴!我还以为书记家里尽说些个……大事。"

老罗讲:"什么大事?升官发财?……我升官,她吃苦。就是这样。老是这样啊。所以,所以我心里……"

叶子叫道:"别讲,别讲了!"

经理领着两个女人悄悄退出去了。好长好长时间叶子都不讲话,她的脸伏在老罗手心里,睡着了一样,梦过去一样,心里熨帖多了。

好静啊,一下子什么都退出去了,没有了,什么都停下了,不动了,就剩下一张脸,一只手。就像一滴老大的露珠,一动不动地悬在草叶上。什么也不去想,什么也不用烦,就让它在阳光底下慢慢耗干,一点一点回到原先的地方去。人一生世要能这样就好了。可惜还有许多风雨,还有许多雪霜,还有许多许多不情愿的折磨,许多许多讲不尽的甜酸苦辣。

"翠哎。"

"嗯哪。"

"想什么咪?"

"没想什么。"

"再有两个月,该退休了吧?"

"快了,就下个月。"

"退休了怎搞呢?"

"我一个伢跟前住一个月,你讲可好?"

"好。"

"我把房子退掉,你讲可好?"

"不好。换个小点的住,房租不贵。你要受了伢子的气,还有个地方蹲。"

"翠哎,你那个单位是大集体哎,二回要是生活有困难怎搞呢?"

"不碍事噢,人家能过我也能过。"

"要不然,我跟组织上讲讲?我一辈子就干这一件事,也差不多。"

"不用噢,当真养几个伢白养了吗?你放心……放心走吧!"

老罗一口气叹出来,不再说了。

又过一会儿,叶子突然趴在他胸口说:"他哎,来生我还当女人,可好?"叶子突然觉得自己不难过了,她甚至有些欣喜地发现自己能知足、能平安,能和和顺顺陪他走到头是件多么了不起的事。好些人连这也做不到呢。"他哎,来生我还当女人!"她喊。

"嗯哪。"

"来生我还嫁把你,可好?"

"嗯哪!"

"来生还陪你吃苦,可好?"

老罗没嗯出来,把一滴浊泪滴在叶子鼻梁上,咸咸辣辣地流进她嘴里。

八

老罗是第十一天头上上路的。

走时，清楚得很，两眼直直地，看着叶子看着四个伢，还有三个外孙，想笑一下，没笑出来，就走了。

伢们哭得惊天动地，屋子都抖，叶子反倒没很哭，只抹几滴。心里空寂寂的，不很难受，也不很悲伤，晓得他是走了，又像是没很走远，马快就能见面，出趟差的样。

省委头头们都来了，来鞠躬，来道别。

各方的干部也来了，来落泪，来送行。

还有各地的慰问，有电报，也有信。

叶子一直守着，看着，没讲一句话。她觉着，该讲的早讲过了，跟老罗讲就行了，跟旁人讲有什么用处呢？反倒带人家伤心。

来了两个书记，又来了两个主任，讲是要跟叶子商议后事。念了两大张，叶子只有一件事没答应。那上头讲，根据罗仁庆的遗愿，要把他的骨灰洒在生养过和工作过的土地上。叶子说："老罗没讲这话。"

主任说："他讲了，他真想回去看看。"

叶子说："他不是这意思。"

主任说："我们理解罗书记的意思是这样。"

叶子说："要看我带他去看。"

书记主任愣半天，说："你？"

叶子说："我。"

而后书记就开导她，讲许多许多大道理，讲这是一种很高很高的规格，这是一种很好很好的形式，这是很多很多同志的心愿。

而后叶子就一百二十个不吭声。叶子不吭声他们也没得法子想了。只好问她还有什么要求,要不要把伢子调回来?要不要换个单位?要不要解决生活困难?

叶子还是一百二十个摇头。她有什么要求?要求把罗仁庆还把她,能做到吗?他活着做不到,死了怕也做不到。她晓得做不到,她也就不要求了。

叶子说:"骨灰归我,旁的都归你们。"

书记主任们张个嘴望望,说:"就这样吧。"

叶子也说:"就这样吧。"

后来书记又找她个别谈心:"嫂子哎,你不是犯糊涂吧?像这样高的规格我们省是第一个以后怕也不会有第二个了!老罗是新中国培养的第一批工人出身的省委书记,不容易哎,这次是下大决心哎,各地都安排好了,办得保险叫你满意!"

叶子讲:"那要花不少钱吧?"

书记讲:"值得的,花多少都值得。"

叶子讲:"那何苦?他活着舍不得穿舍不得吃,死了倒要花许多钱!别讲他是工人,往前数他还弹过花,讨过饭呢。在我眼里,他就是他。我只要他跟我在一起就中了。"

追悼会那天,又有件事搞得不很快活:来了许多人,开了许多车,就没见到她单位的同事。叶子去打听,才晓得有个规定,厅级以上单位才有资格参加会。叶子跑出去,果然在台阶上找到经理和女人们。他们看看她,没说什么。她嘴动动,也不好说什么。然后大家就在台阶上坐下来,面对乌鸦鸦一片小轿车,一只小花圈靠在身边,四个影子长长地投出去,听着里头哀乐一遍遍地响。广场四周是一座座高楼,高楼在日头底下默哀着,环成一个悲怆的空旷的圆圈。

经理吸完一支烟,说:"讲几句吧。"

女人们想想,都说:"你讲吧。"

经理说:"叶子你哭两声吧。"

叶子想哭的，一讲反倒哭不出了。

经理说："马上就走啊？"

叶子点点头。

经理说："放心走吧，退休的事不管它，退了休也还能上班。"

叶子又点头。

经理说："可要找人陪你去？"

女人抢白他："人家两口子上路，要你陪么事？"

叶子讲："比方去旅游嘛，不怕的。"

经理说："外头车挤得很。"

叶子说："我不怕挤，他也不怕。"

经理讲："到一站就打封信来。"

叶子说："嗯哪。"

经理讲："过不惯就回来上班。"

叶子说："嗯哪。"经理叹道："人老了，才晓得什么金贵。狗日的扯谎。"

两个女人直抹眼泪水："叶子叶子你要不回来你就不是人。"

叶子说："嗯哪。"

礼堂里宣布开会了，声音洪洪的，沉沉的。四个人不由得站起来，听着。里头说默哀，他们就默哀。里头说鞠躬，他们就鞠躬。四个影子拖得更长了。一地的凄惶。

九

叶子挎着一个包，包里装着老罗。两口子就这么上路的。

叶子想，一辈子都送他上路，送他做工，送他上学，送他开会，送他出差……到终了。老是她送他，难得这一回是两口子自己。人一生一世有一回也就心满意足了。

记得16那年送他离乡去做工，转眼56了。56的心跟16岁的心也差不好些。

那是正月刚过，天还苦寒，路还花白，泥还板硬板硬。心里，更是空空的，悬悬的。三星亮着出门了，一个人躲路口大树底下跳脚，风跟刀子样，慢慢在身上割。腰里揣四个蛋，鸡叫头遍就煮好，焐在那块。

罗仁庆过来了，一头挑被絮一头挑弹花的家什，苏师傅闲闲地跟在后。没得盘缠，跟苏师傅当个下手，一路上吃的住的不犯愁。苏师傅是好人，苏师傅答应带他到矿上去。

"小他哎，跟你讲句话噢。"

苏师傅是明白人，一个人上前走了。叶子一把抓住罗仁庆，却又半天没话讲。

香个嘴吧，罗仁庆讲，香个嘴到哪心里都甜……翠。

哎，顶多一年半载，靠住有信把你。

嗯哪。

翠哎，我发狠干，寄大红花把你。

嗯哪。

翠哎，二回成家，我俩能养十个儿你信啵？

嗯哪！嗯哪！嗯哪！

翠哎……有人来了，快家去吧。

我偏不，叶子抓住他，死也不撒手，身子到底离开些，眼泪水却直喷不歇。

太阳出山了，拾牛粪的出村了。

哥哥你呀不晓得丑，
　　牛背上你就把妹妮搂！

　　一支小曲儿悠悠地长长地野野地唱响，唱得人心都酥掉了，碎掉了。

　　妹妹你呀真是个呆，
　　姆妈在家你就不敢来！

　　罗仁庆挑起担，走了。一条小路，曲曲弯弯，灰蒙蒙的蛇一样游出去了，把她心也带跑了。突然她又喊起来，慌张张跑进田里，在人家草堆里抽两捆草把子，撵上去。小他哎，天寒地潮的，晚黑困觉多垫两把草，噢？出门在外自家要当心，噢？到矿上就打信家来，噢？

　　……叶子坐上长途车，喘了一口气，抹了一把泪。老罗就在她身边，她拍着老罗讲讲话，心里平和多了，一点也不孤单，一点也不凄惶。

　　他哎，来生我还当女人，可好？来生还嫁把你，可好？来生还陪你吃苦，可好？

　　老罗说，嗯哪，嗯哪，嗯哪！

　　车子开得飞快，心也跟着飞去了。

原载于《萌芽》1992年第2期

到大海去

……第七天中午,他给漩涡咬上了。本来,当远处那片笔陡的铁青色巨崖向他压来的时候,他应当迅速作出反应的。只要向江心靠一些,靠上那股直泻千里的主流,就可以避开这个可怕的"吸盘"。昨晚那个船老大似乎也这么说过的。可那会儿,他仰头瞭了一眼江心那犹如万马脱缰的激流,犹豫了一下。也就是一瞬间,他瞥见三脚架上的小旗倾斜着一晃,就不见了。完了!他在心里喊。这该死的犹豫再一次害了他!当断不断,必受其难——他一辈子都栽在这上头。

如果没有套在腰上的那根尼龙绳,他或许还能脱身。可前天,他发觉手臂和大腿越来越沉,而三脚架依然松快地在水面上跳跃,有一刻竟把他甩下几十米远时,就想出了这么个倒霉的办法。当时他还挺得意,心想,游累了,这玩意儿还能像拖驳似的拽他一阵。要知道,他不能离开三脚架。那是他的航标,那上头吊着他的衣物和钱粮,他得靠着它,游出长江口,游到大海去,去朝觐大海那伟大的力和永恒的公正。他只能向他崇拜的东西低头。

然而,此刻尼龙绳竟像一根锚链,毫不客气地扣住他的腰腹,嵌进肉里,恶厉厉地把他朝江底下拖!

这是一片陡崖,像只豁开口的巨闸,横插在江腰。江流受阻,数十尺高的浪头一个接一个地翻卷过来,倒冲回来,形成了一个个巨大的黑洞,贪得无厌地吞噬着,吸食着……涡流使泥沙沉积下来,在江中间淤圩起一个狭长的江心洲。这样流道更窄了,流速更大了,汇合成各种方向的力,发出愤怒的咆哮。在宏大的自然力面前,他不过是一叶枯草,一瓣落英,可笑地、无望地作着挣扎,拖延着时间……

得解开它！得解开它……固执的念头像一道蓝色弧光般反复地从脑际划过，而手脚却根本不听从他的指挥，不停地乱蹬乱划，这使他几乎要哭出来。镇静，镇静……他终于想出了办法。猛吸一口气，身子缩成一团，听任自己沉下去。他终于蹿出水面，然后两手死命掰开绳套往下褪。这法子果然有效，褪出了一条腿。

但就在他企图第二次蹿出水面褪出另一条腿时，绳套却猛地一抽。紧跟着，他感到了自下而上发散开来的那股刺骨的寒气……

他进入了涡旋！

结束了。他摊开早已瘫软的四肢，高度紧张的神经顿时松弛下来。一种渴望已久的解脱感，笑眯眯地充斥了心胸。这样不同样可以进入大海吗？任其自然吧。人力是有限的，徒劳的。再见……他想喊。但冰冷的液体立即钻进喉咙钻进鼻腔，钻进肺叶了，头颅爆裂了，身架散榫了，只有耳膜还感到一种金属磨擦般的尖厉的长鸣。哦，魂飞魄散……

……不过十几天以前，他还神气活现地站在他的小磷矿的坑口，对着他的工人——或者说他村里的弟兄们——宣布着他的成功，宣布着他的"新政"。他是多么得意啊，新推的小平头上蒸发着腾腾热气，汗珠在脸上、在前胸和后脊上欢快地滚动，像是阳光下无数条闪烁跳跃着的小溪。"电视"来了，"报纸"也来了，但没有时间去理会。没有时间。

是的，他创造了奇迹。是他，在一年时间里使这个废弃多年的坑口淌出了60万白花花的银子。是他，使这个劳力还剩余的穷渔村第一次在全乡露了脸。是他，让那些三只眼的东西在他面前乖乖地缩起了乌龟头。

他是多么得意啊！

明年，他还要承包这个矿。不，明年就不是这一个。明年还要和邻乡合资开发那座硫铁矿。然后,他要用那硫制成酸。然后,再用硫酸和磷矿粉做成磷肥。到那时,他手上就不再是60万,而是600万,6000万! 那时,他还要办砖瓦厂,办水泥厂,他要让祖祖辈辈泡在江水里的穷渔村在自己手上真正翻一个个儿! 他还要投资于教育,投资于科技,投资于一切文化事业! 哦,春风得意兮马蹄踢踏,一展宏图兮意气风发,鸿鹄之志兮燕雀安知? 工资户口兮再见了吧。这些,难道可以随便公之于众吗?当然不能。牛皮不是吹的,走着瞧吧。这天晚上,老乡长拎着一瓶酒和盐水鸭来找他,叔侄俩找了个僻静的山凹吹了起来。

"根伢子,八月十五是你姆妈的祭日,今年一定要好生做一回。"老乡长眯缝着眼看着月亮。他诺诺着垂下头去。要做的,一定要做的,就在我们矿上做,就在母亲当年背着他刨苦苦菜的地方做。这样才有意义,这样他才更有力量。他不胜酒力,才喝两口,便落下泪来。"根伢子,合同快到期了。你哪天抽个空到乡政府来再续订一个,啊? 亲归亲,公事还要公办,啊?"

他哽咽着点头,心里充满着感激。现在全乡也只有老乡长一个人还叫他的小名,这使人感到亲切。虽说他不是他的亲叔公,但毕竟是长辈。"根伢子,这回订合同就多订他几年,趁我还在位,你大干一番……讲讲,有什么想法?"他热血澎湃了,竟忘乎所以地拍起老乡长肩头来,"老叔,我跟你合同订在先,我每年包交利润,具体怎么干,你不用管!"他笑得好得意啊。

老乡长也笑了,"我这大把年纪,还跟你讲假的吗? 我什么时候管你唻? 你不要乡上派干部,依你了不是? 连书记都没派! 你不准我随便安插人,也依你了不是? 为这我得罪人还少啊? 你不许旁人管财务,依你了没有? 今年打击经济犯罪,不是我扛住,你有这么太平? ……不过话说回头,你对老叔这么见外,不公道吧?"

他架不住劲儿了,是的,是老乡长给他提供了用武之地,他犹豫一阵，便将自己的小算盘一五一十地倒给了老乡长，直到老乡长两眼发直。"那好那好……"老乡长颠三倒四地重复着，对他发出古怪的笑声。可惜他当时竟然没有在意。后来他去过乡政府，连着两次老乡长都不在。当时好像也曾有过一丝预感划过脑际，但很快又给忙忘了，他太忙了，忙到忘记了脚下的大陆已经漂移。可这难道不是顺理成章的吗？

但是，但是……

一张通红的请帖塞在手里，乡政府有请！他仍没有觉悟，派完了夜班的活儿才去赴宴。他甚至暗暗好笑，这些老土居然也搭起花架子了。他甚至对改革之风刮得如此迅猛发出了几声慨叹。

酒至半酣，他终于忍不住，"老叔，有话直讲吧，省得憋着难受。"

老乡长嘿嘿笑了，笑声中屋里安静了。"根伢子，陈家桥有今天亏了你的大力支持啊，我代表乡政府和乡党委向你表示感谢！喝了这一杯……"

笑容僵在脸上，酒水洒在手心里。老乡长颤巍巍地摸出了承包合同书，那上面有他的签字，不用念，他明白，已经到期了。"为了……前程，乡政府……奖金……感谢……"于是感谢的声浪再一次向他涌来，将他捧得高高，然后悄然逝去。他被摔成了碎末。陈家桥啊陈家桥。当年那个造桥的人早已被遗忘了，可他毕竟还留下个地名。你呢？你留下什么了？卸磨杀驴，嫉贤妒能，封建狭隘，坐享其成！农民，你们这些鼠目寸光的农民！他眼中射出一串机枪子弹似的诅咒，然而他碰到的却是一张张熟悉的满处堆笑的嘴脸。

他想骂，可嘴一张却蹦出一句毫不相干的话，"是啊，我正想跟你们打招呼呢，也该回家去看看了。……清账吧。"说完嘣一声弹开了打火机。姿态，够外交水平。妈的，让你龟儿子们捞吧，哪天非塌方死了人才知道厉害。

但一出乡政府,他直想哭一场。"告他娘的!"当晚,工人们聚到他家场院上来,几个血性未干的小伙子瞎嚷嚷了一阵。但多数人沉默着。黑黑的场院上,香烟火一闪一闪,愈发给雨前的夏夜添了几分沉闷。他不生气,对这些穷弟兄有什么气可生?他难道不是十二分地了解他们吗?金饭碗刚刚端上手,还没焐热呐,谁愿担这个险呵。鼠目寸光啊,他们如果学会捍卫自己的权利,中国早就不是这样了。他们太怕吃亏,太想在夹缝中拣到一丁点好处。农民!他站起身对大家哈哈一笑。弟兄们放心,山不转路转,天地大得很,还少我一口饭吃吗?再说,我也该回家歇歇了。改革嘛,这种事,小儿科常见病。接替他的新任矿长,他的对手陈启明突然出现在场院上,偌大的庭院顿时鸦雀无声。人们开始溜号。他相信,人们的同情心是在自己一方,只是大家不愿意看见他的惨败。他们握手了,手心里全是汗。

"这件事你怎么看?"陈启明冷冷地看着他。

"很正常嘛,合同到期了,我的任务完成了。"

"不那么简单吧。听说你有一本宏图,可以谈谈吗?"陈启明找他要了一支烟。

香烟在他嘴唇上滚来滚去,借以掩饰自己的慌乱。他想不到启明竟有这般歹毒,得了手还不饶人。这王八羔子!

"问题恐怕就出在你的宏图大略上,本来乡政府是要连聘你的。不过你的想法实在好极了,你是个干大事的人。"

他哈哈大笑了,"你在这时候恭维我,不觉得太迟了吗?跟你说句到地的话吧,好歹我还有只铁饭碗端着,我能向你磕头讨饶吗?我回来办矿,就是想让大伙富起来,别无他图。"

启明摇头了,"这话可不够水平。你认为乡亲们怕钱烧手?乡政府害怕全乡多几棵摇钱树?"

"农民嘛,有碗油糊糊喝,就满足了。"

"哼,你小看农民了。告诉你吧,他们担心的,不是你能多办企业。谁都希望财大气粗,他们也不例外。他们担心的是,如果你的计划实现了,那么你就是全乡的实际主宰者,你甚至可以控制乡政府。办什么事都得花钱,花钱就得找你,而你又是这么一个个性太强的人。他们希望财源分散,这样权力才能集中。懂了吗?"

他愣了。这道理是多么简单。而这简单的道理他居然没有想到。这些可怕的农民政治家! "够了!我烦透了!"他恶狠狠地嚷。

陈启明凝视着他,忽然叹了一口气, "不过我建议你暂时不要走,真的。依我看,这局面会改变的。农民要求进一步发展经济,就必然在政治上要求有更多的发言权。这道理你比我懂。你不要走。……合作吧。"

"合作?跟你?"他轻蔑地欢了一声口哨,抱起了膀子。他看不出,启明这小子看问题居然有如此深刻。难道他当初赖在矿上不走就是等着这一天?

陈启明抓牢他的手, "如果你同意的话,我聘请你当工程师。"他却受了炮烙似的抽回了手,颤抖着指着门外: "滚,你给我滚。"陈启明冷冷地瞟他一眼,走了。

子系中山狼,得志便猖狂。想不到这个被他开除留用的陈启明,这个上任不到两个小时的新矿长居然如此凶残地扑上门来。猖狂。太猖狂!他扑在门框上,想了半天竟然连一句刻毒的话也没骂出来,眼睁睁地看着他以胜利者的步伐往磷矿坑口走去,最后消失在村头灰暗的浓荫里。

可他那小肚鸡肠的妻却捂起嘴跑进里屋,没完没了地嚎起来……嚎什么丧?老子没死呢,饿着你啦?……

死?就这么死?太便宜了!你这窝囊废,王八蛋!

母亲在冥冥中的目光是那样冷峻，像根鞭子。他的身子蜷曲着翻转起来。母亲在用力推他。他脚下感到了一阵松动……一阵电击般的疼痛使他醒悟过来——作切线运动！切线运动！

划出去！划出去！

多暖和啊，每一个毛孔，每一个骨节缝里都感觉到了。渗进来，渗进来……伴随着针刺似的麻木。眼前一片金黄……

呵，还有阳光吗？阳光刺得他眼睛生疼。咚，咚，咚！他听见了自己铿锵的心跳，感到了头颅在缩小，缩小，像有谁在念紧箍咒。

生命，哈哈，生命又回来了！

他僵卧在沙滩上。四肢摊开，两眼紧闭，铁青色的嘴唇上挂着一串带血丝的黏液。一个半大的男孩跪在他身边，一捧一捧地往他身上撒着滚烫的黄砂。撒完了，这孩子又用草帽在附近刮搂。他身下，是晒了一天的泥砂砾石。这孩子竟用这办法使他恢复了体温。

夕阳在江面上跳跃，亲吻着每一朵浪花。玫瑰色的晚霞在他们身旁悠荡。孩子的影子拖长了，在他身上脸上闪来闪去。

他看见了一张枯瘦的调皮的布满雀斑的脸。"谢谢你。"他用力在心里说。

孩子嘻嘻一笑，"刚才，真吓死人。"

他也想笑，想翻个身，然而全无用处。

他记起来了。这孩子他认识。昨晚在渔船上借宿时他看见船老大狠狠地揍过这孩子。当时他喝了点瓜干酒，便忘乎所以地劝船老大放弃这打渔的营生，还跟人家胡吹起"第一次浪潮"什么的，直到那汉子的脸黑垮下来。他胡说八道一通之后便倒头呼呼大睡，可，人家却是认真的，碍着他是客人，又不好发作，后来便找碴儿在孩子身上出了气。

"你真的一定要游到下江去吗？"那孩子又给他胸前重新换一

层沙。看来昨晚揍得并不厉害,他还没有记住"大人的事少插嘴"。

一定要吗?是的,一定要。为什么呢?不知道。……他把自己关在屋里,谁来电也不想理睬。妻劝过他,似乎还说是有几个人给县委写了信,他把妻臭骂一顿。屁话,统统是屁话。说不定又是这帮农民政治家们的阴谋。妻于是也沉默了。两天时间,竟同路人一样,没说过一句话。不是不想说,是无话可说。一种近乎残酷的渴望破坏点什么的心理越来越强烈地攫住了他的心。他要折磨自己。他把家里吃饭用的小方桌翻倒在地,锯掉了四条腿,钉成一个三脚架。又找来一块红布,剪成一面小旗,绑在顶端。他听说一个学生曾经有过这番壮举。那么,他也要试试自己。他不相信,别人能做到的,他做不到?他要试试自己,他要证明自己,他要痛痛快快地消耗一番自己!这些,无法跟孩子解释清楚。

"你真不怕死!"孩子虔诚地褒奖他,露出一口不规整的白牙。

难道他们也刷牙?不知怎么他竟突然冒出这个念头来。这使他有点难为情,就像一个才吃饱饭的叫花子,就开始指责人家碗里没搁油。近来为什么老是出现这种可耻的念头?为什么?

他侧过脸去,看见沙滩上拴着一只小舢板。

孩子吃力地扳起他的双腿,替他活动着。一面喘吁吁地说,"我顶佩服你这样的好汉。"

他勉强笑了一下,"你多大了?"

"十四。"

手脚又回到了他身上。他呻吟着翻过身来,让肚皮贴在砾石上烤一烤。肚子里很快就咕咕地叫起来,这使他感到了舒服。

"你念几年级了?"

"早就不念了,念书没劲。"

"你应该念书。"

"我妈也这么说,可阿大不准。"

他不吱声了,他不愿再惹那位黑脸汉子发火。老实说,现在很多人家为了来钱快一点,却让孩子早早中断了学业,这实在很混蛋。他就曾对老乡长提过建议,小磷矿愿意为全乡每个上学的孩子支付书本学杂费——当时老乡长拍着他的肩头嘿嘿嘿地傻笑个不停,如此而已。现在他明白了,姜还是老的辣啊,他心里有数着呢。他们不是傻瓜,真正的傻瓜是他自己。一个农民的狡诈,顶得上三十个大学毕业生——又来了,可耻啊。

夕阳一点一点地褪下去。江水由黄渐渐地转红转褐变黑,团雾在微光中轻盈地飘忽,然后被逐渐加大的晚风丝丝缕缕地推离了水面,散开了。然后又是一团,再来一团……

他感到了冷。

苍穹也陡然罩上了乌纱。星星也一下子从纱孔里全部钻了出来,把几大片鹅绒似的白云捧得粉碎,飘得东零西散。没有月亮。

他又感到了饿。比饿更加凶残地吞噬着他五脏六腑的是孤寂。一种难以言状的孤寂。如果母亲此刻走来,他也许会哭,或者会偎进母亲怀里,要求吸吮一点乳汁。

而现在,有谁?有谁?念天地之悠悠,独怆然而涕下。陈子昂啊,你真了不起!

……离家的那一刻,他曾突然犹豫过的。他钻进里屋,站到了床头,默默地看着妻和贝贝。一束幽淡的晨曦透过窗子射进来,把他的影子横着投压在妻的前胸上。妻动也不动。而贝贝正香甜地吸吮着那串铃铛——前些年乡下时兴打置银项圈之类的首饰,妻提过多次他都未加理睬,却给贝贝定做了一串银铃铛。他认为这玩意还多少有点儿新意。他把银铃从贝贝嘴上摘下来,又轻轻搁在枕边。做这些事时,心里隐约有些酸楚。他想跟妻打个招呼,想想,却又咽了回去。就在他转身离开的当口儿,他瞥见一滴晶亮的东西慢慢地从妻子紧闭的眼角溢出来,爬过面颊,爬过耳轮,落在枕席上。当时心里也风铃似的颤响了一阵。

现在想想,如果那会儿妻子抱住他的腿,哭泣着央求他,劝慰他,他会改变主意放弃这次旅行吗?——不,不会。他只能暴躁地揉开她。他看不起眼泪。这二年,就这上头,他也对不起妻。他心里明白,可改不过来。

"我晓得,我配不上你。"有回拌嘴之后,妻突然冒了这么一句。

"胡咧咧什么?"他把眼睛瞪直了,吼着。

妻子喜欢看电影看电视,因此也喜欢拿那种高等华人的标准来衡量自己的家庭。妻子是爱他的,因而也把他看得过于高大。其实他最受不了这个。妻委屈得哭了。他又懊悔不迭……

"师傅,师——傅——!"漆黑的沙滩上传来那孩子的喊叫,这声音和着八月落潮的涛声,显得格外惶恐,格外凄厉可怖。

"你大概以为我死了吧?"他靠在一条田埂上对孩子现出自嘲的微笑。其实他也刚刚转移过来的。

孩子走近他,站住了,手上还提了一包什么东西。借着星光,他发觉孩子眼睑上还挂着一滴豆大的泪。这使他大为感动。"我是想找个避风的地方。那边,有点冷。"他解释道。当然他不能告诉孩子,促使他离开那儿的,还有突然令他生畏的江涛声,还有那一丝丝恐惧。这也是无法解释清楚的。

可孩子早已破涕为笑了,他把手背在身后,"你猜,我找到什么了?"

没等他猜,孩子就把一只塑料袋扔过来,正是他吊在三脚架上的那只。

"你真不赖,在哪儿找到的?"

"漂下去十多里呢,我追了半个钟头,才追上。那个桌子,我拖上岸了……你等等！"孩子又往江边跑去。

现在，他们已是十分的富有了。他的袋里常备了十来个馒头（塑料袋从江底下钻出来居然东西没湿，奇迹）。那孩子还搞来了几条腌鱼干，还有一瓶瓜干酒。他们燃起了一堆火。鱼干在火上咝咝叫着，散发出诱人的香气。"你怎么不吃？"他突然发现，孩子趴在火堆对面，托着下巴，痴愣愣地盯着自己。火光在他脸上跳跃，听任蚊虫和飞蛾在头顶上盘旋，只有那一对过长的睫毛偶尔扑闪一下。这是个天使。他想。

"我不饿。"

"吃吧，哪有不饿的道理。"

"你还要往下江游吗？"孩子突然问。

"当然！我从来不做半途而废的事。怕死，就别到长江里来混！"

"艺高人……胆大，是吗？"

"艺高人胆大？就是这话！"

孩子咧嘴一笑，又露出那排不规整的白牙。他跳起来，抓起馒头撕下一块，又把酒水瓶的橡皮塞嘣一声咬开，咕咕地灌了几口，满足地笑起来。

他也学着这副模样灌了几口，然后拿嘴在肩胛上蹭蹭，微微呵着气。

"你真是条好汉！"

"是吗？"他得意地哈哈大笑，"干！"

酒瓶快见底的时候，那孩子倒还无所谓，可他已经头重脚轻，飘飘然了。酒精在血管里奔突，太阳穴针刺似的弹跳，浑身每个毛孔都被撑开，往外淌着黏唧唧的汗液，够刺激。一切烦恼，一切忧郁，一切幻想和责任，滚他妈的。"这儿是真正的好汉！"他狂吼着站起来，把剩下的酒倒进火堆里。火焰蹿起一人多高，映在他黏湿的通红的富有弹性的皮肤上，肌肉更加棱角分明，他收腹把胸，仔细端详着自己，还真有那么点儿力拔山气盖世的雄壮感。

那孩子也蹦起来，小心翼翼地触摸这些紧绷绷的胸大肌，二头肌，看着他肚子上滑动着的八小块腹肌，赞叹不已。"你知道浪里白条张顺吗？"小孩仰起头看着他，眼中射出激动的光芒。

"浪里白条？浪里白条算什么？不是跟你吹，当年我横渡长江一天六个来回……你不信？"

"谁说我不信的？我信！真信。"

他放声大笑了。笑声在空旷的夜空久久振荡，在他渴望野性冲击的心胸中发出奇妙的回响，使他如痴如醉。

……大风大浪也不可怕，人类社会就是从大风大浪里发展起来的——呵，多么奇妙的荒唐的令人激情澎湃的年代！是谁？想出这么个奇特的选举方式？竟用横渡长江的次数来决定自己的首领。不管它。反正他早已远远地把竞争对手抛在后面，他还要把他们一个个像摊烂泥似的抛到岸上。游。游。他游了六个来回，创造了最高纪录。

然而体育运动史上并没有他的名字，没有人承认这个纪录。大风大浪很快就把所有的人全忘记了。什么都没留下，什么都没留下……

而现在，想不到在这个让他九死一生的八月，在这个远离村舍的旷野，命运让他这倒霉蛋碰上个小崇拜者！想不到哇。他兴奋得眼眶都有点湿润了，他抚摸着孩子的脑袋，心中充满了感激。

"师傅，你会武功吧？"

"嗯？会一点儿吧。"他笑了，拧他的脸蛋子。他真的会一点儿，他出生的村子里，人人都会一点儿。那是从前同外姓人械斗的遗风。渔叉、棍术，还有一种叫"板凳花"的。一条长板凳舞起来，也能呼呼生风，有好几套路数呢。可他这身好筋骨并不得力于武术，而是玩凿岩机、玩三角耙和铁簸箕的结果。会武术又怎么样呢？

"你要读书！成天舞叉弄棍的，一辈子没出息。"不知为什么，母亲在他很小的时候，就认定他应该读书。不管什么书，只要他读，母亲就高兴。也许在她朦胧的意识中，她认定男人就应该读书，读书就会有出息？也许在械斗中丧生的父亲对她刺激太大，而决心要儿子做一个别样的人？也许她认定儿子就是个干大事业的男子汉？为了让他读书，她熬干了一个农村劳动妇女能挤出来的每一滴油脂，每一滴心血……大饥荒那年，他考上了县中。这意味着他保住了一条命。"去吧，不要念家，好生读书。"母亲躺在床上这样盼咐。可不到一个月，母亲就来看他，还带来一小罐辣椒糊。"读书读饿了，就抹一口，暖暖身子……"母亲喘着，对他惨然地笑。这是他听到母亲的最后一句话。他读，他发疯地读，不要命地读。但读了又怎么样？他心情又黯淡起来。"师傅，我一瞄眼就晓得了，你是个有真功夫的。"小孩认真地说。

"哦？哦。"

"霍元甲本事大，可他不会水。你呢，干脆就是个浪里红条。"那孩子很得意这突发奇想。

他愕然。

孩子还在喋喋不休地说着什么。

而他，终于明白自己在孩子眼中是个什么样的好汉了。"天晚了，你该回去了。"他在田埂上躺下来。

孩子没吭声，却挨着他坐下。

"你再不回，船老大又要揍你。"他勉强笑着。

"不会，我来他点过头的。"

"哦？他知道我要出事？"

孩子嘻嘻笑了，扳着他的肩头让他重新躺下。"你命大，有天兵天将保着呢。今早你一走，阿大就要我划舢板在后头远远跟着。阿大讲，能从鬼头矶游过去的，从古到今没有几个。"

他愣了半天，才把一口气吁出来，"你阿大也是一条好汉！昨晚，我把他得罪了。你回去对阿大说，我谢谢他。""屁，你听他嘴上犟，狠话一箩筐。其实他早就想跟人家打伙拼跑运输呢。"

"那怎么又不干了？"

"还不是怕对不起祖宗呗。我家老爹爹临死有过话，要他一辈子都别上岸，一辈子在江里打渔。"明白了，这黑脸汉子昨天为什么会那样大发雷霆。可这难道也叫矢志不渝吗？

"睡吧。"他抖开一件褂子，盖在两人身上。

可孩子又突然跪起来，脸涨通红，冲着他结结巴巴地说："师傅，收我当个徒弟吧。我一辈子鞍前马后跟着你！"孩子不知在哪学来的这一套，说着便要给他磕头。

"扯淡。睡吧。"他按倒他，不许他再动弹。

星星稀疏了，遥远了。厚重的云层压下来，压下来，一丝风也没有，说不出的闷热。

"师傅，你信不过我？你怕我吃不下苦？"

他侧过身去，不再理他。但他听到了孩子成年人似的长叹，还有轻轻的伤心的啜泣。闷热。流汗。心里也在流汗。"反正你到哪，我也到哪，讨饭我也跟着你！"孩子终于憋不住，大声哭叫着。

"睡觉！"他吼起来，对孩子，更是对自己。

孩子终于不敢出声，他怕他。怕也是一种崇拜。抽泣渐渐变得均匀，平和。而他，却如同一头困兽，一头做了多次无望的挣扎之后的困兽，在呻吟在喘息。八十年代高唱改革高调的浪里白条张顺！多妙啊。我在他眼里是什么人？飘零四海，打富济贫的侠客？闯荡江湖，卖狗皮膏药的游方郎中？下山化缘，不露真相的神仙老道?

小丑,一个被喝足了倒彩的小丑……

许多双眼睛都这么看着你。不光是孩子,还有船老大,还有乡下的农民、矿上的工人,还有妻子,还有乡下和矿上的干部们……都拿这笑眯眯的眼光欣赏着你!

哦,你跳得是多么起劲啊。

你自我感觉太好!你整日都浸泡在自己酿造的甜酒里,陶醉!

渴,渴……他跑到江边,一头扎进水中,饮了个够。他又回来,四处摸索,终于找到了那包还没浸湿的香烟。他又把香烟揉碎了……

孩子睡得正甜。他睫毛可真够长的,简直可以盖住颧骨以上的雀斑。他鼻梁也很好看,正可笑地向上轻轻歙动。他梦见什么了?

哦,这是那个挑战风车的糟老头子的悲哀。

母亲从冥冥中走来,慈祥而又憔悴的眼里射出严厉的光。在稀疏的星空下,母亲俯视着他的灵魂。

他的灵魂蜷缩成一团,惊悚地抖。

你真的用心念书了吗?

真的用心念了。每一本。我从来不敢贪玩,从来不。除了……除了到不能念的时候。

你骗我,孩子。那你为什么不照书上说的去做?那些书都读到狗肚子里去了吗?乡亲们那么照应你,可你还拗着劲胡来。

可那时,书上就这么写的呀。我是照书上去做的。这能怪我吗?当时大队也同意给我们知青单独成立小队,同意我们搞个社会主义新农村的样板来……我怎么能想到会是那个结局呢?后来,后来……

后来你又去念书了。

对对,又去念书了。也许大队是怕我再惹事,也许他们还念着您的一片苦心。总之，我成了工农兵大学生。我学的是采矿。就是……到地底下去挖出宝贝来。

我晓得。可你干得并不好。

这不能责备我，我是尽了力的。一开始，他们就分配我当工人，当出矿工。后来才派我到工区里当地质员，实际也就是给一张冷板凳罢了。我想革新电簸箕，他们说工人阶级不怕苦，三角耙和铁簸箕是传家宝。我想试验喷浆支护，他们说，矿上没那么多钱给我糟踏。妈妈呀，我听您的话，我念过很多很多书，可有什么用？有什么用？收会员费？填考勤表？

你就不能忍一忍吗？

三十而立呀，妈妈……丈夫处世兮立功名，立功名兮慰平生。我要去开拓疆土，开拓疆土！我要去建立事业，建立事业！哪怕只有一丁点儿，一丁点儿……

那你也不该胡来！

我没有胡来。改革是领导号召的呀，选举基层干部是领导布置的呀。那天，我刚提出来，工人们就鼓掌了。这叫胡来吗？可是，可是……他们把我喊了去，说我又要跳出来！不是说让大家提候选人吗？候选人也要经过组织审查！哦，妈妈，我还有什么话可说？只有一条路。

那也不能歇倒不干。不是不干，是留职停薪，是他们批准的。我们村的后山上，有磷矿。从前公社也开过，可那儿的岩层松，冒过顶，死过人，便废弃多少年了。但我懂技术，我知道怎么干。我找了乡政府，他们同意了。呵，我多么幸运。我等到了鼓励个人的机会，的确给我们创造了机会。我没有愧对机会，妈妈。我成功了。但我也因此再次失去了机会……他们妒忌我，妈妈。我真是个倒霉蛋！我都三十五了，还跟苍蝇似的往玻璃上瞎撞，还自以为那就是光明。他们都把我当成小丑，当成可用不可信的人，当成浪里白条……

孩子，你真的认为自己没有过错吗？

我有什么错？我们村的穷困您也不是不知道。现在大家都过好一点了。是谁帮他们富起来的？是谁让他们财大气粗的？是我！没有我，他们今年冬天还得下塘摸螺蛳吃。没有我……您走了？……妈妈？……听我说，妈妈？……妈妈！妈妈！

苍茫的宇宙尽头，响起了母亲滚雷般的呵斥：你这没良心的！你眼里还有谁？你谁都看不起，连你老婆都看不起。你忘了大家，大家……大家……

这声音在天地之间，在江面上，在旷野里，在他空旷已久的胸腔里回音似的久久回荡。

他触电似的弹起来，身上大汗淋漓，胸中狂跳不已。而妈妈发怒的模样却还依稀辨得。

启明星在闪烁，好像就在不远的头顶上。他第一次发觉，八月的启明星竟是这样大这么亮。……有回乡长对他说，"启明这孩子现在过得挺苦，老的老小的小，就靠他一个劳力。你收下他吧。"启明本是他少年时代的朋友。可这小子头几年退伍回来当上了大队支委、民兵营长，搞运动那阵，得罪不少人。因而承包时，谁都不愿带他。是自己慷慨地收下了他。照理说，启明应当感激才是，可这小子专门跟他作对。

不行，你这样干太冒失，非栽跟头不可。是——吗？这是改革，不是割尾巴。小农意识。惹毛了，他就天天刺他，他照样干。

乡长找来了。说最近有反映……"不就是陈启明反映吗？现在我通知你，陈启明从今天起，被除名了。"啪一声，他弹开了气体打火机。改革，就这么痛快。

乡长噎住了，摇着头败下阵去。

晚上班后会，他宣布了这一决定。冷场了有十分钟，陈启明从人群中走出来，一步一步向他走过来。他扔掉香烟，站着不动，冷眼相向。两个壮汉就这么在二百瓦灯泡下僵持。

"过去，我是有错误。我对不起乡亲父老。可我告诉你，如今我觉悟了，我明白了一个道理。就这上头，我比你清醒得多！说句不中听的话：过去穷，没有我陈启明照样穷，今天富，没有你这救世主照样富！信不信由你。我是农民，你是谁？你是农民的崽娃！"

哄堂大笑。不知为什么，他又犹豫了。他又让人托话给启明，让他回来上班了。也许，他特别欣赏这小子的硬气。

"行了，"他拍着他的肩，表现出一个企业家的豁达风度，"你干吗非跟我闹别扭呢？"

启明把钢钎抡上肩，叮当乱响。"你忘了，这山，这水，这矿，也有陈启明的一份。"

这小子，炮眼打得好，会动脑子。一个迎头，他一般要比别人都少打几个眼，还能拿得干干净净。当过兵，见过世面，炮捻子别人只敢点三四个，他能一次点十个，又迅速又准确，确实是把好手。他还真用得着他。妈的。

有一回，在巷道里，他无意中发现，陈启明竟在偷偷地啃一本《采矿工艺学》！当时，他只觉腾一下，心中一紧，血就冲上了脸，浑身不自在。到家才发现，雨衣上的扣子竟然扯绷了三粒……

还有一次，陈启明报告说，有段巷道顶板已经渗水了，应该采取措施——他用了个专业技术上的词儿。而他，本来也明明打算这么干的，可这一刻竟然萌发出一个凶残的念头——"你看懂了几个名词？等你拿到文凭再来显摆不迟！是我说的，没事！"下班了，陈启明没走。他留在巷道里为干活的弟兄站了一夜岗。而他，自然更不敢走，也这么硬撑着监视险情。尽管已经安排了排险措施，两个人还是再一次这么面对面地站了整整一个通宵。谁也不搭理谁，谁也不让谁。还有一次……

多么鄙俗，多么下作！多么可怕的妒忌心理。这就是……你吗？

……刚进县中学的时候，他们几个乡巴佬有次溜进了校长办公室。那里面有个巨大的穿衣镜。他们轮流穿上校长的黄呢军大衣和大皮靴，在穿衣镜前装模作样神气活现地走来走去……校长突然进来了，大家惶恐地垂下了头。他壮着胆说："我们是头一次……""是头一次这清楚完整地看见自己，对吗？"老校长哈哈大笑，"我到四十岁上才头一次呢，把我吓了一大跳！"校长的慈祥和宽容他一辈子不能忘怀。但他真正听懂了校长的话，仅仅是现在。

今天，就是现在，他又看见了那面镜子。镜子里站着的，是他赤条条的灵魂。

这就是……你吗？改革家？

别，别这么看着我。我不是什么改革家。我是个普通人。是时代，时代……

哈哈，胆怯了！你曾经是怎样目空一切啊。谁都不在话下，谁都没你高明。张口陈规陋习，闭口小农意识。可你那血管里流淌的是什么？是原子能？是激光束？是中子弹？

啊……啊……别装蒜了，其实你心里虚着呢，就像装神弄鬼的人总想躲开自己的影子。是，是的……你不过是个弄潮儿。你离开了潮头，离开了大家，你一个大钱不值！回来吧……回到大家中间，回到土地上来，大力士安泰！……回来吧，回来吧！烟似的雾阵从水层上升起，若即若离；放眼望去，对岸的码头和工厂的烟囱手拉手地在波涛上摇曳。几只渔船扯起了布篷，在霞光中不慌不忙地款款而行。而一艘巨大的油轮正引颈长嘶，轰然挺进。渐渐地，红日把大江煮沸了，波光点点，在水层上跳跃、滚动，恰似一只巨手轻轻抖动着一匹无比长大无比辉煌的锦缎。哦嗬——他张开臂膀跑着叫着扑进水中。微寒的江水托着他，任他仰卧浮沉，一任他去翻腾去肆虐。开始几天那种肌肉的僵硬感已经消失，他确信自己进入了良性循环。尽兴了，他才慢慢游回岸边，然后顺着沙滩走回来。孩子站在舢板边上等着他。

"你早啊。"他说。

"现在重新出发吗？"孩子显得很紧张。

他看着孩子，咬了一会儿嘴唇，"先吃点东西。"

于是他们开始咬冷馒头，谁也不吱声。

"师傅，你带我去吧。我划舢板跟着你。等你到地点了，你要真不收我……我保险不赖着你。"孩子似乎很冷静，但泪水却控制不住。他摸着孩子新剃的头，细长的脖子和精瘦的肩，心里好一阵难过。

"师傅！"那孩子又要下跪。"你听我说。"他推孩子一把，"你要先答应我一个条件。""行！"孩子眼中放出光亮，"一百条都答应！"

"先念十年书再来找我，十年。"

"你拿我开胃哟，师傅？"孩子又来拉扯他。

可他站了起来，眼睛盯着江面。波光刺得他两眼眯缝起来，"我不骗你。你念了十年书，成了人，你就明白什么叫好汉了。而且……而且我根本不会什么武功。昨天我是瞎胡吹。"

"不信。我不信……"孩子的手垂下了，后退了两步，惊讶地瞪圆了眼。

"原谅我吧，小鬼。我是个不中用的人。而且有时还……还很混蛋。我也不打算再游下去了，今天就回家，现在就回家。"

愤怒的泪水从孩子变了形的眼眶中溢出来，"你，怕死了？……"

他怔住了。

孩子哆嗦的嘴唇里射出一连串脏话，然后抹着泪跑回江边，用肩顶开舢板，爬了上去。桨把在船舷上碰撞，发出咯咯嘎嘎的噪音。他抬起手还想喊句什么，但手臂又马上落下来，折了似的。不能犹豫，这回绝不犹豫！怕死？不，那样的死他不怕。那样去死，才是真正的胆小鬼。这你还不懂，孩子。人类的胆气是远不能用死亡去衡量的。

　　他走到水边，用脚蹬了蹬他的三脚架，又把折了的小旗杆重新绑好。他提起三脚架，用力将它抛入江中，三脚架在水面上打了个旋，然后轻盈地在波涛上一斜一倾地漂远。他看着，重重吁了一口气。

　　是的，他已不是争强好斗的小伙子了。他应当成熟起来。他也不去朝觐大海了，他本来就从大海中来。那是一个真正的海，一个积蓄了地球上最大能量的海。他要回到那里去。

　　不，这一趟也不能算白来。用七天时间摆脱一个漩涡，这效益还可以，从生命的角度看，不算长。

　　这一刻，脑子里又突然跳出一个奇特的念头。一定要找到这孩子，一定要培养这孩子，让他上中学，上大学，当博士！这孩子是个好样儿的，他比自己行。然后，然后将来有一天，他们再一起回到江边度过一夜，坐到这沙滩上，重新探讨艺高人胆大这句话。这句富有哲理的话。

　　一滴混浊的泪漫过他的面颊，在他沾满尘埃的脸上犁出了一条清晰的沟。他竟然没有察觉。

原载于《丑小鸭》1986年第6期

搓麻记

一

  我不怕，我怕什么！老子一不贪污二不腐化三不杀人放火四不争权夺利五不欺世盗名打打麻将怕什么？

  真的话。七筒，好牌趁早打！

  你干什么？采访？你就公开讲，想在老子跟前套几句话编编写写然后卖给哪个小报骗几个钱花就是了。缺钱花你就找老子来了，平时头昂得跟公鸡一样。

  哎！你讲老实话。老子跟你也不外。如今这年头……兑！狗屎（九筒）兑。你一讲话差点把老子一副好牌搞糟了。九万。

  不就是打麻将吗？好，我给你透两句，稿费提成百分之十。〇八年是麻将年你可晓得？谁说的？主席说的。麻主席。

  作家就不能坐在家里。你到外头跑跑，北京上海广州重庆，哪个城市楼房里没有稀里哗啦搓牌声你割我舌头下酒。哎，那真是北到大兴安岭南到海南岛的……和了？妈的。

  今年也出鬼，几百年不遇的事都冒出来。南方冰雪山东撞车台湾选举四川地震搞得不歇，连开个奥运会达赖喇嘛都要捣乱。你讲奥运会怎么没有麻将比赛呢？你在中国开嘛，当然要按中国规矩来。他要搞麻将比赛我就去夺个金牌玩玩。

  你以为我天天稀里马哈不问事啊？这年头像我这样关心世界大事的你能找到几个？讲句不怕你跳楼的话：别看你天天拿个采访本装得人模狗样，其实一肚子鸡零狗碎，你当我不晓得啊？当年太白金星就讲过了。玉皇大帝问北京城里整天熙熙攘攘哪个能数清楚究竟有多少人？太白金星讲，陛下，北京城里其实只有两个人。哪两个人呢？名利二人！太白金星多英明呐，一眼就把人心看得透透亮。你肚里那点小九九在我跟前装斯文，可笑不自量嘛。哎，老子比你清高得多！

　　就讲打麻将，老子也是为改革而打。赌钱也为改革而赌。老子生是改革的人死是改革的鬼，嘀嘀，你又气性大了。

　　那天我们经理把我请去，讲，今年任务完不成了哎，想想法子吧。我讲完不成关我什么事？我不在其位不谋其政。经理说不能这么讲嘛。你是老同志了。现在他晓得老子是老同志了！经理讲，任务完成了大家奖金也多拿一点嘛，你也有好处嘛。我心里话，我在乎你这几块钱啊？麻将桌上好歹手上带点紧就过来了，后来经理看我软硬不吃，只好讲心里话了。他讲，他刚提拔上来，没经验，道行浅，难处一大堆，从前年年总公司都给小灶饭吃的，无所谓。今年要是完不成他脸上挂不住，苦巴巴的。我心想你能讲三分真话也可以了。其实小狗日的一心想往局里钻，公路局里还少个副局长可晓得？算了，既然求上门来我不帮一手也显得老子不仗义。另外在这种人手下干事时时还得提防一点，他早爬上去早好。我就讲你舍不得孩子套不住狼呀，如今这世道好听话压不住秤呀。经理讲这我心里有数哦，就是光吃点酒送点小礼品不管劲哦，送大东西我们也不敢送也送不起，万一人家一翻脸不认账还倒大霉。我直笑，心想现在手上有权的人还在乎你一两件东西啊？人家早就物质文明了。想要钱人家跟老外要去，几十万几十万地存在老外银行里。你这两个小钱正好给人家买光荣榜，往纪委一送，拒腐蚀永不沾！傻逼才干这种事。现在要来点精神文明，你得想点子让人家快活。钱这玩意是润滑剂，可你得会抹，抹对地方。凭他有百万亿万身家都没有那点快活值钱。越有钱越他妈提心吊胆，他就越想快活，你懂不懂？

又和了？妈的，跟你讲话我两圈没和牌了，你要不把稿费分过来你也黑良心。长话短说。

我跟经理讲，你得发个文件，证明我干这些事都是改革开放需要。当然当然，他嘴咧得荷花样，一腰躬到地。随你怎么干，怎么干都是改革开放，实报实销，一句话。然后就请人家打牌嘛。给他们打牌助兴，只能输不能赢。一开始我赢了许多，赢得他们眼睛子出血。然后就臭他们，臭得他们一文不值。臭什么？手不干净嘛，弱智嘛，晚上没干好事嘛，情场太得意嘛，一分钱夹屁眼沟机枪都扫不下来嘛。把他们臭够了然后我就开始输。反正老子有的是钱，经理就在楼下放风，提包里有的是现金。一夜下来要输十多万。也不是真输，他们也不在乎钱多钱少，关键是快活了。哎，临走时候再三表示感谢，要跟我们站建立长期关系，欢迎常来常往。上个月我去出差，请客！顶级豪华的！哪个客户有这种待遇？他们在乎钱啊？关键是你给了他买不到的东西。成就感，自信心，表现欲，征服欲，都有了。当然我也请客。反正公家有钱。为工作嘛，多多益善。

那当然了。超额完成。皆大欢喜。局先进工作者，工资浮动一级。经验就算了，就不用介绍了。人呐，就这东西。这些事，你也晓得啊？你也晓得国民经济啊？你也晓得改革道路多曲折啊？你晓得老子打麻将也忍辱负重啊？为工作哎……狗屁！要吃趁热，我晓得你要吃嘛，一桌好菜就差这一泡狗屁了……又和了？妈的。

不打干什么呢？在家等死啊？一大家子下班到家看你闲着不做饭，嘴上不说心里能快活？哎，眼不见为净。老子忙得很，比你们还忙。老子苦一辈子了，退休了还不能快活几天？我跟你们讲，你只当老子那年出工伤死过了，好歹不要你们养活。快死的人你还指望他当牛做马啊？

老是老了，五十五，讲假的不中。不服老还中啊？我前头房子的老李天天早起，又跑步又打拳的，还不是三天两头捧药罐子。我跟他说，老李哎，你跑就把病跑掉啦？说不定到火葬场你比老子跑得快！

我这话不是没道理，他不会找快活嘛。人这东西活的是个精气神，心宽才能体胖嘛。你练一个月还比不上跟儿子吵一嘴。想不开嘛。儿子烦过了还要烦孙子，孙子长大了还有重孙子，你能烦完了？有福不晓得享，你心急，共产主义早实现过了，我不跑也不练，天天打打麻将。身子骨壮得很，快活嘛。

我天天上这里来，拎个热水瓶，一打就一天。这多好，汽车又不多，空气又新鲜，就是冬天有点冷。那怕什么？比干活好多了。就这一冬天都没感冒，这玩意比练气功还管用。饿？还晓得饿啊？我气血贯通，手气来财，比吃什么都快活！

危险也不危险，我又不坐马路上，局里是个老干部活动室。孙子才去。还没打几把，他就过来给你念报纸，你玩得正来劲，他又要关门下班了。来动员过几回，我不去。我当一辈子孙子了，快死了还找一个人管着？我还没叫他管够？我不在家待不就图个快活自在吗？你眼睛盯着牌他眼睛盯着你，手气能好了？见鬼了。

我不干，给什么工作我也不干，再多钱我也不干。我要那点工资弄熊？有口饭吃就行了。共产党就这门儿好，老了饿不死，干不动了还给你退休金。要那么多钱干什么？人不能没钱，也不能太有钱。老李活得那么费劲，还天天跑步，不就是腰里别个存款折子烧的？搞得一家子不太平。我不干，再光荣我也不干。

人活一辈子究竟图个什么？年轻时候还常想，现在老了，不想了。我只晓得打麻将。赢了高兴，输了也不恼，明天再来嘛。我只想快快活活，怎么过得快活怎么来。

二

打麻将好啊。

不打麻将一大家子挤在一起怎么办？一个个大眼瞪小眼？今年好多了，从春节开始就好多了。一大家子都迷上麻将牌，也不知从哪刮来的风，一下班就打，礼拜六礼拜天更要打，一打牌关系就热火起来，这玩意真能增进团结啊！

一家人平时就吃饭碰个面，饭碗一推就躲进各自的小屋去，天上下刀子也不开门的。现在干什么活都大家一起上，老二老三都主动择菜刷锅的，两个女的干脆轮流做饭。快点干完活大家搓麻将啊。屋子小，吃饭打牌都得把铺板掀起来边玩边聊。你单位什么事，我单位什么事，还互相出点子，争得脸红脖子粗，也快活。要是先前，说是一家子，其实跟住旅店一样，连单位同事也不如，天一黑就听见电视机响，现在电视有什么可看的？有什么意思？你累死了人家也看不见。

从前推开门，家里就跟坟墓一样，静得很，只听见干粽子叶在窗棂上唑啦唑啦响。哪回不把一口气悬悬地舒出来，赶紧溜进自己屋里，怕碰见人。讲矛盾也没什么大矛盾，不知怎么搞的。生小浩的时候我落下腰疼病，那时真的不懂，才二十来天就沾冷水洗衣裳了，弄得现在稍微累一点儿就直不起腰来。一般是给自己冲个热水袋塞在腰底下，等那一股麻酥酥的意思发散开来才能动弹。要是听见了小浩在楼道里闹响了，紧跟着就是婆婆的脚步声，然后就是抹布摔在砧板上的怒气，这时候你还怎么办？只能撑起来给全家预备晚饭。

我们是普通家庭。每天晚上都是最普通的。公公回来了，老公回来了，老二和他夫人回来了，老三和新媳妇也回来了，家里就热闹起来，电视机里蹦跶得正欢，就是没哪个伸一把手，都等着饭来张口呢。我有时忙不开，老公想进来帮一手，婆婆脸色还不好。也是越帮越忙，被我一巴掌打愣了。婆婆嘴也不闲着，说单位这么近，不能早点回来吗？一个个都是甩手大爷，油瓶倒了不扶。老公赶紧讨好眨眼，你还能怎么样？只好瞪一眼了事。

我就在旁边那家超市上班，当个糖果组长，工作并不轻松。提货点货销售记账搞卫生，哪样不得带头？组里那些小姐们个个描眉画眼，讲多了也不好。其实多干事我也不在乎，只是这腰。还有心里不服！

我命不好，在家是老大，出嫁了是大媳妇，活该一辈子劳碌。一大家子就指望我做，做长了，好像是应该的，别人倒插不上手，很奇怪。少做一点点，婆婆脸色就不太好看。老二刷刷碗，婆婆也能夸奖一番。老三倒倒垃圾，婆婆能发奖状。有时我腰痛紧了，动弹不了，婆婆就叽叽咕咕地骂。其实婆婆并不是个坏婆婆，就是嘴碎，说惯了。那两个不做事她也看不惯，可又不敢讲她们，只能以表扬为主。婆婆也得团结大多数啊。对了，鞭打的总是快牛。

我有时也窝火，有时骂急眼了，就哭。哭还得干，一边哭一边干。我要不干就没人干了，反正是我的事。回娘家，妈妈就骂我，你骨头贱嘛！你不听我话嘛！现在应了不是。

过门那天，妈妈左一嘱咐右一叮咛，第一天千万别动筷子，喝点汤就算了，要不日后受累。晚黑上床千万别先脱衣服，等你男人进被窝了你再脱，衣裳全都盖在男人身上，这样你日后不受欺负。可惜照着做不了，早就不记得了。哪记得这些程序啊？我们是真爱，在爱情面前上帝也闭眼睛了。那天光顾上说话了，说学校的事，说公司的事，说过去未来的事，说了就笑，笑得把什么都忘了。后来婆婆不满了在外头咳嗽。后来我就掐他，掐得他呲牙咧嘴又不敢出声。后来我就笑，拿被蒙住脑袋笑。后来，后来就什么都不存在了。

开饭了,我得抓紧时间给小浩洗澡。完了自己还得扒两口饭,还得洗碗,还得洗澡,最后还有一大家子的衣裳得洗出来。老公也心痛,买了两台洗衣机,可洗衣机不还得人去服侍吗?有一台洗衣机我只负责公婆的,有两台洗衣机好意思把弟妹撇一边吗?

我们没房子,只好住家里。结婚9年了,儿子都上学了,连个窝都没有。哪买得起啊。开头还打听,这多少钱一平米那多少钱一平米,后来想开了,你买一平米两平米把自己挂起来?想想也怪得很,房子越盖越不够?他都卖给谁了?怎么一天一个价?听说八十年代都盼着拆迁,现在听说拆迁天就塌了。

其实就是有房我也搬不走。这一点我心里清清朗朗。公婆都还上着班,早下岗了,是在外头找活干,想多挣点钱也想避开这没底的家务事。其实公婆早就托人给老二老三找房子了,礼也不知道送了多少,我全都知道。婆婆也跟我透过。婆婆说,她嘴不好,老骂人,其实心里最疼的还是我。我明白公婆还是想和我们在一起的,谁没个晚年呢?说着说着就抹眼泪了,一抹眼泪我就受不了了。我这个人,顶见不得眼泪。

我也打。他们也拉我打。我老赢。也许是他们让我,也许是老天有眼吧。现在大家都想开了,苦就苦一点吧,老百姓不怕苦,过日子要过安稳日子,别来什么大灾难就行了。别胡思乱想,这山望那山高,没用。也别不服气眼红人家,也没用。人家发财发就是了,人家有大房住就是了,他能把喜马拉雅山搬回家,我看不见。人就怕精神不愉快是不是?别给自己找不痛快。现在老二老三真要搬走了,我还真舍不得,那多冷清啊。

三

　　唔，谈什么？

　　你哪单位的？你们领导叫你来的？问这个干什么？吃饱饭没事干。你们主席我认识，不是那小……什么吗？你们搞文艺工作应该多深入工农兵，多搞点有意义的东西。这也是老问题了，强调几十年了。

　　对，这当然代表一方面。也不一定都是老资格，够上离休的都能来。他们几个都是老家伙，抗战的。你跟他们聊聊就明白了。老家伙发牢骚跟一般人发牢骚能一样吗？他们都是……忧国忧民的牢骚！建设性的。跟你说你也听不懂，打不打麻将那是次要方面，那不能代表。从前我搞运输站时候成天跟汉奸特务打麻将，那是工作需要。嘿，当然有姨太太，漂亮得很呢。你不服？所以看问题要全面，不能说老同志打打麻将就怎么怎么。不是这意思？那是什么意思？总有个目的嘛。

　　好，我给你说说。第一，麻将这东西没有阶级性。敌人能打，我们也能打。资产阶级能打，无产阶级也能打，这跟自由化没关系，中央也没说不能打麻将。资产阶级能用它腐蚀青年，无产阶级也能用它分化瓦解敌人。从前我搞地下运输时候，就利用打麻将争取过一个二鬼子稽查员。他老输，我就借钱给他，那他还能不为我办事吗？这人后来镇反期间被镇压了。他还能说出我的名字来，要我证明他为我们办过事，有功。那我就能证明吗？办过事是办过事，该镇压还得镇压，敌人嘛。这点界限不清还得了？后来造反派还为这事整我，说我是老牌特务。整去吧，我拍拍屁股比你们脸都干净……不说这个了。这是第一。第二，麻将这东西，还是很好的嘛。当然青年人最好不要迷上这个。对老同志来说还是很好的娱乐。它不费脑子。比打扑克好，打扑克要打对家，打不好就吵起来了，伤感情。还是它好，消磨时间，几圈牌一上午就过去了。再就是不伤身体，现在不是说要多元化多层次多方面吗？我看它也符合这一条。今年市老干部局组织老同志麻将比赛，这就很好嘛，要把它纳入健康发展的轨道嘛，巩固提高嘛。嘿嘿，我是总分第二名，那天没发挥好。另外最重要的，这么些老同志非要退下来，死又死不了，管又管不上，你要他们怎么办，小平同志是说让老干部发挥余热。可底下听你的？都在搞自己一套，搞小圈子，拉帮结派……算了，不谈这个了，顾问？怎么顾？怎么问？谁请你问？你人没走茶就凉了。不谈这个了。现在请我干我也不干了，谁搞的事谁自己擦屁股。搞得这个乱！他非搞资本主义不可。我早就是说过了。物价，哼，还要涨呢，我这话搁着！说哪啦？

对，第三，麻将还有个好处，就是可以交朋友，化干戈为玉帛。打打麻将，老家伙们经常见见面，谈谈心，多少年前的疙瘩都解开了，人老啦，谁也不愿带个疙瘩去见马克思。

跟你说也没关系。今天他没来，他回来你可以找他谈谈。这么说吧，他打右派时候，我搞党的工作，他就认为是我在整他，怎么也解释不清。我怎么会整他？谈起来全市搞经济工作的老杆子就我们俩。从前我们就认识，我在上海，他在苏北。我们党过去注重战争，对搞经济的干部本来就瞧不起。矛盾当然有一些，工作上的。他打右派完全是组织上的事，组织上的错误当然由组织负责，怎么能怪我呢？我算老几？可他非落实到我头上来。当然，我也说过他的情况。组织上要我说敢不说吗？后来他平反了，就一直跟我过不去。造反派整我那些材料老实说就是他提供的。我不计较就是了，我能跟他一样吗？××同志说得好，你挨整我挨整大家都挨过整，你上台我上台大家都上过台。过去事情还提它干什么？要说怨气我比谁怨气都大！我叔叔，大别山时候就是师长了。我婶娘也在红军里做事,写得一手好字。枪毙我叔叔还是××同志亲自带人去执行的,那时有多少好同志叫自己人干掉了谁能说清?我怨谁去?特别残酷的是,我堂弟才生下来几个月就扯两条胯子活劈掉了。那时的口号叫斩草除根扫地出门。我婶娘当时就疯了,所以才没杀她。后来听说……街上随便哪个二流子给口饭吃就拖去奸污……这些事你不要记。现在年轻人也无法理解,说了没好处。革命,不是那么简单的,哪像书上那么写的电影那么演。这些你说我怨谁去?只能说当时环境太残酷了,斗争太复杂了,国民党太凶狠了。人杀红眼了看见狗都想咬一口。

计较那些老账没意思,也说不清。现在好了,我们常见面,打打麻将,谈谈过去的老人老事,心情也平和多了。上个月他还上我家来,为他小三子调工作的事。我当时就给交通局打电话说了,咱能帮忙还不帮忙吗?和谐社会嘛。

没事,不用谢,你多了解了解,什么事都要避免个片面性。多写点积极的,正面教育嘛。

四

给颗烟抽吧。

二十。下个月七号是我生日。不要不要,我带不进去,你多留我一会儿就行,我瘾不大。让他们查出来不得了。这儿的班长特他妈损。她让你趴地下晒太阳,晒糊了再给你来桶水,你说我这皮肤受得了吗?女人整治女人毒着呢。这狗逼养的。我出去非找两个人把她花了。男的就好些,顶多罚站。他在一边儿瞧着,我知道那眼睛往哪儿溜，可他又不敢。你要真把裤子脱了，他肯定得装孙子，我就不信他那玩意儿是软的。你还行。等我出去找我去吧。不要钱。不过那时候我不定上哪儿了。我朋友多着呢，除西藏我哪儿都玩儿过了。

是啊是啊，我要认真改造，重新做人……你少来这一套。我不是人吗？干吗重新做？我是看你顺眼，才说两句真的，说那个，我下边的就行。是人都一样。不信你来试试，我能说出你先干什么后干什么。哼，是你先不友好。

那是我倒霉，他们抓赌把我裹进来的。我平时也爱玩两把，不然闲着闷得慌。那天那家伙是个庑货，一分钟就完事了。开头还挺急，洗澡也洗不干净，一股子皂液味儿。我问他还要吗，他脖子胀得跟脸一样粗说不要了。不要就请他走路，我还要干活儿。谁知道他们非说这家伙没挤干净，又拉他摸牌。结果就撞雷了。那还不是他们单位倒霉，他自个儿能带那么多钱？

知道。一进来那家伙就把我给供了。供就供了，在哪儿不是吃饭睡觉？他们审我是第几次，我说是头一回。哈哈哈。后来就问我细节，我知道他们就爱听这个。爱听我就说呗。

为什么？不为什么。我没什么目的，我要目的干什么？什么让我高兴让我忘了自己我就干什么。打牌就打牌，睡觉就睡觉，我只会这两样，我就专心干这两样。别的我不会我也不管。将来跟我有什么关系？我知道将来是谁？

打牌挺有意思。好玩。赢了好玩儿，输也好玩儿。要赢得费脑子，要算计一张张牌，凑一副好牌不容易。手顺了要风得风要雨得雨，整个儿就是……观音老母。多数是输，那是我的任务。这时我就坐那冤大头上手，他出什么我出什么，他要什么我和什么。眼瞅着他把大肠根儿都翻过来还冲我笑，那才解气呢。你要报复一个人，最好是冲他笑，怎么会怀疑我？我也输了啊？他哪儿知道我输的是公款？扯淡。我不恨他恨谁去？总得找些人来恨恨。要不然也太没劲了。不过也无所谓，我也不知道他是谁。我们不问姓名。问了人家也不说实话。这是规矩。也有可怜的，上回在上海，一傻逼缺钱，少说四十岁了，还不知怎么动弹，怪可怜见的。

你这人真逗。为什么？什么也不为。如果我跟上一个大头目，说不定还真提拔你了，你这人好问为什么。好吧，冲你这包万宝路的面子。你一月也划拉不了几千块钱吧？

我还真跟一个人好过。是我小时候同学。

现在当个什么小厂长。这年头厂长满地走，经理多似狗。上门的厂长经理多了去了。好就好呗，我每年去看他几回。给他打电话，他就出来陪我玩儿。我就不干活儿，陪着他。我们成天在一起，有时散步有时坐着。他是明白人，从来不提和我结婚，也不说我爱你什么的，也不劝我什么。有时我们就干坐着，一坐一下午，我看着他，他瞧着我，看够了就散伙。他是个明白人。我们干这行的真结了婚没一个有好果子的。他不骗自己，所以我说他是明白人。

我当然更明白了。我爸爸把我干了之后我就明白了。这有什么大惊小怪的？当然是亲爸爸。你老婆不在了你也能。

后来有回他跟我说，他要结婚了。我说你是该结婚了。后来我们就上床。他哭了。我说你要什么我都能给你，就是不能给你当老婆。他说他明白。我说这就行了。以后我还打电话给他。他还来陪我。再没干过那事儿。我偷偷去过他家，他老婆长得还行。什么时候他不需要我了，我就不去找他。

我爸爸？再没见过。他让我开了窍，我谢谢他，就是这样。

这些吃的全归我？行，回见。

等等，再说一句：其实我今年三十七了。

五

　　不敢不敢，二回再不敢了。我对不起党噢对不起政府噢对不起公安同志噢。

　　三进宫了。不中嘛，我哪不恨哪？也恨自家。不中嘛，我听到牌响就走不动路。手痒得钻心。不晓怎搞的。昨晚，看守所的班长们也打牌，他们打得好玩，我听了就架不住。他们打到几点，我听到几点，真困不着嘛。有一副牌，明明是和了，那小子硬是不推牌，想自摸。听出来，当然能听出来。

　　他们喊我牌虱子。其实我何止牌虱子呢？我是牌吸血虫、牌麻风病嘛。哪个靠老婆养活能心甘情愿，是婊子儿。不中嘛，我干旁的事干不下来嘛。去年我烧锅的看了一口猪，卖了，买的礼送到乡搬运站我表亲家，派出所又帮忙讲好话，人家算照顾这典型分子，叫我在码头收筐子，顶轻巧的活。我三天坐下来，混身骨头痛得架不住。饭也不想吃，觉也困不着，这心里老像一副清一色牌要成没成的样子。我晓得这毛病又要犯了，心里话这一回再不发狠也不是个人了，也对不住老婆啊。我烧锅的就为我在外头赌跳河也跳过两回了，吵嘴打架就没得讲了。烧锅的看我脸色不对，就打一斤酒，炒两碗熟菜，讲，长临哎，我这条命就在你手心里捉着，这回你要再熬不过去，天王老子也救不转来了，你自家想好着。讲过，端酒就喝，一边喝酒眼泪水一边淌。三个伢一听，骇得慌忙往下一跪。大的讲，大大，你就这点出息没得啊？你要手真痒你就打我啊？打死我都不哼。讲过头就在我膝盖头上撞。

　　我心哪不是肉长的啊？我当真不要脸到这种功程啊？想来想去也没得话好讲了，抓一把菜刀就把手指头砍下来，你看，就这中指拇子。当时还没昏，我还拿过半截指头丢给狗子啃。那狗子死活不啃，我就按头塞到它嘴巴里。一家人哭翻天了，我心里话这下差不多了，我摸牌就靠这个中指拇子，这才昏过去。

这一回歇了有半年多。那真没干过。后来那些赌鬼看我这样也不来喊了。讲受旁人影响那都是假的，主要自家心里想。想什么？想摸嘛，想赌嘛。怎么想？讲不好。讲句不好听的话。就像跟女人搞鬼一样想。骨子里头想。年轻时候。听茅房里有女人屙屎都想瞟一眼，也晓得这事情丑，也晓得是小流氓，不中，还想看。越是提心吊胆怕人撞见越是想看，看过了心里才快活。三个寡汉条子在一堆没旁的事，就讲怎么搞怎么搞。不过年轻时候有门好，能困着觉，再怎么想困着了就不想了。但想这事还不中，真困不着狠。眼一闭就来了。你讲有多大意思也讲不清，反正往桌边上一坐，整个人就没有了，只剩一百三十六张牌。

你讲牌技啊？那不是吹，一百三十六张牌掸手就晓得。我中指拇子没有了，其它指拇子也中。这不晓得怎搞的，天生的。人家讲手指拇子能认字是特异功能，我恐怕也有点特异。

早先赌本小，也不过找点零花钱。那时家里看得紧，也不敢大赌。我家就几分田，我烧锅的又会做。我旁的本事一毫没得，又吃不来苦。就赌嘛。赌，也不光是想赢钱，怎么讲呢？就跟抽旱烟抽多了抽纸烟不过瘾的样。非把哪个赌倒了，我们讲吸血，把血吸干了，心里才快活。自家输也一样，非输到底，裤子扒下来没人要才歇手。

这次在船上赌的。船开到江心里，开两桌。哪晓得公安早盯上了。汽艇一到，票子就往江心里扉，人也跟着跳下去。不会水，当时一骇，就跳下去了。死了两个，都是赢家，揣了一裤腰票子，下去就浮不起来。是滚钩打起来的。一身肉钩烂完了。

我烧锅的，听说是叫村里人看起来了。现在我也不想出去了，到哪去呢？我也没脸进家了。

不晓得。我讲心里话,讲不敢了是今天讲,明天一放出去我就不晓得了。除非两只手都剁掉。

我早就不是自己的了。

六

不打牌我就要打人。我也不能老干活,牲口也不能老干活。闲下来干什么呢?看电视?看人家搂搂抱抱又亲又捏的,心里不更躁得慌?我又不能拦路强奸,这点觉悟还有。自己长得丑,恨爹妈就行了,别去害人家。

打牌也老输。输我也打。反正留钱也没用,只当花钱买人家陪我玩呗。打长了也有赢的时候。赢了当然也快活。除了长得丑,我别的不比人家差。干活当然没得说。不就长得丑点吗?不讨老婆就是了。这辈子打打麻将算了,也不赖。

找过,也不知找过多少。人家隔多远就吓跑了。我真恨我爹妈,他们也不知怎么弄的,把我弄成这样。都死了,爹是砸死的。我也不知怎么活过来了,许是爹娘省给我吃了?省给我吃干吗?死了倒好了。

头年井下偏帮,把我堵里头了。人家都慌我一点都不慌。好像早就等着这一天。我把那几个都背到通风口上,自己躺顶里头,等着。谁知巷道又给捅开了!想死还不叫你死。

没结过。没结过又怎么样?女人不认这个。那年他们看我都三十七了,怪可怜,一帮子弟兄瞎起哄,说非把我捧起来,让不带把子的送上门。矿工会老王他们也卖力,找了好几个摄影师,左一拍右一拍，那一年还真把我相片弄上报纸了，评了个标兵。后来还真对上一个，大姑娘，来往几个月。处长了，她那点热兴劲头也就过去了。可她又不好说，那会子人家也给她上劲，心灵美什么的。我看她愁成那样，心里也就明白了，主动跟她分了手。

怎么愁？没精神呗。没话说呗。她跟我在一起从不看我的脸。有回在路边上看幼儿园放学，她突然冒一句，现在都讲究优生优育。我立马就听懂了。后来我就跟她说算了。我也不能耽误人家。那晚她倒是怪激动，哭了说对不起，说你人还不错，说就是她家里人都不赞成，说要不然你就搞一回吧。

说老实话，本来我还有那个心。觉得亏得慌，花不少冤枉钱费不少精神。那班子兄弟们也早就劝我先干了再说，说女的干舒服了她就离不开你了，把宿舍都腾开了。可她那么一讲我就一点劲都没有了，那还有什么劲？我都快四十了，不值得。

就摸了一下。她偎过来的。我这辈子就摸过两个女人，一个是她，还一个是个死人，跳水自尽的，我把她捞上来的。

不摸了。要摸就摸麻将。麻将牌里有张白板，我们叫它姑娘。要摸就摸它。

农村有是有。工会老王倒是怪起劲，下农村跑哩，想找个二婚头。可我一点兴趣也没有了。真话。随它去吧，怎么活也是一辈子。

有时候我也想，她说得也对，真结婚了，生个儿子也是个丑鬼，不也害他一辈子吗？是得优生优育。我爹娘也不知怎么想的？我老琢磨不透。人要是没那玩意就好了，省了多少麻烦。许是阶级斗争就从这开始的也没一定。不对？

七

就是寻求刺激。这有什么不敢说的？我就敢说。说不定哪天就埋下去了，刺激一下怎么了？不刺激那些煤就扒上来了？

又请假回家？

想孩子了。

想孩子了？

是想孩子他妈了。

是想孩子他妈了？

是想孩子他妈的那个了！行了吧？

我们下窑的都这样，你见怪了。其实文明人也一样，灯一黑都一样，该干啥还干啥。

我三十了。没结婚。不结婚。结婚干什么？当然干过。活三十年了，不然也太亏了。她愿意我愿意，想干干就是了。我跟她说明了四十岁以前我不可能结婚的。干到四十凑够十五年工龄，混得好能提个干部混不好也不下井了，到那时想安家再安家。她当然不愿意。可她在矿区长大的，见得多了也就能理解。我跟她说我不拦你，你愿跟谁好我都不拦你，愿跟谁结婚我都乐意。女人嘛，时候到了就想抱窝。

她嘴上说要等。其实心里早活泛了，我知道。那也应该的。

我们班十五个人。都会打，我让他们打的。赌注不大，进出不过一二百。打牌就是图个刺激，没刺激就能稳住人了？从前就打，今年打得更凶。现在矿工跟从前不一样，多少都有点文化，说那些个土话能骗谁？那么光荣他自己儿子孙子怎么不下井呢？千方百计朝城里跑。其实大家也能理解，有智吃智有力吃力，无智无力你就得吃苦，生存竞争就这样，谁有本事谁走就是了，就是不能糊弄人。我对班里就这么说,你们谁有本事谁有关系谁就想点子走,你上北京上海深圳是你的能耐,你不走就得好好干。起码多挣点钱。玩命也得够本。扒煤就是辛苦就是玩命,不定什么时候就出不来。大煤矿我不清楚,起码我们这样的矿是够危险的。你让他们下班还一本正经读报纸学英语?见你妈的鬼。矿里也有这号的,凭一张嘴吃天下,作报告那半个月可以不下井。人家那也是本事,不承认不行。可那本事不是扒煤,是叫别人安心扒煤,他到外头连吃带嫖去了。蛇有蛇路,鳖有鳖路。

去年我们区冒过顶,我们班堵里头七个。出来以后,整个人都变了,看人都是横的,看天都是红的。两天一夜,就能把人变成这样。睡醒过来一个小子头句话就是,日你妈我还没尝过女人味来。一屋人都愣着,然后一起号啕大哭。别看嘴上不吭,其实心里想的都差不多。就这么埋了不觉着亏得慌那是孙子,做个人还没做全,都二十多了。后来就喝酒,喝醉了就摔东西。又上食堂摔。矿里也没人敢管。谁敢管?真闹大了谁也担不起。都死过一回了,谁怕谁?

领导慰问嘛,发慰问金嘛,放电影嘛,反正多搞点健康活动。文艺晚会搞过几回,老出岔子,后来就不敢搞了。那天晚上放电影时候,一个小子去摸人家大姑娘屁股,叫人逮住了。其实他平时说句话都脸红。矿里到派出所去领人,好说歹说证明他不是流氓,是因为刚出事故神经受刺激不正常。他有什么不正常?他跟别人没两样。一班子弟兄陪他喝酒,喝一半就笑了,笑到没一个不淌眼泪。我后来说,打麻将吧,赌钱,可敢?龟孙子不敢,都说,要死屌朝上,不死翻过来。

天天打。下班就打。矿里也知道,只说不能真赌。不真赌谁干?赌注不大就是了。我们这几个赌注不大。

倒不是班长。是人心。是人都一样。

八

  这叫狗眼看人低。你以为我心甘情愿这么小赌怡情？今天依酒三分醉，说句大话：十三亿张大牌我也敢打！谁不敢谁孙子。你没赶上那时候！就跟姜太公卖面粉一样，老天爷跟他作对，你就没法子想。等吧，边摸麻将边等，看准了机会我就赌盘大的，十三幺。
  也不是从前没看准，我做十回有八回都是看准的。你不信？不信就算了。讲你气又大了，哪年在北京碰上你的？我是上马克西姆请客，不是不愿捎你一段，是你那模样太寒酸，夹个稿本子叫风吹得来回晃，叫人看见了影响我谈生意，那些人都是狗眼。谈生意就这样，是条狗你也得戴上礼帽。
  谁心不大？你心不大？你不想当大家？那叫事业心叫上进心。叫野心也行。人要没这一条活个甚？历史怎么进步的？就是有野心的人推动的。帝王将相没有种，百万富翁也没有种。你赶上就赶上了，这是机缘问题。谁都别吹。谁也都可以吹。谋事在人，成事在天。这条道上人挤，人挤人才能出人头地。至于把谁挤出来，就看天意了。
  比如这牌桌上四个人，谁能承认自己牌技差？只是怨手气不好。你起手有三铺牌，你还有一个百搭，可你就是不上牌，眼瞅着你就成了你就偏偏不能成。你气得吐血，你急得跳楼，没人同情你。成牌的那家倒是不吭不哈眯眯笑着，一遍遍摸着那张最关键的牌，那种快活那种得意那种不可一世，全用谦卑表现出来。因为他的快活全是你成全的。而他并不领你的情，也绝不少收你一分钱。所以你最好的办法就是把牌戽了，重来。下回再摸时你的手就会打颤，你的血全部冻成冰块。你摸进的是运气，打出的是霉气，你希望一百三十六张牌张张为你所用，你希望呼风是风唤雨得雨，你希望人家都成为你的牺牲品垫脚石,你巴不得把对手宰了,一口口地零吃碎嚼。直到最后结束,没有一分钟你不在拼斗搏杀。你从来没有这么痛快淋漓过,你干任何一项工作都没有这么集中这么典型这么迅速高级地表现过自己。你所有的伪装就在于巧妙地让人家把钱装到你兜里来,你所有的高尚就在于你在嘻嘻哈哈之中击败了对手。最后结束时你或许赢了或许输了,你并不在意,你只是在这过程中完成了自己,你已经满足了。这时你就相信谋事在人、成事在天了。做生意也一样,干什么都一样。

　　一个人干别的事干得意了,就以为摸麻将是堕落,其实他不知道他也在摸麻将,他心里巴不得自摸加杠后开花。你不用解释!也不用承认。人的构造没有太多区别。比如你就天天琢磨怎么摸个好题材,怎么让它发表了打响了让市场注意了你也就杠后开花了。就是你摸错门了给哪个头头点名批判一家伙就是自摸诈和,只好认倒霉。要是让别人抢先发表了呢?就等于你放炮让人家开和,那你就懊丧吧,你吐血也没有人同情你。你只有再来,设计着怎么把人家踩翻。记着麻将的诀窍:看清上家,守住下家,自己和不了,决不让别人和。这就是麻将哲学,真正的中国文化!

　　你以为我不懂啊?这也叫移情说。移情于麻将。我什么不懂?等我摸个杠后开花,你就知道我是谁了。

九

　　哪年开始的?几十年了。

　　那时刚退伍待分配。吃吃闲闲嘛。反正做田我是懒做的。县劳动局讲立二等功就能安排，乡政府讲你要弄个三等功家来早代你安排过了。好像我没立功就没参战的样，怕死的样。他们晓得虾子从哪里放屁啊？立不立功有名额限制，谁好意思跟个负伤的去争功呢？光荣的更没得话说。再不然就跟上头领导关系好，他讲给你就给你。按名额的。要按奖惩条令我早该记二等功了。村里有些人也拐弯抹角来打听，好像我真的犯什么错误样的。我懒得跟他们讲，没意思。没挂彩是我运气，没光荣是我福气。家里人明白就行。没意思，他们哪是为我着想啊？连小学校也巴不得我战死了他们才好跟上头要钱修教室呢。

不安排就不安排吧，先混混再说。看你怎么办。打牌是打给他们看的，看你把我怎么样。老子没功劳有苦劳。要老子给你送人情办不到。老子就是硬的。后来就迷上了。

开头是他们喊我打，打长了也上瘾。打着打着就把什么都忘了。说不好。反正，人家说多了也怪窝火，有时候也怀疑自己，把那些事一遍一遍地想。想想究竟在哪犯过什么错误啊？有回发烧，一连好几天四十度、光吐不能吃。洞子里蹲久了，熏的。连黑就把我抬下去，开头我也坚持不肯的，后来迷糊了，就弄下来。哪晓得这一下我们排就光荣九个，有一个还是前村的老乡。他是战士，我还是副班长。我要不下来呢？说不定一起光荣了，起码也得挂个花。记个三等功还不一句话？本来我比他强，结果他成光荣烈士，记二等功，我一门不门。那一仗打下来，我也撂倒过两个，缴过轻武器一大堆，不管用。

不怄啊？当时不怄，评功时候也不晓得厉害。家来就怄得伤心。一打牌就不怄了，这把输了下把再扳过来，总有赢的时候。我老把洗牌声当机枪响把出牌当射击甩手榴弹，一张张掼出去，又一张张抓回来，听见浑身骨头芯子里冒泡，血管里头唱歌。在前线打仗，打到后来十个有八个是记不得隐蔽动作的，抱枪就扫，同归于尽才快活。根本就不存在怕死的念头，怕死也是死，你跑得比炮弹快啊？人杀红眼了才是最高的兴奋，你体会不到真正的兴奋，打牌到底差些。不过对我来说多多少少还管点用，比上班强。

我打牌不比旁人，连喊带骂的。真赌的也不敢跟我干。我去找他们，他们光给我打哈哈，只说让我抽头子。好像我只想赢他们那几个小钱。我是找我的快活去的，他们不懂。他们不知道我没负伤其实比负伤还要难受。谁叫那子弹长眼睛不咬我的肉呢？我这人怪得很。连蚊子都不喝我的血。他们身上都抓烂完了，我连红包都没起，叮一口也没事。我这人身上可能有股怪味道吧？没有？反正我命大运小，算命的早讲过了，一辈子平平淡淡。想兴奋了就去摸几把，摸牌还是有劲的，一晚摸下来，太阳穴突突跳。有劲。

本来我是能立功的，几次机会都错过了。命中注定，没法子想。我们团长宣布胜利调防的时候，全体高呼万岁。前村那个兵，现在家里多好！水泥墓碑一人多高，你回县城在路边就能看到。他家老大的坟也在旁边，新修过了。老大就是抗美援越死的，他是老小，自卫反击死的。弟兄两个都没家来，墓碑却竖在一堆。不管怎么讲，他家是光荣了，从前光荣现在还光荣。他家老头子神气活现，回回开大会都上主席台，哪个都不敢惹。其实他家老头子是一乡有名的铁公鸡，犁田能把人家田埂都犁掉，哪个敢讲？人家对国家有贡献狠嘛，死掉两个儿子嘛。批个宅基地买个优惠农机什么的，头一份就是他，硬的。直到这二年老头子才萎掉了，你贪那点小便宜，是拿两条命换来的，你神气个屁啊。我回回进县城都从后山绕道走，我不能看，头昏。听讲，老头子现在天天一个人没事就坐坟头上发呆，嘴里头叽叽咕咕。那是个假坟，坟头正冲着太阳光，水泥抹得光堂堂的，太阳落在墓碑上头又干又白，晃眼，真的。

秋凉了，今晚要摸一把狠的。

十

是副站长。而且排行老八，王八站长。这单位不需要正职，派八个副站长加强领导。打牌两桌，吃饭一桌，刚好。那七个不想上班。我是不敢不上班。我思想好。一来检查我就跑不了。

他们说我可能是四种人。我说我早就是十种人了，吃喝嫖赌抽坑蒙拐骗偷。你们干脆把我撸了算了，省得留个定时炸弹不太平。他又不干。干事还得找你。他说你的问题只是个可能的问题，干部有干部政策嘛。我就先干着吧，边干边改造。好在我们公路站不重要，一年也就浪费几十万，局里也就把担子担过去了。

我不管。我就能管了？施工员材料员都是局里派下的公子大爷，我的任务就是派工，验工。后来我工也不派了，叫工段长派去。我出去打麻将。省得你们眼见心烦。

这油水大了。你瞧不起公路站？就说材料，拉一车大片石，采石场就给司机白管一顿好饭。抽烟的给塞一条烟。你说你不抽烟，你身上保管多几十块钱。这钱白给你？农民苦得滴尿。他哪来的钱？你算算修一条路得多少车大片吧，哼。惊人？这不算惊人的，前年我们干一段路，预算是六七百万，还是精打精算的。钱一拨到账号上，一下就热闹起来，七个站长来了五个，天天上班八小时。局里也来坐镇，重视很了。说是任务紧，公路站干不了。要包给建筑队。结果张乡包给李乡，李乡又转给赵县王乡，七转手八剥皮，到了包工队手里一条路还剩三百多万！包完了请客送礼的也不来了，党风立马好起来，下道命令，限期完成，保质保量。站长们有事的办事有病的看病，又剩我一个人了。

我这个人，到底修炼得不够。到节骨眼上老毛病又犯了。啧，心里话不管怎么说我拿国家工资还挂个第八把手，多少有点良心上过不去。看报纸看电视上那些改革家们一个个铜头铁臂软硬不吃又怪羡慕。想想睡不着，就跑局里去找书记局长。一反映他们也怪重视，说是一定要查。开头还怪高兴，谁知等等不来等等不来，这边局里又催着开工。我再到局里去，口气早就变了，改革期间一切要解放思想，允许改革家犯错误。承包是经过公证的，手续完备一切合法。你只管验收就是了。我这人一激动就要冒泡，我说这是合法贪污，集体受贿。这下叫他们逮住了，说我又跳了。你别忘了你问题还没搞清呢。我什么问题？我也搞不清，可能是四种人，文化大革命，单位瘫了，人家都不干，就推我干，那就再也说不清了。其实真正捞文化大革命油水的现在提拔当大官的也有的是，局里就有那时候提拔的。我那时候工资没增加一分，房子没增加一间，整天在公路上累得臭死，怎么就永远洗刷不清了？我要真干过坏事强奸过妇女打死过老干部你说说也不冤枉啊！

其实我也是多管闲事。验收就是了，反正是施工员签字，施工员是局长的侄子，局长上头还有大靠山。我是蚍蜉撼树可笑不自量嘛。我现在是有孙子的人了，眼看就到点了，不为自己想还能不为孙子想吗？我算老几？第八把手。改革是改革家们的事。不对？保驾护航，贪污不立案，不是这意思？反正小老百姓一个，相信党。

后来我想想，算了吧！我还是打我的麻将算了。真去嫖女人我也不敢，小辫子抓在人家手里咪。我也不真赌。听说有文件，麻将不算赌具。我按文件办事，改革家们也打麻将，我跟改革家走，没错误犯。打麻将也是功夫，磨性子。

你问那条路哇？早没有了。去年发大水，冲得精光。黄泥巴堆的，牛皮吹的。谁来说？屁也没听见放一个。咱国家有钱，再修就是了。

十一

我现在好了,彻底解放了。老大买新房子了,两室一厅。老二调银行去了,商业银行。银行阔气得很,小青年都有股份,一上市个个都是百万富豪。闺女出去了,亲家是进出口公司老板,知识分子。家里就剩个老小了,他只要下点功夫,我就能给他弄进大学里去,起码也是个中专。解放了,我今天才看到解放。

没想到吧?头两年我哪有这么快活?一天累得臭死,到家就知道发脾气。那是没开窍。活到老了,才开窍。小孩舅舅苦一辈子,临走了,拉着我说,人到什么时候最聪明?就是临死的时候。他舅舅老实巴交一辈子,叫人家欺负一辈子。他舅舅是个好人啊。好人没用,好人光叫人捉弄,我算是开窍了。

这年头什么东西最管用?知识?钱?权?我问你,你有知识?你搞点原始股你都搞不到,打听点内部消息还得求我。你钱多?你天天写写画画也能挣不少钱吧?但你两个钱当一个花,有钱你买不着好东西!你钱真多很了也行,随便砸就是了,你又不是。你看这瓶酒,我买五块七,你上外头商店买买看?三十多!我可有权?我是个顶不起眼的小办事员,灰都算不上。凭我的能量要办这些事,把我熬了也出不了四两油。这得靠朋友!一个好汉三个帮,一个篱笆三根桩,讲句时髦话叫改革、开放、搞活,简称解(gai)开搞。

怎么解开搞?一句话就是陪人打麻将。你小看麻将啊?这是感情投资时间投资权力资本投资,是全方位的。

这两年人都想开了,该吃的吃,该玩的玩,图个心情舒畅。那些有权有势的,想干好事愁眉苦脸,想干坏事提心吊胆,都活得不快活。我说开窍了,就是悟出了这一点道道,现如今走哪都能听见牢骚,发牢骚管什么用?你得化消极因素为积极因素。开头我也是，只知道愁眉苦脸，在家老婆孩子吵得你头都炸了，我就出去跟人打牌。我牌友多，各行各业都有。打长了就知道家家女人都讨厌这玩意，再说还来点小刺激什么的还得躲躲闪闪。我老婆也跟我吵过的，不让在家打，吃烟喝茶随地吐痰，打完了还得收拾。我以前那屋子多小？两个儿子得等人走过了才能搭床睡觉。可就在这点上我猛然想出个道道来，也许就是灵感吧。

　　是老婆骂我的话，说我要把家里弄成个娱乐场。这就对了，我就要把家里变成娱乐场。专找那些有用的人来家打，他们那些人房子越大老婆越讲卫生，老到外头娱乐城去他们又不敢。我让他们来家里快活，这就是雪中送炭。交朋友你跟他攀不上，送人情你那点点东西根本不起眼，自己心里也窝囊。可打牌就不同了，一对一，赢了你还说我好，说老胡真够朋友，说老胡你老婆真是好老婆。上我家来，好烟好茶招待，打晚了还煮夜宵吃，要打多久打多久，天热有空调天冷有暖气，上哪找去？人来多了就做梦买码子，更多时候我干脆就不上，还服务周到。其实他们也是人，是人都有良心，机关里办事一本正经，真跟你感情对路了，什么话不说？没过多久房产局的朋友就问我老婆说，你们怎么不申请福利房？老婆说不敢要怕要不到。他说，现在就是老实人吃亏，我这个人就爱打抱不平，那些请客送礼的我一概不给，真有困难的我拼了命也要给你弄。老胡这家伙也太瞧不起人了，狗眼看人低，他眼里只有局长。我是一声不吭只顾打牌，申请房子先叫儿子申请嘛。我儿媳妇都要生了你没长眼睛看不见吗？我自己？自己的房还用申请吗？在土地局给批的地，盖的，比福利房便宜一半。

　　我老婆孩子也搞活了，干什么事就怕人心齐，群众真正发动起来一切都好办。只要有打牌的，主动给人家点烟倒茶，笑脸相迎。你想快活吗？请上我家来。我家就是个快活地。现在我要办个什么事，一句话，歪歪嘴就行了，根本不用自己跑，跟人家挤笑脸说好话那是低级外交。我靠什么?靠朋友。他们说老胡你只要给我保留一个位置就行了,万事不要你烦神。交朋友也不在多,有那么七八个就管用。关键是要交深,要重质量。这东西急功近利不行,泛爱也不行,打牌桌上冷不丁插一双生手进来大家都别扭。什么事都讲究个有理有节,这几个说得来就安排这天在一起打,那几个谈得拢就安排那天在一起打。政策要对路。共产党讲政策不就是讲区别对待吗?

小孩舅舅是个好人,他是没开窍活活憋死的。他说他人临到死了才聪明,其实他临死也没开窍,他要开窍就不会死了。他太迂了,整天把门关着叹气。完全是个封闭型。封闭就要落后,落后就要挨打,这年头要活就活个轻松愉快,解开搞嘛。天无绝人之路,怕就怕你不开窍。

十二

女人不比你们男人,心眼总是小一些。单位里那些乌七八糟的事哪个看不到?看到了也不敢讲,顶多在背后叽叽咕咕。像我们这样的傻大炮就倒了霉了。人家不讲就你讲,领导还能不恨你?你工作再努力也没用,最后还是领导一句话。另外女的还有一个不好,她明明看不惯某个人,只要领导对她好,她也就不敢说她坏,贱得很。所以在女同志多的单位里当领导最好当了,要是个男的当领导就更好当。

不是吹的,我在这单位快二十年了,要说业务,没人比我更熟悉,那几年还时兴业务考核。每回业务考核我都是第一。要说工作我比谁都认真,针尖大的差错我都没出过。我还干过这样的傻事,局长来办事不符合制度规定的都让我顶回去好几次。那时候真傻到家了。你干得再卖力再好，等于零。评先进没你的，入党没你的，连业务骨干都没你的份。什么都不承认你。我这气呀，到家就哭，每年都哭着过年，一年累到头你哪怕提我一句也好啊。就跟没你这个人似的。幸亏我没出差错，我要出了差错，那还得了啊？我老公劝我，你要真想好好干，就任劳任怨吧，也别图什么表扬，那也叫个高境界。你要觉得委屈，就干脆跟别人一样混，也就心安理得，干吗自己找不痛快？我就跟他吵，弄得家里也不痛快。

　　想不开。干了就希望得到承认，不是计较。现在想想也是太认真了，这世界认真不得。不然累死了也活该。可人就这么个性格，改不了。有回我找公司领导谈心，他哼哼哈哈说，你的工作是不错，就是和同志们关系不太好，要注意搞好关系。我想来想去想不出关系有什么不好。单位里女同事在一起无非谈些孩子啊衣服啊还有谁和谁的风流事啊，我哪有时间去谈这个呢？我稍有时间还得读点书。那时我还没有职称，我们这代人就是倒霉，什么也赶不上。后来我才明白，什么关系不好，就是没跟领导屁股后头转，没陪着领导说笑打闹，给他们解闷儿！

　　我们公司的头，年轻时候大概还有点事业心，现在老了，就一心扑在打牌下棋上。单位新来几个年轻的，成天不干事，可领导就是喜欢，什么好事都少不了他们的。开头我还奇怪，后来也就不奇怪了，这些年轻的脑子活，除了帮领导家里干活儿，就是陪他们玩儿。那时我还没职称，领导就说他们上过大学，工作层次不一样，其实他们狗屁还不懂呢，怎么就层次不一样？

　　现在我反正职称也有了层次也差不多了，我就陪你们玩吧。下棋打牌有什么难的？我不能赢我还不能输吗？三天两头打。星期六星期天更要打。一个单位领导好什么，群众肯定也好什么，打球都打球，打牌都打牌，连穿衣服都是一样的。领导也一样，他也要看上级领导的喜好，电视里中央领导穿什么，一个星期以后你再看，各级领导都穿什么。

这回绝对打成一片了。现在领导关系也好了，群众关系也好了，女同事们也不敢说我架子大了。六月份讨论叫谁入党，头一个就是我。我一身的优点，希望只有一条，希望注意锻炼身体！

没什么不安的，我要生存要发展，就要适应环境。只能说过去太傻了，我一个人干得再多也就那么回事。建设要靠大家去建设，大家都不动我何必犯左派幼稚病。再说就要提分公司经理了，我都二十年工龄了，人也四十岁了，我还能再傻下去吗？群众说你好没用，群众也得看领导脸色。称职不称职还不是领导一句话？你陪他打牌让他高兴你就称职，你让他不顺眼你就不称职。现在除了陪他上床我不干，其余什么都干，就这么简单！

十三

什么常委！牌桌上讲什么长尾短尾，有这张牌吗？今晚没有会，来看看老同学，刚好碰上了。偶一为之偶一为之。××同志会下围棋，他是高雅的。我是下里巴人，只会玩这玩意。我是年老无为呦。五年前你在街上碰见我，保险还两脚泥，这么高级房间进来两只脚还得在墙拐上蹭一下子。那时候一下课还得赶回家帮老婆栽秧。

没意思，不如在家教书快活。那时可单纯多了。那天喊我去作报告，明明是计划生育会，我都念了一页多了，才发现是节能减排的，洋相出尽了。整天昏昏沉沉的，也不晓在忙什么。开会开多了，就觉得所有的会都差不多。工资是多些。房子是大些。小车也坐。还有一条，死得也快些。工资多，我教的学生都大学毕业了，我一家七八口就靠我一个养，还不该多些啊？你们这些人良心也不知在哪儿长着呢？

跟你讲，我五年前调回来，鬼都不认识我。我给这边打个报告，说明家属在此地，生活有困难，我有什么专长等等。这边一研究，同意，就发商调函。××县组织部不同意，要走了就说你是个人才，老打坝。老不放。我也没法子想，我又不能跟你吵，我就一天一趟组织部，从这头走到那头。你看到我又来了，就行。磨了六个月，放了。就这么大背景。

其实，××县真出人才。从中央到地方，哪里没有××的人，他们那里人还重义气。上层我不清楚，我在底下就晓得，就说北京够远吧，当保姆的就有好几万，不都是一村带一乡，一乡带一县，一代传一代，滚雪球滚起来的？那地方还有一个给林彪当过保姆的。老了，回家来了。她也不跟人讲，从来不多话。那，真是清清爽爽的，八十多的人了，身上还熨熨帖帖，纤尘不染。军委专案组来外调，人家才知道她在林彪家干过。

那里人也聪明，人多地少，把人逼聪明的。江苏的乡镇企业一般都搞不过他们。胆子大，人也聪明。不讲别的就讲卖小鸡小鸭，七十年代时候就卖到东北去了。那时谁懂市场经济？他们把孵好的蛋码在担子里，算好日子出发，到了东北小鸡小鸭正好出壳。我是最近才看到一本什么杂志，上面介绍孵蛋的科学方法，其实他们那时就很懂了，像这样的经验，普通农民就有，更不要说有点文化的人，捉住鬼都能卖钱。

你们这些文人，说得都好听。听省委的，其实是想叫省委听自己的。有什么不满的？说现状？省里不就这个现状吗？你又不是不知道。还是听听你的吧，你们消息多。我都是正式渠道，搞不清啊。反正，现在只有一个心愿：稳定，打牌！

十四

　　哪个讲我是典型？我不是这意思，不是这意思也不能瞎讲嘛。我可怜老好。欺负老好人，不怕雷劈啊？我哪不伤心啊？万把万丢水里头响都不响。

　　你不晓得，乡里人没见过世面，上面放个屁，底下听着比打雷还响。他们两片嘴皮翻过来搭过去，咸盐都卖得馊。你信他话啊？我就是信他的话吃了大亏！万把万哎，丢水里还听个响呢！这一当上了几年翻不过身。

　　去年头上，乡里把我喊去，讲，长林哎，可想发家？想发家我就介绍一门好事把你干下子。又轻巧又有架子，坐家里发！我心里想有这么好的事等我啊？他讲，现在乡里各门专业户都全了，能人多得很，你想跟他们后头走影子气都没得。独独缺门文化专业户，我看你从前也喜欢一蹦二跳的，就代你想个点子，可想干？我讲怎么个文化法子呢？他讲你家不是新做的屋吗？堂心里添几条凳子就中了，去买台投影录像机家来，再到城里买些录像片子家来，坐家里办个小电影院。这事多轻巧！一人收一毛钱，全乡两三万人有一半看本钱就收回来了，再讲还换片子呢？还有外乡呢？肯定发。一毛钱哪个出不起啊？再讲你还能订些书啊报纸啊宣传宣传，这就叫文化专业户，搞好了你就是建设新农村的典型，又发家又光彩，乡里个个感谢你，把我心都讲酥掉了。他还讲，家去好生想想，想通了再来找我。我讲通了通了，还要家去想做么事？就不晓得这样的好事你怎么独独照顾我呢？他讲也不是照顾你，我刚刚当书记，不费脑子吗？想搞点成绩出来，这话不假吧？你搞好了不是一举两得吗？我也跟着沾光。这句话可是实在话。他能这么讲我还能不干吗？他从前是团的书记，再讲他烧锅的还是我家表亲，也是从前花鼓队的，都在一起耍过，存心害我也不至于，这话有一句讲一句。

后来就帮我贷款嘛，又开介绍信到县城去搞机子。好歹是弄家来了。开张那天，他还来亲自讲话，讲这东西意义怎么怎么大，怎么怎么就把乡风改造好了，精神文明就实现了，新农村就建成了，天花乱坠。

以后就放嘛。开头还不错。放了十来天，天天满场。后来就希毛花皮了。一是片子差，到我手里就翻过几次了，呼呼啦啦又跳又抖，老年人讲眼睛看得痛。二是片子难搞，买光碟请人翻带请客送礼没百把百下不来，我哪搞得起呦！几个月下来，又交税又请客还得买纸画广告，剩不下几个钱。到后来县里来人一审查，干干脆脆，不合格。碟子全都收走了，再去找书记大老爷，他屁都不敢放一个，还发火，叫你搞点健康的群众喜闻乐见的嘛，你不听招呼只好你自己负责！

什么叫健康的？作报告健康、卖老鼠药健康。什么叫群众喜闻乐见？群众就喜闻乐见武打的搞鬼的。这是实话，我有一句讲一句。你不相信到人家门口到办公室去听听，闲下来拉呱儿的要不是这些事，我舌头割下来给你下酒。

凭良心讲，我也不是想讹他。怎么讲还是个表亲吵，再讲我倒霉他脸上也没光。过几天，他想想良心上过不去，拎两瓶子酒上我家来了。酒是我送把他的，原还原又退回来。长林哎，他讲，你作兴办个名符其实的文化专业户算了，再添个书报杂志什么的，电视就转播中央台，天天晚上开放，正经办个俱乐部算了。你要真这么坚持下去，保你有好处。我晓得他的意思，不图利图个名就是了，他也不是真害我。他还答应叫乡里补助点钱。天天晚上这么干，电费也不得了。就这样，订书报又干掉一两千，贷款怎么搞呢，他讲贷款先拖着，以后再讲。我也不能叫人当个财迷佬，就是泡屎也吞下去过了。能坚持下去是不错，哪能坚持下去呢？

首先那书报就没人看，废纸一堆。然后是电视，正片子都在后头，不到八九头十点都不放。我天天晚上守着瞌睡，家里成了垃圾堆，我实在熬不住就先困了。那机子就一直开到天亮。看电视还打架，你要看戏，他要看剧，一团糟，我烧锅的也不晓得哭过多少回。

这幌子又不能当饭吃哟？我还得做田。身上一屁股搭两胯子债做田还有劲啊？我烧锅的讲，把这些文化名气做大了，政府一重视作兴就有门路了，书记大老爷也卖力跑过，县广播站也广播过一回。后来又到地区，人家跟他讲，这算不上典型，有的农民十万八万地捐出来盖学校修马路的都有，那精神比你文明得多！他一听就没劲了。我晓得了也就瘫掉了。寡妇死儿子，没指望了。哪不想坚持啊？我坚持不起噢。

我就这么过嘛，打打牌，混混。要钱没有要命一条，你看着办就是了。要折价，要拆屋，要卖老婆，随便你。我里外就这么一摊。他反过来又讲我是典型，讲我不长进不学好就是了。

不是他讲的？不是他讲的我也找他算账。

十五

打麻将还不好么？打麻将算我给他放假了，让他休息休息过太平日子，他该给我发奖金才对呢。抽烟吧你？不抽你可就替我省了。居委会那小老太真可爱，回回我们一打牌她就把核桃脸伸过来：你们还要不要前途哦小老子们？搞烦了疤子就嘘她：换你孙女来，你都老得掐不动了，他喊。

小老太真可以，老想在我们身上刮点油水。还是派出所明白政策，对她说，打麻将比在外头打别的东西强多了，你就少烦点神，这样小老太才安分一点。派出所真管又怎么样？疤子是老改革家了，老子参加改革也好几年了。

我老头子不管，他能把自己管好就不错，他水果摊子出点事，回回还靠我去管。疤子老头子管过几回后来也不管了。他老头要拿刀砍他，疤子动都不动，伸手抓块烧红的煤饼贴在脸上，他老头一骇就坐在地下了。疤子够种。

不就是80后，啃老族吗？有时候我还真相信这世上就多我们几个人，就没得一样事正正经经喊你做。上回小老太喊我们去站马路，说是专门逮随地吐痰乱扔东西的，逮住一个罚五毛钱。到马路上一看，到处是垃圾口痰她还要逮人家吐痰。我们一人吐了几口就回来了。我没得，就吐口水。不划算。

打牌也不常打，没事就上网。有钱就打，没钱就不打。不带该的，该有什么劲？疤子手气不好，转手就输干干净净。疤子倒地上，骂：他倒好，想快活就快活是了，把老子弄出来了。都笑死掉了。

他是谁？是他老头，是你，是你们，是所有的人。这还不好懂吗？

我老是觉得我在等待，好像在等个什么东西。是什么东西我也不晓得，说不清。是夏天桌腿上长的白毛，是冬天天花板上挂下来的冰溜子，说不清。我把这想法说出来，疤子把我肩膀一拍，嘿！你将来肯定是个博士。还博士呢，你忘了我不识字吗？他讲将来的博士就是不识字的。

你不晓得头回的事。来了个什么委员，来调查扫盲的，放一通荤屁。他讲我考考你这个高中生。我讲我不识字。他讲那怎么可能。我讲我就是不识字。他讲那你就写写不识字三个字吧。我就写了三个大大的"不十字"。他摇头晃脑连声叹息痛心疾首很想自杀的样子把那张纸夹到皮包里去了。他问我是哪个学校毕业的。我讲你当过我校长你都把我忘了？从前你老在操场上表扬我你都不记得了？我看见他浑身的红血球排队穿过颈子在脸上集合做早操，心里真是快活。

今年头上来验兵，我们几个都验上了。疤子想当兵，他不怕死。我恐怕多少有点怕死，不晓得自己怕不怕。不过我还是去验了，要走大家一道走。哪晓得一查狗日的又不要了。不要就不要，还讲一堆屁话。临走疤子把那带兵的帽子顺来了，丢到茅厕里，一人浇了一泡尿。狗日的世界大战哪天才开打呢？听讲现在又不用打仗了，在网上鼠标一点击钱就抢走了，没劲。

十六

查赌的就不能赌啊？查赌的更要熟悉业务。警察就不是人呐？打打麻将不也是公务活动？不要吹，这副麻将可是花钱买的？不花钱的麻将大都是从公安局流出来的。

干一行吃一行。就这么回事。你讲交通警可有油水？天天守岗亭子站马路。人家夏天到现在吃水果就没花过一分钱。给钱也是象征性的，梨子一块钱一篓，葡萄一毛钱一斤，你买去？

检察院，检察院油水更足。一条大龙能减一年，从重从快。老李家小二子，本来劳改的，后来又改成劳教。到了农场没下过一天大田，一辆锰钢山地车就把他打倒了。再过一段，又不知是什么炮弹，那小子保外就医了。现在天天在家打牌喝酒，快活得很。马上就到期了。

不讲了，再讲有损我形象高大完美了。你小子居心不良。专门不看主流看支流，不看本质看现象。你当我不知道？你口袋里有录音机。你敢掏出来？搞特务搞到我头上来了。我是干什么的？掏出来！

没什么意思，我跟你说。你把自己看多大多粗，其实有你没你都一样。这世界不因为你写了篇文章就增加二两。

我跟你说正经话，真的。你管这些事干什么？写文章就好好写文章，写点风花雪月，从古到今能传世的就是那些。你那么想出名啊？古今将相在何方？荒冢一堆草没了。

前不久就有个大案子。调档？你头还小了点。牵涉六七十人，开头以为不过几个局级干部，查得还怪深沉，越查面越大。局长还来做动员，坚决，彻底，铁面无私，比包公脸黑多了。办案子也有刺激性，科长主管就科级经费，死人也是小案。局长主管肯定就是重大案件啦，经费肯定跟着级别走啦。本来早点收了，也就罢了，好歹也算条大鱼。可头头不答应，嫌功劳小，要撒大网。结果一网把县里两个县长网住了，再一网又网到市常委里来。不干了。说暂停吧，先梳理梳理。那就能停下了？刹车也刹不住。现在人心多坏？巴不得把局长也裹进去才快活。嘴上还说得漂亮，那不能半途而废，那法律面前人人平等。

现在人不知怎么回事，个个心都不顺。你要讲革命，他比谁都激进。你要讲不革命了，他比谁都反动。我看就是改革闹的，一些人上去了，一些人没上去。上去的十倍疯狂，百倍贪婪。没上去的千倍不满,万倍仇恨。你也不能怪那些人一上台就拉山头,谁上台也得那么干。他不拉山头不提拔一批人谁给他干?他工作没法开展嘛。我算是看透了。

那案子?纪委接过去了。说是党内违纪问题。其实当初也就没分清,究竟是说小刺激还是真赌。一听牵涉那么多干部呼呼啦啦都上去了。人心里都琢磨些什么,一网打尽才过瘾。

也怪,案子一转走,谁也说不出什么,谁也不想说什么。局长不提,就跟没这事一样。该干什么还干什么。要搁从前。起码得议论几天,现在绝对想得通。人心都成这样,倒也干干脆脆。

你说这抓赌也奇怪,这活儿我干一二十年了,经我手处理的也不知有多少,可我的成绩究竟在哪呢?按说国家颁布治安条例对赌博历来是严厉的,现在处罚更重。可赌棍究竟是多了呢还是少了?

我理解麻将里头有命运感,很多人都是冲着这种体验去的,不完全是为赌钱。它确实能让你在很短的时间里就体验到命运,很浓缩的。有时候你自以为打对了,结果证明你却是错的。有时候明明是出错牌了,结果却是对的。你怎么解释?

这世界越来越不好理解了。我自己也理解不了自己。就这麻将牌,经我手收缴销毁的也不下成千上万,从前都恨死这玩意儿了,可临了自己也摸上了。今晚九点出去查赌,十一点回来还要摸几把。都约好了。不可思议!

十七

她总说还缺点什么。缺点什么呢?

那时我们两个好得差不多成天化在一起。一下班就关门了。她给我拉肖邦和莫扎特，我给她洗胸罩和裤衩。出租屋里也没什么家具，我们就用一张地毯，常常是，从屋子这头滚到那头，欢乐让我们觉得自己赛过国王。

那时两人挣的钱加一块才也没多少，全部搁在抽屉里，谁用谁拿。家里没有一把锁。我们不需要锁。心都敞开了，要锁有什么用？我们从没为钱红过脸，从没算过账，都以为那是人世间最最庸俗无聊的事情。为用钱吵嘴，那还能算一家子吗？有回到月底了我们就用一斤奶糖混了一天，这天被命名为甜蜜的星期四。我们都是搞艺术的，纯净唯美的人生谁都爱，至今我的作品里仍保留着这种纯净清新和迷幻的调子。那时她是团里的提琴手，而我是画布景的美工，我们都是小人物。然而爱情总是对小人物特别关照，还有什么比这种关照更伟大的？

直到去年六月的一个上午，我们办完离婚手续走出办事处的时候，好像还是有很多共同点。由于阳光过于炽烈，我们几乎是同时把眼睛捂上了。后来我们两个人一前一后走回家。没关门，我是来取行李的。我问，你现在还拉琴吗？她激灵一下，转瞬又冷冷地答，想拉就拉，想听吗？我说再拉一曲吧。她冷笑，你配吗？她那样子真的很高傲很优雅。我相信那冷笑一直挂在她嘴角，不退。我只好踽踽地去了。再也没回头。

谁能料想，这么两个视金钱为粪土的人，嫌隙产生居然是因为钱。

有一回她发现抽屉里的钱有点不对头。那时她们团已解散了，她去别的团当了会计。我去了群艺馆，专攻美术。不对头她也没在意，我们不缺钱，虽说我们是月光族。但我们的果果是由爸妈带着的，啃老嘛，都这样。但紧接着又发生了第二次第三次。大概她出于会计的职业精明开始留心，结果又发生第五次第六次。也许她一直等待着我的说明，她重视的不是钱本身。但她又没问，可心里总是在等待。连做爱的感觉也有了异样，这是她说的，这极微妙的失落使她忐忑不安。

可惜我根本就不知道，更没去解释，缺钱了我就去拿。我认为无须解释，这也太无聊了。我的事业正在上升，我认为我能成功，这就足够说明一切。但她未必能够理解，她太单纯，我认为。

大风起于青萍之末。第一次吵架就来得猛烈，双方都认为自己理直气壮，谁也不肯让步。一吵架当然就没好话，这你是知道的。接下来就是真刀真枪了，她认为我已变心了不然不会这么鬼鬼祟祟。我叹息她竟然为了几个臭钱就俗气成这个样子。那次的结果是我锁上了办公桌她锁上了五斗柜。我们互相声明从此各顾各再也不管对方的事，然而实际情形是管得更紧。

那时我画得已经相当不错，缺少的仅仅是机遇。而要赢得社会注意又谈何容易，尤其在今天，裸奔已经过时了，得群奔，抓住眼球没那么简单。这些苦衷她哪明白，只知道黏糊才叫爱情。我早过三十了却没有立起来，我心急火燎她却老来黏糊。我只能不理不睬，事业高于一切。

我确实不理解她怎么能堕落成这样，又势利又俗气，一天到晚只知道打麻将，一个很有艺术天赋的人怎么变成了这样？她也对别人说过，说我这个人完全堕落了，不择手段向上爬，整个儿一个艺术败类。她后来连吵架都懒得吵，没有激情。跟一个没有人格的人吵架，她说很可笑。

其实我是醒悟了，其实我所有的短处正是这个时代最需要的，机遇永远只对有准备的人微笑。是的，我就是一条小船，一条快艇，我的长处就是能在巨轮之间穿梭。门户之争对我就是一个机会，如今是个转型的时代，扶持青年奖掖后来者你以为是高尚吗？不是，它是给对手的一发炮弹。我蓄起了大胡子，遮住磨短了的下巴。我成了受害者，甘愿成为任何一个权威人士手中不会开口的炮弹。我甚至搞了点于连战术，在无伤大雅的情况下。我的作品成为礼品，挂上了各家的客厅（并不局限于文艺界）。最后，我当然不会放弃对技艺的创新，我把避孕套吹足气在水彩上碾出了真正的朦胧，意在笔先，我刷新了整整一个现代派。

当然，在她眼中，我不过是阳光下的雪人，无可奈何地萎缩，一点点地消失。有一次她说她亲眼看见我和别人在一起，她说我终于化成了一摊雪水。她说她只轻轻叹了一口气，便去找人打牌。这是她最后一次注意我。

她那时也打牌打出了名。团里没多少事情可干，她就哪儿热闹上哪儿去。她是个快乐的人。她还练琴，可又不常练。她对我说，一个人最重要的是别辜负了自己，她说身外之物不重要，可她没少拿我的钱。我估计她输多赢少，我拿回来很多钱。

接下来便顺理成章到了没故事。不久前还有人帮她出主意：不能太便宜他，拖住他，拖死他。是她坚持要离的，她不想太累。

我临走把钥匙留下了，我锁的那个抽屉里其实什么也没有，空的。这让她好一阵怅然。我们是协议离婚。她很慷慨。另外那天极热，有三十八度，她居然腾出手来帮我扶了扶眼镜。

十八

资本有两个本质要求：一、在最短时间内实现；二、在最大程度上实现。这话不是我说的，是马克思说的。为了实现，当然就要绞尽脑汁要尽手段。人也是资本，人力资本，你上了大学，混上文凭，为什么？不就是提高你的议价能力吗？她议价能力高了，当然就要实现，没什么想不通的。

她依然快乐照旧打牌。她对女伴们宣告：被人爱不是幸福，全身心去爱别人那才叫幸福。

我不就参加几个月扶贫工作队吗？我还三天两头往回跑。农村也没什么呆头，抽空就回来了。就几个月，解决问题了，说什么都要离。

苦不就苦了孩子吗？我怕什么？我又不是找不到。工资拿回来，儿子一半我一半，想吃就买一点，天天脖上挂把钥匙，两只眼眶成两个黑洞。我顾不上他，要打牌，不打牌我也就完了。没出息，我承认我没出息。一个人叫女人甩了还有出息吗？

离还是要离，我能吓住她？她那么绝情寡义，我要不离也太掉价了！从前一点迹象也没有。去年春我胳膊断了，她哭得什么似的，找那肇事单位谈判，恨不能跟人拼命。连人家都说你老婆真厉害，你有这样的老婆真是福气。就是离婚，她也没大吵。顶多就是哭。可那态度，坚决很了。

怎么坚决？不怕你笑话，晚上上床就跟死人一样，随你怎么弄，没反应。以前每回小打小闹，要干这事她总是反抗的。就这我就明白了，几次这样就明白她是真冷了。我跟她办完手续那天，她反倒热起来，从没有过的那种热。第二天收拾收拾就走了，什么家具也没要，孩子也不要。一个女人孩子都不要她还要什么？

我问她我究竟做错过什么？她摇头。那我究竟什么地方让你不满意呢？她说她也说不清反正就是不爱了。你看看，多大岁数了还这样！我又问那你从前爱不爱呢？她说从前爱的，现在不爱了。在办事处我才明白。那个女的吞吞吐吐问她是不是没有性高潮，她也含含糊糊地点头承认，真他妈的有这种不要脸的女人。你要离离就是了，这叫什么事啊？她说的爱不爱，就是这！缺德到家了吧？

她跟公司的一个小痞子搞上了，比她小八岁。她没说离我就打听到了，也是她的牌友。你是说她可能觉得对不起我才提出离的？那可把她想得太高了。起初我也这么想过，所以还尽力安慰她。人一时糊涂也是有的，我说我不在家对你照顾不够，我还检讨自己。我说反正孩子都这么大了，我说我保证不计较，只要你今后注意。她说这事我自己会处理，现在只请求你一件事：离婚。你说气人不气人？第二天她就炖一只老母鸡给小痞子送去了。

  我说你自己不负责任我要负责任，你必须明白那小痞子只是玩玩你。你说的那个爱，小痞子绝不会有。你将来也不会有，你肯定是要后悔的。她说这她都知道，她心里明白得很。她说你对我好我也知道，可我对你已经没有那种感情了，从这点上说，我是负责任的。看看，好赖话全让她一个人说了。

  他们公司是搞投资的，俏得很，自我感觉就不一样了。说怪也不怪，那个公司一共才二十几个人，就有十个女的是离了婚的，十寡妇征东，而且都不要孩子！个个都能说会道，理论一套一套的，好像改革家一样。

  本来我以为我坚持要孩子，她就能受点震动。其实人家早有准备。她同盟军多着哩。她们说她有权利追求幸福。究竟什么叫幸福，我反而糊涂了。十个寡妇幸福起来，一座城市就乱了。

  讲不通，她说我如果欺骗自己那才是不道德。就那么凑合下去才不道德。她丑字当五字写。你有什么办法？就比如性高潮，搁前些年能说出口吗？

  跟你说老实话，离是离了可心里还指望她回心转意的。我家里还是老样子。一切一切都按她过去的习惯摆着，连儿子都说，妈妈从前就喜欢这样，听了真伤心。总希望哪一天又突然推门进来了。我是想你疯够了幸福够了自然就明白还是我好。不打牌我就想这事。

  鬼！如今女人都成精怪了。前几天下班在路上碰见我，问我吃饭没有,我说没有,她说上外头吃吧,我请客。我就跟她去了。喝着酒,突然问:你现在有头绪没有?你要没有头绪我这儿倒有个人,你们先认识认识?我估摸她那性格你们能合得来。把我气的!我说你有头绪没有?你要没有我替你介绍介绍。她说她已经有了,到底怎么样也很难说,走一步看一步吧。你看看,这是个人吗?

当然窝囊,叫个娘儿们耍了!

十九

好卖。春节那时候一天能出去百十副,我们文具组发奖金就靠它了。好几十块钱一副,拎起来就走,挑都不挑。现在人都想开了。

他也打。打疯了。我不拦他。

拦也拦不住,他出去干坏事还不如让他搓麻将。明知是鸦片,也随他吞去!

还不都是这么回事,有什么说头?男人跟男人差不多,女人跟女人差不多,都是来受罪的。打伙儿过日子呗,苦熬呗。什么情呀爱的,那都是年轻人的把戏,我看得通通亮。结婚前都那样。结婚后,都这样。能有个三五年就不错。有的,只几个月就厌了。你说为个什么事也为不上,就是厌了。连吵架都提不起神来。

什么叫好什么叫不好?没个标准。你觉得好就好,你觉着不好就不好。

你说他好不好?他待人可有坏心?他对我可好?是真好。回回出差都想着给我买点东西,碰上我过生日还打电话回来。也不是虚伪。也不是一回两回了。开头我气呀,心想着他一边打电话一边搂着个女人,你说有多恶心。

他也知道干这事不道德,心里也愧得慌,这他都承认。可就是管不住自己,一到外头心就野了。上次在武汉叫公安局逮住了,他顾不上自己,还叫警察放那女的先走。说那女的还年轻,一切由他负责是打是罚他都认了。说得人家都笑起来,人家说你还挺仁义啊。我们就是冲这女人来的,她是个惯犯你知不知道?你还要保护她呢。

也不是那个要求特别强烈,我知道,都这样,我知道。都这么大岁数了,一时半会儿的还能忍不住?说不上是哪根筋扯住了。领导能管住他?他不想当官也不想入党的。现在公司搞货源还真少不了他。只要我不说,谁也不知道。

回到家垂头丧气,整夜整夜地叹气。我说离了算了,你也别这么着。你现在是个能人,不愁找不着人。他说那样他宁愿死,后来他还真去开了一瓶子安眠药。我也怕呀,早晨醒来身边躺着个死尸!后来他说,他心里不知怎么,总是空得很,总想来点刺激。干那个事有种犯罪的感觉心里才平衡。我没听说过。有这么一说的吗?犯罪感还能让人平衡?

后来他吞吞吐吐,说你要是受不了干脆你也去找个人吧,那样你就平衡了。我说放你妈的屁,你也缺德到家了。

二十

是啊,我有个好朋友也这么劝过我的。

你还别说，我们所还真有一个角儿。丈夫对她不好，她就想报复。上网认识的，换了两次照片，然后就来了。头一次约会就要跟她上床，把她吓得什么似的。本来她还真有那个心，现在也没胃口了。她说太没意思了，男人怎么都这样？上当也没这样的。当然她们不了解男人。

上回市里让我们报公务员人数，我想按规定都应该转国家公务员才对。就把所里七个年轻人都给报上去了，每人还写点考核意见什么的。那帮年轻人也都挺高兴，总是做了件好事。有的还上家里来感谢。可结果只批了一个人。那姑娘平常表现也不十分好。当时我还挺气愤，上蹿下跳地去给他们找人。谁知那帮小伙子一点儿也不生气，嘻嘻哈哈劝我说别瞎忙乎了，他们早知道会是这么个结果的。为什么呢？他们说，那姑娘在省里有天线，上头的意思本来就是要给她一个人转。你怎么就不明白呢？你不是常看《红楼梦》吗？我说那也太欺负人了，拿这么多人去垫背呀？他们说老爷子你也太善良啦了太不明事理啦，这年头就这样，轮着你也别客气，轮不着你也别生气，我们都觉着很正常你着什么急呀？这叫生存竞争，优胜劣汰，自然法则你能违反呀？

真是道不同不相与谋。老啦打打麻将算啦。而今尽识愁滋味，欲说还休，欲说还休，却道天凉好个秋！

二十一

中国人不相信上帝呀，不会忏悔的呀。无论做错啥事体，总归都要推给人家，没有道理也要哇啦哇啦讲出一二三四来，顶顶推板也是不作声。不作声上帝就不晓得吗？其实人人都有罪过，只有讲出来才会得到宽恕，主是仁慈的，你讲出来心里自然平和，怨气也不会结牢了。你到马路上看看瞧，一个个怒气冲冲，好像人人都在欺负他，他要不反抗不捞一把就吃大亏了。其实嘛心里龌龊得要死，罪过越积越多，心理负担太重了。就是搓搓麻将好了，也能看得出来，这种急猴猴的人十个有十个都是这种情况。主是公正的，主是宽容的。

　　我从前也是这种样子的，毛里毛躁。单位里相升工资，做得不公平，觉得吃大亏了，就同领导吵同同事吵。吵又吵不过人家，就气。气得来药也吃了许多。其实想想清爽统共也不过相差十几块洋钿，何苦来哉。

　　当时就不晓得呀，想想不通想想不通，一气之下嘛就跑到局里头把领导同人家轧姘头的事情讲出来，一弄差一点弄出人命官司。本来是嘴巴痛快出出气呀，结果是包袱越背越重。

　　我们这个领导凭良心讲人也蛮好，业务也强。这种事体两相情愿旁人也不好多啰唆是吧？就是升工资嘛总归有一点偏心的，不可能百分之一百公平合理，一共才两个人升。结果呢，局里一调查，他一天到晚阴笃笃个不吭声，毛病也焐出来了。我有好几次机会想同他解释解释的，结果又没有。心里想他是领导我是群众，他是男的我是女的，总归应当他先开口才好，搞七连三就是不肯承认自家错了呀。还有一次听报告，猛一回头，正好看到他把手搭牢在我椅子背上，两只眼睛子直勾勾的，红通通的，想讲啥么子又没有讲，我一惊，骇也骇煞了，爬起就跑。一颗心跳了一夜天。

　　就是这一次，隔了一日，是个礼拜六，我轮休。下班辰光，他爬到楼顶上头，四层楼，跳下去。我听到消息，一下就瘫落了，骇死了。没有哭，也不是怕，是难过啊晓得啊？为啥呢？就为十几块洋钿，为赌一口气，弄得人家跳楼。哇呀还好他没有死，跌落来刚好被电线挡了一下，电线断了，摔成个重伤。

　　后来我难过煞了，想想嘛就落泪，想想就落泪。饭也吃不进，觉也困不着，想去医院看看他，又怕他不能原谅，面孔上过不去。幸亏一个小姐妹来看我，讲，我带你去一个地方，你看看就晓得了。本来我也不想出门，这时外头舆论都讲我不好了呀，讲我太毒。拗不过她就去了。

　　也是一个人家家里，是个礼拜点，有十几个教友。大家读圣经，还唱歌。小姐妹同我讲，十几个人其实人人内心都有创伤，大家聚拢来聆听主的教诲，主是仁慈的，主宽恕了他们的罪恶，主教他们学会了爱。那天，一个老教友说，有个教友生病了，她家里蛮困难，四个孩子两个待业两个还在读书，就靠她一人做，大家是不是想一想，要不要帮助她。大家讲好的呀要帮的呀。那么就有人把方桌抬到屋中央，一个人把电灯熄掉，讲，开始吧。我听见有窸窸窣窣声音响，忽然明白大家是在凑钱。又有人讲，好了没有？好了。这时电灯又亮了。桌上头堆了好多钱，有十块的，也有五十块的。我问，是大家做好事不留姓名吧？小姐妹悄悄告诉我，是为了内心的平静。不论你是穷人还是富人，不管你出得多还是出得少，大家都是平等的，帮助人是用心在帮助。桌子抬到旁边去了，大家再没提这件事体。我看见大家面孔上都一样一样的虔诚圣洁的光，人人都相亲相爱，帮人是发自内心，一下子眼泪就冲出来了。想想单位里这种你争我夺，真是一点意思也没有。我讲我也要参加就掏钞票。大家拦住我讲，心里有上帝就行了。这样不好，这样反而亵渎了主。

　　参加也没有啥仪式，高兴去就去，不想去就不去，没有人强迫你。我一星期去做一个礼拜。平常大家也没啥来往。有时也串串门，讲讲闲话，也搓搓麻将，消磨时间。大家都是兄弟姐妹，不像单位里你一帮我一帮，都是利害关系。我现在平静了，身体也好起来了。做错啥事体就去忏悔,有啥心思就同主讲。

你讲基督教有多少道理也不见得,我懂得还少。但它能教你心境平和,教你忏悔,教你爱人。我看没啥坏处。现在提倡的各种主义各种文明,只能教人说谎,教人虚伪。我单位里新来的领导哇啦哇啦会讲得一塌糊涂,同样一件事今天翻过来讲是正确,明朝翻过去讲又是正确,讲得来大家都不相信他了还在讲。其实他做的这种事体,都是弄虚作假。他倒好,没有一点悔过,连一点内疚也没有,依旧光荣伟大。可主呢?

讲道德,啥是道德?心地善良和尊重他人是起码个道德,没有这两条,啥也谈不上。我觉得耶稣不是啥道德教师,也不是他特别聪明,是他的人格力量特别巨大。你自家做了不好,一天到晚教育人家啥用场?现在人也看穿了,大家都是人。人和人,差不多。

二十二

鲁迅问:古已有之,就对么?

我没写,这一两年,我什么都没写。打打牌,吃吃酒,会会朋友。

你有没有这种感觉:你呕心沥血,勤奋工作,你苦苦求索,孜孜不倦,可你写得越多就越发感到自己为之痴迷的这一切都没有用处?为了逃避它你拼命去写,为了证明你在劳动你把命也搭上了,可没有用,那个阴影依旧。

你做的这一切在生活中可有可无,大多数人并不需要它。你的惊悸、冲动,心灵上一次又一次的战栗,毫无意义。你的作品或者有人欣赏，或者有很多人欣赏，那也不过是文学圈子以内的事。人们品尝你的劳动，赞美你的才华不过是站在界内发发议论。文学，说到底不过是这个行当自己的事情。它与生活本身的欢乐悲苦，与生存的悲观乐观，与人类的明天……没有多少关系。它只不过是一种娱乐，一种游戏，一种趣味，一盘三十晚上的狗肉。太阳升起又落下，一天完了。你为什么兴奋，为什么痛苦？你不知道。

是我堕落了？还是文学堕落了？

在大家纵情欢呼文学终于回到了它自身的同时，文学已经成为少数人案头上一个摆设一个玩意儿，它多么精致多么巧妙多么新颖！人们顶多羡慕地瞥上一眼，我是写小说的，我宁愿去看家庭卫生手册。需要大喊一声，很多人一起喊，有足够的响亮度，才能稍微引起一点注意。于是就强刺激，打强心针，注射荷尔蒙，吃金枪大力丸，辅以狗血淋头。

初唐一百三十多年才留下四个人，我们还早着呢。我曾经那么坚定地以为，一旦实现了这种改革那种调整，就一定会造就一批新人，我们对于人类心灵的开启就显出了意义。其实人还是人，我们全都在胡说八道。我们不断制造新的痛苦，认为人类必将得到拯救，完全是宗教思想。我们会有所进步和改善，越进步越要继续受苦，永远不会有尽头。即便进了天堂，也会有足够的悲剧。国事管他娘，搓搓麻将。

熵定律提出一百多年，直到近几年人们才发现了它的社会意义。因为近几年人们才敢于正视一个可怕的现实：在经济规律社会规律生存规律等规律之上还有一个更大的规律，它制约着我们。世界上的文明不过是一个美丽墓穴。你不用和我辩，你还早着呢。飞蛾扑火的原意是向往光明，可它的悲壮毕竟没有意义。

从《离骚》到《红楼梦》，中国文学曾经引以自豪的那些东西今天在哪里？从鸦片战争到改革开放，那些曾经令中国人慷慨激昂的东西又在哪里？剩下的只有物欲，肉欲还有自相虐待欲。

就连鲁迅，这样一个杰出的斗士，这样的一个清醒的人，他立的人在哪里？他把国民性去掉几分？他晚年为什么也去写《故事新编》了？他不是主张一本旧书也不要读吗？清静无为的老子，居然为了过关也去干不情愿的事你注意了吗？圆滑通融不讲是非曲直的庄子，一旦涉及自己利害的时候，却也吹警笛请求保护你理解了吗？你说这是鲁迅的悲哀呢还是中国的悲哀？连鲁迅都把句号画得很圆何况我们呢？

没有用，完全没有用处。一个以伦理治国的国家为什么反而说不清道理？一个很少讲科学精神的民族为什么在规范约束自己行为方面反而周密严谨？

等吧，一篓大螃蟹你夹我我咬你，等死。人家俄国把一千年前死人的精子跟女科学家受孕，人家英国把人和兔子的杂交胚胎放进子宫，这种非人非鬼的怪物都搞出来了，听说天外来客正在对地球人进行人种改良试验，把改良孩子放回地球上来。也许到那时，一代新人就真的出现了。对于整个天体来说，我们毕竟像单细胞生物那样幼稚可笑。

能发发牢骚说明还有救。话无三句牢骚，此语的真实性便成了问题，是不诚恳的表现。牢骚也是国粹，《离骚》不就是牢骚吗？所谓端起碗吃肉，搁下筷子骂娘。正常。一旦大家都到了视荒诞为合理，以怪异为寻常的时候，那幽默也就黑得很可以了。

有个礼拜五派，叫鲁迅挖苦得够戗，我看他那首词还有点意思。"一年开始日方长，客来慰我凄凉，偶然消遣本无妨，打打麻将。且喝干杯中酒，国事管他娘。樽前犹幸有红妆，但不能狂。"哦，这家伙叫曾今可。正经可以。社会心理是个加速度的陀螺。那么是谁在抽着这根鞭子呢？

打打麻将吧，伙计。

二十三

来来来，先请净手。陋室虽小，规矩不少。请进，请进吧。不敢不敢，我之所藏都是世人不齿的，家不敢当，牙诨麇集者而已。

你看，就是这副。看出来了吗？你要看色泽看纹理，多细腻多精致。直说了吧，这是真正的象牙制品！你再看主刀功，多简洁多流畅！它就是艺术品，没有什么好客气的。可惜现在已经不全了，文化革命抄家抄了去，后来落实政策时我一看，少了二十几枚，可恨呐。有回我看见一个小女娃在抓骰子玩，正是这中间的四枚。我出二十块钱才赎了回来，其他那些就再也渺无音讯了，也许那家人看我太认真就以为奇货可居也不一定。但他死不开口你也没办法。

这副牌是祖上传下来的，据说我祖先有人做过省中丞，那打这副牌的也少不了是些省级官僚。倘若麻将能开口说话，这就是一部活的近现代史。上次×主席上我家来，也同意这话。素材，不足为凭，不足为凭！

人有七情六欲。喜、怒、哀、惧、爱、恶、欲，生、死、耳、目、口、鼻。这是儒教的说法。还有佛教说法：喜、怒、忧、惧、爱、憎、欲，形貌欲、威仪姿态欲、言语音声欲、细滑欲、人想欲。等等。

其实何止七情六欲。人之本性包容着整整一个世界。人类一切进步事业，一切努力奋斗，无不是为着人类自身天性的最后解放。

麻将俗称麻雀牌，又叫雀牌，已经有一千多年的历史了。哎？《大辞海》上这个条目就搞错了，它说麻将始于清代，是八旗人所创，满纸荒唐言嘛。我看了后当即给上海辞书出版社去信驳斥，他们还不错，回信表示感谢了。你看。

专家谈不上，多少知道一些。追本溯源的话，这是唐代一行和尚的晚年发明，当时是一种纸牌，叫叶子戏。这东西被玄宗皇帝垄断了，专门跟杨贵妃她们玩，后来才流传到民间的。你们文人当时就以玩这东西为时髦的呀，唐宋年间就有很多诗记叙了当时的盛况，比如李洞给龙州好友的赠诗。文学家西昆体的首领，杨亿和他的弟子们个个都是叶子迷，这点欧阳修在他的《归田录》里写得明明白白。当时的叶子上都画着人像，美人图学士图还有梁山好汉图。后来到明朝天启年间又演变成马吊牌，发展成四门四十张，有文钱、索子、十字和万字。冯梦龙还写过默和牌，是马吊牌的变种。

我跟你说这些是什么意思呢？现在社会上有种说法，好像扑克牌是洋的，麻将是土的而且是八旗子弟的玩意。所以全运会只认桥牌不认麻将，这完全是错误的。麻将是正宗的汉民族文化，搞现代化不能把民族自信心都搞掉。

人家外国的辞书上都承认，西方纸牌是十三世纪十字军东征时从亚洲流入欧洲的，当时的亚洲只有中国有纸牌。扑克上的四门花色就是受了马吊牌的四门的影响，马吊牌跟扑克牌上的尊者都是绘有人像图画，这是巧合吗？非也！

上次我跟政协文教组就反映过，这上面也存在爱国主义和卖国主义的斗争，起码是洋奴思想。当然话可能说重了一点，不过我对体委这种做法就是有意见。拨乱反正嘛。过去对我个人有多少诬蔑不实之词我就算了，一次次的批斗抄家我也不计较了，但这样对待祖国的文化遗产就是不行！有人说它没有什么用处，玩物丧志，还有干脆就说是精神鸦片的。那么我请问，北京荣宝斋琉璃厂那一条街上卖的，都有什么用处？那些香囊折扇鼻烟壶，那些精致的内雕内画，有什么实用价值？那是文物是国粹是祖国劳动人民的智慧结晶。怎么能这样看呢？何况打麻将是群众喜闻乐见的文娱形式，是文化式的很高雅的竞技比赛。麻将活动健康普及应该看成是国泰民安、群众安居乐业的表现,对不对?

还不错,上次市老干部麻将比赛以后,情况有所改变,现在正在筹备市麻将协会,我说秘书长我不敢当,我愿意做点具体工作。不过看样子还是推脱不掉。

发挥余热就不谈了,为保护中华民族这点遗产做点工作,余愿足矣。

多米诺骨牌?那也不要紧,我们协会成立以后就打算做些引导工作。只要是健康的,多米诺就多米诺。

二十四

壮观吧?当然壮观!人民南路广场的麻将可以说得上四川第一风景名胜。一个广场能摆下好多台子?最多时候我看有上万人。

最夸张的说法,飞机降落双流机场以前,就能听到满城麻将声,声音比飞机发动机还震耳朵。听说新上任的省委书记都想搞点新战略,想把成都人的休闲精神给改革了,后来一调查,不行,不让成都人搓麻将你还想在成都做官?昏头啰。

看见那边的毛主席像没有?毛主席挥右手伸出一个巴掌五个手指头,左手背在身后伸出四个手指头,啥子意思?毛主席说,五块钱也可以,四块钱也可以。

地震也照打,只是地震麻将有新规定,手机上发的,大家都遵守。不准打512,不准打血战到底,不准打刮风下雨,不准打推倒和。512、血战到底、刮风下雨、推倒和,都是成都麻将的打法,晦气，所以不准。

　　说句老实话，四川就是太安逸了，生活得太巴适。所以成都人说话都是软的，男人说出来尤其软，女人说出来却有别致的风景。成都女娃儿说起话儿来，个个都是莺声燕语。说得俗一点，就是成都妹子说话有点嗲。余震时候灾区就有了好些个嗲段子，比如《成都MM和地震GG的对话》。成都MM：亲爱的地震GG，我们商量哈嘛，我们实在是来不起了。今天晚上就让我们歇口气嘛，让我们睡盘安稳瞌睡嘛！你不晓得，实际上成都并不好耍，你要耍去那个美丽街（美利坚）耍嘛，那儿安逸得很。

　　你看他们在这里耍，其实家里死了几口人的有的是。他们讲起那些惊心动魄的故事，很平静，很朴实，也很宿命。他们的故事好像不完全是讲给别人听的，也是讲给自己听的。像是自言自语，故事告诉了别人，其实也是解脱了自己。面对苦难的时候，压在身上的东西太沉重了，你会在这种达观幽默的故事中看到一种卑微的韧性的人格，他们害怕伤到自己也害怕伤到别人。

　　我这个膀子？咬的。一个汶川女娃儿咬的。那几天我去了汶川，我也是志愿者。那你就看错了，我们四川人最重义气。是分配抬尸体，埋尸体，天天都是。这个女娃儿，七岁，一家五口只剩下她自己。几天不说话了，怎么劝都不说话，也不哭，就是把眼直着。埋她妈妈的时候，突然扑上来，逮住我就咬，当时血就冒出来，我也不躲闪，给她咬。她还是个娃娃，她总得有个发泄的地方。如果她能减少一点点痛苦，哪怕是一点点，把我的肉撕下来喂她我也愿意。这不是假话，换上你，你也是一样，是人都一样。

　　　　有个妹娃娃，
　　　　她叫猪儿巴。
　　　　最爱冲瞌睡，

啥子都不怕。
有个妹娃娃,
她叫猪儿巴。
只想睡觉觉,
天塌都不怕。
有个妹娃娃,
她叫猪儿巴。
起也起不来,
地摇也不怕。
有个妹娃娃,
她叫猪儿巴。
人家都跑喽,
她说懒得怕。
哥哥来相问,
妹妹真不怕?
妹说睡觉觉,
咋个说不怕?
哥哥对她说,
有哥就不怕。
妹在梦中说:
哥哥怕怕怕。

  怕归怕,睡归睡,再怕也要睡。当个睡死鬼也好。恐惧确实恐惧,缺觉也确实缺觉,那几天哪个能睡着觉?只是我们四川人不那么苦相,歌照唱,牌照打,笑起来照样阳光灿烂。人嘛。

原载于《福建文学》2011年第10期

二婚记

大王老师就是从前矿子弟学校的小王老师。在矿子弟学校叫小王老师，沦落到镇小学里就成了大王老师。因为镇里又调来一个小王老师，比较而言，他都能当他爸爸了，还不大王吗？

大王老师有点迂，迂头瓜脑的人本来就吃不大开，加上一月就拿几包烟钱，没人愿跟他过。另外，都讲他名声不是很好，早年作风上不很规矩。究竟怎么个不规矩法，翻过哪家墙头还是摸过哪个奶子也搞不清，反正都晓得他名声不是很好。男人有点骚不怕，欢喜插花也不怕，大鸣大放反而不怕，就怕做了事不认账。十个女的九个肯，就怕男的心不稳，你不认账哪个还敢跟你好？天堂镇就屁股大一块地方，只要一个女人晓得了一镇子人也都晓得了。因此小王老师都搞上了，他还搞不上，还是大王一个。只有额头一天天扣进去，比皮带轮子还要深刻。

大王老师迂归迂，教书却教得好，舍得出死力流大汗。比方讲点与线的关系，线就是无数个点——他就拿粉笔在黑板头上敲，一路敲一路跳，一边跳一边喊：无数个点无数个点，由西跳到东由东跳到西——把小伢子快活得架不住，跺脚拍巴掌喊成一片，无数个点无数个点！一堂课下来，两块大排骨贴在衬衫上扯都扯不开。不消两天，全镇妇女也都晓得线是点搓的。镇小学是个带初中帽子的，人手不够，大王老师从小三代到初三，还兼着体育课，一天下来颧骨泛红印堂发黑，咳得两头勾到一头去。

有回县教育局长来听课，讲，你这样教也太辛苦了。他把两眼一翻，你来试试？局长也晓得他迂，不跟他计较，反倒央告镇领导多关心关心大王老师的个人问题。酒席桌上，镇长也不过意，怎么讲人家也算个知识分子，关系到本镇的知识分子落实政策问题，当即宣布要把这事当作第十一件"实事"来抓。

立马有人推荐一个二婚头。那二婚头年轻时候有点花，现在倒也规规矩矩不很作声的一个人。镇长心想这两个论历史论地理都算班配，秃子不挑麻子，将就一下能过日子不就中了吗？不料大王老师还没很作声，那女的倒先哭将起来。那意思分明是领导欺负她孤儿寡母，她一辈子就吃名声的亏，到老了还把她朝刺棵里塞。话一传出去，大王老师嘴角就抽风了，发狠道，哪个要来跟他提亲，先把沙河滩上鹅蛋石舔光了再讲。

早年，小铜矿的子弟学校也为山民子弟传播过文化。爱，必，西，地，山民也都看戏一样来看老师上课。大王老师运气不好，是矿山快闭坑时才分来的，最风光的时候他没赶上。那时，大王老师还洋乎得很，穿白球鞋，留飞机头，天天傍黑还要山前山后地散一趟步，手上抓一把山里红或者牙刷草（一种形似牙刷的紫色小花，是铜矿床的伴生植物）。小姑娘，知道牙刷草的故事吗？挑野菜的女伢见了他就飞跑，满山鬼喊，牙刷草来了，牙刷草来了！那时，也有矿上女工相中他的，代他洗衣打饭，他还嫌人家腰粗脸黑，小味道足得很。

怪只怪矿上放电影，一场电影过后，他就倒运了。

山里人可怜，放一场电影，几十里外都有人来。矿也是个小矿，没围墙没礼堂，只能找个空场竖两根毛竹，这样秩序上难免就差一点。也活该他倒霉，那天人特别多，两下一挤就把他挤到两个相好的小青年一堆去了。电影是个好电影，火爆火燎地抓人，一亲嘴底下就拍巴掌叫好，一上床就冷场只听见喘气响。哪晓得两个相好的看着看着就挤散了，那姑娘又耐不住，眼睛盯着电影，手却在大王老师膀子上掐。大王老师一惊，喊将起来。

本来不喊也就罢了，趁机捞点油水也都没事。偏偏掐的是个大王老师，迂头瓜脑一个东西。那姑娘出了丑，先是发呆，而后大哭，末了干脆委委屈屈闹将起来。一来二去，大王老师白白淌了许多鼻子血，头脸也美丽了许多。这也就罢了。偏偏姑娘的老子不依不饶，我姑娘规规矩矩一个人，就白白被你矿上欺负了吗？二一天矿办公室就不能办公了。

矿长头都大了，本来这些山民就靠矿吃矿，没钱花了就到矿上来找事，工农联盟脆弱得很，放电影就是为做好事，哪晓得好事也能做出坏水来。只有请吃请喝请谈判，镇里村里都请到。谈也没什么大谈，双方都是共产党，共产党跟共产党没有根本利害冲突，吃过喝过话都好说。那个老师也是年轻老师，有点流氓行为也还算不上流氓，总不能把人一棍子打死，党的政策是给出路的政策，叫他赔偿名誉损失算了。

大王老师先是死活不干，讲我又没干坏事白挨一顿胖揍还叫我赔什么损失？两只眼在纱布里突出来，一只鼻头抹的紫药水，真正是牙刷草花一样盛开。

矿长讲我不管你干没干，你不赔偿就是破坏生产，破坏生产老子就对你不客气。僵了一天，校长出来转弯子，讲人家大姑娘跟你不一样，名声比你重要，你叫人家漂漂亮亮一个姑娘下不来台于心何忍？你就等于发扬一次人道主义，你就上去说句好话，赔多少钱都归学校报销，行不行？你过去看看，那姑娘还真是水灵，骗你我都是这个。

讲到这一步大王老师也就不好再坚持了，看看那姑娘倒也三分凄楚两分可怜还有五分姿色。大王老师天不怕地不怕，就怕美的东西受糟蹋，心想为美作点牺牲也没什么了不起，只当给美女香风吹了一把，于是就鞠个躬讲声对不起。

最后问到这名誉损失该折合多少人民币，姑娘的老子吭哧半天答不出，末了伸出一巴掌。矿长问：五块？他答：嗯哪。

没料想五块钱就把问题解决了。

而后皆大欢喜,一切正常。不正常的只是大王老师一个。那哪都晓得子弟学校新来的老师不很规矩,赔过人家五块钱。后来铜矿闭坑了,学校解散了,有路子的都调回去了,只剩下大王老师是个没人要的货,花名册一勾归了天堂镇。一晃十几年过去了,大王老师究竟为什么事不规矩也没人晓得了,只知这人名声不是很好,赔过钱。看他那拉挂样子名声也好不了。

当然这也是大王老师自己的解释,酒喝多了就能哩哩啦啦道出一点,酒没喝好他就不讲。酒喝好了人家问一句他能答十句。大王老师迷上了酒,一天不喝眼角就堆上了白屎,穿衣找不到扣眼,鞋带拖上口痰。能喝酒就能融进天堂山,从前县里来工作组跟农民"三同",山民讲不要三同,只要一同就中了,酒杯高头同乐。天堂人重的是义气,讲的是脸面,能喝酒就是自家人。

名声不好毕竟不同于杀人放火,提防他一点就是了。这人个头小,三根筋挑个头,一把都能掐得死,所以并没有哪个怕他。相反天堂镇还多了一个活宝。

另外大王老师没架子也不耍心眼,任你什么人都能在他头上摸,没事。所以经常有伢子上学被大人喊住,带一包臭豆干子给大王老师!带一包花生米子!带一碗香菜!一边拿东西还一边教训伢子:你要不学好,二回就跟大王老师一个样,学问再大都不中,狗都拿你不吃劲!

也是因为好酒,大王老师经常被人拿来下酒:你老实坦白,你开过荤没有?插过花没有?当真是童子鸡啊?你没有?大姑娘上身不动心?那你床单高头怎么有地图?这时,大王老师只有把嘴巴张开,做出一副想打喷嚏打不出的死相样子来。

出天堂镇往西,顺着沙河一直往上走,快到小铜矿的地方,有个叫水家涝的村子。一村人早年靠矿吃矿，没有就到矿里拿，真正是工农一家。有一户小夫妻点子足，年轻时老欢喜跟在矿工后面偷炸药玩雷管，炸石方炸塘鱼，玩出精来了，便晓得炸药是个好东西。矿山倒了，他就开火炮作坊，碾炮药，搓挂鞭，兑烟花，几年工夫就发达了，威名远扬，在县里也是挂上号的人物。镇长当他是张王牌，什么代表委员都少不了他，上头来人也短不了带到他家吃喝。两夫妻也想得开，索性雇一个厨子在镇上开了一个天堂酒家，什么现场会交流会评比检查会，酒席都在他家包。不料头年出场事故，小伙子一声招呼没打就跟着屋顶上了天。撇下个老婆叫李桂芝，拖一个七岁的伢。火炮作坊还硬撑着开，代表委员还硬撑着当，只是光景大不如前了。

这李桂芝到底年轻，又读过几天书，春三秋九，也难免做些对月伤情的事。伢是个女伢，已有些晓事，放学回来家就学嘴，讲些学校里的笑话讨姆妈开心。讲多了，倒讲出李桂芝的精神头来。

二一天，李桂芝收拾一下就坐到镇长办公室里。镇长慌忙丢下一摊事，沏上一杯上好的火青茶。李桂芝问，最近不晓可有什么事项需要赞助？镇长就笑：以往七灾八难的少不了难为你，现如今你情况不一样了，我心里有数。李桂芝讲：不论什么事，我愿拿五千块。镇长诧异：你想办什么事哼一声不就中了吗？乡里乡亲的拿这话杵我就没得劲了。李桂芝也笑，这才讲出来：听讲镇长要做好事呢，代大王老师讲对象。你要真讲成了，我再出五千，就算我赞助教育事业。又讲：为什么你也别问，反正我高低要做成这件事。人家要问，你就讲李桂芝票子多很了，烧的。搞得镇长上牙找不到下牙花，十分折磨。政府开门七件事，缺的就是票子。心里话那大王老师条件再差些，有五千块彩头还搞不成吗？答应嘣脆。

一声令下，天堂山四十八村街油子耳报神包打听都动将起来。立马有托人探路的，有拐弯登门的，众星拱月一般，竟让大王老师莫名其妙地感受到世界充满爱。镇长家里也有上门自荐的，笑都甜得很，话都壮得很，很有献身精神。先前回掉的二婚头有话不好讲，只有杀只鸡煨好汤喊人给大王老师端过去。大家都想到了，这不是钱不钱的问题，这说明风气转了，科教兴国了。

也有大骂人心不古的，讲这天堂镇现如今地狱不如。又有骂炮仗大王不是个东西的，有两个票子就专想怪点子玩，搞得一街人疯疯癫癫。

好在镇长心中有谱，来者不拒，不讲中，也不讲不中。揣上一把相片就上水家涝找李桂芝讨话。这事不比招工招干，条件不好讲，全在于赞助者满意。

不料李桂芝把相片一张张看过去，竟也无话。末了讲：你别问我，问大王老师，他相中了，我把钱就是了。镇长把头点点，背个手走了。

哪晓得大王老师是个孬逼养的上不得台面，颈子胀得比脸还粗些，照片不看非要问是不是给他平反，凭什么这许多年给他戴个名声不好的大帽子，倒把镇长弄得下不来台。又不好动蛮发火，只好拿科教兴国尊重知识的话来搪。大王老师讲，我早讲过了，哪个跟我提亲先把河道里鹅蛋石舔干净。

镇长一口痰吞下肚，背个手就走了。

是夜，大王老师免不了又是一大醉。一街人都代他叹气，讲到底是知识分子，猪大肠，拎起来一大挂放下来一大摊，难弄。

转眼过了阳历年就是春节，镇上官员们开会商议慰问军烈属五保户和知识分子。李桂芝报名要去知识分子那一组，镇长因为头件事没办成，怕她没面子，也临时改变计划亲自陪同去了学校。

茶话会就那么个东西，领导发言，教师发言，最后请镇长和李委员发言。大王老师就更不当回事，坐在拐落里闷头吃花生、剥橘子、大茶缸子喝茶、嘴里吧唧吧唧搞得不歇,头也不抬,几辈子逮不到样的。

轮到李桂芝发言,款款站起来,软缎子小夹袄拍了又拍,想不起话头样的。后来就转身望着大王老师,望着,口没开,眼睛子倒先红将起来。

一屋子都蜡住,敛声闭气,只听大王老师一个人闷头吧唧。有人扯一下,大王老师一惊,霍地站起,揉揉眼屎,眼也直了。一怔半天,张开大嘴,又是一副喷嚏打不出的孬相样子。

你不是要平反吗?今天我代你平反可中?说罢就一躬鞠到地。

……花生衣飘飘洒洒飞了一屋。

这一晚,一班子酒肉朋友都来庆贺,讲,这下中了,大老板要插你花了!又讲,这李桂芝不光有票子,还有脸子有身子,你看她那两个东西勒得多高,能把袄褂子撑破!正经一点的就讲,你跟她也算是有缘分,十几年过去了,人家要是不认账你不还是干叹气?这就叫天意。

这一晚,大王老师酒是喝好了,就是一百个不作声,被逼狠了,就讲,你们晓得虾子从哪头放屁?

早有包打听耳报神一阵风刮上山来。

本来那李桂芝不过是可怜大王老师,早年作下的孽,不能害人家一辈子,花点钱也算了了一桩心事。没想到这狗东西还拿翘。

平日八面威风的一个企业家,想想,怎么也算是个有身份的人了,又是个女的,那么大庭广众之下给你递话,也够意思了。想想这些年码头也没少跑,城里宾馆酒楼也没少进,那些太太小姐也见识过的,不就那样吗?自家模样自家晓得,稍微轻狂一点什么大官大款也都嫁出去了,还轮上你?没想到就热脸贴了冷屁股,跌相跌在家门口。

年前年后厂里格外忙,连累带气,竟自病了一场。白天还硬撑着做，到了晚黑，白灯孤影的就冷清架不住。看看一屋子家具电器豪华装修，越看越觉得没意思，夜夜都把枕头湿了半边。

现在小伢子都精。回回家来学嘴，讲别的姆妈就有一搭无一搭地听，讲到大王老师姆妈眼睛子就放光，这个伢二回就专拣大王老师的新闻来哄她。大王老师昨晚又钻桌肚了，大王老师把脸都跌青了，大王老师狗都拿他不吃劲，大王老师又跑马了，被单叫人家挂在旗杆上了——

李桂芝兜头就是一巴掌，这些脏话在哪学来的？再讲看我撕你嘴。骂是骂了，心里不觉也怦怦乱跳。竟是浑身酥软，是夜一双手把上上下下抹遍了，躁得不能过。

这天镇长又上山来，酒也喝了，菜也吃了，兜完八个圈子还不肯走。那李桂芝也棍气，掏笔就写一张支票，讲明一半给镇里一半赞助学校。镇长立马就拍胸脯喊她放心。李桂芝花了钱，这才困上一晚好觉。

这大王老师究竟好在哪里？也讲不上来。也许越是够不着，越是心里不服，越想把他收拾了。

镇长把大王老师喊到办公室来谈心，讲：你对李桂芝可有什么看法？没有。没有你搭什么架子呢？那李老板是什么人？县政协委员，劳动模范！哪一点配不上你？你要是个女的她是个男的，我这话还不好讲，好像人家非要霸占你一样。你是男的嘛，要主动一点嘛。你这个观念要改革一下，不能混同于一个普通老百姓。现在时代不同了，男女都一样，人家有钱是人家有本事。装自来水是哪个把钱？李老板。你学校里换桌椅是哪个赞助？还是李老板。

大王老师高低不吭声，末了讲，镇长你要没旁的事，我洗浴锅去了。

镇长跟后头喊：家去好好想想，别搭童男子架子。浴锅的煤炭是哪个赞助的？还是人家李老板！

天堂人好热闹，日日荒山野岭面朝天，没有不好热闹的，放场电影几十里外都有人来，过年就更加有了由头。天堂山的风气是三十晚唱傩戏、洗浴锅，年初一才放炮仗。

天堂镇的浴锅与别处不同，大，盖上盖子锅底能开一桌麻将，四周砌上水泥白灰，比城里那些澡堂子不差些。另外一条，洗浴锅主要不是为洗澡，等于是个公共节目，洗的是个亲情热络忘却身外之物。那些外出做生意的打工的读书的，平日一年也难得见一回，洗浴锅就有了团拜的意思。还有乡里乡亲的平日里免不了磕磕碰碰你长我短，浴锅里赤条条地来回一滚，屁股上拍一巴掌哈哈一笑，来年又是自家兄弟。因此上过年洗浴锅是一个传统节目，有点弃旧迎新人人平等的意思。从前全镇只有一口锅，男人先洗女人后洗。那个不大好，不干净不讲，还有缺薄鬼借着添火去讨便宜。里头喊水冷了，外头立马有许多人答应。现在文明多了，在隔壁给女人也建一口大锅，添火也有专人。

头汤水照例是款待领导和客人的。偏偏那李桂芝不愿洗，不愿也就罢了，还讲看到那大锅头就发昏。镇长晓得她是闯过大码头的，家里也用热水器，便不勉强，陪她在外头说话，给来洗澡的道喜拜年。

李桂芝讲，天晚了，要家去了。讲几遍身子却不动。一双眼溜溜地朝浴锅这边望，望见门帘里雪白的屁股一闪，倒把自己吓得脸通红，喝醉酒样的。镇长瞟见这李桂芝脸红不褪，眼睛子反倒亮了十倍，自然就有点数了。等大王老师出来就对他招手，讲，今晚难得李老板有兴致，大家一起喝一杯。

哪晓大王老师道，老板有兴致我可有兴致？说罢僵个颈子擦身而去。

于是一班人就吊在空中，半天不能落地。

镇长气得头昏，晓得这迂头瓜脑的东西没法开窍，就把校长找来研究研究。校长是个明白人,讲,知识分子的交易,就是好个脸面。你要讲老板,就好像大王老师是穷人丫头想巴结她一样。你要讲把了赞助就处对象,就好像朝他脸上吐痰一样。主要是李委员这个人还不错,大家都愿意帮忙。二人商议:现如今高帽子又不值钱,不如多把他戴几顶,二回有什么出头露面的事,就叫大王老师参加。人有了身份,嘴脸自然收得紧一点。镇长想想也有道理,说这个容易,二回有个什么事多给你们一个指标就是了。校长就笑,说也没那么简单,还要安排大家来推选,通过选举假戏才能做得真,什么事都要讲个程序。

果然是高帽子管用,什么先进什么优秀什么代表地一戴,大王老师立马就有点人五人六起来,还日日穿了西装去上课,端着膀子走路含着颈子讲话。人上了档次,连酒也喝得斯文些,一班子酒肉朋友讲话都不大敢放粗了。

春征夏收,镇上吃闲饭的多,会也就多,学校就推大王老师去参加。喊他开会是假,喊他相亲是真。只是这话人人心中有数,哄着他一个人玩罢了。搞得他还一本正经在家写提案,要改革这个改革那个,跟真的一样。

这二人见面次数多了,拿腔拿调的事也就少一点,还有人看见两个人在沙河边上指指戳戳,一副重新规划旧山河的模样。一镇人都晓得,他两个讲什么都是假的,云里雾里都没用,什么时候放电了打闪了才下得成雨。

一镇人都讲,还是票子好,有票子什么都能买。不然他大王老师不还是大王一个?都以为故事到此,就该顺汤顺水朝下演了。

有一天下课,大王老师看几个大伢子鬼鬼祟祟跟在一个小女伢后头讨钱,好生奇怪,心想是敲诈勒索呢,悄悄跟过去,一把逮个活死。大伢讲,不怪我不怪我,是她自己要买的。买什么啊?买你的消息。我有什么消息?你天天做什么事啊,有什么笑话啊,一块钱一条新闻，这叫新闻信息费你懂不懂？那女伢兔子样地扭身就不见了。他看得清楚，那正是李桂芝家的伢。

大王老师张开嘴，一个喷嚏半天没打出来，然后一屁股就坐下地了。

大王老师一怒之下递了请调报告。报告转到镇长手里，镇长讲，想走？他走不走他讲了不算，我讲了也不算，这话要李委员来讲，李委员要同意我立马放人。话一传过来，大王老师当晚就要卷铺盖，吓得传话人拿两斤古井贡才把他放倒。

这头事情还没了，那头又惊天动地地传来消息：李桂芝的鞭炮厂倒了台。

如今鞭炮市场大大地萎缩，放出去货收不回款是常事。有个黑道上的人物早就眼馋李桂芝，只是勾搭不上，趁这机会就花钱卡了她脖子，条件也不高，到外头陪他旅游一个月。换一个人也许还想周旋一下，这李桂芝咬咬牙偏把厂子关掉了。发句狠话道：他那东西割下来当泡踩，老娘嫌脏。一个厂子里里外外三文不值两文地一盘，几十万家当转眼就打了水漂。

这天，伢子又回来家讲大王老师，李桂芝心烦，把伢一顿好骂。晚黑，想想难过，又问：你在哪来的那么些消息？伢答：是花钱买的。

李桂芝眼一黑，一头就栽倒了。

这一夜，又抹一晚眼睛水。想想，伢子不过是为讨老娘欢喜，错在哪里？可伢子哪晓得，你摆老板派头，做娘的不就跌相了吗？人家当面不讲背后不骂吗？立马晓得丑了。再一想，那大王老师嘴上斯文，心里靠住是把你看得轻狂无知。不然他不会装疯卖傻，有板凳不坐偏坐树桩子。当真他是个肉身菩萨啊？现在倒是好了，两手空空大家平等。可人做矮了，讲什么也都迟了。真正是鸡飞蛋打一场空。

栽一次跟头，人聪明了许多，自此把心思也就淡掉了。来人不见，开会不去，一门心思在家侍弄小菜园子。有事没事在家写两张《识字歌》。天堂山识字歌多得很，从前没得学堂，家家用来教伢子的，有个歌倒是很对她胃口：

有水也是溪无水也是奚，去水添鸟是只鸡，马归南山任人骑凤凰落毛不如鸡

有水也是淇无水也是其，去水添欠是个欺，龙游浅滩遭虾戏虎落平阳被犬欺

忽一日，学校要开家长会，从前家长会都是秘书代劳，如今李桂芝也只好去爬小四轮，突突突地颠到镇上来。开完会，学校里一班子老师都在门口欢送，那大王老师却把李桂芝拉住不放，讲要谈谈。谈就谈是了，还把人一把拽到房间里，把门也带上了，引得一镇人都来听壁根。

只听女的讲：酸文假醋的样子！

男的讲：我是真心话。

女的讲：你不是喊人家把鹅蛋石舔干净吗？

男的就哑掉了。

想得出，又是一副喷嚏打不出来的孬相样子。

外头人急很了，齐声喊：舔啊，舔啊？这孬逼养的还不舔！

这年年底，眼看县里就开"两会"了，这两个人却脚跟脚地递了辞呈。然后就悄悄地搬到一堆住了，对外讲是扯过证的，其实鬼都搞不清。

原载于《清明》1994第2期

光 脸

老太婆头一回来是个下半天，来福正躺在摇椅上朣瞙睡，西边天一个大日头融融洋洋涌进铺面，刚好罩住他一张脸，就跟新婚时节老婆偎过来呵气的样，好不过地舒服。

老太婆扶个门框张望不决，并不进来，好半天怯生生地喊：师傅，师傅？来福一惊，跳下地。

老太婆约莫七十朗的样子，一件棉坎肩长到膝下，脚上是灰扑扑的旧单鞋。一头灰发稀稀朗朗迎着夕阳，零落得很，还有几根贴在面颊的沟纹里，是汗湿的。这很容易看出来。

有事啊，老人家？

嗯哪。老太婆挨进门，快过年了，想想还是来一趟，一年就这一回。

来福子晓得来生意了，赶紧蹬摇椅抖围单。

老太婆却不动，我不烫头毛哎。她有点不好意思的样。就想光光脸。

来福讲，中啊，你怎么讲我怎么做就是了。然后扶老太婆坐下，又讲：到我这来你老人家算找对路了，旁人家怕也不一定愿意做。

老太婆也笑，哪不讲呢，街东头那两家生意不当生意做。不做也罢了，还缺薄人。

来福讲，现如今人都洋乎了，也难怪啊。

话是这么劝，其实多少也有点不平的意思。所以腔调拖得很长。论年头，来福子也算家传手艺，镇上独此一家；论改革，来福子也算挂理发牌钉螺旋灯拿电吹风的主，冷烫负离子样样通；可高低挡不住发屋小姐洗头妹。如今门前冷落，也只有老年人肯光顾他了，搞得连老婆也瞧他不起，好像他一开口就讲清朝的话，放屁不如。

不平归不平，来福子做活从来不敢马虎，手巾把子拍得啪啪响，先把老太婆抹干净，再换热毛巾把脸一焐，剃刀左一荡右一荡，咔咔有声，铺子里顿时漾出热浪有了活气。

老太婆汗毛并不多，只是皮松了，光起来有点费事。来福子做生意也二十多年了，接这样的生意也还头一回。心里痒不过，却又不敢问。不料老太婆闭眼也能看出来：

女人家来光脸的不很多见吧？

来福笑道，我年事轻，见世面不多。

不怕师傅你笑话，早先我月月光一回，惯了，不光就难过。

来福讲，早先女人家用麻线绞，也一样的。

老太婆高声道：那就能一样了么？说罢便笑一声，又叹口气，说：难为了。

来福慌忙打岔，老人家高寿啊？

过年就八十四了，怕是过不去这一关了。

瞎讲，我看你老硬朗得很。

老太婆不再吭声，眼角却有湿斑润化开来。来福心中一紧，也不敢再啰唆。剃刀哧哧地响，老太婆嗯嗯地哼，一时间满屋都专注起来。

一切都照老规矩来。光了脸，掏了耳朵；按了眉骨捏鼻梁；又掰过颈颊捶过肩，这才把摇椅掀起来。

老太婆掀开袄襟掏出手巾方子，点出三张毛票，讲声难为了。

来福子跟手打个躬大声道：拿钱了。

老太婆抚着脸看了来福一眼，这才踽踽出门，走出几步，却又特为回头来讲：你手艺不差。只要死不掉，二回还来。

来福笑道，慢走。

老太婆也笑，慢走不中，还有三十里。

来福一惊。

老太婆讲：石门关，不是三十几里吗？

来福问：你老人家镇上有亲戚吧？来办事的吧？

老太婆摇头，孤老太婆噢，办什么事噢，就来光个脸。

来福于是嗟讶不已。有心想留老太太歇一晚再走，又怕老婆脸难看，一句话到嘴边又吞回去。手上捏着三毛钱，心上却亏欠了一般，一直目送老太婆慢慢出镇，没入山间的苍茫里。

回到铺子里，心仍不得平。晚黑老婆家来，一边代她打洗脚水一边还在嘀咕。他老婆如今跟人合伙贩茶叶，早就不把来福做几毛醋钱当回事，财大，气也粗些，听了只懒懒一笑，讲：晓得了，你今个又练一回把式了。

来福子尴着，只好放下不提。

二一回是个端阳节，家家扯艾裹粽杀了鸡，来福老婆头几天就喊他关门，她反正没空闲的，招呼打过，也就了事。两个人没养伢，日子过得颠颠倒倒，老婆整日在外狂奔，比男人还男人。

不料一大早老太婆就到了。这回也没多话，进屋就往摇椅上一坐。来福愣一下，赶紧起煤炉烫手巾把子。脸光过了，老太婆讲声难为，点出三张毛票，又把来福子定定看上一眼，抚着脸，踽踽走了。

来福送她到门外，喊：过年还来呀。

嗯哪，还来。答应蹦脆。

也不晓得哪根筋扯住了，心里竟温温地不能忘。晚黑喝的雄黄酒，来福多喝了几杯，竟喝出几滴眼睛水来。

哪晓得老太婆再也没来。过年没来，二回端阳节也没来。

长时不来，也就淡了。

猛然间山里下来个小四轮，见人就打听来福子，小四轮靠在路边突突地不熄火，来到铺前就炸响两千头的一挂鞭。地动山摇。

一问，才晓得老太婆快不中了，临闭眼也没多话，就巴望着能再光一回脸。现如今乡里人也有几个钱，就这点小事哪家还办不起吗？村长一发话，忙不迭地下山来接人。一时来福子铺前围上许多人，都讲来福子手艺好良心好，几十里外都有人请。来福子慌急慌张收拾家伙上路。他老婆这一向刚好蚀了本，在家生闷气，想想也挤上小四轮，讲要顺道回娘家望望，到了娘家门口，却又不下车。

路上，听驾驶员一呱，来福子才有点懂：

原来老太婆的老板早先也是剃头的。早年一副挑子闯过不少码头。老太婆原在大户人家给人做小，私跑出来跟的他。两口子年岁大了，又没儿女缠磨，竟比常人格外恩爱些。女的代男的焐脚，男的代女的光脸，滋滋味味，一村人都当笑话讲。这二年老头子不在了，生活倒是不太犯难，就是没人代她光个脸。老太婆时不时就伤心这件事。

来到石门关，老太婆已不剩几丝气，却还能睁眼认出来福子。

慌忙摆开阵仗，一屋人屏声静气，听来福子一把刀咻咻走响，听老太婆舒舒服服叹口气。边边拐拐角角落落地忙毕，一张脸已然困着一样，方知老人家已经走了。

门外，早已摆下酒来。村长讲：人生一世草木一秋，能活出点念想不便宜，就为这一条，我代老人敬你一杯！

小四轮一路颠到家，三星已偏西了。来福微醺着上床，大喊口干，要浓茶来吃，很争了气的样。他老婆怔一下，竟也偎上来怯怯地讲，二回，你也代我光光脸？

来福不答，就势一把放翻，心里话，早就该这样了。

二一天，来福也革新了项目，炮仗地动山摇地一炸，隆重推出"中老年系列服务"。那浓妆艳抹的小姐不是旁人,却是自家老婆,正扭扭捏捏跟邻居解释道:不帮他不中嘛,他是狠人嘛。

《上海文学》1993年第3期

战友田大嘴的好官生涯

一

后来回想，那天是有点不大对头：声音怪怪的，一本正经的，好像是有点严重。偏偏我那几天也有点变故，心中正暗自得意着，也没大留心。

那天下了暴雨，快下班的时候雨过来的，旱了多少天终于还是来了。那情形就像蓄了多少年的憋屈陡然开闸，横着就扫过来了，敲在玻璃上铮铮作响，有点战鼓擂动催人奋进的意思。接着楼下传来砰砰咣咣的摔窗声和一阵阵尖叫，看来风也不小。办公室是新近装修的，换上了塑钢窗，居然一点都感觉不到。这就是有职务的好处。

我抓起电话，给许慧说，晚上有应酬，不回家吃饭了。

这娘儿们张口就来一句：又上哪腐去？

本来心里挺美，一家伙就叫她堵上了。这年头就这样，高兴的事不多，想让一个人快活不容易，想给你添堵一个字就够了。

我说你怎么说话呢你？是汝坤来了。我跟他怎么腐？

许慧说，早吱声啊。田大嘴又不是别人，来家吃不就完了？

其实我知道她是怕冷清。人生到了这岁数就进了快车道，孩子上大学了，老人驾鹤西游了，日子陡然就没味道了，出门一把锁进门儿盏灯，一天就听见电视机子响，吵架都提不起神儿来。

我哼哼说，不行啊，他说得好像很严肃，非要请我吃饭。

许慧愣了一下，又笑道，那你先把钱包掏出来，搁办公室里锁好。

我也笑了，说人家是大乡长，那种事老干就没劲了。

许慧说，那可说不准，他那种人！

其实汝坤人不坏，许慧也明白，就是叫他搞怕了。有一回汝坤来搞贷款，要请农机局和银行的客，非拉我们两口子作陪。结果饭吃完了，他才说没带那么多钱，搞得许慧一张脸就像对不准频道的电视机。还有一回快过年了，来两个陌生人敲门，手上拿着汝坤的字条，说是田乡长正在地区开会身上没带钱，他们也是想办点年货没法子。我拿过来看看，两张欠条一共才一百多块钱。汝坤就那么个德行，事后道个歉也就忘了，该干啥还干啥，根本就忘了许慧是个女人。

其实许慧也就是嘴臭，知道我就是腐也腐不到哪去。

这回又不知道是个什么事，说得那么急。但不管怎么说，战友还是战友。什么叫哥们？现在话说难听了，是分过赃的嫖过娼的，其实真正的哥们还是那些下过乡的扛过枪的。这一点永远不会改变，老婆能变这都不能变。

然后我美美地伸个懒腰，起身站到窗前，看着大街上狼奔豕突的人群，看着那些没关好的玻璃窗被连根拔掉，还有乒乓球一样飞来飞去的纸盒子和垃圾桶，刺激得一塌糊涂。这段日子怪得很，各方面都有迹象表明，行情看涨了。如今的局势就像这突如其来的暴风雨，一下子就能把积尘灰垢冲刷得干干净净。原有的秩序自然是打乱了，可是这秩序不该打乱吗？不打乱还能有我老曹的日子吗？让暴风雨来得更猛烈些吧。

副局长的位置我整整坐了十年，按理局长换过三任，怎么排队也该排上了，可前面总有人不断夹塞夹进来。这就好像西西弗斯推着大石头上山，眼看到山顶了又滚回原地。而现在不同了，现在局长到点下岗已成定局，夹塞进来的那个人，据说是什么人的小舅子,突然查出来有肝癌。石破天惊!

按说人家生癌我是不该幸灾乐祸的,可这小子确实不是个东西。他到局里来老局长的意思是说他在上层关系多,可以为教育局多争些经费,可这小子除了请客吃饭就抓两件事:一件是中小学生的校服,一件是营养牛奶的供应。弄得局机关一个个见了他眼睛都水汪汪的,他一高兴说给你哪个县真给你哪个县。他的关系都用在这上头了。

昨天下班碰见组织部的老胡,这老家伙从来不拿正眼瞧我的,居然多老远就把双手伸出来,眼睛里特有内涵。这样,机关里那些人的脸色陡然也都复杂起来。我目光过处就像这大风掠过麦田,麦穗一排排地倒伏又一排排地昂起,一个个都笑出了前所未有的灿烂。

门轻轻响了两下。我回头,看见一把雨伞靠在门边,而送伞的手只闪了一下,门又轻轻带上了。顿时窃喜。这种感觉,真他妈的绝了。我追出去,看见了办公室刘主任。

我说:你们还没走啊?

刘主任小姑娘似的把身子一扭,侧头笑道:您不也还没走呢吗?

绝对妙不可言。

真想来一句:同志们辛苦了。到底还是没好意思说出口。

二

汝坤领着我七拐八拐,进了一家小饭馆,一看见那种油乎乎台子胃里就直翻。我说：你要掏不起钱，我请你吧。

你请还不是公家掏钱？

我私人请，总行了吧？操。

汝坤把我按在椅子上说：这是我们乡里一个农民开的饭店，也算是照顾人家生意。再讲我是有话要跟你谈，别处乱哄哄的谈不痛快。

我说我也有重要情况要通报，找个干净点的地方我请你不好吗？

汝坤不吭，一挥手，酒菜就上来了。然后，店老板把大门也关上了。

见他搞得那么神秘，这才觉得有些严重，也就不再坚持。

喝的是啤酒，闷头喝。菜上了不少，吃得却不多。

我说：你小子这几年太肥了吧？怎么吃上斋了？

汝坤笑：那你就多吃一点，乡下人手艺差劲，东西可是绝对新鲜。

又喝了两杯，我憋不住了：究竟出了什么事？说吧。

汝坤看看表，说：还是你先讲吧。早着呢。

还是你先吧，你是主人。

你先，你先。客气什么？

我笑，还是当乡长的，果然斯文了，懂外交礼仪。

然后我就说了。关于换届，关于班子里几个人的近况，关于小舅子，特别是这几年受的憋屈，和机关里风云诡谲的变化。说到愤激之处还拍了桌子踹板凳，吹起胡子翘眉毛，叫道：你想想这都他妈的什么事啊？要是这次还不行，老子坚决打报告回去教书去。骗你我都是这个！

可是这些事汝坤听着并不上心，也不惊讶，他有时微微点头，有时插上一两句，一两句就能说在点子上。只是提到小舅子，汝坤皱了眉头,问是不是确诊了。然后就劝我还是应该有点韧劲儿,凡事不可强求,人到了这岁数也该看开了,我们这辈人也死讯频传了,官帽子并不像我想的那样,说摔就能摔掉的,如此等等。

我哼哼说,我知道,下面的人事更复杂,你早就曾经沧海了。

汝坤想了一下,说:我问你一句话,如果你真当了局长,你能改变什么?

我说,我能改革啊。我有一整套的想法。真的,我不骗你。

你能把农村教师的工资问题彻底解决了?

我噎住了,说:工资问题是你们乡政府的事,我怎么解决得了?

他问:那"普九"是不是你的事?

"普九"当然是我的事。国家都立法了,教育局还能不管吗?

那好。你一边立法要我们普及九年义务教育,一边又不管教师的吃饭问题,你改的什么革?你也是当过老师的人,你一个月两个月不拿工资你也许还觉得怪高尚,让你半年一年见不着荤腥你还能站得住讲台吗?

我火了,说,你今天阴阳怪气是跟我谈这个事啊?你又不是傻子,这种事我两个说了管用吗?鸟用不管。

汝坤尴了半天,说不是不是,是你先提起来的我才随便那么一问。喝酒喝酒。

我已经没兴致喝了。说你究竟有啥事?你给句明白话行不?

汝坤看看手表,又看看墙上,说再等五分钟,再等五分钟。

我把筷子一扔站起来要走,说当个破乡长,又不是当太监,蔫儿成这样!

汝坤拦着我死活不让,说是等五分钟你自己就明白了。

五分钟过去了,汝坤把手抖抖地举起来摁亮了电视机。

原来是电视台的《焦点》。我瞧瞧汝坤。

汝坤的大嘴巴已然抖起来了。

再往下看可了不得，那个漂亮的女记者正拿着话筒冲锋枪一样对着汝坤。

我扭头看见，汝坤真跟枪弹击中似的捂着胸口。就好像红血球排着方队从他身上突然逃离，一张脸刷一下就白了。然后，越往下听身子越软、越矮，然后就慢慢滑下了地。

那女记者问，你知道这样做加重了农民的负担吗？知道。你知道中央是怎么三令五申的吗？知道。知道为什么还要这样做？然后就是汝坤张着大嘴巴的特写，好像那个问号被一个喷嚏挡住了，这个喷嚏就永远也打不出来。

接下来就是主持人慷慨激昂妙语连珠的评论，说些什么我已经听不清了。我没有经过这种阵仗，只觉着两腿发软。

汝坤端在手上的碗啪地摔烂了，叫：骗子，一帮小骗子！

我问，他们怎么找上你了？

汝坤叫：不公平啊，我回答你了为什么不播？这些问题我告诉你了为什么装听不见？他捶着板凳叫：不公平啊！

然后他就呜呜地哭开了。

我也是头一回见到汝坤的哭，一个七尺男儿的号啕大哭。这种哭不是伤心，也不是懊悔，而是一种无可奈何。是一种被捉弄而又无法还手，永远也说不清楚的悲凉。这种痛苦我也有过。

我问汝坤：你没什么事吧？你要不行就躺躺？

饭店老板挺懂事，立马找来一张折叠床。

汝坤说，我们事先讲好的，我如实讲他们如实播，他们都答应过的。

我说，你真是，几十岁的人了又不是几十斤，记者能有几句真话？

汝坤说，我说我是农民的儿子你信不信？

我说，我信。

汝坤说，我说我永远不会欺压农民你信不信？

我说，我信。这话也只有你说我才相信。

汝坤叫道：可是我没法子啊，我不找农民要找谁要去？我没法子啊。

不找农民要找谁要，是一句大白话，在基层干过的都明白。如今农民欠附加欠提留实际上就是欠干部的工资，只是话不能这么说而已。所以才经常有干部带着警察到农民家去掀铺板封衣柜的事。都是乡里乡亲的，不到逼急眼了谁愿意那么干？真正的恶霸黑势力早就肥了，他们看中的是公共资源。

我也这才明白汝坤的用心，其实他已经预感到《焦点》没什么好果子让他吃。他是宁可信其有不愿信其无。所以他的结果只能是痛哭一场。他有泪也只能在战友面前流。也只有我才能明白，他不是那样一种人。汝坤并没有那么强大，并不那么粗糙，他也需要理解，需要支持，需要朋友。可是他已然混到了这个份儿上，此时此刻连自己的老婆孩子都无法面对，跑一百多里地来痛哭一场！

月又明了，星又稀了，暴雨过去了，心仍苍凉着。我架着汝坤朝家走，我不能把汝坤一个人扔下。可是我也不知道怎么才能安慰他。毕竟，我们都是这个时代越活越糊涂的人。

快到家门口时手机响了。许慧说：还在腐啊？都腐到电视上去了还腐！

我脱口就骂，你少放屁我跟你说，我跟汝坤已经到楼下了。

许慧这一惊吃得不小，见着我俩进家了比龟孙都乖，一张乌鸦嘴夹得铁紧，又是递毛巾把子，又是替汝坤脱鞋，还亲自扶他上床躺下。

我这才有点不过意了，抽空在她脸上亲了一下，说，这才像我老婆。

关上房门,许慧轻声说,吓死我了。一看见电视我心就乱跳,以为你们不知道才给你打电话的。

我拉她坐在腿上,亲了又亲,吻了又吻,什么话也不想说,什么事也不愿想。还是家好啊,还是自己老婆好啊,这种时候你什么样的压力都忘在脑后了。一时间竟浑身热了起来,三下两下就跟剥粽子一样把许慧剥了个精光。

完事了,许慧趴在耳朵上说,你找个机会把大嘴调回来算了,他当老师比谁不强?受这个罪。我们城关就缺他这样的。这时候她也没忘记她是个副校长。

我哼哼着,脑子里一片空白。

天亮时,许慧才慌慌张张把我推醒,问:大嘴啥时候走的?

三

汝坤和我的关系确实不一般,几十年的友谊了。现在叫战友,在部队上又叫老乡。部队里称老乡是指从同一个地区来当兵的,并不是指的籍贯。事实上汝坤家在农村却从城市入伍,而我生长在城市却是由农村来的插队知青。我那时年轻,生得白白净净,能写新闻报道唱样板戏,怎么说都跟汝坤不一样。汝坤在新兵连里就得了个大嘴巴的雅号。还给他编了个顺口溜:田汝坤田头站,一张嘴盖住脸,大叫驴不敢哼,癞蛤蟆围着转,日你妈不能看!他嘴巴确实大,就跟笑面人一样,笑起来能连上耳朵根。

但汝坤确实与我有许多共同之处:他是中师毕业不久的小学老师,我是高中毕业不久的插队知青,平时走得近,说话也比较合拍。也就是说,在我们那个连队里,我们俩是最显眼的"小资产阶级知识分子"了。按说在当时部队的环境里,对资产阶级的改造任务应该是挨不上的,怎么讲我们的家庭出身、个人历史也是经过审查的。偏偏我们摊上一位极其认真的指导员,几乎是从接到花名册的那一刻起我们俩就已经是改造对象了。

经过两年多的改造,我们俩无论是军事技能还是"政治思想"都不比别人差,我还多次写通讯报道为连队赢来荣誉,入党问题就是解决不了。若说我有点小资情调还有点像,因为我干农活确实不如人,可人家汝坤在家就是挣十个工分的"整劳力"了,也不行。而那时,入党、提干差不多就是所有当兵的最高人生目标了,总不能当几年兵混个白丁回家,起码混个党员日后说起来也好听一点。

第三年,我们连调到农场,听到这消息我差不多都要哭出来了。我的腰在战备施工中受过伤,若是插秧割稻,我就是两头勾到一头去累成死虾米也是赶不上别人的。汝坤跟我说,你每插一行都要这么想:插完这一行,党票就到手了,这样你才有劲头。我说,我是没指望了,党的大门始终敞开着,可我离那个大门口始终有二百里。

有一天夜里站岗,汝坤突然跑出来找我谈话,说你这样就是累死,也是白死,就算追认你了,还有鸟用?那年头说这种话就够上反动了,汝坤见我不吭声,又说,我知道你不会去告状。汝坤说,我们得想个法子,我们俩这是在竞争啊。我们自以为挺有表现,可人家在一边偷着乐儿。

竞争这个词,就是在那样的情况下第一次和人生实际联系起来的。我们俩突然意识到,党的大门尽管是敞开的,可两个人同时往里挤也不现实,人家怎么知道谁改造得更好?你得为人家创造一个比较鉴别的机会。

汝坤是从农村出来的,家境不好,也比我大两岁,所以要比我成熟得多。他认为坏就坏在指导员身上。他说，这家伙肯定神经有毛病，是个虐待狂。他说：我都想好了，退伍的那一天，火车快开了，我就给指导员招手，指导员指导员，指导员笑眯眯地过来了，我啪啦就是一巴掌！他就是气死也没用，火车已经开了……

我哈哈大笑。田大嘴还是个很有想象力的人。

我俩后来商量的办法是：我退出竞争，让汝坤先上，在农场让他样样得第一；等部队回到营房了大家都穿上干净衣服了，我再打报告要求去喂猪，能喂猪就能写讲用稿，能写讲用稿就能有表现机会。身上脏了思想红了，脚上臭了灵魂香了，臭了我一个香了全人类……

这些在今天看来颇不真实的言辞在当时也很难说不是一种真实的思想存在，因为在支部大会上我确实心潮澎湃热泪盈眶。甚至感到像我这样的"知识分子"，搞脏了自己就是洗刷了自己，丑化了自己其实才真正是证明了自己。至于我们俩为什么还是同时挤了进来就不得而知了，也许是指导员良心发现了吧。

我没想到的是，入党的那天晚上我们抒发了很多激情以后，汝坤突然流泪了。汝坤说他对不起党，也对不起他爹。他对党隐瞒了真情。

汝坤说，我爹不是病死的，是饿死的。那时入党有几条内部掌握的界限，其中一条就是直系亲属中不得有在"三年自然灾害"中非正常死亡的。这是个不成文的规定。他有个表哥是部队的营级干部，早就写信提醒过他，教给他一套说辞。

这下我傻眼了。

我当时出自本能的反应就是，如果汝坤去坦白，我们俩都完了。人家会再一次想起知识分子的复杂性，他有问题，我也难保没有问题。而我父亲的一段历史五几年就被审得死去活来。可我又能劝他什么呢，劝他不要坦白？劝他继续隐瞒？刚才还壮怀激烈着，转眼就原形毕露了？

汝坤哭着说，其实我爹真是个好人，骗你我都是这个！我爹不光嘴大，肚子也大，一米八几的个儿，一顿能吃四斤馍，可他愣是饿死的！

他爹真是一个好人，而且是个非常优秀的共产党的基层干部。身为大队支部书记，大队的种粮仓库离他家只有十几步路，而自己却饿死在自家的门槛上，死的时候仓库的钥匙就挂在腰里。这在今天恐怕是很难想象的。这样的人可以说是一个非常了不起的英雄，可他确实是非正常死亡。汝坤有这样一个了不起的爹，却让我们心头压上一块巨石。在以后的日子里我们很少说话，也很少碰头，只有拼命干活。好在那时我们连队又奉命转入山区的战备施工，劳累可以遮盖一切。

更想不到的是，十月的一天传达了中央文件，林彪"自我爆炸"了。来传达文件的是上级派来的干部。念完文件，整个冷场了。按那时的惯例，有重要文件传达以后，一般都是指导员领着大家呼口号。然而这一次指导员脸色惨白，站起来把自己的领章撕了，然后就自己噼噼啪啪抽嘴巴。我们那个指导员，其实自己也是个高中毕业生，而且是非常紧跟的那种"小资产阶级"，他的拿手好戏就是讲用，因为宣讲林立果的"第四个里程碑"，还得过大军区的活学活用积极分子。眼看就要提拔了，他也没想到会栽在这上头。

以后的日子，又有各种文件的学习，很多年过去了，有一句毛主席的话印象特别深刻：成千上万的善良的人们是不清楚的。

很多年过去了，汝坤的一句话同样印象深刻：妈的，老子比他们干净得多。

四

下午,汝坤来了电话,说:我没事了,你放心吧。

我说,你走也不打个招呼,我们都急坏了。有句话也没好意思说出口:早晨许慧差点哭出来,说大嘴不会想不开吧?

汝坤却笑道:我是怕撞见你两个正干好事呢。

又说笑几句,也就算了。其实早上就有消息传来,行署正在开会研究《焦点》的事,听说Z县的县长书记都发了大火,发誓要把提供新闻线索的内奸找出来。出了这么大事,县委都不知道,确实说明稳定压倒一切。既然各级都有这个态度,我料想汝坤也没有大麻烦,顶多发个通报批评一下了事。很多文章都是这么做出来的。

去年春节头上,腊月二十几,Z县九个乡的农民出动了四百辆小四轮,一路浩浩荡荡喊叫着去省城上访。开头还拿警车拦,结果拦一辆掀一辆,农民拿铁锹把子敲打武警的头盔:你开枪啊!你开枪啊!把书记专员吓得滴尿,拦在桥头磕头作揖什么丑态都出来了。后来不也不了了之?电视新闻里反而说,行署一班人深入基层和贫困农民一起欢度佳节。

果然,我问汝坤打算怎么办,汝坤说:怎么办?该怎么办还怎么办。我一个乡五大班子齐全,加上退休的几百口人要拿工资,另外还有六百名教师要吃饭,我不向农民要向谁要?我又不会印钞票!我增加农民负担《焦点》要找我,我要不给教师开工资《焦点》不还是要找我?恐怕你都饶不了我!

我想想,笑了,说,也是这么个理。你就蹲风箱里混日子吧。什么时候不想干了就言语一声,还回来当老师,我给你安排。

汝坤噎了一下,说行,那我就先谢了,好哥们儿。

说句话也就是暖人心的意思,我也不愿意出现那样的情况。

说起来我两个还真称得上解不开拆不散的好哥们么。退伍回来以后，汝坤还回小学当老师，当着当着就当出了名堂，全国第一批特级教师中就有他的名字，是破格的。我呢，先当工人后上大学，回来后也当上了教师。山不转水转，转来转去又转到一起来了。后来干部队伍搞四化，有文凭的开始吃香，我俩又是党员又有文凭，官运来了推都推不走，我就一步登天混上一个地区教育局副局长。汝坤呢，开头是死活不干，到了九五年忽然又想干了，说是与其让那帮贪官污吏干还不如自己干。本来地委组织部的意思是让他当Z县政协副主席，他却提出来回老家当乡长。跟我说的话是：要当就当一任好官，要把他老爹的损失补回来。

其实这话也就是说了好听，听了好过，屁用不管。如今稍有一点基层经验的人都明白，不是谁不想当好官，而是根本当不成。有钱还好说，只要不贪不拿有钱还能干几件事。没钱呢，没钱你就是磕头磕散了老百姓还戳你脊梁骨。他那个老家我清楚，是个狗都不拉屎的穷乡僻壤。所以我给他的忠告是：能干就干，不能干也别上火，叫做不要着急慢慢来。他说，我明白，我明白。

我两个虽说官场上交道不多，可也许都是当教师出身的原因，看问题说事情都还跟从前一样合拍，几十年过去了，好像一点变化都没有。这也是个怪事，按许慧的说法，这叫前世是冤家，今生做夫妻，前世是夫妻，今生做兄弟。

我跟他说了这样一层意思：我们俩都是这个时代的幸运儿，属于变革的既得利益者，有不顺心的事发发牢骚可以，认真就大可不必。《焦点》能怎么样？农民没钱，它能谈出钱来？中国的农村问题，《焦点》能谈清楚？这么一想，那天看电视根本就不值得一惊一乍，简直浪费了表情。

汝坤说，看看吧，再看看。

接下来还是那些破烂事，局长抓的点，我去擦屁股；小舅子生癌病，我去落实医药费；全国"普九"宣传日，我去登台唱大戏。我就像一块万能膏药，哪儿疼我就往哪儿贴。谁叫我想那把椅子呢？这叫不劳动者不得食。

然后忽然有一天，办公室刘主任鬼鬼祟祟过来告诉我：Z县上《焦点》的事现在查清楚了。

我说，哦。心想查清楚又能怎么样？

看看刘主任，一副欲言又止的架势。

我说，加重农民负担本来就是秃头上的虱子，哪个县不是这样？现在教师工资都只能发基本三项了，有的地区连这都保证不了，上面不知道？不找农民要找谁要？要了就难免说一点牢骚怪话，你总不能把老百姓嘴巴也堵起来吧？

可是刘主任还是赖着不走，东摸摸西看看。

我问，还有事吗？

刘主任看着我，眼皮竟慢慢红起来，说曹局长，以前我是有不够尊敬你的地方，可是我也有我的苦衷啊……

我说，你这是啥意思嘛，《焦点》跟我有什么关系？跟你又有什么关系？

刘主任愣了半天说，对不起啊，我知道你和田乡长是战友，我还以为你知道这件事故意冷淡我呢，我误会了，我误会了！说着自己又笑起来。

我说，你越讲我越糊涂了，怎么又扯上田乡长了？

刘主任这才把话说清楚：Z县这次是下决心要把那个提供新闻线索的人查出来的，花了大工夫的，谁知查来查去，还是田乡长自己干的。

我笑起来，这怎么可能嘛！你想想可能不可能？

刘主任凑近了说，真是这样的，说出来谁都不信。可田乡长已经承认了，现在地委大院里都轰起来了。

我往起一蹦，脑袋立马就大了。

刘主任说，现在这些人一个个都疯掉了，做出事情来让人都看不懂。……曹局长你没事吧？

五

我们那个市是个地级市，屁股大一个小城，城东放个屁城西能闻见臭。还没到下班时间，满城沟沟坎坎都在刮这个风了。而且人们传播这些消息都特别兴奋，比看《焦点》还解气，比狂犬病毒还厉害。到了傍晚，许慧带回来的传闻已经变成这样：Z县矛店乡一个乡长克扣农民被电视台曝了光，本想花钱消灾的，没想到北京来一个大官微服私访，把他给逮起来了。

我说：你们这些当老师的怎么跟小市民一样？这种话也相信？猪脑子！

许慧说，你喊什么喊？你跟我喊有什么用？还不赶快给田大嘴打电话？

我说，我都不急你急什么。好像你比我还关心田大嘴。

许慧怔住了，说我不是为你想吗？你们这些男的，吃喝嫖赌是亲兄弟，心里想的全是往上爬，真到节骨眼上一点人情味儿都没有。

然而大嘴已然联系不上了。

乡政府的秘书说，田乡长下去抓晚秋好几天了，我们也到处找他呢。

吃过饭，看过电视剧，快十一点了，许慧突然说：我越想越不对劲啊。

我说，没事儿，真有事他第一时间就会找我。

　　嘴上这么讲，心里也发起毛来。照理，刘主任的情报是不会错的，她丈夫就在地委宣传部。如果汝坤已经承认了，那么他不在地区就在县里，从时间上推他也不会走得太远。那么为什么乡政府找他好几天呢？难道真是给逮起来了？就算他是私自联系电视台，顶多也就是个违反宣传纪律，何况他是给自己曝光，并没有触犯别人。除非他还有经济问题，这会儿是给"双规"了？

　　想想，坐不住了，不得已还是动用了一级战备关系。地委副秘书长杨林是我的校友，过去互相都不知道，后来还是我的老师给牵的线。像这样的资源一般不到关键时候最好不要用，用一次就少一点，可是为了汝坤也没法子。

　　扯了会儿闲篇才说上正题，杨林说，田汝坤是你的战友啊？他笑起来，你还有这么个战友！

　　我说，你知道他现在在哪里吗？

　　他说，他不在家在哪？也许上哪喝闷酒去了，反正这回够他喝一壶的。

　　这才把一颗心放回肚子里。又聊了一会儿，情况大致也就清楚了。

　　原来这次"费改税"，下面有一些矛盾，哪儿没矛盾呢？你只要不闲着，天天都有矛盾。偏偏这个汝坤不安生，想借着"费改税"的机会搭车把教师工资问题一并解决了，为这个已经跟省体改办的人吵过几回了。矛店乡有个出了名的刁民叫齐二宝，有天到乡政府来掰扯，他认为按人头定税不合理。本来这也没啥，两个人说戗了，难免就高声大气。齐二宝就说，反正你嘴巴大，你把嘴捏起一半儿我都说不过你，说不过我就找嘴巴更大的来跟你说。汝坤问，你想找谁呢？齐二宝就说要找《焦点》。汝坤就说，你要不认识路我帮你找地址。就怎么着，不知通过什么渠道《焦点》还真的来了。现在估计，汝坤的本意是想借电视台的大嘴巴把下面的财政困难反映反映，能把农村教师工资归到国家税费里去，你不能讲他这个意见没有道理，可人家电视台怎么能上你的套儿呢？结果电视一播，县领导发火了，说是没王法了。讲是要查，其实也就是吓唬吓唬，不然基层工作没法做。谁知那个齐二宝一吓就拉稀了，非说是汝坤指使他干的。到了这时候，汝坤没法子，就是一泡屎，他也得吞到肚里去。

杨林问，你这个老战友是不是有点迂？

我说，迂是有点迂，教书的出身。不过他倒是真想做一任好官的。

杨林冷笑道，好官！谁又不想当好官？这是好官生存的年月吗？他不懂你也不懂？国家税费是他一个乡长说话的事吗？

如今这年头谁都明白过来了，当官的办法有很多种，想当好官的窍门也有的是。种大棚菜、养蘑菇、贩长毛兔，然后上网销售，然后写总结开现场会，你干点什么不行？有板凳不坐偏坐树桩子。

我问：你估计地委能怎么处理？

杨林说，处理也不会怎么处理，扒拉下去就完了。他的看法也不能说不对，地委不也有叫好的吗？问题是他根本不懂游戏规则，人都得罪完了，今后还怎么混得下去？

我心想，只要不处分就已经是万幸了，话也就没有再往深里说。

倒是许慧，不知哪根筋拽住了，满脸通红两眼贼亮，在床上折腾一宿，兴奋得不行。说人家田大嘴做官才真正是不搞花架子想解决实际问题，哪像你们这些人，说的事不干，干的事不说。她认为"费改税"就是应当把教师工资问题改了，教师工资就是应该国家给。说国家立法要搞义务教育，为什么国家不给钱？不给钱也就算了，还要批评人家增加农民负担，还讲理不讲理？说那些贪官污吏没人管，过得比谁都滋润，田大嘴这样的好官反而没活路了，找都找不见了。

叫她嘀咕烦了，我吼道：他那是找死！

许慧说，你才找死！

我说，田大嘴那么好，你跟他过算了。

许慧怔一会儿，说，你还少跟我来这一套。我就跟他过怎么样？我愿意跟谁过就跟谁过。我看人家就是比你有信仰！说着竟哭起来了。

女人的心思你永远不懂，到了许慧这岁数就更加双重标准。她们有时是世俗的，把家当成世界中心，丈夫应该永远围着她转；可有时又很理想，觉得男人就应该身材伟岸目光远大智慧超群，身上挂满勋章。

没办法了，只好又爬起来哄她。我说，你懂个屁呀？你以为教师工资那么简单？田大嘴的矛店乡就有六百名教师，这是一个什么概念？现在说是"费改税"了，总收入并没有增加你懂不懂？你说国家负担，国家是谁？是县财政，还是地区财政，还是省财政？有钱谁都想伸手，有包袱谁愿意背？义务教育立法了是没错，可法律上并没写着该由谁来掏钱。你坐着说话不嫌腰疼，应该，应该！讲得比唱得都好听。

许慧这才傻眼了，说那怎么办啊？嘴巴张得跟田大嘴一样。

六

早晨刚迷糊一会儿，就被敲门的搞醒了。我们那门铃原本怪好听，可叮当叮当搞长了就不知有多烦人。我蹬许慧，许慧踢我，我说，要不然猜咚猜吧？许慧一骨碌爬起来说，谁像你呀，闲得无聊！

许慧开门就呀了一声：是张老师啊？快请进。

我在里屋心里一紧，知道坏了。

张桂兰是田大嘴的夫人，也在Z县教书，平时轻易是不出门的。我和汝坤关系这么铁，两个家庭却很少走动。可能是性格上的原因，也可能是张桂兰身体一直不好，人和人之间很难说得清楚。她这么一大早来敲门，肯定是出事了。

我爬起来，就听见张桂兰慌慌乱乱地问，田汝坤没上你家来？

许慧说，快坐下，慢慢说。然后就拿眼睛瞟我。

我还没开口呢张桂兰就一屁股坐下地哭起来了。把沙发捶得砰砰响。

原来汝坤是病倒了，肝昏迷。那天回家脸色就不对，他平常也不大回家，回家是要说个什么事。还没说呢，手举着就放不下来，然后就跟抽去骨头的带鱼一样，身子整个往下一瘫。县医院看不了，转到地区医院已经两天了。医生说，十有八九是肝癌。现在最后结果还没出来，他人却找不见了。

我说别急，他靠住是回矛店了，几天没去他不放心。

张桂兰哭道，人都这样了，还有啥放不下的？我他能放下，闺女他能放下，矛店还有啥放不下的？

我说，这样，一会儿就上班了，我陪你去找他，行了吧？

许慧说，我今天没课，我也去。

我去倒开水，许慧拿毛巾，好容易才把她哄坐下。

吃着饭，我说，桂兰你可能不太理解男人。

张桂兰说，有啥不理解的？不就是电视台曝光吗？不吃不贪的你怕谁个呀？

我说，这不是怕不怕的问题，也不是顾家不顾家的问题。

许慧说，是啊，汝坤上这儿来直夸你呢，说有你在家他就根本不操心。我听了都妒忌死了。

她脸色这才好了一点点,叹气说,不是我背后说他,这几年我真是受够了。

我说,在基层当干部不容易,吃喝拉撒柴米油盐,他那么认真的人更不容易。

张桂兰说,一两个礼拜见不着人,一来家身后就跟着四五个,吃过喝过他也就该走了。我闺女一见他就烦。扁担箩筐支在楼道上一大堆,就是我不嫌,人家邻居也嫌啊。不是我跟你们诉苦,自从他当那么个破乡长,工资就没正经拿回来过,闺女眼看就考大学了,家里一点积蓄都没有。

我们面面相觑,都不吭了。这个情况虽说没有料到,可是我信。我看见许慧脸上抽了一下,知道她也想起了大过年的来两个农民讨债。现在看清楚了,那两个农民千恩万谢的后面,分明是汝坤那张尴尬无奈的脸。

张桂兰接着说,人家当个官还图个升官发财,你说你都五十出头的人了,你还图个啥?农民苦,农村教师苦。天下农民苦了几千年了,你能把它翻过来?其实他那个官当得并不好,上上下下人都得罪完了,县委书记都找他谈过几回了,有一回还约他上家来谈,拐弯抹角让他退出来,他还非要跟人家犟。

我说,汝坤是这个脾气。

张桂兰叫道:脾气有啥用啊?

七

Z县的版图像一个水瓢,所以注定要在历史的长河里随波逐流。

又因为淮河流域本来就是我国的南北分界线，气候变化激剧，是自然灾害的多发地区。从宋建隆元年开始，一千年间有记载的各种灾患就有三千多次。而地势低洼又形成了十年九涝，矛店乡就是那片凹地的锅底。矛店，从前写作茅甸。

这地方说它偏，几条铁路干线都从它身边过，最近的只有二百里；说它不偏，它确实就像差点被遗忘的盲肠，时不时还能给你找点麻烦。说它重要，从来没有谁想起来把它好好建设建设；说它不重要，却又是历来兵家必争之地，北人南侵多取道于此，南人北拒这儿又成了重镇。

几千年的灾荒和战乱把民风搞得十分怪异，平时他们是懒散的狡猾的，干活不肯出力，有两个钱他一定要吃进肚里，绝不多置家产。而动乱时他们是彪悍的勇猛的，能吃亏不怕死。所以从陈胜吴广开始，中国哪一次改朝换代都少不了Z县人。矛店人更是他们的代表，往上数几代，家家都有逃荒要饭的传统。麦种刚下地，就开始准备外出，要到来年返青才回家。遇灾荒更是倾巢而出，有时一个庄子都见不着烟囱冒烟。

九四年长江发水，这儿又成了泄洪区。省里来一个检查团，检查救灾款落实的情况。晚上看见大堤上灯火一家连一家，煞是壮观。听说老乡作出这么大牺牲还在坚守家园，首长一高兴立即就要上堤慰问。上了堤才知道，灾民们是没外出逃荒，而救灾款却变了电视机。一家围一台电视机，看得好不快活。而堤外，已经颗粒饱满的麦穗就在水面上漂，伸手就能捞回来。

汝坤就是九五年要求回乡的。让他去政协他不干，非要去当乡长。当时就跟他说过，你那是找死。不听。他以为他是个人物。

没想到还真不幸言中了。

我们到矛店，已经是中午了。而汝坤已给机关开了会，交代了工作，人又去了小弯。书记要留饭，我见张桂兰急得那样，谢绝了。出了乡政府大院，叫几个干部堵在路口，硬要塞给张桂兰一点钱，说是大家的心意。张桂兰不要，其中的一个说，嫂子，你就好生伺候吧，田乡长是个好人。说着把钱就扔进车里人就跑了。说得张桂兰热泪一喷。

而我，却从这真诚里品出另一种滋味。论理，汝坤是这儿的乡长，乡长得了绝症，想有所表示也犯不着偷偷摸摸。看来书记要留饭也是做样子的。所谓水至清则无鱼，人至察则无朋，混到这一步他早就该明白了。

小弯村就是汝坤出生的地方。他家早就没人了，一琢磨就知道他去了坟地。他是去给老爹老娘上最后一次坟的。所以我们也没敢进村，怕惊动别人。果然，在路边见着了乡政府的破吉普，司机一个人靠在车轮上吸烟。司机说，有一会儿了。我说，你先回吧，待会儿我们送他回医院。司机想想，就上车掉头了。

坟地里有一棵老槐树，好像被雷劈过，半边枯了，另半边却长得特别茂盛。太阳昏着，纹风没有，听不见一丝声响，连知了也都噤声不语。远远就见汝坤一个人盘腿打坐，对着荒坟发呆。他面前拆了几包香烟，把那些烟一颗一颗点着。那烟直直地飘上去，连个旋儿都不打。看着他机械地做着这些事，完成这些动作，两个女人恓惶得不行，忽然就抽泣起来。

他说，来啦。

我说，来了。

他干干地笑一下，说，真快啊，这么快就该说拜拜了。

我注意到，他真是老了，白发蓬乱着，两个眼袋已经出来了。

张桂兰想说什么，被他止住了，说，我马上就跟你回去。你们先到那边等一下，我想跟老战友说两句话行不行？

女人们退后了，他接着点烟，一直把那些香烟点完。他自己不吸烟，点烟的动作就有点拙劣，可还是坚持点完了。点完了，他就站起来拍屁股,说,走吧。

我说,有什么话,你就说出来。

他说,到了这时候,还有什么可说的?

我说,不行,你一定得说。

他搂着我,行了,别酸不拉几的。这病其实我早就知道了。

我说,这我已经猜到了,啥时候的事?

他说,春天,我到省里检查出来的。

我叫道,你怎么这么糊涂?

他摆摆手:你不知道乡财政有多困难。过一会儿又说,我一直在偷偷吃药。能活到现在,已经赚了。

我哽了半天,说你看不起哥们儿啊。

他说,别那么讲。又说,其实那些日子我只有一个心思,也没时间看病。

我说,是争教师工资?

他点点头,然后又摇头:费改税,多好的机会啊。可惜我没本事。

我说,所以你才想起什么《焦点》来?

弄巧成拙。他尴笑,没想到,给一帮小青年涮了。

我知道,现在骂他什么都没用了。汝坤说到底还是个书生。一个书生满脑子想的只是应该如此,永远也不会明白应该必须服从需要,需要是高于一切的。

沉默了一会儿,他拍着我肩膀说,算了,一个人一辈子能干多少事?我也该知足了。刚才,也问过我老爹了。

我问,老爹怎么说?

他笑了,说回吧。

坐到车上,我们再没说话。回到医院,也没说什么话。其实说什么也没用,该吃的吃该喝的喝?还有什么未了的事我们替你办?

说这些就不叫哥们儿了。

　　一个人面对死亡他能想些什么？我不知道。书本上描绘最多的就是关于放下，世事冷暖，恩怨情仇，功名利禄，一切烦恼，统统放下。可我认为汝坤是放不下的，他只是一种无可奈何。也许，还有一点点镇定和从容，这是一个当过兵又懂得思考的人才有的气质。

　　他说他问过老爹了，其实老爹能跟他说什么？我知道他对老爹的感情，他娘死得早，老爹是拉扯他的唯一亲人。可他老爹大字认不到几个，能跟他说什么？他就不止一次说过老爹傻，真傻。他说，哪有那么傻的？守着粮库饿死！

　　可是反过来一想，如果老爹不傻，汝坤能有这样刻骨铭心的遗憾吗？如果老爹不傻，汝坤心中能有那样一根标尺吗？能在面对死亡时和老爹心灵相通吗？其实我在埋怨汝坤书呆子糊涂的时候，不也就是心仪神往这种傻吗？

　　我好像看见老爹又活过来了，老爹扶着墙根站起来了，老爹冲着一个半大的孩子在笑。老爹说，娃，你咋还不走？你哭啥咧？那孩子说，我饿。饿就回学校去，一念书就不饿了。一念书更饿，我们老师都昏倒了。老爹怔着，说锅里还有几个糠饼子你吃了吧，吃了就回学校去。我吃了你咋办？爹是大人，爹扛得住。你骗人，你腿都肿了，你鞋都穿不上了。开春就好了，开春就接上趟了，有野菜饼子吃。你喜欢槐花的还是喜欢灰灰菜的？那孩子跳起来，说爹你真傻，你活人叫尿憋死了。老爹叹着气，在门槛上坐着，一根老烟杆在布兜里挖，挖。说娃，爹知道你的心思，可库里的粮咱可不敢动，咱村还有一千多口人指望它过日子。开春大伙就回来了。少动一点也不行吗？就一点点？你记着，咱可不能黑良心，就是饿死了也不能叫你大爷大叔挖脊梁骨。你要敢动库里的粮，我打断你的腿！那孩子没法子，吃一个糠饼子又回学校去……

我经历过那个年代，知道饥饿是个啥感觉。也大体上能体会到一个一米八几的男人，一个一顿能吃四斤馍的汉子守着种粮库挨饿的滋味。我有一个化学老师那年从食堂里打了一钵大麦糊回家，那是他们一家六口的晚餐，他一边走一边喝，到家才发现已经喝完了。后来他被迫离婚，再后来他自杀了。

汝坤后来是在学校里熬过了冬天，县一中的学生毕竟还有二十一斤半的定量。可就是那个冬天，老爹终于没能熬得过去。老爹死的姿势很特别，他是上半个身子在家里，两条腿在门外，裤子磨烂了，膝盖骨都露出来了，在他家和仓库之间留下一条长长的拖痕。他家离仓库只有十几步路。在最后的那一刻，他在家和仓库之间来回爬，来回地挣扎，而那把延续生命的钥匙就在自己腰里别着。

八

汝坤实际上回医院也没住上几天。医生说，就是化疗也不过是挨些日子。这也是实话实说，到了晚期谁都没办法。汝坤坚持要知道实情，知道了，他反而笑了，说我可不想变成秃子，我这个人就头发长得还好看一点。回吧。

那天张桂兰拎来两大篮子鸡蛋，还有几只鸡。许慧说，你这是干啥？张桂兰说我有啥办法？扔了也怪可惜。我说，留下吧。我知道，这都是矛店农民的真情实意，张家十个李家八个凑起来的。农村人可怜，以为这就是最补身子的东西了。他们是把真心捧给汝坤的，可他们不知道，汝坤已经没有这个口福了。

汝坤走了，我也累垮了。这些日子，白天上班晚上就是陪汝坤。看着他吃了又吐吐了又吃，眼看着生命一分一秒地溜走，好像也在经历一次煎熬。

　　这几天，还有一件事值得一提。就是我们局那个"小舅子"又回来上班了。这家伙到北京上海转了一大圈，已经确诊他不过是有点脂肪肝，从前肝上长的那个东西只不过是一个像气泡一样的囊肿而已。这也就罢了。问题是他一回局里，局势立马就起了变化，有几个人立马提出来要为他洗尘压惊，刘主任也跟牙疼一样把脸捂起来说，那是那是，那是应该的！最讽刺的是，这家伙一个办公室一个办公室地看望大家，说他不在局里这些天大家都辛苦了，还说这次生病让他明白了很多道理看清了很多东西。而我这个跑前跑后求爷爷告奶奶为他搞医药费的人，就被他赏赐握了一下手。手上的感觉就像被癞蛤蟆咬了一口，疼倒不疼，就是腻歪得招不住。

　　也许他还把我当成对手吧？谁知道呢？如果有上帝，上帝的眼已经瞎了，让不该得病的人得了绝症，该死的人却活得比谁都好。

　　当然，这些事我也不敢跟汝坤讲。就是一泡屎我也得吞到肚里去。

　　他的电话是下半夜来的，惊得许慧直着从床上弹射出去。

　　许慧说，妈耶，吓死我了。

　　汝坤说，我想想，还得求你一件事。

　　我说，讲吧。别说一件，你现在就是要我的命，我也不在乎了。

　　他说，你怎么那么悲观？

　　我说，一言难尽。说你的事吧。

　　他说，听说中央来个大领导？好像就是为"费改税"的事。

　　我说，是啊，听说是来搞调研的，已经到地区了。

　　他说，那好。你帮我想个办法见上一面。

我叫起来，你这也太邪乎了，你想叫我死容易得很！我要是那么牛早就把你的问题解决了，还用你费事吗？

他停了好半天，喘着说，好兄弟，你知道我的心思，你要真想帮我，你就给我帮这种忙。我到了那边天天做你的守护神……

我这才激灵一下醒过来。

所谓不到黄河心不死，他那颗心就是为黄河活到今天的。"费改税"既然是个试点，就不是板上钉钉。怎么就没有挽回的可能？尽管这是各级领导都不愿看到的，可他都是要死的人了，你能把他怎么样？既然他决心最后一搏，我又为什么不帮他燃烧一把？做官的办法有很多种，我现在还怕谁？大不了还回去教书，又算好大的事？我觉得自己热血奔涌气吞山河，一下子就高大起来。

我约杨林在茶楼见的面。他老大不情愿，可还是来了，见面就说：有事快讲，我真的忙屁掉了。

我掏出一块鸡血石推过去。我知道他好这个。这东西原本也是珍藏着到万不得已时派用场的，用到汝坤身上也算用得其所。

我说了汝坤的情况，也讲了他的委屈和解不开的疙瘩。我讲得脸通红，他听得脸铁青。然后他把鸡血石又推回来。

我差不多就哭出来了：你真的帮不上？

他说，按理，我跟你说这个话都是犯纪律的。可是我跟你说，我也是农民的儿子，这话你信吧？这样，你等我的电话，有机会我一定通知你。东西你收回去，我要是收了你的鸡血石，我这双手就血淋淋的永远洗不干净了。

接下来就是一天一夜的等待。我这才知道等电话是一种什么样的刑罚。有好几次铃响了，扑过去却是汝坤打来的。后来汝坤的不来了，又变成张桂兰的。我知道，这个残灯将尽的人已经开始出现幻觉。而那盏灯里，油也快耗干了。

直到第二天夜里，杨林电话来了，说，明天上午，首长去丁集座谈，到时候我在镇政府门口接你们。我说，那么多矛盾突出的地方不去，干吗去丁集镇？他说，废话！然后电话就挂上了。

我想想，也确实是废话。

然后就通知汝坤。是张桂兰接的。我说，你一定要想办法让他睡一觉，否则他去讲什么？给人磕头人家还怕你把首长吓着。

张桂兰抽泣着答应了。她说，我还能咋样？我还能咋样？我还能咋样啊？

九

我租了一辆救护车，把汝坤两口子从矛店拉到丁集。我的意思是怕他顶不住，所以还特别叮嘱医生护士带上器械。其实都多余了，这天汝坤的气色特别好。到了丁集，首长还没影子呢，汝坤又提出来要理发光胡子。完了首长还没来，又说要把衣服穿上试试。张桂兰给他换上西装打上领带，他照照镜子觉得不好，又要换夹克衫。说别管多大肚一人一条紧身裤，别管多大官一人一件夹克衫。

快到十点，街道上人陡然多起来。小学生和武警战士从镇政府门口一直排到了大路口上。小学生都拿小旗穿运动服，显得怪齐整，一看就知道是我们那个小舅子的杰作。几个老师吹着哨子打着拍子领他们喊欢迎——欢迎，欢迎——欢迎！

然后车队就过来了，摩托车，警车，面包车，拖了一里地。一下子就让你觉得丁集繁荣起来到处是鲜花和掌声。然后首长下车步行，首长面带笑容双手抱在一起举过头顶。跟在后面的领导也立即把双手抱在一起举过头顶。再仔细看，这天首长穿的是西装，后面的领导也都是西装,正琢磨汝坤是不是搞错了,人群里就有人喊:首长好!

首长一愣,忙说,好好,大家好,同志们好!

又有人喊:首长辛苦了!

首长这回没有答,他站下,问那个人:我怎么会辛苦呢?我一直坐在车上。是你们辛苦才对。

那个人说,首长在百忙之中亲自下来搞调研、作重要指示怎么不辛苦?

首长说,我自己搞调研,怎么能不亲自呢?我指示还没作你怎么知道重要不重要呢?

那个人抓着头笑了。首长问:你是做什么工作的?

那个人说,我?种地的。

首长说,那好我问你,"费改税"了,你知道不知道啊?

费改税好!减轻农民负担好!

好在什么地方啊?

从前一百零五,现在只交九十九块八,少五块钱,怎么不好?

首长点着头,对身边说,他真的知道。然后就鼓起掌来。然后掌声口号声一直响到了政府大门口。然后有两个小孩子冲出来,要爷爷抱。首长愉快地抱了孩子照了相。

其实这也是老节目了,丁集是我们地区的样板镇,现场会交流会开得多,干这个经验不知有多丰富,找几个能说会道的农民并不困难。如果首长临时改变计划,他们也都能应付,他们能拉着那些农民跟着走,保证叫你满意而归。

我担心的是,看这个架势,我们不一定能挨得上。果然,见到杨林,我把救护车指给他看,杨林说,只能看运气了。我说我们一大早就赶过来了。他说你昨天晚上来也得看机会。

回到车上我没吭声。汝坤躺在担架上打吊水,也装做什么也不知道。可我能感觉到他的身子在抖。那辆车也在抖。整个丁集镇都在抖。

张桂兰偷偷问，就是首长能接见，他那个样也不中啊。

我说，他能扛住。说这话，我脸都硬了。

从前，当兵的时候，他最崇拜的一个人就是我们师的副参谋长。这是一个独膀子，有一次给教导队上榴弹课出了事故。那种劣质手榴弹不知怎么搞的，后盖一旋开引信就掉下来了。当时饭堂里全是人，榴弹哧哧冒着烟，稍微一慌就要出大事。只听他大声发出口令：全体——卧倒！然后一个后滚翻，钻到一张大饭桌底下，榴弹换到了左手，再举出桌面……完成这一系列动作，才用了两秒钟。

我们连回营房的时候，这位丢了一条胳臂的副参谋长还常来打篮球。他实际上已经丢了自己的前程。谁都说他可惜了，就汝坤跳出来脸涨通红地和人家争。说这才叫军人，这才叫从容不迫，这才叫泰山崩于前而色不变。还说一个人平时说得再漂亮都是假的，是英雄是狗熊就看那两秒钟。

我对自己说：他能扛住，他一定得扛住，他的两秒钟也到了。

快十二点，杨林跑出来说，快，帮他写个条子。

我抓笔就写：Z县矛店乡乡长田汝坤有真实情况向领导反映。

写着我才知道，杨林也是担了很大风险的。本来下午安排了首长和农民的座谈，可是上午各县县委书记汇报不完，就把座谈取消了。而首长对县委书记的汇报又不满意，有的书记对本县有多少人吃财政饭都说不清楚，更不要说财力的分配使用了。我说这明摆着是装傻，哪个当书记的不知道家底？杨林哼哼说，反正个个都拿小本子在记呢。在这种时候递条子无异于上去扇书记们的嘴巴。

可他再也找不着别的机会了。他说，硬闯吧，没法子了。杨林抓着条子就冲进去。

我拉开车门，想把这情况告诉汝坤。没想到汝坤猛然坐起来，说，我饿了。

张桂兰说，饿就喝牛奶，还有饼干。

汝坤说，我想吃烧鸡。

张桂兰傻了，说这么多天不想吃，怎么猛然想起来吃烧鸡？上哪弄烧鸡去？

我瞧瞧汝坤，他眼直着，有一丝亮光在闪烁跳跃。那光亮就像闪电，在心里头猛地一划。我说，我这就去买。然后一转身就哽住了。

幸亏这是在丁集，烧鸡并不难找。家乡扒鸡，本地烤鸡，还有符离集烧鸡。我不知道这是不是老人常说的回光返照，但我可以确信这是他这一生吃的最后一顿鸡。我知道，燃烧就要开始了。

这只鸡他吃得很香，吃得很慢，一条一条地，一段一段地，一边吃一边还把手指头放大嘴巴里舔，说，这是哪产的？真不错。你们不来一点？

幸亏这只鸡，让他有力气站到了首长面前。

我得感谢这只鸡，让他在全地区那么多领导跟前气不短，神不乱。在领导们微笑着纷纷要求他不要害怕要实事求是的告诫之下，他昂着头狠狠燃烧了一把。

十

第二天早晨，张桂兰打电话说，他走了。

我说，走了？

张桂兰说，走了。声音清晰而且坚定。她说，我不知道是什么时候，早起我看他没吭声，就给他洗脸，这才发现。

我说，这说明他没遭什么罪。

她说，是啊，我看他脸色比平常还好，跟睡着了一样。

然后，我们也跟平常一样洗漱、吃饭。

吃着，许慧才跟叫板一样，嚑的一声哭了出来。说你们这些人，心肠怎么这么硬？谁不知道肝病疼得厉害？你们这些人还是人吗？

我说，他走的时候并不疼。

我之所以强调这一点，因为我反复考虑过。在我看来，汝坤没有比这再好的结局了。他死得安详，说明他没有寻常人生的痛苦。在一个超越了寻常人生的世界里，死难道不是一种飞升吗？

根据死者的遗嘱，没有遗体告别，没有追悼会，只是地区小报的拐角上登了一个黑框子。他的骨灰确实是撒在了家乡的土地里，只是没有多少人知道，是严格地控制在几个亲朋好友中间的。有两根股骨没有烧化，就埋到了他老爹老娘的身边，那个被雷劈掉一半的老槐树底下。这都是死者生前交代过的。

还有一件事是，汝坤留下了一个账单归我。不到一千块钱。其中一笔最大的就是他和齐二宝请电视台记者的饭钱，二百五十多块钱。我找到了齐二宝，他见了那钱，就跟电打了一样跳起来。他满地乱蹦，嘴巴里乱叫：你打我脸啊曹同志？你日我先人啊曹同志？我从前是有眼无珠，我对不起田乡长，你怎么罚我都认。真不行，我把眼珠抠给你当泡泡踩？

我听见一庄人都在笑，说齐二宝你能啊？你狗日的能啊？

笑声在秋后的平原上打着滚，撒着欢。秋后的平原色彩很丰富，绿的蓝的黄的红的，生命的原色在这个季节里表现得最为充分。还有夕阳，夕阳在这时候也特别的壮丽和雄浑，圆圆的一轮，傲视着苍穹,喷着血一样融入土地。

笑声里我听见好像有汝坤的声音,汝坤的乡音特别重,粗粗的,低低的,滚雷一样从头顶上碾过。我好像又回到了那个会议室,活灵活现地回去了,听见汝坤一遍一遍地说:

农民负担重的根本原因主要不在基层,而在于国家的财税体制。财税体制最大的缺口就是没有教育经费。现在县乡两级财政基本上是吃饭财政,县级财政的70%,乡级财政的80%都是给教师发工资,而且只能发前三项。不承认这个现实还谈什么实事求是?农村义务教育表面上是国家办,实际上还是让农民拿钱。这个缺口不堵,农民负担依旧,说什么都是空话。

这个道理难道不是秃头上的虱子?谁不知道?可为什么没人敢说?

他说,干群关系为什么紧张?根本原因也是财税体制。在集体经济已经被掏空的情况下,让县、乡财政"分灶吃饭",实际上就是逼着乡镇干部和农民抢饭吃。有的地方还动用警力抢饭吃。这个不改,大危机还在后面。

他说,"费改税"本来是个好事,为什么改来改去又把最大的缺口留下了?原因还在于这个体制。老百姓不是傻瓜,总靠造舆论编瞎话糊弄他们不是个常事,这个局面不改变,非出大乱子不可!

我看见一屋子领导都在发呆。一屋子只有椅子在屁股底下发出痛苦不堪的声响。

我看见首长说,你胆量不小啊田乡长。

他说,我是肝癌晚期,眼看就要死的人了还怕谁个?我是不放心啊。中国农民从五十年代起就被"剪刀差"剪得抬不起头,现在还要继续剪他们,他们一点积累都没有,连喘气的机会都没有,剪到什么时候才是个头?现在中国眼看就要入关了,入关以后最先受冲击的是谁?还是农民!我人微言轻,没有啥本事,改变不了什么，可是在座的这么多领导都不清楚？还是不敢说了不愿说了？依我看，大家都到了麻木不仁视而不见那才是最可怕的。

首长脸色变了，站起来说，好，那我现在就告诉你，今后国家每年拨50亿投入贫困农村的义务教育，各级政府也都要加大投入，绝不把钱摊在老百姓头上。

汝坤愣了一下，突然在首长肩膀上拍了一巴掌。一屋领导都吓得站了起来。

汝坤说，你错了老兄！那不还得让我们年年烧香拜佛送红包？你得想个好法子，别让我们去求人！

首长想了一下，说是啊，是得想个好法子。然后他伸出手来拉汝坤，说我先谢谢你了，老兄！

汝坤给首长鞠了一躬，说我代表矛店六百零三名老师感谢你。

首长说，"费改税"一定要从根本上解决问题。这回你就放心走吧。

汝坤又鞠躬，说那我再代表矛店二万五千家乡父老谢谢你了。

首长扶着他，说，你讲完了吧？讲完了请你也接受我的感谢！说罢也鞠一躬。

我听见全场鼓掌，那掌声像旱雷一样在耳朵里轰鸣。然后我的耳朵就一直轰轰乱响，多少天也平静不了。

有一天夜里，许慧忽然偎到胸前来说：你可不要学田大嘴。

我没吭，心想我想学也学不成啊？

许慧说，我怕。

我不吭，我不知她是啥意思。

隔了半天她又说，好人命都短。

我还没吭。我想命长又有啥用？

眼前却是一群新兵，穿着过长的新军装，一张张脸都稚嫩着，嘻嘻哈哈地笑。我看见汝坤被一帮新兵蛋子编派得恼了,说:"嘴大怎么啦?嘴大是我的福分。嘴大君子,手大小人,嘴大的劳心,手大的劳力,看我当了官儿不整死你们!"

原载于《青年文学》2002年第2期

天堂

一

　　天堂山不是天堂里的山，是山里的天堂。意思是此地人活得快活。早些年鸡公岭上还有个普济寺，庙不大，香火也不旺，门柱上一副楹联讲的也是这个意思：

　　　　晨钟暮鼓不唤世间名利客
　　　　佛号经声难醒欲海梦迷人

　　天堂镇的格局是一巨大的船形围屋，几百间屋共用一圈围墙，街道是包在围墙里头的。在高处看，这围屋就是波谷浪峰间漂浮的两头尖尖一条船。相传，先人们殚精竭虑，迭经数代，才盖出这么一条大船。深山里头建大船，图的就是一个安稳，让子孙后代太太平平万无一失。

　　此地的风气是男人学手艺女人做田。小镇上木匠瓦匠铁匠铜匠，种茶的烧炭的剃头的修脚的，三百六十行，行行都有，哪个也不挡哪个的路。顶不中的就唱小曲讨饭，也算一个行当。因此从前天堂镇的男人一年有半年是在外头混，剩下那半年就回来家过神仙日子。懒是懒一点，可懒得有道理。人生在世快活是第一要紧的，辛辛苦苦在外头死做家怎么办？挣一堆票子把快活丢掉了还有么子意思？他们想得开。这里男人都恋家，家是快乐的重要内容。有钱无钱回家过年。

男人们能带两个钱家来更好,讲话气粗些。实在没钱也要在家里歇上半年,养足精神来年再做。女人也不见怪,看到钱高兴,看到男人家来更高兴。要是脸色不好就问一声:又上老板娘当了?男人只要答一声嗯哪,女的就再也不问。手艺人出门在外,什么故事都有可能发生的。跟东家结过账,一般都要喝一餐酒,酒喝好了一般都有老板娘来纠缠,嘻地一笑裤子就掉下来了。这种事还怎么问?出门在外事事难,只要人家来就好,多问就伤到心了。女人也想得开。

此地尽管封闭,男女关系高头并不保守。男的出门在外,女的也有被人家插花的。插花就是把一枝花插在柴禾挑子上,或者菜篮子把上,要是女的愿意呢就把花收下,晚黑就代你留门。要是女的不愿意,就把花当面丢掉,大家都不伤脸面。旁人也见怪不怪,是女人都欢喜有人爱,爱不是罪过。讲开了就是两个字:愿意。人家愿意天王老子也管不了。此地夫妻打架,男的不骂老婆婊子,当婊子说明你自家没用;女的也不骂丈夫花心,花心也说明你自家没用。他们不用这种词汇。所以此地的家庭反倒比别处稳固,很少听讲有人打离婚的。

但插花是绝对不能插在人家门头上的,插在门上就是打这家男人的脸。寡妇更不能欺,寡妇家里还有死鬼。做了这种事,就被认为不上路,在这地头上就没法混了。两个人的事,不能伤及无辜,凡事都要讲个规矩。从前有个媳妇上山砍柴,一担柴禾挑进家才发现里头夹了一枝花。这媳妇犯愁,她真不晓得是哪个插的。却又不敢坏了规矩,就跟丈夫商议:说来人你就躲在灶后头,我就跟人家讲清楚不愿意,他走了你再出来,乡里乡亲的别打人家脸。丈夫答应嘣脆。哪晓得这插花的来了,正是她多年不见的旧相好,这句话就讲不出口了。一头是丈夫一头是相好的,这媳妇心里头有事,配合上难免就差些。结果那插花的还没着急,她丈夫却操起心来,扒在灶头上喊:孬子哎,你代她屁股底下塞个枕头嘛!相好的一惊,掉头就跑，自此坐下了病，到死也没能回到天堂山。这就是坏了规矩。

此地女人个个勤快会做，犁田打耙，割稻插秧，全是女人的事，去河边挑水怀里还吊着一个伢。农忙自然没日没夜，农闲时身子闲了手脚也不得闲，一家人吃的穿的用的，全靠一双手做出来。有时忙得米下锅了，还找不到柴禾，就喊伢子到人家家去讨。要是大家都没有呢，她们就约好一起上山（可见要插花也不容易）。

上山砍柴是她们的一个保留节目。发辫自然要梳的，衣裳也要光鲜一点，柴刀磨得锃亮别在后腰上，哪个也不想比人家差。然后一条扁担一根索，站当街上喊：大姑娘上轿啊？想插花也不能这么想法子！于是姑娘媳妇就一个跟着一个上山。砍柴砍热了，她们把褂襟子撩起来在前面打个结，露出肚脐眼，挑起柴担齐刷刷地走。要左肩就是一色的左肩，要右肩又是一色的右肩，柳摇草摆一样地起伏扭动，看得外乡人口水直咽眼珠子也要弹出来。

能做就能吃，看他们把饭吃得那么香甜，你才晓得美食是个什么意思。其实他们的饭食也很简单，一大海碗米饭，上头搁一撮咸菜，三下两下就丢到肚里去了。此地人很少吃新鲜蔬菜，他们也兴菜，家家都有菜园子。但那些菜是用来腌咸的，雪里蕻，大萝卜，高梗白，兴一季吃一年。荤菜也是咸的，咸鱼咸肉，饭头上一蒸，叫做"一品锅"。只有家里来客人，他们才会东找一把豆角，西抓一把白菜，在锅里翻翻，舀一勺猪油。他们把这统统叫做"熟菜"，哪家吃"熟菜"，全镇都晓得他家来贵客了。天天傍黑，满街都是手捧大海碗的人，他们四处乱晃，找到对光的人，就蹲下来胡吹乱侃、交流新闻。

他们没有电视，也不看报纸。他们认为那都是干部做的事，干部才靠耍嘴皮子吃饭。他们是手艺人，他们相信自己的手。他们按照自己的方式生活，他们不想跟别人比。五十年代天堂镇就是有名的白旗镇，来了好几批工作队拔白旗都没拔成功。先进跟落后，本来就难讲,哪个敢肯定自己就走在前头?他们早就认为地球是圆的。五十年代县里来宣传婚姻法,讲要恋爱自由,反对父母包办,女人听了都发笑。天堂山哪个姑娘不是自己找婆家的?闺女大了晚黑不出门,她娘老子就发急。七十年代来宣传包产到户,老百姓讲,祖宗八辈都是各人做各人的田,是哪个要大呼隆的?九十年代又来宣传环保,要退田还林,要保护动物,他们讲:是你们外头人大炼钢铁把树砍得净光啊,是你们嘴馋好吃才把天上飞的地下跑的都杀光吃光的啊,天堂山人做这种没屁眼的事吗?

奇怪的是老百姓也有自己的信条,他们讲的是仁义,重的是人情,拜的是关老爷。地方不大,讲究不小。此地人相信一个人苦不死做不死穷不死,可吐沫星子能把人淹死。官不怕财不怕,就怕背后有人骂,他们把脸看得比身子重。做人的道理从小就要教的,家家都能一套一套地讲。抗战时期,日本人一路杀过来,进到天堂山,处处都是关帝庙,小鬼子见一处拜一处,还没到天堂镇腿就软了,再不敢往里走。小鬼子为么事怕关老爷?一句话也讲不清。总之天堂山是有旁处不及的好处。所以他们穷归穷,讲起话来却都没大没小牛逼得很。人活一口气树活一张皮,人情大似债,头顶锅儿卖!你敬我一尺,老子敬你十丈!直到后来通了公路,后来公路又变成国道,风气才有点开化。

二

婵儿这一趟家来拽得很,甚至于,还有点轻狂。原因是乡长跟妇女主任亲自开车到省城去接她家来的。那小轿车在大城市里屁都不算，可在天堂乡，就比八抬大轿还来劲。一个养鸡的农家女，你就是再年轻些，再漂亮些，领导也就多瞟你一眼，哪个能有这种待遇？现在就不同了，现在就像插上一对翅膀，老鹰一样穿过省城，穿过县城，穿过鸡公岭，直接降落在村口老皂角树底下。心里就像有根鹅毛在轻轻地掸，掸得身子都酥了。快活是什么？是一朵云，洁白，轻盈，没有目标，随意飘荡。快活也像一支歌，哼不全，摆不脱，但味道足。她现在一直这样飘着，飞着，唱着。乡长主任一路都在对她讲，讲什么她也听不见。

　　本当那小轿车也能一直开到家门口的，可她不许。她坚持说，太烧包很了不好。有什么功劳在哪块吗？这么烧包法子。讲得乡领导都笑将起来，那目光里却多少溢出赞许的意思。事实上她是有功劳的，天堂乡是个出了名的穷乡，落后乡，样样都落后，现在出了她这么个先进人物，连省里大干部都接见了，还上电视了，没功劳吗？

　　车到村口的时候，婵儿又把胸口的红绸花摘下来，勾在小拇指上摇，那样子，就像随便在路边上摘了一朵野花。女伢子嘛，喜欢个花啊草的，不正常吗？太正常了。妇女主任斜斜地瞟一眼，又笑一下。这下搞得婵儿有点脸热，慌忙解释说这东西坠在胸口上不自在。主任没吱声，只把一只手在婵儿肩头轻轻掐了一下。妇女主任不愧是女同胞，懂得女人心思。做个女人，便宜吗？不便宜。

　　婆婆见了他们只晓得发呆，不住地撩褂襟子抹眼睛，茶也想不起倒一口。婵儿只好自己去让座，倒茶，然后进去替长生穿好衣服，扶到轮椅上推出来，慌慌张张忙完这些，气也喘不匀了。所以长生要求跟她讲两句话时，她表现得不够热烈。当时也的确匆忙了一点。

　　不简单啊，不简单啊，乡长对婆婆不住地喊，其实婆婆耳朵一点也不背。全县就选上婵儿这么一个，全省就三个，简单吗？电视机子一播，喇叭筒子一喊，全省都听见我们婵儿声音了，简单吗？

妇女主任说，婵儿这张小嘴真甜，软绵绵的，轻巧巧的，讲得人心都酥掉了。我听得眼睛水直淌！

是的哟是的哟，我家婵儿顶贴心了，从来没跟我高声大气过，我前世修得好噢！就是不晓得她还这么会讲法子，一串一串的，疼死个人了。婆婆说着又要撩褂襟子。

话讲得大家都笑起来，婵儿反倒觉得没意思了，说那还不都是人家写现成的，我照着念就是了。她讲的也都是大实话，长生身子残了，她不照顾哪个照顾？长生不能做活了，她不挑担子哪个挑？她是长生的老婆啊，在天就是比翼鸟在地就是连理枝，这还不都是理所当然的事吗？可她确实没料到自己还有这么大的意义，有这么大的作用。她就像一只美丽的花蝴蝶，引导着全省的祝英台，飞呀飞呀，花飞蝶也飞。那文章确实写得美。

婆婆说，念也念得好听，还撇个洋腔。

那叫普通话。现如今大场面上人都作兴这么讲哩，又好懂又好听。乡长大声地纠正婆婆。乡长叫连升子，都是家门口的人，随便得很。

一屋子人都快活着，只有长生一个人低眉顺眼的，不笑也不吭，也不晓他想什么。婵儿觉着，长生胖了不少，白净了不少，就是两眼灰蒙蒙的，像两只埋在灰里的玻璃弹子，一动也不动，直愣愣地瞪着门外。婵儿心里一紧，笑容也就慢慢硬在脸上了。

长生你就安心养病吧，家里事有婵儿哩，有困难就找乡里。乡长主任都说。嗯哪。乡里培养一个典型不容易，也有你一份功劳。嗯哪。

长生哼哼着，不笑也不恼，直把两眼直着。那目光白森森地，老苍苍地，劈向门外，穿过篱笆子，越出村巷子，没入天堂河那一片烟灰样浮动着的暮霭里。婵儿望着他，一股寒气直贯上来，忽然觉得累，脚就抬不动了。

　　长生一直在逼她离婚，叫她滚蛋。她晓得，那是长生真心爱她，心疼她，所以才会那么讲。但长生的方式是激怒她，凶她，骂她，好叫她死心。长生越是这么样，她就越是不能离开他，一日夫妻百日恩，她跟长生有那么多的快活时光，怎么能说离就离呢？这正是她报告最动人的地方。每每讲到这里，她就泣不成声，底下哑雀一片。

　　长生哎，你醒醒，扎过针再困，噢？长生睡死了，没反应。婵儿捧着针盒子，叹口气，又翻那本针灸书。在省城，领导上特为安排她去请教老专家。专家们倒是怪热心，可讲来讲去那口气还是个鼓励的意思。后来她都快急哭了，一个老头才冒一句：他们还年轻，或许再生能力强，你再扎深些试试吧。医学也在发展嘛。希望还是有的嘛。其实人家也没讲什么，可那会子她居然豁然开朗了一般，好像长生就是个例外，奇迹会在自己手上出现。精诚所至，金石为开，电视上都讲过的。谁能保证长生不是个奇迹？有多少植物人都被爱情唤醒了。

　　长生哎，这一趟我又学到新穴位了，保管有用！长生仍没反应。婵儿也就不再喊，自顾跪在床边，掀开被子；把银针捻进那两条老丝瓜样的细腿里去。婵儿发现，不在家这些天，褥疮也生出来了，本来已经没有光泽没有弹性没有汗毛的皮下竟也渗出了蛇纹样的亮斑。这令婵儿好生不快，讲过多少遍了，两个小时翻一次身两个小时翻一次身，怎么就记不住呢？长生又不是旁人，自家儿子还能不心疼吗？

　　你也是的，她埋怨说，困不住了就喊嘛，自家妈妈又不是外人，这么要强法子啊？长生不动也不吭，须臾，紧闭的眼皮里却涌出了一滴老大的水珠珠，慢慢爬过脸颊爬过耳轮扑嗒一声落在了枕头上，然后又是一滴，又是一滴。滴得婵儿身子都瘫了，慌忙扑过去替他吮尽了，舔干了，一腔怨气早已化开。怪我讲得不对，噢？老人年事高了，记性不很好也是常有的，不往心里去，噢？但长生仍是不理她。

长生哎，这回我在县里碰见国祥了，你还记得他啵？早先就坐你前头那个矮子？他们乡也有煤炭公司，他是个什么经理，穿个西装，拽得跟人豆子样。

长生哎，小改当妈妈了。一个月子坐下来肥得跟猪一样，她儿子反倒瘦，稀毛红皮的，跟小老鼠一样，真好玩。他们讲现如今吃什么都不管劲，奶水就是不养人。人是越过越不如了，从前喝咸盐水都能变奶，现在大鱼大肉都不管劲，你讲滑稽不滑稽？

长生一点滑稽的意思也没有，却把眼翻白了，瞪着天花板。天花板上糊的是过气的年画。顶头上一幅是杨子荣骗腿上马，皮鞭高举，两条腿活泛得跟风扇叶子样，变作了七八条腿硬是英姿飒爽。婵儿看着，觉得真正滑稽的是自己。对牛弹琴哩。

打哈欠了，看看也就十点了，眼皮子早就打架了。婵儿又拣根小针在他虎口上捻，捻着，长生忽然痉挛了一下。有感觉了吗？酸不酸？

酸你妈的逼！假惺惺。

婵儿噎着，好半天哭声才风琴漏气一样从喉尖上溢出来。

嚎什么嚎？老子还没死呢。老子闭眼了你才能哭成一朵花！

什么话嘛？长生哎……

就这话！老子残废了你都能捞资本，老子死了你还不捉鬼卖钱啊？还有脸哭，哭你妈个逼！

不是的嘛，本当我也不去的嘛，是乡里……

乡里！乡里是你老子。那么信他的话。信他们的咸盐都能卖得馊。婵儿于是越发止不住，更伤心了。

婆婆醒了，在那边发话说：深更半夜的不怕人笑话啊？长生你也真不晓事项。婵儿便宜啊？忙里忙外的一天累到黑，晚上困不安生，白天忙不得歇。你有良心啊？撑个家便宜啊？哪个喊你去下煤窑呢？认命啵！苦命噢，我不晓前世作什么孽噢，年轻轻的就……说着自己倒也抽泣起来。

长生不吭了。婵儿愣着，说睡吧，然后木木地熄了灯，合衣倒下。

月不很明，一方月色似有似无地飘在地下，空虚得很。一天的星斗在外浮游。一世界都冷清下来，天堂山的夜向来静得瘆人。

婵儿从前在家是幺女，在家也是爸爸妈妈的心头肉，若不是为个情啊爱的，谁愿到这山沟沟来？可情呢？爱呢？不过是春天的桃花秋天的云，看得见抓不着，来得美去得就很残酷。一切都很具体，一切都很琐碎，甚至很煎熬。这地方叫天堂山，却不是天堂。要真是天堂就好了。这一带人都叫个天堂人，却不是天堂人那般地过日子。要真那样过日子就好了。早年靠山吃山，后来山也吃空了。一山的秃毛碎石，把天堂河水都累浅了，变浑了，入了夏索性只在鹅卵石间喘息，瘦得可怜。

天堂山自古就有出外闯码头的风气，但长生家是寡母独子，只能认命守个三分地。熬什么呢？谁也说不上。一口破锅煮白水，望着锅底那点碱罢了。当干部的都熬不住，当老百姓的就更没得咒念。婵儿不图你长生是个老同学，不念记学校里那些个忘不掉讲不清的意思，又何必非到你家来受罪？一座大山几十里她能认得几块石头？

两个人在学校里就玩得好。玩过了头就考不取学，高考过后那几天，旁人落榜了还晓得抹一把泪，他两个居然你看我我看你，看着看着都笑将起来。本来还有个说不出口的担心，一个取了一个不取今后怎么办？现在大家都落榜，还省得多遭一份互相猜忌的罪。这种心思不在局中谁能解得开？此后便更加不可收拾，天各一方，三天不见面就馋，看见狗都想咬一口。一片云彩放不成电，两片云就迟早要下雨。有一回她到城里拉化肥，长生提个行李等在大路边，他是跟人家去打工的，上了车又溜回来。长生脸色铁青地讲，结婚吧。婵儿晓得他担心的是什么，心里就跟虫咬的样。她一咬牙讲，结就结，哪个害怕哪个是小狗。然后两个人就到山头上过了一夜。然后，婵儿就进了天堂山，大模大样地做了小媳妇。这年，长生二十，婵儿刚十九。

荠菜蕨菜灰灰菜，清水咸盐也是个爱，苦她不怕，就怕苦得没个滋味儿，苦得没有尽头。

婵儿你晓得天堂山怎么盖瓦的吗？你们圩区人盖瓦都把瓦顶落在椽槽里，只有我们天堂山才把瓦搁在椽条上。行得正方能立得稳，天堂山穷归穷，可自古是仁义之乡！

婵儿你晓得门是几块板？桌又是几块板？七块！为什么是七？你数数——有得吃（七），没得吃，有得吃，没得吃，有得吃，没得吃，有得吃！哈哈，有得吃啰。

那时婵儿眼里流出多少钦佩，胸中涌着多少幸福。那时她才知道爱情竟有如此具体如此生动，而从前在学校里那些小把戏不过胡闹而已，至多不过是爱情的复制品。那时日子苦得有盐味甜得有糖味真有个嚼头，现在呢？现在倒好，婆婆倒是一百二十四个放心满意了，可长生呢？长生不见了。

那天，长生一头热气来家说，他报名参加扒煤了，说一月能扒五百多块，合算。比出外打工合算。那些外出打工的虽讲能多挣两个，可连吃带喝的到家还能剩几个呢？天堂山如今只剩个虚名了，山上能砍的早都砍光了，田里能栽的早都栽完了，守着一山野石头变不成活钱，只有向地底下掏呀。不然这一身好肉也白糟踏了，当猪肉卖也卖不出五百块呀。长生嬉皮笑脸，连说带比划，好处一大堆，好像那些矿老板个个都是活雷锋，到天堂山来普度众生的。可婵儿一下子就哭出来了，她不许，就是不许，那煤窑她见过的，稻田里随便扒个洞，树桩子烂板子随便一撑，人就钻进去。二百多斤一宵煤，顺竹道子背出来，脸贴在地头爬，哪个不跟鬼一样？五百块，那是卖命的钱，你胡长生那么想钱啊？钱就是命，命就是狗屎啊？

可婆婆顶见不得她这样。婆婆年轻轻就守寡，一辈子就是看着长生熬时光。婆婆说人还没走呢，就轻狂这样。过日子有那么便宜啊？七尺高一条汉子成过家了也该立业了，成天在家嬉皮笑脸浪说浪笑像个什么样子？心都浪野掉了。

婵儿说，要不就办个养鸡场吧。她会养鸡，也会养蚕。这山上石头多虫子也多，就是养蝎子也能赚钱的，反正办法多的是。钱，她可以回娘家凑一点，再想些法子贷点款。

吃山水讲海话哟，婆婆更来劲了。我不想沾你娘家光。长生你也是个男人，这点志气都没得啊？人家吃得苦偏你吃不得啊？挖煤的又不是你一个人，就你那么恋家啊？

长生对她眼直眈，她就再也不敢吭了。那一晚，虽是百倍恩爱，可婵儿也只有流泪的份。她屈得慌，凭良心讲她并不想把男人绑在身边，她巴不得长生能顶天立地走南闯北轰轰烈烈出息一番大事业，婵儿是那样的女人吗？

可她老觉着眼前有片黑影影，像黑云，又像黑山，朝她逼过来，逼过来。长生去了，长生笑嘻嘻地签上合同就去了。那合同本来就不该签的，那叫个什么合同？计件付钱，病残在天，一肢五百，一命二千，人钱两讫，永不反悔……那是卖身契呀！

长生去了，就为那一月五百块。婵儿想不通，人生在世，原来竟是这样简单，从前的理想呢？追求呢？都没得钱大。没钱活得不像个人，可为了钱干脆就不做人了。走着去的，抬着家来的，五百块没扒来家，头边上搁着整整一千！不多不少，两条腿正合一千，两迄了！

是块铁也能焐热了，可人心比铁还硬啊。

三

黑影影终于逼近了。越来越大，越来越大。婵儿被黑影影包住了。压倒了。看不见，听不清，连气也透不出了。身子辗碎了，散了，尘埃一样浮悬在混沌的漆黑中。

婵儿打了个激灵，醒了，一身汗。心还在狂跳不已，不知为个什么。近来，她总这样，早已消散的黑影影似乎又在聚拢，朝她跟前逼，也不知为个什么。她揉揉眼，三星刚刚偏西，要去未去之时，睡意正浓。她替长生翻过身，披上被子，自己却打着哈欠走出来。

她听见鸡场里的公民们在聒噪了。

婆婆在那屋说，刚回来，不多睡睡吗？不了，她舀瓢水，胡乱抹几把脸。我去吧，婆婆嘴上这么说，人却不见出来。她晓得，有些话是认不得真的。但她的鸡场却必须认真，那是她一家人的靠山，和她的全部希望。

婵儿推开门，大声说：你们好，公民们！

公民们扑打着翅膀，哼哼唧唧地答应着，一个个倒是把脖子伸得老长。只有那两个花袍红冠白翎的老绅士极有风度地朝她踱了几步，然后把一头秀发竖将起来，脖子擦着笼底慢慢地朝上举，痛痛快快地吼了两嗓子，算是朝拜了陛下。由于它俩的带动，整个宫殿都骚动起来喧哗起来，山呼万岁了。

她的王国很不小呢，足足一个篮球场那么大。头二年，她刚起步的时候，才百十来只，可如今"天堂农家鸡"已经是本乡的一个品牌了。这主要是婵儿的眼光好。她眼睛毒得很，早就一眼看穿，家家养鸡场都养洋鸡，肯定没好果子吃。洋鸡虽讲生长期短出蛋率高，但那东西卖不出价钱也是枉然。所以她一出手就瞄准了土鸡，现在哪个大城市高级餐馆不都稀罕"走地鸡"？那意思就是讨厌饲料催的那股子骚腥气。她的鸡不同，她的鸡有篮球场那么大的一片地可以"走"，还有她下河摸的上山挖的野食可以吃，她的鸡能不好卖吗？现在她卖鸡卖蛋，还有买饲料根本不用烦神，一个电话人家就来了。上门求购，图的就是她周婵的一块牌子。现如今摸螺蛳捉野虫也不用她亲自出马了，村里有的是小伢子，下学回家随便逮逮就能在她这里换到票子呢。打扫鸡场也不费事，那些菜农巴不得天天来她家扫地，顺便还把蔬菜往她家送，她家的鸡屎都比旁人家金贵。所以讲一通百通，现在的周婵就是个名副其实的鸡国王。

婵儿笑得咯咯地，好好，几天没见，馋成这样。开饭！你们活干得怎么样？光吃不做可不中。白花！就你好抢嘴，眼跟前没有吗？讲你呢！白花抖抖身子，怪委屈地咕咕着，不抢了。哟，不简单嘛，连你们也晓得出力了？花点点！好好，都加油吃吧。加油吃，出劲生。

婆婆进来说，这两天下蛋要差些，那两天都拾好几百呢。婆婆嘴都笑歪了，讲，现在鸡比人都会享福，又吃药又打针的。

婵儿也快活，她明白如今她讲什么婆婆也不会反对了，她要怎么干就怎么干。有时反倒让她觉得没个商议，想争论两句都没个对手，怪没意思的。任何人想事情都是从自己的角度想，她相信去省里做报告婆婆就不会反对，因为那样她能扩大知名度，鸡好卖蛋也好卖。婆婆想的是家里的"日子"怎么过，长生想的是她的"将来"怎么办，而她却既想要日子又想要将来。她不痴也不孬，各人的心思她不是看不见。去年乡里来动员她扩大鸡场，要派两个人来当帮手，当时她不在家，婆婆就答应了。婆婆心大得很，巴不得她能红出半边天。可婆婆没想到鸡场扩大了，她还有时间照顾长生吗？所以婵儿一提出这个事，婆婆就傻眼了，连夜跑乡里上那两家人家磕头作揖赔不是。婵儿不想"做大做强"，她生来就是劳碌的命，你给她皇帝当她还嫌太监碍事。不就是自己伸手劳动吗？拣蛋，扫粪，担水，拌料，做点事情累不死人。做做事一天的阴云都散了，一肚子委屈都化了。不做事她怕骨头痒痒。

鸡舍里陡然喧腾起来。两个老绅士扎起翎毛张开两翅头爪并用拼杀起来，愤怒得很。引得左邻右舍的雌性公民们不吃不喝不挠不抓，齐声发出咕咕的劝解和叹息，很是悲哀的样子。

婆婆撇撇嘴道，唏，争骚哩。

婵儿说，这样能刺激母鸡多产蛋。她也从书上看来的，公鸡母鸡应该混养一段再隔养一段，能提高产蛋量百分之十几。

婆婆叹口气说，也怪可怜的。她说，什么东西都有个天性，非把它隔开做么事？畜牲哎也跟人一样的哎……话一出口却赶紧夹住嘴，眼角瞟着婵儿又赶紧别过脸去，手捂在嘴上又不自在地垂了下来。

婵儿原本还想告诉婆婆，不能让母鸡常打瞌睡，要尽量把母鸡撵出去，不行就倒挂起来拿冷水激，否则它们老是想着抱窝。可刹那间一种异样的光在脸颊上一闪，那一块立马就热起来，浑身也毛刺刺的不舒坦，便又不说了。不说还想找点旁的话来说，说什么呢？什么话也没有了。两个绅士斗得正起劲，一屋子母公民也叹息得正伤心。

屋里更燥热了，空气铁板样的沉重，石灰样的呛人。没有旁的声音，只听见一棚子鸡们在吵闹。婆媳俩竟看得呆了。

天要下了，闷。婆婆说。

是啊，要下又下不下来。她答。

真要买个电风扇来吹吹。这话也是婵儿讲的，婆婆冲她干干地一笑，讨好她似的。嘴角古怪地朝一边牵过去，好像有根绳子在一边拉，脸都拉歪了，像一张皱巴巴的捋不平的塑料画。

她点点头，脸上也怪怪的不对劲。有什么不对劲呢？做什么丑事被哪个看到了？还是想什么鬼心事被哪个听到了？都没有。婵儿行得正，做得端，到哪都敢跟人拍胸脯子。

她晓得，婆婆又要来劲了，又想念咒了。婆婆现在对她已经一百二十个满意了，但是第一百二十一个心思她还放不下，而且永远也不可能放下。这就相当于一场没有终点的赛跑，不管你跑了多少路，不管你有多么累，也不管你有多优秀，你始终跑不出裁判的眼眶去，长生是她的儿啊。婆婆不止一次跟她提到过，天堂山什么都好就是风气不好。她晓得风气什么意思，就是不答这个腔。婆婆不止一次骂过镇上的美发店洗头屋，她还是不答腔。听话听声，锣鼓听音，不接这个话茬，讨论就深入不下去，让人尴尬的话题就生不了根，婆婆也就没法子借题发挥。尽管她也晓得，婆婆就是困着了，眼睛子也要盯在自己后背上的。事实上婵儿从来都是谨慎加小心的，她不是个轻狂人。人家讲寡妇门前是非多，她现在已经是半个寡妇了她还能不懂吗？在外人面前，在省城的大会上婵儿早就把胸脯拍得嘣嘣响了：全省妇女同志们，我们要自尊自爱，自立自强，用我们美丽的行为，美化我们的家园！但婵儿是个年轻人，她也要有快活的时候，一天二十四小时，她总要有几分钟留给自己吧，你天大的道理老挂在嘴边讲，你不累人家也累呀。

眼看黄梅天了，她想，春天刚来又该去了。

这一向胸脯子胀过好几回了，老朋友要来了。她又想。

四

每年桃花汛一过，天堂山一山春水都漫将下来，沙河暴涨，本来遍地鹅蛋石的河滩陡然就辽阔起来，喧嚣起来，妩媚起来。一河水到了镇东又被马头崖一劈，分作两股，流作一个大大的"人"字，刚好和一条公路围成一个等腰三角形，将天堂镇包在里头。婵儿嫁的这个村子叫石门关，早年村口有一块巨大的岩石，像一座城门只开一扇，剩下一条小路通山里。大炼钢铁的时候嫌它碍事，伐木队就把门炸掉了，村口就留下一个大石墩子。婆婆就立在石墩上喊：婵儿婵儿，佟矿长来了。

婵儿答应一声，身子却不动，仍不紧不慢沿河边摸螺蛳。摸了几把，又搁河里使劲淘。婆婆过来讲，我来淘，你家去吧。婵儿头也不抬：人家是来看长生的，我去干什么？干坐着又没话讲。婆婆说，歹好是个客嘛，佟矿长是好人噢。在婆婆眼里，人只分两种。

好人。婵儿心里直想笑。刚才，就是这个好人佟矿长，在她菜篮把上悄悄插了一把花。开头她低头摸螺蛳，没注意身后有人，等把螺蛳捧进篮子，才看见那串野杜鹃。花是蓝芯黄边，开得正肥，花骨朵上的露珠还新鲜欲滴。当时心里怦怦直跳，赶紧把花扯下丢到河里去，然后头也不抬又去摸螺蛳。她看见一双黄球鞋从眼角边一闪，她晓得那个人是谁，但她不能说破。现在那双黄球鞋正在家里等着她。

这风俗自古就有，所以婵儿也不好说破。婵儿只是觉得好玩，婆婆一面讲天堂山风气不好，一面又说佟矿长是好人。连他都是好人了还有谁是坏人呢？她洗净腿，慢慢朝家走。

镇头的建文子是坏人吗？大刘子是坏人吗？可人家也有过意思的。现在自己寡妇不是寡妇，空房也不是空房，你不让人来插花还不许人家想想吗？人家爱你不是罪过，是女人都欢喜人家爱的。十个女的九个肯,就怕男的心不稳,老话都这么讲。当然人家也没少关照过长生,好人坏人要看怎么说。在婆婆看来,一安了那个心人就坏了,世上事没那么简单。佟矿长就没安那个心吗?闷闷吸烟的那个架势,时不时瞥过来的那种目光,有回帮她拣鸡蛋活拉拉摔碎好几个,她心里有数得很。只是他每回来都不空手,他跟长生谈得来,婆婆才认为他是好人吧?

不过也怪,对建文子她能讲,大文子,家去把胡子养养长再来,毛还没出齐就想糊涂心思了?对大刘子她能讲,领导对我真关心,难为领导常惦记!其实大刘子狗屁都不是,开个代销店就给自己印了一摞子名片,总经理董事长帽子一大堆,所以才能缺薄他。完了她哈哈一笑,照样能跟他们拉家常捣笑话,没事的样。可对这个佟矿长,她就怎么也想不出一句俏皮话来。她紧张,说不明道不白的,就是有点紧张,好像透不过气来。

佟矿长也不是真的矿长,是个工程师。乡下人总觉得不带长就是不尊重,所以把这些人一律称作矿长。其实煤矿真正当家的是老板,他们也不过是个打工的。其实他是什么了不得的人物?比长生大几岁,属大龙的,天堂乡小煤窑接连砸死几个人之后请来的工程师,不过那以后的确再没出事。如此而已。可那又怎么样呢?佩服他有本事?有学问?天堂乡的煤,是让人提起来就恨的东西啊。

那天是年初三,乡里的头头还有煤窑的老板来了一大屋,来慰问,提了些鬼都咽不下去的果子点心,表示些不管用的歉意,就他没吱声。临走了却盯着她问:你们现在靠什么生活?

靠吃屁屙风!忍了许久的眼泪一下就喷将出来。卖两条腿的一千块转手就送给医院了,靠什么生活?靠好听话拌眼睛水生活。

你都会些什么呢?他又问。会骂人!

乡领导来劝了,邻居来拉了,那些人一个个灰溜溜地走了。可天傍黑他一个人又回来了,讲:我不怕你骂人。骂人管什么用?听讲你们两个都是高中生,总该有办法活下去的。你想想吧。

后来,她就真的想了,就办养鸡场了。是他出面替长生跑的贷款,是他帮着搞的预算。后来,又是他帮忙盖了鸡舍。这个人不很会讲话,做事情还算实在,连搭个鸡舍都要先画图纸,挖个粪池子也要拉皮尺。他又瘦又长,像个鹭鸶一样蹦来蹦去,眼镜老是挂不住一样往下掉,总让人觉得他有点呆,呆头巴脑的。再后来,他就常来长生床头坐坐,跟他谈一些煤矿里的内幕。再这么搞非出大事不可!就是这种口气。好像煤矿是他家开的,好像天堂乡归他家管。再后来,她也就开始留意这个人了。再再后来,他那种眼神就有点不对劲,有点烫。再再后来他就居然敢插花了,他居然!

稀客嘛。她说。然后背过身去倒茶。茶水漫了一桌。桌上是他的书包,黄帆布的。她留意到那双黄球鞋湿了一半。他站起来,伸出手来,但那手又垂下去了。你作的大报告,我都听到了,他说。不好,她答,却没提那是人家写的材料,她不过是照着念念。

可是他也不提那个报告了,光讲些忙啊烦啊之类的话,好像她的事不值得提的样。这又让她有些失落,讪讪地讲矿长不忙还叫矿长吗?

他笑一下,眼角飞快地瞟她一眼又飞快地避开。然后他跟长生又说要出大事,便要告辞。婆婆堵着门非要留饭,说你是我家恩人噢,婵儿老念叨讲对不住你哟。他说今天真的回去还有事,还十多里地呢。婵儿怔怔地,杵了他一句道,人家那么忙,在乎你一餐饭啊?婆婆只好罢了,说婵儿你送送佟矿长吧。长生也说:送送吧。婵儿还愣着,他却看了她一眼,阴阴地,头里走了。

婵儿只好跟出去。跟出去,更没话讲了,一只手在空中不住地舞,捋把树叶一片一片丢。小风悠悠地,带出山里一团团白雾,顺天堂河朝下飘。她觉着,那雾一团一团地直往心底里灌。婵儿不由得深吸一口气,又悄悄理了理头发。难得一个好天,日头却落这么快。她想问，嗳，你怎么不讲话啊？可又觉得，应该是由他先开口才对。

他侧脸看着她，怔怔的，也深吸一口气。婵儿觉着那目光分明落在自己胸脯上，赶紧朝里缩了缩。后来那目光又偏过去，这回她看清了，是一种暗红色的光，血样的暗红。

周婵，他一直呼她大号，一本正经。周婵，长生是条汉子，他比你清醒。婵儿哼了一声，像是同意，又像是冷笑。

你真那么想的吗？他问。

怎么想？婵儿有点吃惊。

我是说，你做的那个报告，一辈子就这么"美丽"下去？

美丽行动是她们向全省妇女提出的倡议。本来，婵儿以为他能夸奖几句，能参加报告团不管怎么说也是件令人得意的事，全省才三个女的啊。本来，以为自己也成个人物了，在他跟前特别那个，还悄悄盼着谁来似的。谁知这么冷淡！她把嘴张着，半天回不上话来。她想告诉他，那材料是人家写现成的，可张口却是：我就那么想的，怎么样？

他眼直了，眼镜子又要往下滑了，说：那就……算了。

妒忌，知识分子就是妒忌心大。其实也没少讲你的功劳，就是没提名字就是了。何苦来呢你？他摸出烟来吸，猛吸了好几口，站住了，一脸尴尬相：其实我真是很……爱护你，所以才……算了！他挥手一劈，好像一刀两断似的：就到这吧，再见。

再见。婵儿低着头把手伸给他。那手，冰凉。走多远了，他又回过头来喊：有空到我矿里参观参观，我领你去看那棵银杏树，很有意思的一棵大银杏树，是棵母树，你一定要去看看！

婵儿掉头就跑，一下子觉得好委屈好委屈，眼睛水挂了一脸，怎么也止不住。她不明白自己为什么会这样，也不明白他为什么要那样。心里有条火蛇在窜，五脏六腑都灼得痛。说什么你的矿，那矿是你的吗？还什么银杏树，银杏树不就白果树吗？稀罕死了！还母的！

天暗了，村里却亮了。这一晚，老翻身，老觉得手心里捏着个冰凉的手，老觉得胸口窝得痛。

婆婆说她：要想家了就回去看看。

她摇摇头。

长生凶她：有什么事就直讲嘛。

她摇摇头。有什么事呢？她也问自己，有什么事呢？什么事也没有，什么事也不为。

可一闭眼，那个黑影又出现了，朝她逼过来，逼过来。再不，就是那道暗红色的光，她老琢磨，为什么是暗红色的呢？血一样的暗红？

长生还那样，吐口痰都溅出火星子来。

婆婆也还那样，一百二十四个护着她。

婵儿瘦了，脸盘子小了一圈，眼窝下青了一大片，老是恹恹地不想吃，昏昏地睡不着。她检讨过自己，是不是被那把野杜鹃插坏了？可想想又认为自己还没有那么下作。那个人也没那么大魅力，生得长手长脚，呆头呆脑，脸瘦得连眼镜都挂不住，有什么好？比长生从前差远了。再讲这个人说话吞吞吐吐，讲一半留一半，一点都不男子汉。从前人家插花像这么插的吗？从前人野得起，放得下，唱出歌子火辣辣的让人动心呢。

五

麦子黄了，该开镰了。菜籽割完了，该打连秸了，做姑娘时候，婵儿顶喜欢这个季节。菜籽秸密密麻麻排了一稻场，晒过一半天,荚壳都咧开了嘴。姑娘们站一排,嫂子们站一排,脸对脸脚对脚。腰肢一扭,连耞就举过了头,连耞拍子在空中画个圈,齐刷刷地落下来,这边落那边举,这边唱那边和,快活死掉了,身后淌了一地的黑珠子。

婵儿把田包给人家做,打连耞没她的事,她就见天下河摸螺蛳。日子过得这样平淡,听听山歌野调也能解解闷。

  昨晚哪,妹子哎,树下等你到三更。
  哥哥哎,昨晚哪,一晚想你到天明。

山那边老远地过来一个人,步子走得冲,胳膊抡得直,那是谁呢?这么眼熟。

  昨晚哪,妹子哎,你拿走花布就变心。
  哥哥哎,昨晚哪,只怪姆妈她看得紧!

那人淌河过来了,那人顺太阳光过来了,晃得婵儿眼都痛了。一步步地近了,一步步地近了,水面一片金光。婵儿眼皮眨得凶,心里跳得紧,赶紧背过身,什么也没看见。

唱得真不错。他在背后说。

婵儿在水里摸,螺蛳都不见了。出鬼了。

你好。他又说。捞什么呢?捞月亮?

扑哧一声笑了,又立马忍住。是的哦,捞月亮做粑粑吃。婵儿偏不抬头。

那给我也来一块。他一屁股坐河岸上了。

婵儿躲不开了,只好直起身子,可就这一刹间。又看见那道光了,暗红暗红,直直地放在自己脸上。她身子一晃,差点翻在水里。

你看什么看？她喘着。

看你。他也喘着，眼角突突地抽起来。你不晓得自己有多好看吗？

哪块好看？

腿好看，腰好看，脸好看，眼睛眉毛都好看，哪块都好看。

轰的一下，一股热浪横穿了全身。婵儿猛然觉得受了好大屈好大冤，冲冲地叫：一直把你当个好人，想不到你也拿这些话肮脏人！你们男的一个个都没安好心！她也不知哪来这些话，只觉得叫出来才快活。叫着，嗓眼就哽住了，鼻子也酸了，赶紧捧一把水往脸上犀。

他脸红到脖颈上，不吭了。

婵儿怔怔的，脑子空空的。阳光落在水面上，又干又白，晃眼。那边，山歌唱得正野。

粉嫩嫩的小手白花花的身，
就不晓得你安的是什么心……

他站起身，对不起。他讲，我也不晓得怎么走到这来了。

其实你心思我晓得，可是不中。她想这么跟他讲，但张口却变成了：别老想糊涂心思，我不是那种人。

这人立马就萎掉了，眼看着长脖子就缩了一号，半天不吭声。她心想这人真是个呆子。到家里坐坐吧，你是我们家恩人噢。婵儿特意强调了这一点。他不吭了，却跟着走。

婵儿有点得意，好像斗赢了一样，故意问，那天你讲什么？银杏树？

他怪局促的样，好半天才说出来，就是一棵老白果树。三十多年没坐果了，每年还能开一树花。听人家说，它从前每年都坐果的，那棵公树就在你们石门关，隔十多里花粉还能飘过去。大炼钢铁的时候，你们村把公树砍掉了。现在，朝这个方向的两个枝丫特别茂盛，长疯掉了。他叹口气，忽然又不愿讲了。

到村口，他说时间来不及，还要去乡里办事，就没进去。婵儿也没留他，连句客气话也没讲。忽然就觉得怪没意思的。刚才还自以为把这个人打败了，斗赢了，很快活，怎么转眼一点情绪都没得了？好像败的不是他，是自己。

婵儿想到了那棵白果树，那棵稀奇古怪的树。当开花不开就开怪花，当坐果不坐就结怪果，天堂山人都是这么讲。

到晚黑婆婆突然问：佟矿长今个过来怎么没进家？

婵儿一愣，摔上门就进屋。我怎么晓得？

六

你们好，公民们！

公民们照例是一阵欢呼朝拜，高歌乱舞。婵儿照例对每位都给以足够的赏赐，她不偏心眼儿，看着它们丰衣足食的样子她只会高兴。

蛋槽里是一溜子头生蛋，摸摸，还温温热。婵儿看着，心里忽然一动。以往不知见过多少头生蛋，还从来没有这么激动过，那蛋上一个个都带着血的擦痕，带着撕心裂肺的痛苦和魂飞魄散的快乐，那种失去的和得到的，那种惴惴不安的等待和战战兢兢的幸福，那种曾经偷偷想过的和事到临头又手忙脚乱的，一切一切的感觉又猛然回到身上来了。她觉得热血奔腾，耳也热了，心也跳了，气也喘不匀了。她一下子把手蒙在脸上，浑身簌簌地抖。

公民们吃饱了喝足了，又开始无事生非了。

解放，今天统统解放！婵儿突然大喝一声，把笼栅板一个个地抽出来，摔得啪啪响。笼后是个很大的空场，公民们呼啦啦地飞出去，挤出去。绅士们也不斗了，一个老家伙在笼边就把大白花按倒了。

婵儿痴愣愣地看着，心里一松一紧，一松一紧，说不出的滋味，突然蹦出婆婆那天讲半句留半句的话：畜生哎也跟人一样的哎。一样的什么？婆婆没讲，没讲她也晓得。

一只白洛克箭一般从她腿间穿过去，绕着墙根疯跑。婵儿一瞧，差点叫出声来，原来撵它的是一只正在换毛的秃尾巴货，张着两个露肉的膀子，追得忿忿不平。那白洛克跑到老绅士背后咕咕哼了几声，不跑了。老绅士立马挺个胸昂起漂亮的脑袋神气活现地一抖，很骄傲很优雅地踱起方步来，那秃货愣了一下，犹豫半天才缩缩脖子走开去，知趣得很。婵儿惊得发呆，原来鸡也有这么一出！她闭上眼想，原来它们也晓得美丑，懂得挑选，真是跟人一样一样的啊。她又想到那秃货缩脖子的神态，好像很熟悉，在哪见到过的，让她很不自在。

眼一睁，玻璃窗上赫然贴着一枚压扁了的鼻子，跟蒜头一样大，跟石灰一样白，底下还有一个黑洞洞的大嘴巴！

妈吔，婵儿尖叫一声。蒜头不见了，黑洞也不见了，只有婆婆的背影在墙拐角上一闪。阳光正灿烂着，婵儿脸都灰掉了。

第一天没事，第二天没事。第三天晚上，婆婆鬼鬼叽叽地把她拉到房间里。婵儿哎，婆婆嘴唇哆嗦着，很难言：你哩是过来人了，我不讲你也懂。

懂什么？婵儿装佯。

你哩也不容易，妈妈我心里都有数。婆婆把胸口捶得砰砰响。可有什么法子呢？人到了这一步了嘛，真要死了我也不拦你了嘛，我命苦嘛。说着又要撩褂襟子了。

婵儿还嘴硬：那天真把我吓死了，有话你就直讲嘛。

那好，婆婆干脆挑明了：我晓得你的苦，我自家就这么过来的。我就劝你一句话，千万别胡思乱想，想多了人就要花心，走错一步后悔药都没得吃！

婵儿不吭了，脸上烧得滚烫。她不晓得婆婆那天都看见一些什么，可真真确确地明白过来，婆婆已经看到她心底去了，那个没有错误的国王就再也不存在了。

婆婆开导她：人怎么活都是一辈子，最要紧的是什么？是名声！人一坏了名声，还活么个事？熬日子熬日子就是熬个名声哩。天堂山这地方从前也没几个富户，可百十里外都晓得天堂山人仁义，名声好。当真天堂山没得七情六欲，没个七灾八难的呀？就是能克己嘛。一个字：守！

一朵漂亮的泪花花顺鼻梁慢慢爬下来，眼见着泪悬在鼻尖上，一动不动。

你要真想伢子，妈妈我去替你抱一个。

婵儿摇摇头。

晚黑你要困不着熬不住，妈妈我教你一个老法子。说着从床头摸出一包黑豆，一粒粒磨得透亮。

婵儿烫着一样跳开了：我不要，不要！

婆婆伤心地抽泣了。抽着，咕咚一下就给婵儿跪下了。婵儿，妈妈我什么都依你，只求你这一件。

婵儿瘫掉了，丑死掉了。她说，妈妈你二回看到我有不当的地方，你就直讲，你骂我，你拿鞭子打！

这一晚真是困不着熬不住，辗转一夜，老的少的男的女的认识的不认识的，走马灯一样，都来她跟前说嘴打架。

报告团里有三个女的。三个女的到哪都熠熠生辉，亲得跟姐妹样。大姐是知识分子，自己孩子顾不上管却培养了一代又一代好学生。二姐是下岗工人，不怨天不怨地办企业养活了几百口的女强人。婵儿呢，自然是依靠科学创品牌忠于爱情的好妻子。总之，大家都不容易，大家都对精神文明物质文明做出了贡献。尽管在台上大家都讲自己是普普通通的一个女人，心里其实明白得很，她们已经很不普通很不简单了，全省只有三个啊。谁能不把荣誉看得比眼珠子还金贵？

可是有一天在跟女大学生座谈的时候，她坐蜡了。也不知为什么那些大学生专冲她一个人来，一个个嘴都跟刀子样：周婵同志，你说你爱人高位截瘫，是不是意味着他失去了那种功能？你打算永远做一个不完全的女人吗？你想不想要孩子？你真的没想过别的男人吗？你如果碰上一个值得你爱的男人怎么办呢？她当时居然还沉得住气，她说她有一个王国，一进这个王国她就把一切困难都忘了，她什么也不怕。说得大学生们都笑了。后来主持会议的念了句什么作家的名言：人是唯一知道羞耻或者需要羞耻的动物。大家嘻嘻哈哈乱吵吵一番也就算了。可回到旅馆她就哭了，哭得好伤心好伤心。二姐咬牙切齿地骂：现在的女学生真不要脸！哪像个姑娘啊？我看她们早就不是姑娘了！大姐只是叹气发愣，说我的学生决不会这样，心灵美要从小培养的啊。

分手那天，大姐二姐拉住她的手一遍遍地流泪，妇联的领导也陪着落泪。她反倒不哭了，她觉得能叫这么多好人喜欢她同情她保护她，她心满意足很了。

现在呢？现在心灵还美吗？

最要紧的是什么？是名声！婆婆说。

你真那么想的吗？美丽行动进行到底？那个呆子问，你不晓得自己有多好看吗？暗红色的光，血样的光。

不晓得。不晓得。她什么也不想晓得。

幸亏长生也不晓得。早起替他刮胡子一打盹把脸割破了，长生张嘴就骂：手跟脚样的，学两年了还学不会！这一骂倒把婵儿骂醒了，放心了，不由暗暗感激着婆婆。人也怪，这时候倒是巴望着长生能多骂她两句，好像自己真是做过什么事。

七

婵儿蔫了。什么事都打不起精神来。早起连头也懒得梳，脸也懒得洗。婆婆却一天紧似一天地盯着她，得了势的样。婵儿，水缸见底了看不见吗？婵儿便去挑水。

婵儿，挑水不能带把米淘淘吗？婵儿便撂下水桶去淘米。

婵儿，见天挺个胸脯做么事？难看死了。婵儿就佝偻着腰走路。

建文子有天来送饲料，吃了一惊，问：生病了？

婵儿很茫然：生病了？

跟拖拉机去镇上看看吧，有点不对劲哩。

婵儿刚要上车，婆婆就撵出来骂：女人家的事你懂什么？你二回再不三不四的，别讲我老太婆翻脸！

是啊是啊，没病，哪就会有病了呢？她也跟着说。

建文子跳上拖拉机突突突地吓跑了。

佟呆子又来过两回。婵儿眼睛亮了些，却又没话说，倒是婆婆看出些道道，于是脸黑垮下来寸步不离她左右。佟呆子也不很来了。

一来二去长生觉着不对劲了，就问：怎搞的？成天蔫了吧唧的？婵儿摇摇头笑一下说没事。被追紧狠了，就莫名其妙地落泪。

长生又问婆婆，婆婆说，我不晓得。我怎么晓得？

长生问，不晓得你天天狠她干什么？

婆婆急了：你问问她自己！她有文化，懂科学，晓得想心思！

长生终于明白过来。明白了就越发不能原谅自己，捶铺摔碗地闹翻天了，还动不动要酒喝，喝了酒就鬼喊一十七。我不中了，我是个废人啊。他嚎：生不如死啊，废人一个啊，我让你守活寡啊，我缺德到家了啊。有一天他还真把裤腰带解下来系在床头，人滚下地的时候动静太大，没死成。这样就更加怕他一个人在家做傻事，婆婆吓得晚黑要起来好几趟。这就像一个永远做不醒的噩梦，没完没了地折磨。

一来二去，婵儿跟婆婆都有点架不住了。三来四去，村里也都传开了，话还讲得怪难听。五来六去，乡领导也听说了，也都很重视，妇女主任亲自看过两回。

一了解一调查一分析一研究，没什么大事嘛，有好大个事呢？没事也要重视。重视就要做工作，于是乡长连升子领一班子人来家里开会。乡长说：乡里研究过了，一致认为婵儿本质是好的，主流是好的，乡里树这个典型是正确的。有矛盾也不奇怪，有矛盾有斗争才会有发展嘛。然后问大家有意见没有？没意见就这么定了。连升子是个大学生，讲话一板一眼，水平相当相当的。

然后是个别谈话。乡长问婆婆：你讲老实话，到底看见什么了？

婆婆说：她看公鸡打嗵，看得发呆，眼睛子放光，有这么大！

乡长说：公鸡打嗵稀奇吗？在哪没有打嗵？旁人看得她看不得？她那是研究科学问题哩。又说：你什么都没看见，整天瞎吵吵做么事？对长生有什么好处？二回再吵吵，我就不客气了。

婆婆不服：我又没吵吵什么！我讲没事别瞎想，想多了花心。这话都讲不得了？做这副样子出来，给谁看？

这话还不够吗？乡长脸一沉：我可跟你把话讲在先：周婵同志如今是省里都挂上号的先进模范人物，乡政府有责任保护她。再胡闹别怪我没跟你打招呼。

婆婆一愣，一屁股坐下地了，拍着腿哭：我命苦啊，作孽啊……

乡长脸一黑，出去了。一个公安员慢慢过来，手背在身后，一副钢镯子在屁股上叮当响。婆婆立马不嚎了，眼睛子瞪多大。

乡长回来说：起来吧。本来我也不想难为你。但丑话讲在头里：周婵同志乡里是要保到底的，二回我要再听你说三道四，只好到乡里理论理论了！又说：其实婵儿好了你也光彩嘛，我当乡长的都光彩你不光彩？有板凳不坐偏坐树桩子？

婆婆抽噎着，再不敢吭声。

妇女主任是跟长生谈的话，说：长生哎，到什么山唱什么歌，凡事都要想开一点。婵儿也不容易，你把身体保重了对她也是个支持。你一家子恩恩爱爱，多好！多少人羡慕得要死噢。你没听广播里讲啊？人家都身残志不残，学外语的修无线电的写书画画子的，厉害得很。

长生把头一僵：老鼠药。

主任又贴近一点：你老是冲头冲脑的管什么用？人心再热也架不住你天天冷水泼啊。

冷了好，冷了早散伙！

你这是真话啊？真话我就不管了。男子汉一点出息没得！主任把声音压低了：你温存一点嘛，体贴一点嘛，女人就重个感情，这你都不懂啊？你身子不中了，当真心也死掉了？洋葱头肉烂完了心还不死呢！说得长生脸红了，也不吭了。

婵儿是最后谈话的。乡长怪严肃：婵儿，讲句到地的话：你有什么事我都不管，我看不见。但有一条，不能出乱子。你也是见过世面的人，我也不瞒你。你晓得天堂乡穷，样样事都搞不过人家，可天堂乡自古仁义，搞精神文明中啊，所以把你一推出去县里就重视了。这么些年了，天堂乡也就这么一次在外头露了脸，我这当乡长的，不急吗？现在县领导重视了，什么问题都好汇报了都好解决了，投资啊贷款啊水电啊化肥啊返销粮啊，你不当家不知柴米贵。所以你千万别把这牌子砸了！你一人做好了全乡都得利。

妇女主任笑着：婵儿现在名声在外，我们乡出去当兵的娃娃都写信回来感到骄傲哩。县妇联已经给你上报三八红旗手了，我看问题不大。明年开人代会，笃定选个代表。

婵儿低个头，像是听明白了，又像是还没明白。

最后，乡长和妇女主任当众宣布，胡长生一家在乡里评上文明家庭了。村长亲自放的鞭，乡长亲自挂的匾，一班人热热闹闹地回去了。

第二天，村里两个爱听壁根嚼舌头的娘们又被公安员叫了去，吸鼻子抹眼睛地回了家，就再也不言语了。村里又恢复太平，白天，该做什么还做什么，晚黑，该干什么还干什么。

久而久之，背地里有人讲，婵儿靠住叫人插过花了，插花的靠住就是连升子，不然她能这么轻狂法子？家里这点柴米油盐事用得着搬天兵天将吗？她是金枝玉叶啊贵妃娘娘啊？

转眼，秋风一紧，又到立冬了。

八

婵儿丑很了，多少天不敢出门，有眼睛水也只能往肚里头咽。长生丑很了，见她就龇个牙赔笑脸。可那张脸她不敢看，她怕得慌。婆婆也丑很了，见天把个眼皮搭着，大气不敢出一声，咳嗽都躲到茅房去。三个人都没想到,自家里那点私房事,关起门来都嫌丑的话,现在广播都来不及了。好大个事啊?居然弄得一村子不安生。至此一家子过得冷清寡淡,吃饭还听见个嚼食声,不吃饭连点声响也没有了。棺材里头挨时光,就盼个天黑,可天黑就更见不着人气了。

该收蛋了,建文子不来了。该买饲料了,大刘子也不来了。看看就要下雪了,该给鸡舍挂草帘子了,那个人也不来了。谁也不来,谁也不敢来了。平日都跟个情种样,真有事情鬼都不来伸一头。如今这些男人都不像个男人了。只有长生是个男人。可他也只是半个。

婵儿恨死掉了,恨得想哭,恨得想骂。一切都变得明确而且具体,从前还有点想头,现在连想也不愿想了,一点意思都没有了。玻璃缸里盛清水,看得明明白白。

有天,替长生擦完了身子换上褂子,长生突然在她脸上摸了一把,笑得古怪而且瘆人。婵儿,真不该这么下去,我想通了。

婵儿木木地一笑:不管劲的话,少讲。

我晓得,现在让你离婚再找人是不可能的了,是我把你逼上这一步的,你心善脸皮又薄。

我脸皮不薄噢,你妈讲我不要脸。她冷笑。

算了,要怨你怨我好了,我不该对你那么凶。现在我想通了,你……干脆上外头去找个人,离家远远的,不让人家晓得就中……

放屁!婵儿啪地拉灭了灯,倒头就睡。

婵儿,你不想要个伢吗?婵儿不理他。

长生嘤嘤地,抽着。婵儿还不理他。

她麻木了,心变硬了。她不晓怎么就成了这样。想到这一层又有点吃惊。头天一只小公鸡犯怪,她逮住就摔,一下子就摔在耙齿上，那小东西脖子一伸就不动了。当时她还不解气的样，上去又补了一脚……怎么变得这么凶这么狠？心这么阴这么毒？想想，自己都不认得自己了。当开花不开，就开怪花啊。

她也想哭，可一点泪都没有。

天渐渐明亮，四周一片金黄。天是黄的，地也是黄的，黄色的空气里是一股子泥土和鸡粪的芬芳，她眯起眼，嗅。一个黑影影横压在她身上，她惊醒了，看见一束暗红色的光。

是你？她想坐起来，可被他按住了。你怎么……还敢来？她有点慌张。但他不吱声，蹲下了，盯着她看。婵儿被她看得有点羞，心像小鸡一样乱跳乱蹦，他身上有股好闻的烟草味，她用力吸着，喝醉了一样。她想坐起来，可他的手指头轻轻一碰，她身子就软了。

你看什么看？她喘着，心要蹿出来。

看你。他也喘着，眼角突突地抽。你不晓得自己有多好看吗？

哪块好看？

腿好看，腰好看，脸好看，眼睛眉毛都好看，哪块哪块都好看。

你想干什么？不干什么。他说着，手却移到了脸上，颤颤地，又移到脖子上，然后，又往下移……婵儿？他在叫，婵儿？她觉着又活过来了，出了一身汗，睁开眼，却吓得一哆嗦——原来是长生！

长生正搂着她，一手插在她怀里。

她奋力推开长生，鼻子一酸，哇地哭出声来。她好伤心好伤心啊，长生从前不是这样的。从前，他想说就说想做就做，哪有这么窝囊？从前，他是那么快活，永远不知发愁，哪有这么委琐？你伤了你残了你不中了，那只能自认倒霉，谁也不能控制。现在人家不怪你也不怨你，人家已经认命了死心了，你就不该来撩拨人作践人。

长生也呆了，嘴张着，电打了样，再也不动。就像一个长长的哈欠，永远打不出来。

九

村里开来一辆银灰色的小轿车,车子款款地停在长生家门口,一点声都没有。车上款款地走下几个干部,为首的是个女的。村长赶来了,乡长也赶来了,围一圈看热闹的。

这就是周婵同志的婆婆。连升子给女干部介绍说。

恭喜你呀,老人家。女干部抢上一步拉着婆婆的手,直摇。周婵同志评上省三八红旗手了!

连升子说,这是省妇联的主任,来看望你老人家了!连升子很感动,声音有点抖:不简单啊,真不简单啊。

婆婆哦哦地感激着,想撩褂襟子拭泪。眼是干的。

咦?连升子问,婵儿呢?

婵儿呢?婆婆也问。

哪块哪块都找了,哪块哪块都没有。

婆婆慌了,清早还担水的,怎么就不见了?刚才还听见倒水的,怎么就不见了?慌忙去看水缸。水缸里有半缸水,还在晃。

慌忙奔河边。河边空荡荡的,哪有个人影?新落的小雪花,白茫茫铺了一地。两只水桶歪在河边雪地上,把脚印都淹掉了,快结冰了。一河里都牵着轻纱样的雾,缕缕丝丝地聚拢来又飘散开。

婵儿?婵儿?四处都喊遍了。哪有回声啊?婆婆脸跟死灰样,直颤:该不会,不会那个……吧?

连升子看看河,水深过膝,亮得照见底,想那个也难。

小孩,女干部对河边扳小鱼的伢子招招手,看见周婵了吗?她问。

周婵就是婵儿,长生家里的。连升子解释。

那伢子慌忙收起扳罾,边逃边回头一指:上那边去了。

那边,是山。山上白蒙蒙的,很耀眼。女干部朝山上望望,眼眫眫，转身款款地钻到车里去了。连升子跟车后头讲，请领导到镇里坐坐吧，我们都备下了！女干部说不了，我是路过顺便来看看的。然后招招手，小轿车就款款地上了大路。

连升子掏出烟拔了两口，然后丢到河里，也款款地讲，走！

其实婵儿是去了煤矿。挑着水，忽然心里一动，就想去煤矿望望。她想，这个人多少日子没见了，是死还是活？这个人也是滑稽得很，讲了那么多虚泡话，还假模假式地来插花，怎么说不见就不见了？她心想，锦上添花的事个个都会做，可雪中送炭的事怎么就没人晓得？现在自己一肚子心思一肚子委屈，跟哪个讲啊。

煤矿就在滴水崖，出石门关往上去，不过十来里。婵儿本不是个娇贵的人，但走着走着腿就沉了，心跳得急，气也喘得凶。心想这算是哪档子事呢？哪有女的先找男的讲话的？她怎么开口？小他哎，你怎么不来啦？过去人家插花是这么插的吗？丑死人。眼看到了天轮边，矿办公室就在眼面前，一跺脚她又回来了。

就是这么一转身，她望见了滴水崖上那一株绿亭样老白果树。果然是棵奇树。树身粗壮，枝丫婆娑，繁茂的叶片在白雪的映衬下格外跳眼。原本伞盖样的树冠分家了，两枝特别粗壮的树丫，横着扭过来，像是伸过去的两只手臂，陡然把腰身带斜了，远远地向山口边倾出去，倾出去。山口就是石门关啊，三十多年了，她要什么似的，等什么似的，哭喊什么似的，就这么把手臂伸出去！这棵母树！

这一刻，她心头像是被夹了一下，隐隐地就觉着痛，不觉着眼睛水就下来了。这世间的道理竟是这样相通的，就像天连着山，山连着海，海连着生命，生命连着人心，不由你不信。就这么凄凄惶惶朝下走，恍惚间好像有什么动静似的，于是又回头望了一眼。泪眼模糊中，猛然有个人影从矿办公室冲出来。那个人挥着膀子，跳着蹦着，眼镜片在阳光下直闪直闪。她一口气没上来，立马把脸憋得通红。

不晓得什么时候雪已住了,太阳钻出来了,刺眼得很。矇眬中那个人挥着手,长手长脚像鹭鸶一样,像猴子一样在沟沟坎坎间跳跃,越来越近,越来越近,刺得她眼睛子都疼了。

十

婵儿把鸡舍里堆饲料的一间屋腾出来,打扫打扫,搭了一张床。想想,又贴上一张画,是那种露出肚脐眼的美女。想想,又搬来一张桌一个台灯,是她平时看书写字用的。然后她就再想不出需要什么了。忙着这些时,佟呆子就跟在她身后旋,她讲,你就不晓得伸手帮一把啊?佟呆子就伸手帮了,帮过了却还有点点疑惑,说:插花有这么一本正经吗?他不放心。

婵儿讲,嗳,就是这么一本正经的。我不跟你偷偷摸摸地干。

佟呆子说,那你还想打锣放炮啊?

婵儿讲,你是不愿意呢?还是不敢?

佟呆子吭哧吭哧说,我巴不得打锣放炮来娶你。

婵儿讲,那就中了。说罢把佟呆子手一牵,就回到自家堂屋来。她把长生推出来,把婆婆搀出来,然后扑通一下跪在两个人面前。佟呆子望望,也怯生生地跪下了。

婵儿对长生讲,从今往后你就是我亲哥哥,我要遗弃你,天打五雷轰!又对婆婆讲,从今往后你就是我亲妈妈,我要对你不孝,出门就被车撞死!说罢就磕头,磕得咚咚响。讲得长生泪流满面,婆婆憋了半天才咦的一声号啕大哭。

婵儿又对佟呆子讲，现在该你了。那佟呆子早就呆得像段木桩子，忙说应该的应该的，婵儿这话都是我两个商议好的。

　　出来后佟呆子就埋怨婵儿说，你也不跟我商量一下，弄得我好紧张，我差点就一口气背过去了。

　　婵儿讲，那些话是没得商议的，你要反悔现在还来得及。

　　那呆子一点都不呆，一把就把婵儿抱起来。婵儿本来就小俏，佟呆子又高又长，她双脚一离地，浑身就没得力了，只能任他在脸上乱啃乱咬。

　　来到他们的新房，才发现连窗帘都没挂一个。两个人只好不开灯就往床上爬。婵儿看见，一天的星星都朝她眨眼，有几丝云彩一溜烟地滑过，远处的麻姑岭顶着一头白发笑眯眯，近处沙河里的白雾像帷幔一样升起来，升起来，她就赶紧把眼悄悄闭上了。

　　黑暗中，婵儿讲，孬子哎，香嘴有这么香的吗？

　　另一个说，那你赶快教教我。

　　然后，她就听见沙河水哗哗地响，像要从头顶上漫过去，一屋子公民都在向她祝贺。

十一

　　过了两天，三个人打扮得一白二漂地到镇上去扯证。他们要扯两个证，一个离婚证，一个结婚证，所以必须一道去。

　　佟呆子早起就代长生刮了胡须，刮得青青朗朗。然后婵儿代长生穿的西服，打的领带，也很精神。这件西服还是当初跟长生一起去县城里照相时买的，难免眼睛就红了起来。倒是长生安慰她，到什么山唱什么歌,别搞得惨兮兮让人看不起,我顶见不得你这样。这样他们才推着长生高高兴兴地上路。婵儿还想着,到镇上别忘去一趟邮政所,要给省上的领导,还有大姐二姐都报个喜。还想着,要给乡领导汇报一声,要给婆婆买件新衣,要对建文子大刘子都打声招呼。没想到,在民政员那里卡了壳。

那民政员原本婵儿也认得的,进门就给人家递喜糖,一口一声大哥地叫。那民政员原本也把嘴龇得跟荷花样,可一听她把话讲完脸就青掉了,说,天妈妈哎,这事你跟领导汇报过没有啊?没汇报你就敢登记啊?忙不迭把抽屉锁了。

婵儿奇怪,离婚结婚都是人家的私事,跟领导有什么关系?领导管天管地,还管屙屎放屁啊?那民政员说,那你也太小看我们民政工作了,天堂乡的人,从生我要管到死。退一步讲,旁人的事可以不管,就你还必须管。

正吵闹间,妇女主任来了,拉婵儿到一边说,你好不懂事啊,你现在不是一般人哎,你是上过电视台的人哎,你怎么能随随便便就打离婚呢?你不是拆自家台吗?婵儿讲,我怎么就不能打离婚呢?主任说,离婚肯定不行,但怎么做还不都在你自己嘛,你是死人啊?你不能混同于一个普通老百姓哎。婵儿问,做得,讲不得?主任说,话不能这么讲。婵儿讲,这我就更不懂了,就是上电视台,我不也讲我是普普通通的一个女人吗?你都听到过的,还夸我讲得好,怎么打离婚我就不普通了呢?主任气得直蹦,说你是明知故问,跟你讲不清!

佟呆子推着长生过来了,说,回吧,不就是张证吗?好大事哎。

主任说,这就对了,先回吧。你总得给领导几天时间,研究研究再答复吧?

这样,三个人就慢慢回家来,去时一身劲,回时垂头搭脑。长生说,早就晓得上电视做报告不是好事,不听,这下中了,叫他套住了！佟呆子说，他们这叫一俊遮百丑，扛起一面旗，盖住一摊泥，你现在要打退堂鼓，他能答应吗？然后两个人又在谈煤矿里那些破事，哪个占多少股，哪个贪多少钱，怎么克扣工资，讲得一身劲。现在这两个男人倒是穿上一条裤子了，一个吹箫一个捺眼，完全把婵儿撇到了一边。

　　婵儿对这些没兴趣。她是来办喜事的，胡琴喇叭喧闹半天，主角还没登台就叫人家撑下来了，觉得怪委屈。他们两个好像已经想通了，他们不在乎这张证。但她是个女人，她在乎。她觉得，一个女人一辈子就是这件事情大，这是做女人的权利，她要明打明放地把这个男人拴在身边。她瞧瞧佟呆子，忽然觉得这个人一点都不呆。万一他也想跟她玩插花，玩过了拍拍屁股走人了，她怎么办？不能怪女人头发长见识短，她们只能这样想事情。她觉得妇女主任不能叫女人，顶多是个怪女人。一面讲你普通，一面又讲你不普通，一面反对离婚，一面又随便你怎么做。好像她精神很文明，又好像她精神很不文明。正话反话都是她一个人讲，这个人到底是什么地方出了错？脑子叫泔水泡过了？

　　这样她就在家等，主任跟她讲过的，领导开过会就来找她慢慢呫。可是一个月不来，两个月不来，眼看快三个月了，说话就过年了，领导还不来。她想，这下你不能讲我没给你时间了吧？

　　长生劝她，算了，不就扯个证吗？好大事嘛。她讲不中，我非把这个理扳直了心里才踏实。呆子劝她，你放心吧，有证我是这家的人，没证我还是这家的人。她抹把泪，没吭声。其实有句话，她没讲出口：她身上有两个月没来了，身子也比以前懒，她盼的那一天真的就要来了。可是这个伢生出来是姓胡呢还是佟？她发愁。

　　这样她就还要找领导。这回她是一个人去的，她晓得这两个男人帮不上忙，他们也不相信领导能研究出个子丑寅卯来。她想，自己真的假的还算个人物，你总不能老躲着不见面吧？

这回人家是比上次客气，又搬椅子又泡茶。妇女主任也过来跟她拉家常，说，乡长在家，我给你通报。好像他们早就知道她要来似的，等着她似的。婵儿见这样讲，又觉得还是女人亲切，眼圈也红将起来，讲，我已经有了，等不及了。主任一惊，忙不迭地上楼去汇报。

过了一阵，就听楼上咚的一声响，好像椅子摔倒了。她听见乡长发火说：打下来，流下来，就是不能叫她生下来！我偏不相信，我还领导不了你们了！一屋子人面面相觑，谁也不敢吱声。

婵儿颤了一下，慢慢站起来，她脸色有点白，可心里却忽然透亮了。早先真以为自己有多大多粗，现在终于晓得斤两了。她笑了一下，屋里的人就把道让开了。她慢慢上楼梯，又慢慢推开乡长的门，她对连升子讲：我的身子可是我自己的？连升子一愣，说那当然。她又问：我的子宫可是我自己的？连升子忙说，这话讲得多难听！你是个先进典型，难就难在坚持，你要垮台了，我怎么向上级交待？大家都要向你学习啊，你要带头移风易俗啊，要顾全大局啊！婵儿没理他，自顾自地讲：只要这两样东西是我自己的，你还真是领导不了！说罢掉头就走。

她从大路去的，却从小路回来。她上了山，回头望望这座大船样的天堂镇，觉得自己很伟大。从前她最听话的，小俏俏的，嗯啊哈的，现在连领导也不放在眼里了。她觉得自己没讲错，身子是自己的，子宫也是自己的，她有权领导自己。

小路弯弯曲曲，像一圈一圈的绳子，蛇一样地延伸出去，缠绕上去，把大山缠得结结实实。

十二

天堂人好热闹,日日荒山野岭面朝天,没有不好热闹的,放场电影几十里外都有人来,过年就更加有了由头。一年辛苦忙到头,做生意的家来了,打工的也家来了,不就为快活这几天吗?天堂山的风气是年三十唱傩谣、洗浴锅,一直唱到年初一才放炮仗。

唱傩谣不比唱大戏,有戏台有唱本,那个好弄。唱傩谣讲究的是调度。天神地煞、日公月婆、谷仙兽鬼、牛头马面、魑魅魍魉一路游街过去,人人套个鬼脸壳子又唱又跳,男女老少彼此不分,个个是演员个个是观众,哪个环节冷了场就搞假掉了,也就快活不起来。领头的没得两把刷子是吊不起胃口煽不动火的。从前有专门的傩戏班子,混在人群当中,关节要害处吼一嗓子,立马火爆火燎。现如今这行当失传了,领头的就成了建文子那一班街油子二混混。别看建文子平日拉拉挂挂流里流气,演起戏来却精神头十足,关老爷神武孙猴子精怪,扮什么像什么。这倒也罢了,最难弄的是即兴傩谣,唱的人要野得起,听的人要玩得起,哪一方不到位都搞砸掉了。比方猜谜,到这家门口给男的出的是:一个老头全像你,身上背了两袋米,跑起路来头朝下,胡子长在脑颈巴!你怎么猜?猜不出就好烟好酒拿出来上供。再比方吃人家豆腐,对人家大姑娘唱:你家山上有块田,荒了不晓多少年,可怜茅草半人深,摸了一晚不到门!你怎么答?答不出就亲自出来给这些街油子点烟倒茶赔笑脸。唱傩谣讲穿了就是缺薄人,拿人家小小不言的烦心事开心。农民的交易,一年三百六十日,哪家没得几件烦人的事?家丑讲开了又有好大个事?编成歌唱出来大家哈哈一笑,一天的乌云也就散去了,来年重新再做。天堂山屁股大一块地方,乡里乡亲谁不认得谁?哪家有什么丑事美事早有耳报神包打听编进歌词里,专等着过年唱出来大家一道快活。

　　当然也有忌讳的,那些遭灾的新丧的,还有孤儿寡母正伤心的,一般都有人领着绕过去,前面一只小铜锣不响了,后面的队伍也就不唱了。这叫"随喜",一听见"随喜"了,后头自然就歇息了。婵儿家"随喜"二年了,加上碰到这档子事,旁人躲还来不及,自然也就没准备唱傩谣的上门。望着窗外大队人马轰轰烈烈地游行过去,心里多少有点凄惶,一家人闷闷地端着碗,哪个也不作声,也不晓吃个什么。

　　只听见大队人马舞到刚成亲的来庆子家,小铜锣响了,领头的唱:

　　　　领:讲起他家那个床啊
　　　　合:(讲起来)杠死个人呐
　　　　领:翻来覆去困不着啊
　　　　合:怎搞的?
　　　　领:只剩一根顶门杠呐

　　有人喊,不中,再荤点个!又接着唱了一个,人们这才满足,拿了烟喝了酒,蹦蹦跳跳就往那边去了。听见队伍踢踢踏踏从门口过,有人问,怎么不给养鸡大王轰一炮?又有人答,哪个敢啊?不怕派出所钢镯子吗?

　　这些话一家都听见了,听见了心里就惨惨的,觉得自己好冤好冤。她并不想得罪哪个,也没有得罪过哪个,怎么就落得这种下场?在天堂山,随便插花都没事,正经结婚就成了事?她想要个伢,不该吗?她就是离婚了也不会离开这个家,她就是结婚了也还要照顾长生一辈子,不对吗?她想不通。

　　可是大队人马又回来了,小铜锣一敲就有人唱起来:

领：讲起她家那个门啊

合：（讲起来）高得骇死个人呐

领：八抬大轿横着走啊

合：怎搞的？

领：挂着一根文明棍呐

合：难怪呀！

领：讲起她家那朵花啊

合：（讲起来）美得骇死个人呐

领：年年开花不坐果啊

合：怎搞的？

领：专等一个插花人啊

合：难怪呀！

婵儿呼啦一下拉开大门，看见领唱的建文子揭开鬼脸壳子对她眨眨眼，然后龇嘴一笑，突然就明白过来，明白了就热泪一喷。转身捧出那些喜糖，连盒子带包丢将出去。婆婆也明白过来，慌忙拿酒瓶子拿碗，碰得一桌子乱响。

明白了，心里就顺了。证不证的，算个屎啊？

十三

忽然矿上有人带信讲，佟呆子叫人打了。讲是头天晚上有几个人把他喊出去说话，跟着就劈头拦腰一顿毒打。带信的讲，佟呆子现在逃下山了，喊婵儿不要找他。还讲，他迟早要回的。

当时婵儿正在河边挑水，腰身粗了做什么事都不方便，她傻愣着，那半桶水就慢慢地顺裤管淋下来。咣一声水桶掉下地了，婵儿掉头就跑。朝山里跑。没命地跑。

为么事打他？她晓得。跑哪去呢？不晓得。早就开春了，山是绿的，道是黄的，满山遍野都是花的。曲曲弯弯的山道一直盘上去，盘过去，盘到山那边去，跟绳子一样，把大山捆得死，把大山拧得疼。

一身是水，一身是汗，一身是心思。她看见煤了，看见天轮了，看见矿里进进出出的人影影了。突然腿一软，她就跪倒了。这才记起来，她是不能跌跟头的，她的肚子跌不起啊。

人去屋空了，她搞不懂，为什么要逃跑呢？逃又能逃到哪去呢？天堂山人从来就不逃，祖祖辈辈都不逃，天塌下来他们也这么过。

她又看见那棵母树了，枝叶还是那么繁茂，腰肢还是那么顽强。一抹朝阳穿过山嘴，若隐若现，正投在伸出去两只手臂上。那一片嫩黄的花蕊于是被点燃了，溅出暗红暗红的血色，把老绿也比下去了。婵儿瞪着它，喘着大气，觉着身上也烧红了，热泪在脸上小河样爬着，她竟然没有察觉。

她想，这呆子也许真是逃了，也许他害怕了。也许他还回来，也许他就不回了。她又想，肚里的伢也许是男的，也许是女的。这伢子将来也许姓胡，也许姓佟，但这又有什么要紧？好大个事啊。

原载于《小说月报》原创版2006年第6期

真相

一

　　来喜早起眯糊个眼不洗脸不刷牙，趿拉个鞋就出门，肩上搭一杆秤，两手绕在身后，一只菜篮勾在小拇指上晃唧晃唧很休闲的样子往街心去。

　　他老婆钱素素正刷牙，一口白沫喷到马路上喊：你把鞋拔上吧！拉挂样子。

　　来喜站住，颈子不动，慢慢磨转身道：你不拉挂，你倒是一白二漂，你上街拣一篮菜家来我服你狠。

　　素素嘀咕一声，兴头瓜脑，便不再吭声，只把嘴巴捣得咕吱咕吱响。

　　来喜哧地一笑，磨转身，哼起了一支五音不全的歌，走了。

　　来喜本在农技站做的，包给私人后没得做了，钱挣不到人却落得个懒散快活。天天一篮菜买到家便什么事不问，两袖一甩就跟人家练嘴。他嘴功也确实了得，从前就了得，现在更是本县的四大铁嘴之一。来喜好抬杠，从小就爱跟人家抬，现在没事做就更加爱抬了。你说东他偏说西，你说天他就偏说地，抬起来两眼阴森森的，颈子上两根筋比手指头还粗，要吃人的样子，不由人家不服。其实也不为什么大事，不过是好玩，再说爱抬杠也不算什么缺点。

　　钱素素原先在供销社当会计，现在没得当了，也就想开了，不赌不嫖的也就由他去。两个人从前谈恋爱时也时髦过，穿过时装，染过头毛，蹦过迪斯科，动不动还送生日礼物什么的。可正经过日子了,才晓得油盐酱醋也是钱买的,浪漫不过是人生的小点缀,就像那些缩水的时装中看不中穿。这些真相本是一点一点显露出来的,冷水锅里煮青蛙,时间长了也就跳不出来了。不过生活的本相一旦被他们看清,日子反倒安稳了踏实了,再没有那些小资情调想入非非。何况一年到头倒有一半日子要靠他嘴上功夫吃饭,所以这一百八十天也是要让他几分的。

来喜狠就狠在他眼睛毒,是个茶虱子。

每年桃花汛一过,天堂山一山春水都漫将下来,沙河暴涨,本来遍地鹅蛋石的河滩陡然辽阔起来,喧嚣妩媚起来。一河碧水,伴着云起云飞,还有满山疯长野放的映山红,一路到了城东又被龙头崖一劈,分作两股,流作一个大大的"人"字。于是这百样人生也就有滋有味地展开了。这二年公路全线贯通变成国道,这人见人欺的小县城顿时身价百倍,抖将起来。也不为旁的,就因天堂山出产一种野茶。这茶长得野味道更野,有个醉十里的故事说的就是这种茶。小城本来就是几百里天堂山的瓶子口,瓶子里装的是竹木茶炭四样宝。如今四样只剩一样了,野茶就更显得金贵。总之有茶就有市,有市就有利,有利就有来喜这种货色。

来喜贩茶并不住茶市里去,茶市在靠沙河的空场上,人比蛆都多,他这人顶怕嘈杂。不就图一篮子菜钱吗?犯不着跟绿头蝇子一样。来喜的位置在路口拐角上,不显山不显水,三言两语把事一办,轻悄悄地就家去了。这天头一拨过来的是两个妇女,蛇皮袋里约摸有五斤货,开价三百。来喜伸手在袋里两把一抄,那女的脸就变了:老板你要成心买,少一点也中。来喜两手拍拍就蹲下了,也不忍心拆穿她。妇女的交易,心黑也黑不到哪去,何苦?因此眼皮也懒得动的。二一拨是个腮边有条疤的老头,也有五六斤货,开价四百八。来喜一翻一拣,晓得货值。这茶片片肥厚,三尖毛挺,只是做功差,龇牙咧嘴地不很好看。疤老头见他不吭,凶道:你买了不亏，老翻有什么翻头？来喜拍拍身后的菜篮讲，真人面前不说假话，我也是兑两个零钱花花。你要是急卖呢就降十块，你要想卖个好价就往里再走几步，这茶能值五百。疤老头眨眨眼叹口气道：看你是个行家，卖把你。然后过秤，付钱。来喜兴头上来了，再放两句狠话把他听听：说你老鹰涧竹丝坑的茶挑到天边我撑眼也能认出来。疤老头一愣，连连点头，讲声有事，急颠颠地去了。

买了茶，他还不往茶市里去，这叫茶正不怕市口歪，此时日上三竿，真买家还没逛到这边来。果不其然，抽完一支烟，过来三个出差的，手上捧着一包叶子。来喜不出价，只讲把你手上叶子跟我的比比。三个人一碰头，嘴上不讲，脸色已动了。来喜道，我有三不卖：不识货的不卖，拿去送礼的不卖，不会品的不卖。三个人打哈哈，说口气不小。来喜道：我看你们像个干部样子，是个吃茶的主，才敢讲这话。有些人买茶光图好看，到家又喊上当，这种坏风水的事我是不做的。你们到天堂山是买什么？是买一个野字。野了才绿色，才环保！又讲：凡事都要实事求是，要想送人，不如买魁尖，买雀舌，买黄芽，做得光堂，名气好听，人家才肯领情。要想自家品，买我茶就算买到顶了。外国茶我讲不好，中国茶也就这样了。还讲，茶叶里头学问，头一条就是产地，阴山茶还是阳山茶？你外乡人哪能搞得清？深山老洼悬崖壁下的阴山茶，一年难得吃几回紫外线，整天云山雾罩，臭氧层不晓多厚，没有工业污染噪音干扰，一年也产不出几斤。这才叫真正的极品！

三个人被他诩得晕头耷脑，吱也没吱就将茶分了，还快活架不住，跟白捡一样。看他们急猴猴的样子就多砍两刀也没事，这些人承受能力强。干部来钱容易，来钱就跟妇女来月经一样，花钱就跟撒尿一样。不过来喜心不大，见好就收。

来喜向来心不大，一天一趟，保他菜篮里有鱼有肉有酒就中。搞好了外加两包红塔山。这种日子才叫会过。他时常教导老婆：茶虱子茶虱子,就是茶过市小小吸上一口血,吸多了就不叫虱子,叫老虎。你要牢记啊,党是我的妈,国是我的家,茶市就是我的钱夹夹,没有了才去拿。拿多了就不是好儿子了。人心不足蛇吞象哎,你眼红那些当老板的啊?天天尖头巴细,抠屁眼吮指头坑蒙拐骗,赚两个票子看见干部要拍,看见税务要请,看见公安都滴尿。那都是孬逼养的,人活得不像个人了,赚钱有鸟用啊?老婆被他训得一愣一愣,怄是怄却也没有法子道他。老婆晓得,茶虱子靠的就是一张铁嘴,嘴功不硬当不成茶虱子,这是一而二二而一的关系。

可没想到,他竟然栽在这张嘴上。

二

本来也没什么大事。当天晚上酒喝得也不多。他这人对酒的要求不高,不在乎牌子,够五十度就中。酒上了五十度就不容易造假,但晕晕乎乎的效果都是一样的。喝着,他们的宝贝女儿任敏突然问,下学期我还在不在城关一小上学啊?他一愣,把眼皮撑开说,我们家小敏是神童哎,现在就考虑上中学上大学了。小敏把耳朵捂上鬼喊:不听不听,我不听这些废话!你们就讲我还上不上了?上就拿二百块来。什么话?小敏讲这叫保留学籍费。

当时他看见钱素素的目光像刀片一样闪过来,就没敢吱声。这是他家的规矩,是钱素素用三个月不许近身的代价立下的规矩:社会上的肮脏事牢骚话一律不准当小敏的面说,小敏是个女孩子,你们外头那些流氓话学回家来像什么样子?他想想也对,小敏是祖国的花朵,花朵是经不起污泥浊水污染的。所以这顿饭吃得格外沉闷，没有任何评论。直到躺在床上，素素才冒了一句：越来越不要脸了。

这也就罢了。没想到钱也交过了，事情过去两天了，放在旁人也许早就忘了，偏偏那天早晨他在街上又碰见了城关一小的杨校长。碰见了他就忍不住想讲两句，他夸杨校长有想象力，这种新新中国的点子都能想得出来。其实也就打了几句哈哈，杨校长跟他也算是熟人，念高中时还同一个年级，说过也就忘了。钱都交过了谁还较真干吗？所以说过也就没往心里去，到家他提都没提。

谁知傍晚他正和一班子辩友在分析伊斯兰事件和巴以冲突前景的时候，钱素素一头乱发疯了一样冲进人群抓住他就走。钱素素说，你女儿头都要掉了，你还讲不够啊？还别斯兰！还巴以！跟真的一样。什么叫头都要掉了？你别吓我，我心脏不好哎。素素说，你没长眼睛啊？你自己去看！

慌急慌张赶到医院，在外科走廊上，小敏躺在一张写字台上。一个铁架子放在头前，下巴上套着一根皮带圈，皮带另一头穿过滑轮，滑轮下吊着两块红砖。他喊小敏小敏，可小敏两眼紧闭，怎么叫也不理睬，两行泪却水龙头一样朝下滚，小脸都淹肿了。把来喜心疼得恨不得拿嘴去接拿舌条去舔，可又不敢碰绷带，生怕把头碰掉了。放眼望去，走廊上病房里全是铁架子，全是吊胳膊吊腿的。他不知这是怎么了，不知这是一个什么日子，想到了别斯兰和耶路撒冷，他也有点冷。然后就脑袋开始膨胀，脚下有点发飘，他想吐。

他家小敏是顶乖巧的一个女孩，见人就喊见人就笑，小嘴巴不晓多甜，这是出了什么事？跟同学打架打的？上体育课摔的？讲出去别人也不相信啊。

后来他找到了医生，医生很年轻，说这叫颈椎脱位，没有十天半个月卧床好不了。他说不可能的嘛，早上还好好的嘛，中午还活蹦乱跳地嘛，怎么就成了这个样子？那医生的目光从眼镜外头一扫，冰冷。他一抖，忙解释自己是不懂，吓死了，他的伶牙俐齿全部不听指挥，脱了……位？

医生旋开玻璃杯比方给他看，说就是这样的，错开了。又拿片子给他看，说是第二节和第三节。医生说颈椎里面装的可不是水，是中枢神经，也就是中医讲的千斤，如果不能及时复位后果是很严重的。怎么严重？全身瘫痪，或者死亡。后来来喜就有了腾云驾雾的感觉。

再后来，钱素素来了，把一盒饭往他怀里一搡。他听见小敏叫，妈妈。小敏到现在都没喊过他一声，看都不看他一眼，于是他明白这一切都与自己有关了，具体地说，是和这张嘴巴有关。他也只有软软地靠在墙根等待审判。

素素说，你还不回家睡觉？干耗啊？

他把身子晃晃，没敢动。家里两个女人都在恨他，他不能找死。

下晚小敏睡着以后，素素又说时间还长得很，你不睡觉怎么搞？想表现一下？迟了。又说从今天起，大家轮流值班。

其实来喜早就困了，靠在墙上就更加发困，下午为别斯兰的孩子操了半天心，晚上又为自己的孩子揪心揪肺，他能不困吗？但素素的审判还没开始，你总不能让她缺席审判，犯错误的人是没有自由的，必须让素素把气出掉，他眼睛才合得上。果不其然，素素看他还不走就心软了，把他拉到外面大厅里，上上下下细细看了一遍，才冒一句：你这张臭嘴怎么就是夹不住？

他说，我不就这一点业余爱好吗？人嘴两块皮，闲着也是闲着。

业余爱好？素素说，我看你比职业选手还专业。人家女人家嘴巴碎，嘀嘀咕咕忍不住要讲，你倒好，你那两块皮……我都不好骂的！比女人瘾头还大。

来喜说，到底出了什么事啊？到现在我都汗毛凛凛地不敢吱声。

出什么事你看不见吗？素素说，你肯定跟杨校长讲过什么了，杨校长肯定批评许老师了，不然许老师不会发那么大火。从前她对小敏多好！

来喜想想，说我也没讲什么啊？就是夸他有想象力，这种新新中国的点子都能想得出来。这有什么呀，我们是老同学，开个玩笑都不能开呀？

还有呢？

还有，来喜一拍脑袋，想起来了。我是讲他幸亏是校长，他要是县长就可以收保留县级费，他要当国长，就可以收保留国籍费，他要当人类类长，还可以收保留人籍费。这不都是开玩笑嘛。他钱都收了，讲两句话不能讲呀。

这就对了。素素把头点得很严肃，不然许老师不会下手这么狠。许老师是个多文静高雅的人，吃饭一粒一粒数，讲话一个字一个字吐。肯定杨校长也去挖苦她了，她才把小敏搞成这样！

原来小敏是被她拽伤的。来喜都想象不出，拽红领巾能把颈椎拽脱位，这要多大的力啊？又一想小敏的颈子细，发育又没完全，猛然拽一下头掉下来也是有可能的，生命本来就脆弱，小生命就更脆弱了。但许老师大概也不是故意的，那还不至于，她大概也没想得到会有这么严重的后果。

素素说，你讲现在怎么搞？晚上许老师又到家里来了，下午送医院也是她送的，还带了一大堆水果，她吓死掉了，眼睛都哭肿了。

来喜说，她受委屈就拿小孩子撒气啊？挖苦一下就气成这样啊？

素素说，也可能是更年期到了，有一点事就控制不住。

来喜说，那也不能就这么算了，送点果子就能把事情了了？

素素说，不算了还能怎么样？小敏还在她手心里，班主任又不是个什么了不起的大干部，还能撤销一把过过瘾，认倒霉吧。

更年期到了就能犯法啊？你控制不住就能杀人啊？不是故意就能逃避责任啊？来喜越想越来气，声音越来越高，本来还有点瞌睡的，现在知道了真相就一点也没有了，半点也没有了。受了这么大的惊吓和一下午的窝囊气现在终于有了发泄口，他也有点控制不住。他把颈子探出去，两眼放光，三根筋挑着一个头，一只手还指指点点，老鹅护食一样嘎嘎地凶叫。

素素见到他那副德行就烦，说声不跟你讲了，讨厌！掉头就走。

可来喜的精神头已经上来了，满腔的热血已经沸腾，一肚子悲愤正想冲破牢笼，他要为真理而斗争。本来他还在等待审判，可照这个情况看，被审判的不该是他。他就是有什么错，顶多是嘴巴不好，开玩笑过度了，你有本事你来打我嘴巴，可你们呢？拿小孩子撒气！你乱收费是错误在先，你体罚打骂学生是罪加一等。可他在大厅里团团转了一圈，那么多坐着躺着的陪护者竟然没有一个人注意到他。这种感觉真是非常不好，非常的不好。他恨恨地把一口吐沫响亮地咽下肚去，他好像看见自己的喉结是那样孤独地跳了一下。

三

然而第二天他就遇见熟人了。

第二天小敏要解手，这小孩子现在人大了主意也大了，说什么都不肯用便盆，非要上厕所。你在医院里，男人女人是没有区别的，顾不到那些。但她死活不听，小脸憋得通红，眼看就憋不住了。你是别的病也就罢了,这种颈椎病,万一头再掉下来怎么办?来喜说你头套一拿一辈子就变成这个样子了——他把头歪着把身子扭得像麻花一样学给她看,他还不敢说有生命危险,生怕她受不住,他说小妈妈哎你就听我一次吧!小敏被他的表演逗笑了就同意用便盆,但要求用床单替她遮一下。于是在他双手举着床单有点难度的时候,一个老人家过来帮忙。他千恩万谢过后发现这老人家正是那天急猴猴卖茶叶的疤老头。疤老头也有点发呆,眨巴眨巴眼说,原来是你呀。

所谓不打不成交,不是冤家不聚头,这个世界真是太小了。卖茶的贩茶的,赚钱的讨巧的,都是瞎忙,其实最后钱都送到一个窗口里了。医院,火葬场!

两个老相识攀谈起来格外热烈,这才晓得疤老头那天不是不懂行情,而是急于抓两个现钱来救儿子命的。农民的交易,一年累到头,也就是悬崖底下石头缝里才能抠两个现钱。看看,转眼就丢到水里了,丢到水里响都不响一声。疤老头讲起来伤心得很。原来疤老头的儿子也是不懂事不听话才惹出事端的。村里改选关你屁事啊?村长想连任,就讲一张选票三十块,年轻人不服气就闹事。他儿子是个退伍兵,识两个字见过世面了,就以为自己牛逼了,还写信讲这叫贿选。他贿选不贿选,当不当村长跟你有屁关系啊?还落三十块钱花花。不听。结果你看看,肋巴骨三根,腿还剩半截!来喜跟着去看了,小伙子浑身纱布还插了好几根管子。来喜问,他打伤了人就没人管?疤老头说,谁管?没要你命算是客气的。这就叫枪打出头鸟,你摊上了你就认倒霉。他要的就是你闭嘴,你嘴巴不老实就还有苦头吃。

这话听得来喜老大不舒服,当着老人的面又不好讲,便在疤老头背后对小伙子举起大拇指晃了晃。那小伙子本来任老头怎么骂都不吱声的,此时忽然一滴泪滚将下来。疤老头见了,伸出巴掌抹了抹，叹了口气。

疤老头转身说，我也不怕你笑话，我年轻时候比他还犟，犟有什么用？你心强命不强嘛，你不该到农村投胎嘛。你牛逼老子不牛逼啊。从前看见人作恶也想打抱不平。结果怎么样？你看到没有？疤老头指着他的疤说，人家当面不吱声背后给你一镰刀！你不是嘴巴不老实吗？你再讲啊？有句话你到老都给我记住：老天爷给你安这张嘴，是喊你来吃的，不是喊你来讲的！

来喜听得头皮发麻。疤老头这话是大声喊出来的，弄得他心里一阵狂跳。心想农民就是农民，你怎么教育都白费。解放这么多年了，改革这么多年了，还是这种水平！还是这么迷信！简直愚昧，简直反动！跟这种人还有什么讲头？本来他还以为终于在医院找到熟人了，可以一展话喉了。起码，也可以把心头的郁闷絮叨絮叨，起码可以把思路理一理。可现在一点情绪也没有了，疤老头问他小孩情况的时候，他三言两语就讲完了，讲完就借口有事赶紧逃开，提都懒得再提。

现在他终于明白听众的重要了。在街头跟人家辩论的时候，有人拍巴掌他还不当回事，现在才明白那就是听众。县剧团唱老生的老胡头，人家问为什么不唱了，他回说没有听众，宁愿天天捧个小茶壶到街头听他们辩论。现在他终于明白了，他在医院找的也不是熟人，是听众。你讲得再有理人家听不懂也是枉然，对牛弹琴说明你自己脑袋泡过泔水了。

十天半个月也快得很，转眼小敏就活蹦乱跳能下地了。几个医生拿着片子一看一商量，就叫来喜去办出院手续，他一口气也就松下来。只是到窗口结账时候才又紧了一下，三千块押金也没见什么大治疗转眼只剩几张纸。心想他混到今天也就是个虱子级别，这地方才真正是个大老虎，他要费多少口舌才能挣够这个数啊。

倒是小敏可爱死人，听讲要出院了一蹦多高，还一本正经去跟病友们道别：叔叔再见阿姨再见爷爷再见奶奶再见。其实跟病友是不宜讲再见的，但童言无忌，人家也不计较，反倒都夸她乖巧懂礼貌，夸她漂亮文静会疼人，还说一看就晓得这家大人有修养有水平。夸得来喜也有点飘，想都没想就把剩下的那几张纸塞到疤老头儿子的枕头底下。

出了医院，疤老头又追出来再三再四千恩万谢，鼻涕眼泪都下来了。讲来年一定要送一斤好茶，讲一定要请小敏到山里去玩。还说你那个事我看也算了，不要再去跟人讲什么理，这年头没理可讲，只当是花钱消灾，只当是花钱给恶人买药吃。听得来喜头大了一圈，累死人，再讲下去就要扯到嘴巴的功能了。

第二天小敏就带着石膏箍子欢天喜地上学去了，两口子狠狠在家睡了一天，恶补。到晚上放学，小敏回来家就讲，许老师表扬她了，许老师给她发了小红花，许老师还说要推荐她当少先队大队长呢。

当时正吃着饭，钱素素望望他，不吭声。他扭头去望天花板，也不吭声。是夜，两个人却翻了一夜烧饼，燥热。又都觉着，无话可说的样。

天亮时，落雨了。那雨细细的密密的，正是烟花三月青山绿水季节，可他怎么看怎么来气，心都要长毛了。

四

来喜有个辩友叫陈家奇，是个开茶社的，铺子就在十字街，看来喜闷得不行就提议大家喝杯酒。酒能释怀，也能壮胆，几杯下肚眉头自然就松了。这班子人自称辩友，其实也就是一帮无职无业无聊无事之人，为表示还活在这个世界上，并没有被抛弃，就需要有一种形式来证明而已。这形式就是辩论，个个口若悬河舌如利刃，其实真遇上事是没几个有主张的。钱素素就挖苦他们：讲国际大事头头是道，讲国内小事眉飞色舞，就跟电视台气象站差不多，印度洋海啸它都能预报，明天家门口是阴是晴它不晓得。钱素素不认为纯粹性辩论有精神价值，她说那不过是为陈家奇摆茶摊捧场罢了。她说练吧，把嘴练活泛了吃豆腐不硌牙。

所以这帮人喝酒也就是嘴巴上快活快活，这点他还不清楚吗？他讲这次吃了个闷头亏，大家都说亏大了。他讲累得半死，大家都说见瘦了。他讲算了不想再烦神了，大家就说那你不算了还能怎么搞？这班辩友又分为四大流派，平时也互相捧捧场，当真把自己看成文化中人。讲到妙处还鼓掌喝彩，还专门找纸记录，某月某日某先生就某问题讲到某处时出妙语一段。那元老派好引经据典，此时便说宰相肚里能撑船，大肚能容容天下难容之事。名士派好哲理玄思，便大谈退一步海阔天空，世上事了又未了何妨以不了了之？平民派好世俗情怀，便讲和气生财笑口常开冤家宜解不宜结。他自己属学院派的，平时靠概念逻辑说话，有点新思维的意思，但此时见大家无聊到这种程度，他也确实有点烦，就把一双醉眼红彤彤地睁开来，说你们真把我当肉头啊？我是不吱声哎，我女儿差点叫人家把头拽掉了我能不反抗吗？我是在悄悄搜集证据哎。于是这班人又反过来论证，世界上怕就怕认真二字，还具体摆出了一二三四。

那陈家奇忽然想起来，对面开杂货铺的老蔡家有个小孩，就在城关一小，老师也姓许，不如喊他来问问。一问才知道，这孩子正是小敏的同班同学，据他说那天好多同学都在操场上玩，亲眼看见许老师牵着小敏的红领巾往办公室去。于是众人七嘴八舌连哄带骗捉刀代笔，硬是用油炸臭豆腐外带一包花生米，换来蔡豆豆同学亲笔签字的一纸证明：

我证明，那天我们在操场上玩，看见许老师拉着任敏同学的红领巾到办公室去。任敏走得慢，许老师就猛拉她，后来任敏就生病了。蔡豆豆。×月×日。

到了晚上，来喜回家一句话不说，脸黑半天把那张证明往桌上砰地一拍。

钱素素捧着那张纸，看着看着热泪就往外一喷。她好像看见小敏像一条狗一样被许老师牵着，稍微慢一点许老师就恶狠狠地一拽，慢一点就一拽，从操场到办公室才几步路啊？硬把颈椎拽脱位了！她喊道：你有什么深仇大恨啊？

来喜说，你以为她是什么好鸟啊？心理变态！

素素说，你有什么冤屈也不能对小孩子下手啊？

来喜说，小敏那么小，小脸那么嫩，平常我都舍不得碰一下，给她随便拽！

素素说，你拽就拽一下，打就打一下，硬把颈子都拽歪了！

来喜说，还想哄小敏当大队长，我一听心里就来气。

素素说，就是。我也是窝一肚子火，把我们当傻子玩啊？

五

两口子是一起到学校去的。来喜道你怕我辩不过他们啊？素素说又不是去打架，什么辩得过辩不过，老实讲我就是怕你那张碎嘴。冬瓜秧子扯西瓜藤满嘴跑火车，到最后把主要目的都忘记了。来喜想想也对，这种事用不着多少理论水平，你乱收费你体罚打骂学生还需要论证吗？他们的主要目的是，赔礼道歉，赔偿医药费，并且保证以后不打击报复。

杨校长倒是彬彬有礼客气非常，让沙发搬椅子，烫茶杯泡茶叶，忙过一通才说话。说来喜你那天讲的收费问题我问过了，你批评监督我们是对的。但情况稍微有点出入：我们确实对个别学生收过保留学籍费，这是针对那些户口不在本地流动性又很大的学生，一般都是父母做生意到处跑。这样的情况学校是要控制，否则教学资源就流失了，该进的进不来，不来的又占了学位。但你们家任敏不存在这种情况，怎么可能收任敏保留学籍费呢？来喜刚要反驳，杨校长又抬手止住了他，说但是，他强调了但是，捐资助学是有的。三百两百，五百八百，最高还有捐一两万都有的。学校要发展，经费又有限，不靠社会各界的帮助我们一天都混不下去啊！等一下我领你们去参观参观，我们新教学楼就要起来了。我做梦都梦见新大楼哎。

来喜说，你的意思是，那二百块是我们自愿捐的？

那当然。杨校长说，捐资助学的第一原则就是自愿。

那我们家任敏是扯谎了？

也不能那么讲，小孩子听不清楚听误会了都有可能的，才二年级嘛。

来喜一口气差点把自己憋过去。心想自己准备了那么多你来我往的招数，被他轻轻一闪就化解了，还没过招就化解了。小敏有没有可能把话听错呢？完全有可能，小孩子玩性大，老师前一句后一句也不一定很有逻辑。那么反倒是自己无事生非了？

倒是钱素素比他冷静，说费我们交都交过了，是自愿是被迫都无所谓了。我现在想不通为什么许老师会这样？就算任来喜错怪了学校，他嘴巴臭，话讲过头了，你怎么能对小孩子这样呢？说着眼睛就红了。

杨校长一脸的茫然，等了半天才悄悄问，怎么样？

来喜这才把学生证明和医院诊断拿出来。本来这个问题是放在下一步谈的，现在只好两步并作一步走了。

那杨校长倒也爽快，沉吟一下就说，我给你们先表个态：这个事情如果属实，学校绝不姑息，这还得了？该怎么处理就怎么处理！当然，你们也要给我一点时间，先调查一下，领导层也要研究一下，你们看怎么样？

两口子互相望望，二话没说就告辞了。当然要给领导时间，办什么事都要时间。然后说好一个星期内给答复。然后两口子就心安理得回家了。都觉着，杨校长有这个态度还有什么话说？

来喜讲，从前我还没看出来，这小子还有两把刷子。素素讲，人家这才叫真本事，头脑清楚，一是一二是二。哪像你，冬瓜秧扯西瓜藤领带裤带都分不清，还自以为是辩坛高手！

谁知一个星期过去，两个星期也过去了，日子就像树叶一样长得疯快，眼看就要放暑假了，还是没有消息。当然这期间来喜也没闲着，他偷空问过小敏，当初许老师是不是讲收保留学籍费，是不是她听错了。小敏答得嘣脆，当然是啦，老师说不交下学期就没有位子。但再三再四问下去小敏就有点烦，说不记得了。其实这话已经认不得真了，讲过没讲过意义都不大了。来喜的意思是想在家里挽回一点面子，省得素素老埋怨他这张嘴惹祸。这点小伎俩当然被钱素素一眼就识破，讲他这叫自己尿歪了却怪马桶漏。

但老在家等也不是个事，老在家等就好像他们不是认真的，是讲着玩的，这样就不得不再往学校跑。头一次学校答复是杨校长跟教育局考察团到外地学习去了。第二次杨校长说还没调查清楚，要慎重，对老师的处理一定要慎重。第三次好容易把杨校长堵住了，却一把把他拉到没人的地方说，来喜啊，这话是老同学我才对你讲，你觉得许老师是那种人吗？这种事是不好随便讲的，这不光是个名誉问题，还是刑事责任问题，要对她一辈子负责的。还要等等再说。

这样讲起来，倒是来喜不负责任。那小敏受的伤害谁来负责呢？

茶社的辩友们都被激怒了，说这样秃子头上明摆的虱子都拈不掉，全县的孩子们还有什么安全感可言？交给这样的学校哪个家长能放心？

辩友中有一个人的亲戚就在县教育局工作的，还是个办公室副主任，此人立即被发动起来。当晚就在读月酒家摆了一桌，那王主任也是个爽快人，指点他们说，你要搞个投诉材料，要正式一点，要打印的，字要大一点，证据要复印，要做塑料封皮。这样领导看了舒服批得也爽快。这样两口子就正式告到县教育局。

在教育局倒是受到了重视，王主任打电话声音兴奋得有点发颤。原因是现在正在抓行风抓师德，你们赶在刀口上了。王主任说局里已经成立了调查组，纪检委政教科和小教科都抽了人，你就等好消息吧。

期间耳报神包打听们也都不断有新消息传来，主要是关于城关一小的内线情况。说那个许老师是个老姑娘，四十多了，性格有点古怪不假，但书教得好大家公认。说那个杨校长从前的确追过她没追上也是真的，但杨校长现在正春风得意，是副局长的候选人，也不一定真会包庇她。这里的关系比较复杂一时还看不透。说他们这件事学校里表面上不声不响，实际上紧张得不得了，内部已经开过好几次会了。谁都怕出事啊，出了事对谁都没好处啊，所以前景难料。

来喜讲，这些话通通是屁话。她是不是老姑娘，姓杨的当不当局长，他还想不想包庇她或者趁机搞上她，跟我们有什么关系啊？但嘴上这么讲，心里也还有点小舒服，你人坐在家里就有这么多消息上门，说明了什么？

连钱素素都讲，看不出来，你这人还有几两号召力嘛。

他唱洋腔道，你是从来不把我放眼角里的。

素素就笑，半斤鸭子四两嘴。

过了忐忑不安的几天，有天下午，县教育局忽然来了几个人，说他们的调查已经有了结论。这次调查领导是重视的，是认真的，谨慎的，程序也是规范合法的，现在把结果正式通知你们：没有发现许老师有行凶的证据。

来喜跳起来，我们也没讲她行凶！

那人笑眯眯地讲，也就是说，任敏同学的颈椎脱位与许老师的行为之间没有任何因果关系。我们没有找到证据。

六

什么叫没有因果关系？教育局的人不解释。现在随便什么人只要戴顶公务员帽子，都成官员了，讲话都跟国务院发言人一样。想当初来喜刚毕业时县里也要留他在农林局的，他害怕端茶倒水地当狗腿子，仗着自己专业好非要到第一线去，结果跟他一起回来的同学现在都当局长了，讲话也哼啦哈了，他反倒成了茶虱子。这也就罢了，但因果关系来喜还是懂的，你不解释就能混过去吗？有同学证明许老师拉了小敏的红领巾，算不算因？小敏颈椎脱位是有诊断书的，算不算果？小敏中午还活蹦乱跳下午头就歪掉了，算不算因果关系？但人家不跟你解释，也不听你提问，他们只是彬彬有礼地来，笑容可掬地去，履行告知义务。政府是作为的，政府已经作为了，执政能力已经提高了，接受不接受是你自己的事。

不争论是个法宝。人家知道你是辩坛高手，人家不跟你辩。来喜两口子目瞪口呆，像两截树桩子栽在家门口，眼睁睁看着教育局调查组钻进轿车走了。那个干部还对他挥挥手，来喜也礼貌不过地把手举起来。过后才发觉这只手太可恶了，简直是助纣为虐，简直是引颈就戮，于是这只手又狠狠地扇在自己的脸上。扇在脸上他也不觉着疼，只觉得白光一闪，有什么东西破裂了，就好像美丽的肥皂泡，轻轻扬起又轻轻碎裂，一切只不过是个过程。到这时他才明白，那个深山里的老农，那个老鹰涧的疤老头，他才真正是首先到达真理的人，这年头没处讲理！没道理可讲！

不过茶社里的辩友们可不这样看。这帮无职无业无聊无事之人现在全都振奋起来了。不能就这样算了，他们说，来喜哎，你要现在就坡下驴你就臭掉了，在这地头就没法子混了。自己的冤屈都讲不出理来，你算什么辩坛高手啊？狗屁！他们都这么说。这一回倒是认识高度统一，元老派讲穷且弥坚不坠青云之志，名士派讲道之不存人何以堪，市民派讲欺人不欺贫打人不打脸，只有他这个学院派陷在那个因果逻辑里出不来。

来喜双手高举悲愤无比——没地方讲理呀！

没地方讲理？有。他们讲，现在那些小报记者比蝗虫都厉害，你要给他报料，还有二百块报料费呢，你干不干？来喜说，狗日的不干！

当下有人就掏出手机给省城的侄子打了电话。那侄子先是说要商量一下，但几分钟以后就有回话：说巧了，现在上面正在抓行风建设，正想找几个不怕死的来杀杀威呢。他说要再找几家媒体，要引起全省新闻单位的关注，没有声势不中。

这就叫山穷水复柳暗花明，调查的调查，采访的采访，曝光的曝光。照相机录像机手提电脑，就跟玩的样。这帮记者到底是专业水平，眼睛毒嗅觉灵笔头厉害嘴功也不差，把小敏的同学摸得清清楚楚，把学校老师摸得服服帖帖。连杨校长都出来表态了：学校没有及时处理是错误的，对同学对老师都不负责任，他要向全县人民做检讨！尤其过瘾的是报上登出来一张照片，是许老师的，平时蛮讲究蛮漂亮的一个老姑娘，此时哭得比寡妇死了儿子还难看。

县里的舆论形成了强大的压力，那几天教育局的领导天天都在电视上发表讲话，请全县人民来监督他们，帮助他们，他们保证对每一个学校每一个教师都要进行检查，绝不姑息迁就。又有更多的乱收费和违法乱纪被揭露出来。那几天是全县人民的节日，好像憋了多少年的恶气都出出来了，所有的唾沫星子都溅向学校，蛇信子一样舔着那些学校那些老师们的神经。

那几天来喜也成了英雄，走到哪都有人呲嘴跟他笑跟他打招呼，来啦？在陈家奇的茶社，一班子辩友早就恭候了，人一落座茶就端上来。都讲，这回板上钉钉了。也有人替许老师惋惜的，讲这么漂亮的一个人，可惜了。讲人这个东西跟草木一样，当开花就要开花，当开不开，必然要开怪花。讲过了还相视一笑，那意思大家都是明白的，但并没有人接茬。明白就行了，讲多就庸俗了。这班辩友都是文明的人，高雅的人，黄段子是不讲的，搞低级趣味没意思，现在就更加不能搞了。

然后就是下了两场雨。这雨下得有点怪，下一阵停一阵，来几滴雨又来一气大太阳，跟抽风一样。并没有风，下雨没风，天晴也没风，可人就折腾得有点受不住，整天身上潮潮的，心里恹恹的，烦。小敏快放假了，期终考试已考过了，学校里还没有表示。

突然有一天法院来一个人，说城关一小的许静娴老师以侵害名誉权将你告上法庭。请你×月×日来县法院应诉，请签字。还问，你是叫任来喜吧？

来喜有点发呆，半天反应不过来，简直岂有此理，简直太岂有此理了!

　　法院的人说,你要有不同意见可以反诉嘛,但签字还是要签的。

　　来喜抖抖地签了字,喊,反诉,我一定要反诉!

　　然后就提出反诉。针对这位许静娴许老姑娘的以攻为守,除了反诉还有什么办法呢?要求她连带城关一小公开赔礼道歉赔偿医药费以及精神损失费,这些费用在她要求的基础上统统翻一倍,不翻一倍不足以平民愤。

　　这个人已经疯了,来喜觉得跟一个疯子玩游戏本来是不厚道的,可现在他已经没有选择的余地了,否则别人会认为他是疯子。这就相当于一场豪赌,升级大战并非双方的本意,但赌红眼了必然以命相搏。

　　这个决定得到了空前一致的支持,辩友们自不必说了,就连钱素素也认为到了这一步想躲是躲不开的。其实钱素素早就想过这条路,只是她一直不想把事情闹大,现在,非闹大不可了。就连小敏都认为许老师太赖皮了,许老师怎么会这样呢?她托着小脸问,许老师讲故事讲得多好听啊,卖火柴的小女孩,皇帝的新装,还有美丽的小人鱼。她不相信美人鱼饿了也要吃东西的。当然,这些事他们都背着小敏商量,他们不想让小孩子介入进来。小孩不要管大人的事,钱素素说。

　　辩友们也有帮他请律师的,来喜拒绝了。他说,我要是连这个理都辩不过来,我就在你陈家奇的茶社里吊死!众人都笑,讲正好检验一下我们的辩论水平,实践是检验标准嘛。其实他们心里并不服气,都认为这是一场没有悬念的战斗,胜负是明摆着的,来喜运气好,是老天爷安排他出风头,上帝都掷骰子了旁人怎么挡得住?辩坛第一高手非他莫属了。

　　接下来这个夏天,就是精心准备这场法庭辩论。战略上藐视,战术上还是要重视的。他仔细研究了相关的法律条文，《刑法》《民法》《教育法》，乃至《宪法》和《治安管理条例》，还有相关的政策文件以及新闻报道。他发现深入进去还是很有意思的，谁告诉谁举证的原则，强势者首先举证的原则，还有那么多的新闻报道，统统对他有利。随着研究的深入，原先的怒气怨气不平气逐渐被游刃有余举重若轻的静气取代，他假想了各种可能出现的场景，各种刁钻古怪的问题，都被他轻而易举地化解。相反，他的提问温文尔雅，礼貌而又尖锐，对方的律师最后只能请求法庭在判决时充分考虑他的委托人是个老姑娘。

到这时，辩论的纯粹性已经开始显现，对一场没有悬念的辩论来说，辩什么已经不重要了，关键是怎么辩。他要辩出风范，辩出格调，辩出华彩，辩出美感。他要为辩坛设立一个门槛，不是随便什么人都可以进入辩坛的，他要在本县的法庭辩论史上树立一个标高，今后一谈起法庭规范，人家就会记得这样一场经典的案例。为此他还查阅了国外的材料，但这方面的细节甚少，只好找外国和港台的影碟来参考。他发现人家的辩论才叫上档次的辩论，发现了穿法袍和戴假发的妙处，还有人家说话的那种语调。请，提请，我请，请问，请设想，请回答，请注意，请验证，请裁定，太妙了。有一本书上介绍，当今国外的法庭辩论早就对事实陈述不关心了，人家的常用词汇是后符号后举证后在场后他者，你要不搞纯辩论人家都不带你玩，法庭不承认律师资格，典型的判决书是由一段案情陈述、两段法庭采信和七段辩论记录所组成，那儿已经是纯辩论者的天下。当然这仅仅是个发展趋势，目前还轮不到中国。但辩护词的文体意识还是需要的，凤头猪肚豹尾，起承转合，预伏呼应转折递进，还有暗示隐喻和呼告，统统都是要的。

在这样的精心准备和一边倒的舆论之下，结果已经呼之欲出，已经不重要了，真的不重要了。宣判时，他甚至连一点兴奋的意思都没有，笑都没有笑一下，判决书写得太差。法院很自然地采纳了他提供的和媒体记者调查学生取得的证据，判决许静娴许老师的侵害事实成立，赔偿任敏同学医药费3000元，精神损失费6000元，承担全部诉讼费用。

当然，许老师不服，她表示要继续上诉。这倒是令他有点意外，本来的设计中还有一场对许老师表示理解和歉意的对话，自然也就无法进行下去。许老师的冷静也让他吃惊，好像她早就知道会是这个结果，她来诉讼不过是利用这个场合公开表示不服，她需要这个讲台。好像她来辩论仅仅为了辩论本身，她才是个真正纯粹的辩论者。另外，许老师最后跟他照面的时候，眼角轻轻动了一下，嘴角也轻轻牵向一边，好像是在冷笑，又好像是在嘲笑，更好像发出某种信息。

这也让他心里很不舒服。

七

再过多少年，来喜大概都不会忘记许老师那天的样子，穿黑色连衣裙，领口开得很低，脸色苍白，寡言少语。最后跟他照面的时候，眼角轻轻动了一下，嘴角也轻轻牵向一边，好像是在冷笑，又好像是在嘲弄，更像是发出某种信息。她想表达什么？来喜一直猜不透，于是这就成了一块心病，蒙娜丽莎一样的谜。

开学的那天，小敏早早就起来了，催早饭，催换衣。她要上三年级了，显得格外兴奋。她的颈椎已完全长好了，为了巩固，还让她进行了一些康复锻炼，学会了双手顶倒立。小敏是个乖乖女，爱上学，成绩也在班上数一数二，是个从来不要大人烦神的孩子。可那天她走了以后，钱素素一失手就把饭锅扣在了地上。

当然这也说明不了什么，很难证明这二者之间有什么逻辑联系。

然而事实情况是，她中午回家嘴角就破了。问她，说是摔跤了。再问，她就摇头。她说她也不知道，好好的，突然就跌倒了。然后第二天头撞在树上，肿了一块。第三天眼角有一块紫斑，是打架打的。说是班上有个男生让她捡东西她不捡，伸手就是一拳。三天下来，一身新衣服已经破了好几处。

这是以往从来没有过的事情。但并没有引起重视，钱素素提起来来喜也没当回事。他认为小孩子大了磕磕碰碰总是难免，哪个小时候没打过架？钱素素比他心细，她认为小敏跟上学期明显不一样了。以前回来家小嘴唧唧嘎嘎讲个不停，老师怎么样，同学怎么样，现在除了写作业就是发呆。问她，她也讲不出个什么，不晓得，什么都不晓得。

反正跟以前不一样了。

有天半夜，钱素素像弹簧一样突然往起一坐，然后一脸大汗喘个不停。问她梦见什么，她讲不记得了。然后她轻手轻脚下床，悄悄把小敏的书包拿过来，从里面找出一把一尺长的大螺丝刀。她抖抖地问，小敏要这个干什么？

来喜也懵了，一个小女孩怎么玩也玩不到这个上头来啊，她如果没有受到威胁，怎么想得出来准备一把螺丝刀？这是凶器啊。于是就想到要和老师沟通。但班主任还是许老师，跟许老师的官司还没了结，这个沟通就变得很难。

怎么难也要去，这不是开玩笑的事。钱素素说，我去。女人跟女人好讲话，不管心里怎么想，但毕竟没有正面冲突过，总不至于当面撕人家脸吧？

这场会面很平静。许老师说她也发现小敏这学期有点注意力不集中，其他的不正常还没发现。但她提醒家长要配合学校工作，说班干部改选是学校的安排，目的是让每个孩子都得到锻炼。小敏是不是因为不当班长了就产生情绪波动？希望家长注意一下。钱素素说，许老师不卑不亢不急不躁，我还真有点佩服她这么沉得住气。另外她穿碎花白底小翻领衬衫也很好看，很配她的身段，真美。

来喜烦了，说你去谈半天，不会连螺丝刀都没提吧？

素素讲我像你呀？我当然讲了我们的担心，但许老师好像不太相信，眉毛翘起多高。她讲学校开学才几天，还没听讲有打架的事情呢。

但小敏的反常是千真万确的。有没有想的那么严重只好慢慢观察了。

有天来喜在茶社里闲聊，看见对面蔡老板家的儿子蔡豆豆在门口一闪。他心动了一下，心想怎么不找这个小孩打听打听呢？于是就让陈家奇去喊，可陈家奇回来说，孩子还没放学。来喜讲，这不是出鬼吗？刚才我明明看见他伸了一头！就这时，他打了一个激灵，心里噗噗乱跳。来喜立马追了出去。

从学校到来喜家有一条巷子，是小敏上学的近道，穿过去就是学校正门。但来喜这天不知哪根筋接通了天线，他断定小敏没走便道，他想如果小敏受到威胁，巷子里是最不安全的地方。小敏没那么傻，电视里也一直有安全教育的提示，她一定是走人多的大马路。而且他也断定，那个伸了一头就跑的蔡豆豆肯定和小敏此时的处境有关。这样一分析，似乎又把事态看得太严重了。

可他确实猜对了。当时跟来喜一起追出去的还有两个辩友，他们共同见证了那个场面。他们讲这就叫父女连心。你不亲眼看见你都不相信常人还有这种功能。

在东门菜场外面，他们看见一群男孩子堵住了小敏和另一个女孩。来喜拦住了两个辩友,叫他们从菜场后门过去,他说,不急,我倒要看看他们究竟搞什么鬼。于是他们就在菜场的一架大棚底下见识到了当今小孩子玩的后现代把戏。

这群孩子起初是推搡嬉笑。两个女孩见逃脱不掉,就互相打开书包,取出里面的螺丝刀。但毕竟对方是男孩,很快她们的书包和武器就被缴获了,然后就把两个女孩分开,小敏显然是他们的重点目标。一个为首的男孩问,跟你家人告状了吧?小敏答,没有。没有?没有你妈怎么到学校去捣乱?小敏答,我怎么知道?孩子说我老实告诉你,你们家的一举一动全都被我控制了,你告一次状我就收拾你一次。你自己讲怎么办吧!然后那孩子掏出一把跳刀,噌地一响刀就出来了,那刀就在手心里一下一下地拍。另一个女孩叫了救命,可那是菜场,过路人连看都不会多看一眼。

来喜觉得这个动作眼熟得很,好像经常见到。后来想起来这是在模仿一个电视剧里的老大。那孩子年纪也不大,三年级能有多大?但显然是个头目,脑袋很潇洒地一摆说,给她上菜!然后另一个小孩就喊来了,用作业本子捧来一截屎,说还是热的。然后一帮小孩就跳着脚喊——

趁热吃,冷了腥!
趁热吃,冷了腥!

两个女孩终于号啕大哭起来,小敏被两个男孩架着,小便流了一地……

如果不是亲眼看见,大家都不会相信,这是班上同学自发地组织的一个跟踪团,这个跟踪团是这样的有组织,有计划,有分工。来喜更不会相信,上学期还是他们班长的小敏,能在这个学期被全体同学迅速地孤立和迫害。更有甚者,他们在收到满意的效果后还要写喜报，这天的事件被标上了"喜报第五号"！

这些喜报送给谁？那个小头目说，是给黑板报写的。他是新任班长，他说，谁让她以前对我们不好？

以前小敏是不是对你们都不好？他问那帮孩子。那么以前你们为什么不整治小敏？小敏究竟有好大罪过值得你们这么恶搞？这些问题小头目不能回答，蔡豆豆不能回答，他们都不能回答，连小敏和另一个女孩也无法回答。

看看天就要黑了，两个辩友坚持要把他们送到学校去，那帮男孩急了，有两个还哭起来。叔叔放了我们吧，叔叔放了我们吧，二回再也不敢了。来喜想想还是算了，他挥挥手，放他们家去吧，这肯定不是小孩子的事，他们才八九岁哎。

他们回家时，小敏趴在他背上说，爸，我不想上学了。

听得他鼻子一酸。他抬起头，看见一天星星狂飞乱舞，一牙弯月踉踉跄跄往笠帽山上攀，爬上去又掉下来，爬上去又掉下来。他猛吸了一大口气，又吸了一大口气才把眼睛水憋回去。

八

小敏还是去上学了，是钱素素送她去的。放学，也说好是钱素素去接小敏才答应。小敏以前从来不要人接送的，上三年级了反倒怕了。

钱素素家来说，她没看见黑板上有喜报。来喜心里正烦，讲你是猪脑子啊？他报喜是有目标的，还非要登黑板报吗？钱素素就突然发作了，说要不是你那张屁股嘴，哪有这些破事？以前哪个老师不喜欢小敏？你把她害成这样你还嘴不厌。本来学校只收两百，你现在花了多少钱？花了钱不讲，还买的尽是提心吊胆！

来喜被骂得灰头土脸，赶紧逃将出来。想想也是，所有这些麻烦不都是因为那天光顾着嘴巴快活吗？那天也是倒霉，怎么刚好碰见杨校长呢？碰见就碰见了，你扯那些鸡巴蛋干吗呀？

来到陈家奇的茶社，大家说快来看哈马斯领导人发表声明了。来喜突然冒一句：老天爷给你安这张嘴，是喊你来吃的，不是喊你来讲的！众人一愣，都不看电视了，转而来研究来喜那张脸。那张脸也确实奇特，平时也还松弛，有点四十岁的沧桑感，嘴角还带着一丝嘲讽的微笑，可这会子全都抻平了，五官向四周发散，好像里面有个无形的绷子，要把他那张脸绷开，绷直，绷成一副平面的画。

众人有点害怕，说这是急火攻心，谁来给他掐掐？然后又是泼冷水又是掐人中，来喜一口气才缓过来。这七手八脚的过程其实他心里都明白，就是口不能言身子不能动，只得由他们摆布。缓过来后想想，自己才四十岁，怎么就成了这副鬼样子？不觉泪就有了，心也掏空似的，陡然一灰。

头天帮来喜抓小孩的辩友来了，把情况一说众人才有点明白。大家认为这事绝不能算完，于是又想到了记者，七嘴八舌说，学校就怕记者，老师就怕记者，他们都怕记者。

可是省城里现在风头又转了，那记者在电话里说，现在抓行风已经抓完了，上头又在抓商业贿赂了，再说教师节就要到了，你正面宣传她还差不多，保证能发稿。记者的叔发了好大一通脾气，才把侄子教育过来，答应先来采访采访再说。记者讲我吓唬吓唬他们也许还行。

记者派头还是有的，开着小吉普，扛机子的背机子的拿话筒的来了好几个。学校也算配合，让老师把上回出来证明的学生一个一个挑出来，接受采访。可出鬼的是，这些孩子一个一个都翻了供，说上回是瞎说的,上回是听别人说他才说的,上回是被记者叔叔吓的,上回他们不敢不那么说。记者又问,你们班是不是有个跟踪团,天天跟踪任敏上下学?他们都笑,说那都是他们自己瞎吹的,哪有什么团?

记者脸都青了,说我最后再问你们一次,有没有看到老师拽任敏的红领巾?二十几个小孩面对摄像机镜头,就像经过统一培训过似的,齐声高喊:

没——有——!

记者有记者的职业道德,他们卷卷电线,跳上吉普就走。他叔叔跟在后头喊,吃过晚饭再走啊?但还是匆匆赶回省城去了。

来喜已经在读月酒家定好一桌,此时要退也退不掉。众辩友还有些不好意思,来喜脖子一梗道,你们把任来喜看成什么人了?喝!

喝着,便晓得叹息,叹世风日下,叹扯谎不打草稿,叹这帮小孩明知是在扯谎,还这么理直气壮法子!讲居然还晓得怎么积极行动怎么迫害别人,才能讨老师欢喜,真是不得了,这帮小孩才八九岁啊!讲他们已经晓得利害关系了,得罪同学与得罪老师,哪样对自己最有利?他们甚至已经无师自通,晓得把握这个向老师表功邀宠的机会,令人汗颜,绝对汗颜!还讲这样的喜报跟华老栓手上的人血馒头简直一模一样,血糊糊的!那元老派端着杯摇头晃脑道,道不行乘桴浮于海。名士派便接一句泰山崩乎梁柱摧乎?平民派拍着桌子喊:各位,你们想过没有?再过十年二十年,他们就是法官就是律师,他们就是管理这个国家的人!众人黯然无语。

只有来喜,悄悄下楼把账结了,独自往陈家奇的茶社去。此刻他反倒清醒了,心想这事转变得也太离谱,就是有人教,那么多小孩子都能众口一词?走路还要喊一二一呢。他想通过陈家奇做做蔡老板的工作，只要能把那个蔡豆豆的嘴巴撬开，所有的谜底都一目了然。

蔡老板也是个老实巴交的人，唯唯诺诺，又是让座又是点烟。一般外地来的生意人都是这样，虽是有两个钱，对本地人还是不敢得罪的。但问到小孩子的事就一百个不吱声，也不肯把儿子叫出来。

磨到半夜，来喜急了，扑通一下跪在地上，说蔡老板你只要把真相告诉我，我保证不出卖你！没想到蔡老板也扑通一下跪倒在地，然后可怜巴巴地望着陈家奇。陈家奇说，你望我没用哎，凡事都有个因由，你们家教育小孩就这样教育的？扯谎没事？你欢喜他扯谎？那蔡老板吭哧吭哧说，我是个外地人，我敢得罪哪个？别讲不知道什么真相，就是知道，我能叫自己小孩为你作证吗？我找死啊？你们也老大不小的年纪了，你们问问自己，换了自己你们会怎么做？你想想自己长这么大，当真没扯过谎吗？当真没害怕过吗？你要真那么纯洁，我都不知道你怎么活下去！

来喜噎了半天，他都要哭出来了：那也要凭良心啊？

这时他老婆不知怎么冲出来，大声喊：良心多少钱一斤？这都什么时代了还凭良心？他是天上掉下来的？不懂事的人我都见过，这么不懂事的人还真没见过！滚！

他两个一惊，面面相觑，只好滚将出来。

九

钱素素有个弟弟叫钱勇，是在外地做陶瓷生意的，从小就是个街油子，在本地也有不少朋友，不知听哪个讲了这件事，就从上海赶回来要为小敏出气。这是他自己这样讲的，因为他宣称是一辈子不讨老婆不成家的，小敏就是他的心头肉。我们小敏给人家欺负成这样，我还能不出手吗？牛逼得很。来喜平日顶看不惯钱勇这一套，但人到了这一步也是没法子，病急乱投医，还真的心存希望。

吃着饭，钱素素讲，人就这么个东西，越得不到的越想得到，越吃了亏的越想扳回来，越扳不回就越想扳，结果就越陷越深。

来喜讲，你不就是埋怨我嘴臭吗？我承认我嘴臭总可以了吧？是我惹的祸我不赖账，任打任罚都由你。只要有个解决的法子，是泡屎我都把它吞下去！

话音刚落小敏就哇地吐起来，吐得泪流满面昏天黑地。好容易才把她劝止住，一餐饭已吃不成了，钱勇又趁机大吹一番他回来迟了让小敏吃苦了，如果他在家又怎样怎样，恨得来喜直想撞墙。

等小敏睡下后，钱勇把谱也摆够了，才伸出两个手指头道：我有两条路能把这口恶气出掉，随便你们挑。于是来喜两口子就把颈子伸得跟鸭脖子一样，等他指路。

一条叫花钱摆平。他讲现今世界没有什么事是摆不平的，只要肯花钱。所以现在上海北京广州那些大城市就有人专门做这个生意，开摆平公司。具体讲就是花钱买通有权的人，把那个狗屁老师开掉，喊她下岗，喊她讨饭去，你一口恶气不就出掉了吗？要花多少钱呢？我估计这种小地方一个教育局长顶多二三十万就搞定了。二三十万算什么钱啊？湿湿水啦。

钱素素往起一跳，钱勇往后一仰，差点从椅子背上掀下来。素素说，钱勇你要有二三十万我也不要出这口气了，气算什么？你给我买套单元房吧，你那个什么抽水马桶我们也能用上了。

钱勇眼睛眯眯说，那么还有第二条路，那就比较简单啦。找几个弟兄把她做了，花不了几个钱。不老实就再做，一直把她做老实为止,只是老姑娘了没多少吸引力。完了一脸坏笑。

素素说,不要瞎讲。

钱勇嘻嘻笑,她还巴不得有人天天去做她呢。

来喜闷头吸烟,一声不吭,等着素素说话,心想你也就这个水平。那钱素素终于耐不住了,说小勇哎,你从哪来赶早回哪去吧,你老爹老娘,来喜的老爹老娘还都想过几天安稳日子,你行行好吧。

钱勇还不服气,说你们这观念太落后了,这都什么年代了?第二条路也不是什么丑路嘛,人穷嘛,你不走老路怎么搞呢?水泊梁山不就这样搞的吗?

夜里,两个人都睡不着,素素突然叹气道,人怎么就不长进呢?本以为他在外头见过世面了,能出个好点子,谁知还这样。

来喜说,他不就卖个抽水马桶吗?还能长进到哪去?你以为啊?

素素一下就凶起来:卖抽水马桶怎么啦?你那张嘴还不如抽水马桶!你那是木马桶,土马桶,臭马桶!然后就呜呜地哭。

来喜怄得心里一抽一抽地绞疼,眼睁睁地,三星偏西了。

紧跟着又发生一件事。那天是9月10号,教师节。那天小敏一家来就自己一个人躲在屋里不吱声,也不写作业,只是愣怔着,两只眼睛像玻璃球一样支棱着,一点光都没有。这都是后来钱素素想起来的,当时她只顾做饭并没有在意。

吃饭时来喜照例是要开电视看新闻联播的,那是他的专用时间,其他时间归素素和小敏。但他开电视的那一刻,小敏浑身一抖,饭碗差点掉下来。这也是后来想起来的,当时也没在意。

接下来就是小敏把自己关在屋里,饭也不吃了,怎么叫都不出来。来喜急了,说我不看新闻了行吧?以后也不看了行吧?你饭总要吃啊小妈妈哎!后来素素就去哄,哄了半天小敏才哭出声来。

小敏说我是爱老师的，我真爱老师的，我没有骗人，他们不信，老师也不信，现在连马红红也不信了，谁都不理我了。马红红就是上次陪她回家的同学，发誓要和她同生死共患难的小姊妹。

原来县电视台要在教师节办一台综艺节目，请了很多明星很多大腕很多领导。老师说要求参加的人很多，只能在班上选二十个。小敏举了好多次手都选不上。下课以后小敏又去找许老师，她说她知道错了，想跟大家一起去。许老师说那是大家选的她也没有办法。可是后来她看见马红红也去参加了，马红红也没选上，怎么老师单独让她去？

听得来喜心如刀绞，把一张脸换过五六种颜色，门一带也上街去了。

这哪叫选举啊这是一场折磨。可怜孩子太小她还不懂！还要跟着举手！你有什么错？你错在哪了？可他又不能说，错的是老师不是你！那不是天下大乱？

他沿着旧城墙走了一大圈，走过了集贤街，状元街，笠帽山，烈士塔，又穿过中山公园，胜利大道，科技楼，开发区，最后停在了一个橱窗底下。橱窗里的电视机正在实况转播本县的综艺晚会。

他看见了许老师，许老师穿一件粉红色衬衫，尖领，瘦腰，显得很精干。她一只手搭在一个女孩的肩上，两个人微笑着看节目。后来他看清了，那女孩正是那天陪小敏回家的马红红！

一个歌手唱着感谢蓝天感谢大海感谢母亲感谢老师，一群婀娜多姿的少女随着歌声翩翩起舞。一个学生在朗诵她的作文，说她父母生病的时候老师怎么把她接到自己宿舍里的故事，这个老师就是她最敬爱的许静娴老师。然后是特写镜头，许老师有点腼腆地站了起来。主持人问，我听到好几个同学都提到您像母亲一样爱着他们，他们都很感激您，您此时此刻的心情一定很激动吧？许老师说，我自己没有孩子，我爱他们是很自然很正常的事。当然我也很感谢他们给我的理解给我的爱，当然我也有软弱的时候也有……她说不下去了，哽咽了，把脸捂上了。主持人又把话筒对准了马红红，我注意到许老师刚才一直在搂着你，你有什么话想说吗？马红红人还没站起来就先哭了，说许老师对我们比亲妈还要亲，然后就扑在许老师怀里，然后掌声四起，在场的很多人都抹起了眼睛……

　　来喜看得发呆，不觉着眼角也有了泪花。他抹了抹泪，不明白自己何以被这个人感动。他可以被任何人感动也不应该被这个人感动，这个人明明是在撒谎，可他还是被感动了。人，真是太奇怪了。直到许老师眼角轻轻动了一下，嘴角也轻轻牵向一边，又现出那副蒙娜丽莎式的谜一样的微笑，才晓得原来如此。

　　那家店的老板注意来喜很久了，把头伸出来好几回，这时说，你没事吧？来喜一惊，回过神来。来喜说，这是抒情，输了理就抒情，辩不过就抒情！

　　老板一愣，什么？

　　来喜说，通通都是他妈的抒情！

十

　　小敏失踪了，早上送到学校，中午就不见了人。问老师问班上同学都说不知道。来喜脸色一惨，慌忙去派出所报了案。派出所听他讲了经过，说失踪时间还不长，你们先各处找找，亲戚朋友还有同学家里都打听打听，小孩子一时赌气离家出走是常有的事。不过老师不带她上电视就生这么大气啊？你做家长的也有责任哎。

　　钱素素好容易找到了马红红的家，那小孩把脸一撇，不晓得，我怎么晓得？素素说，从前你喜欢跟小敏在一起玩，想想她都爱到哪去。她竟然说，从前我错了，现在我改还不行吗？素素气得浑身直抖，说你这孩子怎么翻脸不认人呢？心想你吃我家冰棒也不晓得吃了多少。她家大人出来把马红红一把扯回去，讲小孩子不懂事噢，你就不要逼她了。又骂孩子，点点大小孩都学会跟老师作对了？哪头大哪头小你看不见吗？

一个下午都在找，一个晚上都在找，爷爷奶奶家没有，外公外婆家也没有。来喜急疯掉了，连那些辩友们也一家一家都问过了。其实他明知小敏不欢喜这些人也都不放过，心想事情总有个万一，万一他们碰巧看见呢？可是他发现这些辩友们也都起了微妙的变化，话风都转了，都劝他不要再犟下去。元老们讲凡事适可而止过犹不及，名士们讲君子远庖厨陷得太深就不纯粹了，平民们干脆说如今世道哪个嘴巴大哪个狠，你一张肉嘴硬跟电嘴斗可不是苦了小孩子？

钱素素也急疯了，深夜里披头散发满城满大街地叫喊，小敏，你在哪啊？小敏，你家来吧！把家家喊得毛骨悚然，大门关得铁紧。每一个门洞都找过了，每一个桥墩底下都喊过了，看看夜就深了，看看天就亮了，可哪有啊？哪也没有！

天亮时，爷爷奶奶外公外婆一大家子人都回来了，都在抹眼泪，钱素素哭得嗓子哑哑的，讲话力气都没有了。来喜说，两家的老人都先回去吧，睡觉！都睡觉！万一再倒下一两个，那我们还活不活了？

刚把老人劝走，眼还没合上，大清早的陈家奇就来敲门了。那陈家奇并没有好消息带来，却拎来一大沙锅老鸭汤，说是估计你们没心事做饭了，喝点老鸭汤补补。汤是好汤，笋干火腿炖老鸭，还突突地翻着热浪。话讲得也暖人，来喜看着陈家奇，一时百感交集都不知道讲什么好了。

不料那陈家奇到了门外却吞吞吐吐地讲，有个唱大鼓的跟他提过好几次，想用他的场子说书，他一时还拿不准，想问问来喜有什么看法。来喜的脸这才感到一记耳光的脆响，由红变灰由灰变黑，好半天才匀过一口气来。他说你放心，我以后不去烦你就是了。陈家奇忙说不是那个意思，还欢迎辩友们常来常往。

进门就看见钱素素也起来了，坐在桌边望着他连连冷笑，笑到他腿肚子发软。在她旁边，是那锅热气腾腾的老鸭汤。那鸭子也怪，身子都煮烂了煮化了它还把脖子僵着，一张硬嘴硬是伸到锅边上来，不依不饶似的。来喜看着就来气，立马想到素素挖苦他的话，上去一把就把鸭嘴揪下来。

素素讲，现在看不惯四两嘴了？晚了！

来喜不理她，自己摇摇晃晃躺到床上去，想想这些天来发生的事，想想围绕这些事又发生的那些事，想哭哭不出来，想笑又笑不出来，就两只手轮流猛抽自己嘴巴，啪啪啪，一下又一下，一下又一下，直抽得金光四射嘴里有了血腥气。

素素有点怕了，就坐在床头替他捶胸口，说你想哭就哭出来吧，死人哎。

他说我真想哭哎，我哭不出来嘛，我真哭不出来嘛。我怄死掉了，我这张嘴真是害人啊！是老天爷害我啊，给我安这张嘴是害我啊，老天爷是喊我来吃的，不是喊我来讲的啊。

素素听他这么鬼喊就更伤心了，趴在他身上哇哇大哭，讲死人哎死人哎，你不要吓我哎，我架不住你吓唬哎。

来喜还在喊，我不是天生嘴臭哎，你晓得的，谈恋爱时候你还骂我嘴笨哎，你不记得啦？可后来不晓得怎么搞的，就想跟人家抬杠啊。我一肚子不平啊我怎么办？我现在下岗不是下岗退休不是退休，我一天不抬杠心里就难受啊，我怎么办？我不跟人家辩就要家来吵，我怎么办啊？

素素讲，晓得这些我都晓得，你心里堵得慌我还不晓得吗？

两个人喊也喊过了哭也哭过了，也就没劲了，屋子里忽然就安静起来，好像小敏不在倒是给他们提供了一个机会。素素软绵绵地，胸脯肉鼓鼓地，就在他手边上，他的手也就不老实起来。素素开头还挣扎一下，后来也就由着他弄。

素素说，小敏是个多乖巧听话的小孩，胆子又小，怎么能说走就走了呢？

来喜说，我也觉得怪，你看她小时候，规定一天两颗糖，她眼睁睁地看着一盒糖就是不敢多吃，多听话的孩子，她真能克己哎。

素素说，是的哟，她想吃就省下一颗糖，自己悄悄种到院子里，还天天给那颗糖浇水！

来喜说，街坊邻居哪个不夸她懂事，嘴甜，讨人欢喜。

素素说，就是啊，怎么突然一下就孤僻成这样？

可是来喜已经顾不得答话了，翻身就把素素压倒，衣服一扒就啃她奶子。

就是这个时候，刚叼住奶头就听见一阵异响，就像小老鼠成群结队地跑过，他问什么声音？素素闭着眼睛喘喘地说，没有呀。他讲不对，就起来乱翻。

一拉开橱门就看见小敏缩在衣橱里，两只眼珠子直愣愣地瞪着来喜，手上抓着那把大螺丝刀。

来喜喊，小敏？小敏在这啊？

小敏嘴唇直颤，费了好大力，才发出轻轻一声：流氓。

素素慌忙爬起来说，这是爸爸呀。

小敏终于哇哇大声哭出来了，说爸爸是流氓，爸爸是流氓！

来喜愣怔一下，忙说是啊，爸爸是流氓啊，妈妈的奶是小敏吃的，爸爸偷吃了！

素素扑过来喊，小妈妈哎你吓死我了，你跑到哪去了啊？

小敏哭道，我怕啊，我好怕啊，个个都恨我啊，他们要吃我啊。

素素说，没那个话，小敏顶可爱了，个个都欢喜小敏。

来喜辩道，怎么不怕？别讲小敏害怕，连我都害怕，这个世界太可怕了！

素素说，是是，我也好怕好怕噢。小敏你哭吧，哭出来就好了。

来喜说，哭吧，都大声哭吧，哭出来就好了，然后自己泪也下来了。

于是在这个早上，一家三口抱在一起哭了一上午，他们终于有了一次意见一致的痛痛快快的集中表达。

堂屋里，大桌上，那只被揪掉嘴的老鸭失去了支撑，忽然咕噜咕噜冒了几个气泡，也溜到锅底去了。

原载于《人民文学》2006年第11期

陪你玩到底

一

　　我也没想到能玩成那样。绝对没想到。
　　本来也不想玩儿的，我是一正经人，我跟什么票都无缘。他们说玩一票吧就玩上了。一般而言有钱才吃素无聊才读书，我跟老末老流他们不一样，我能填知识分子表了我能坐办公室了我跟他们不是一个档次的人。我是要干大事业的人。
　　我妈倒是票友一个，老了去了。她玩戏票。年轻时候不但爱听，还能唱两口。听矿里老人说，早些年是矿业余剧团的，工会活动积极分子，场场不拉，有时花旦青衣头痛脑热生孩子什么的，她还能上去顶两场，行话叫B角的就是。可惜这样的机会不多，不然兴许也能红起来。我也就不是现在的我了。那"狗东西"也许就因为她不算太红才敢甩她的吧？偶尔我这么瞎想想。当然我也不问。关于"狗东西"，我只有听的权利，问是禁止的，就像家里还有其他一些禁忌一样。顺便说一句，"狗东西"就是和妈一起生我的那个人。妈妈总说，等你长大了再把所有的事都告诉你。她怕我经受不住吓死过去。那神秘那高尚实在伟大得可以。不过我真长大时，对这些完全没了兴趣，以至于她每每将话题往这上头引，我就提前害怕预备晕倒。这不能不说是个遗憾。我明知这样一种态度不对头没人味儿很伤她的心，可又没法不把脖子麻花一般拧过来，拧过去。仿佛是一种宣泄不尽的快感，报复了什么似的令人惬意。没法子。每到这一刻妈妈的表情就丰富到了可以重新登台，张着嘴，呵着气，眼圈一点一点地着彩，哭又哭不出，喊又没法儿喊，就像打呵欠总也打不出来。我相信她有限的演出生涯中，从未达到过如此精微传神的境界。否则她就不是现在的她了。

谁让她有了我呢？这就叫报应。

听说我在襁褓中就受够了听戏的罪。那会儿她当然不能在业余剧团待下去，能保住饭碗就不赖。怎么说她从前也算个积极分子。那些个奖状她至今还宝贝着，压在箱子底，我见过。每个人都有自己的辉煌，她的辉煌在箱子里。那会儿她还听戏，什么戏都爱听，尤其催人泪下的。她流泪是一种嗜好。从《西厢记》到《红楼梦》，任凭着泪珠儿春流到冬秋流到夏，享受不尽。从打锣开台到闭幕谢客，没一分钟她不感动着，自个儿把自个儿感动得泪水涟涟死去活来。我琢磨那演员应该让她感动了才对头。据说有回矿上放一过路片《追鱼》正赶上她的小夜班，耽误了。第二天抱上我就追那《追鱼》，到了市电影院人家不让小孩进，说是流行什么病，她不含糊，转身上百货公司买一大旅行包把我给塞进去。然后她哭痛快了又把我拎回来。我想我没染上病也绝对憋得够呛，不然我胸中这口恶气怎么总也出不完？

二

我说过我不玩票的。这世界上如果还剩一个顶真严肃的人，那就是我。你瞧见我胸脯上这颗痣了吧？比你小指甲盖不差吧？这叫胸怀大志，起小我妈就抱去让人算过，都这么说。我明白天将降大任于斯人也，头悬梁锥刺股，不然我能考上大学？一颗痣里包含着多少最高纲领与最低纲领你懂不懂？我妈全指待着它和那"狗东西"较量你懂不懂？十六岁那年我妈夜里还来摸我胸脯呢。我全明白。所以我不玩儿，玩物是要丧志的。可他妈的后来也玩上了。后来。

没说的。人这玩意儿没说的。

她是什么时候有意思于我的我说不上，反正我知道，在我后脊上发烫的光源中就有她一束。不过我从没留神过，因为那形象实在让人吊不起胃口。在我们哥儿几个玩的游戏中，她回头率为零，对视比为负值，磁力场半径不超过五十公分，总分绝对在三十以下。老末跟人打赌说，你割她一只奶，称称少了三斤肉算我白活。

闵小玲，光听这个名你肯定觉着还行，其实你完全可以想象我搂着一个肉往横里长的整个儿如同两只箩筐叠在一起的女人是个什么样的感觉。我们俩整整相差三十公分，以至于接吻时我不得不佝起腰像只憋死过去的大虾米。老实说凭我这副尊容想追个漂亮妞儿也是癞蛤蟆一个，何况这僻远矿山本来不带把子的就少。这么说也不是为了损她，开头那会儿的确心理障碍太大，特别那双微红的小眼睛总定定地搁在我身上时，真他妈恶心。总而言之我决定跟她上劲，她不能给的她爸爸能给。想干什么都得付出代价。

其实也用不着我上劲，从给她第一个手势开始，那双小眼就发光发亮了，她两颊赤红着，激动得气也透不出，然后连滚带爬地翻过钢筋绞盘铁轨和矿车，像一只爆炸前的皮球在突然击打下欢快地弹跳。

然后我就绕过配电房，绕过空压站，径直往尾砂坝去。她喘着，一步也不愿拉下，去追赶她自以为"重大的转机"——这话是她后来告诉我的，当时她一个劲儿追问干什么，我也一个劲回答没什么。直到最后一刻我仍在犹豫。但是已经迟了，在尾砂坝底下空旷幽静的山坳里，她扯住了我的胳膊，她说她走不动了。然后她就偎过来，她呢喃不清，说了许许多多，她用的是"喜欢"这个词。

然后她仰望我，然后我什么也没说。然后我的手已在她工作服里的后脊梁上了。然后我就特有耐心地去解那颗从来没碰过的扣子。

　　她似乎动了一下，但没有反抗的意思。她的身体在我手心里战栗，一股女人的气息渗入血液，柔软新鲜而且腻滑，轻度的汗湿使她皮肤有更多的质感，就好像一湖碧水在阳光下轻轻荡漾，褶皱才显出了太阳的辉煌，才显出了湖水生命的热烈。这念头着实令我感动，我于是合上眼沉醉在这念头中，以延长这原不属于我的念头。那天没有更多。

　　起初我们商定对外应当保密，只是在不上夜班时晚上出来活动活动，她立即表示要和别人调休以保持一致。其实这种活动仅限于散步，至多不过接吻。而接吻我知道不会导致怀孕。也就是说不会带来麻烦。这样安排当然是出于我的计划，那时我并不想把这戏唱多长久，她爸爸的价值没有那么高。可惜这指令性计划不断受到来自市场的冲击，使事情变得复杂起来。

　　她每路过一幢房子每拐一次弯或者每跳过一个小沟坎都不免尖声傻笑，似乎这十分有趣，她非让全世界都知道不可。她坚持让我把胳膊给她，好让她做出摩登女郎的架势，陶醉过去。有时看见一片云一颗星也会大呼小叫，你看你看你看呀。她究竟看见了什么我实在无法了解，有时我十分克制地提醒她注意影响，她刚刚同意之后又立刻忘情大笑，弄得我也不得不跟着傻笑。我知道我必须做出快活的样子，至多只能略表深沉。否则戏就演不下去。从另一角度看，身边有个女人毕竟不是痛苦，平生第一次总是新鲜刺激，和那帮哥们玩的味道绝对不同，起码开头是这样。何况要想让他老头子豁达一点就不可能完全封闭。这矛盾本身就深刻到了无法调和。

　　所以后来我也就放开了，每到一黑暗处就免不了搂上一会儿。有时我忘记了她就拽我胳膊或者拿头在我肩上轻轻一撞。在她提醒之下接吻是别一番滋味：她的贪婪使她疯狂百倍，她不屈不挠的扭动和长时间尖厉的呻吟都令我胆颤，仿佛不把我整个儿吸进去都不会罢休。这种大剂量的需要已经让我怀疑自己是否功能正常。那一刻刻，一次次，大地崩裂海水枯竭宇宙爆炸，生命与生命的撞击，意识与意识的渗透，也确实叫我迷狂。我整个儿散了，肢解了，宇宙尘埃一般地浮悬。

如果撇开那些乱七八糟的念头不谈，这段日子确实叫人怀念。

所以很快在矿里传开的时候，我并不吃惊。老流说，你小子不够朋友啊单漂也不招呼一声。我说我也不知道还是你提醒我的。他立马乐了说那是啊，你结婚时打张结实一点的床，小心床压塌了。我说这张床还应尺寸大一些，搂着一冬瓜睡觉存在滚下去的可能。他笑得嘎嘎地。

只有老末阴阴的，指出我在玩火。我想我跟他没必要多哼哼。他能玩儿我也能玩儿，谁跟谁也没有专利。这时候我宁愿别人多开些玩笑，越多越好。这样一时热热闹闹流言纷起，以至于妈妈问我时我已经无法跟她装糊涂。这一层确实始料不及。

三

老末老流他们玩票，什么票都玩儿。搓麻将推牌九掷骰子猜单双，当然也免不了女人方面的事情。不过老末是高层次的，老流就差点劲，比方爬女浴室窗户挤公共汽车手不老实等等，让人逮着好几回。而老末就是个安全标兵，事故发生率年年为零。所以老末就成了当然的头儿。他的话能信三分。说起来他俩是我同班同学，没考上学顶替进矿的，结果资格比我老工资比我高，这他妈怎么说的？不过我也不在乎，算了，好歹我也进入白领阶级，不用按班点卯搂汽腿子吃粉尘。但这帮小子居然都以老革命自居，非让我接受他领导，好像我被发展成他们安在办公室的一枚钉子，而且不用本人申请不用讨论批准等等繁琐程序就已经是了。我的诨名是粪子——你听听，知识分子这么高尚的称号经他们嘴里一过就消化成肥料了——我情愿听成"分子"。分子如今也吃得开，比如右派分子地主分子知识分子老积极分子全都是统战对象，过年享受慰问。

"粪子，今天玩什么节目？"一进派班室就喊。我说老节目，读报半小时。老末说读报不好玩，现在都时兴唱报了。我说矿里有新规定了，从今天起三讲了缺勤一小时扣五块钱打瞌睡扣两块，不信你问闵书记。闵书记说是啊，现在就是要用经济手段保证政治。老末说老流你带钱没有？老流捂口袋说没有。老末一把揪住说这是什么？完了把钱扔我桌上，说粪子你让闵书记看清楚这是大五十的，刚好够我俩买五次政治的拜拜。然后闵书记如同被武林高手点了穴位，然后我听见老流极严肃地从屁眼笑出声来。

本来我也很愿意与闵书记们保持一致的，可他们也太不是孙子了，工人下井累一天他们非要再剥削半小时。这样我就很难下不下水。本来分配到工区我也认了，干事业嘛苦其心志饿其肌肤空泛其身增益其所不能，总是在第一线比较好。可我背后总有只眼，让你怎么都不自在。比方说我看着那电簸箕像只呆鹅很不灵便，想琢磨着改改传动轴，他们立马一笑，很高深很古怪，然后我后脊梁就开始发烫。然后大会小会就谈三角耙铁簸箕精神。再比方我瞧着巷道顶棚松软狰狞得可爱，就建议采用喷浆支护，其实这也算不上什么新工艺，我也不过就那么随便一说。就这我就跟天外来客似的中看不中用。我不明白我怎么这么招人爱。难道我大学毕业就该填考勤表发保健票的吗？后来我妈张罗着请头头吃饭再三说我不懂事不安分不什么什么，我这才怀疑真是有哪根筋扯住了。

其实有什么？什么也不什么。

真没劲啊，真无聊啊。我大头朝下倒在山坡上喊。老末嚼着草根特深沉地说，你要真没事干我倒有个法子。我说道来听听。他说这是专治无聊症的。我说有屁快放。他说每天做两次，日出日落冲着太阳做。我说怎么做？他说数鸡巴毛。他说你数清楚了你的病也就好了。我说你做过？他说做过。我说你们这些小工人也太不五讲四美三热爱了。他说你误会了，你要真有这个功夫我保证你能玩上去，这是道行。老流说那不跟童子功差不多？老末说童子功算个屁。这是一种修养一种境界你不懂这个，粪子懂他说。然后我们夹眼一笑。然后都不吭声。

眼瞧着太阳啃着地边儿，却在草茎上支撑着不坠，把那一个天堂山头染得焦红，几缕云彩像烧着的棉絮样溅落开来，老末陡然大喝一声：日你三爷！

我们一起喊，日你三爷！

后来我又喊：第三次世界大战哪天才能开打啊？

日头果然叫我们吼下去了，一跟斗栽得无影无踪；然后蓝天也跟水洗过一样平整光滑。

四

八岁那年我曾当着妈妈的面对邻居们宣布过永远不讨老婆。那时我确实打算和妈妈过一辈子，如果不准不讨老婆的话我就和妈妈结婚。所以不管邻居们怎样前仰后合我是认真考虑并庄严宣告的，所以也不用计较妈妈怎样拍我一巴掌又怎样把鼻涕眼泪蹭我一头一脸，我知道她心里快活。这就好像一个美丽的肥皂泡在阳光下旋出七彩的辉煌，一直陪伴我从梦中醒来。所以后来有一次从邻居们鬼鬼祟祟的眉眼中发现妈妈有背叛企图时，我的委屈和恶毒机枪扫射一般喷出，是那样的怒不可遏。

"不行。"我只有斩钉截铁的两个字，不管她追问听谁说的说什么了等等等等，我一概听不见。"不行就是不行！"眼看她被我击中后脸如死灰，周身痉挛，捂着胸口慢慢勾下腰去，我不管，不行就是不行。此后有两天没说话，到了第三天，意志的天平终于倾斜。妈妈坐在我床头叨叨了小半夜，尽管她采用了矢口否认的方式和大量的"我怎么会这样做"的反问句。两行清泪还是痛痛快快爬过我的两颊爬过耳轮爬过新剃的后脖，无声无息。我没有表态。胜利者应当懂得谦虚。那年我十一了。

真正从梦中醒来是上高中一年级，我十五岁，那个闷热的夜里两腿间陡然昂奋起来。我很清楚自己并没有明确的目标，当然也谈不上太虚幻境，只是一个意识的黑洞，黑洞里布满乳头状的颗粒。然后便有了冰凉滑腻的感觉，我知道是出问题了。起初是害怕与羞耻。我手淫的习惯早已被妈妈打骂过来，于是我明白好人是不会这样的，也明白了从此做好人的不可能。于是我痛心疾首感到对不起妈妈。

第二天妈妈发觉不对头拿手试我额头时我不知为什么那样恶狠狠地把头攀开。从此这一攀就越发不可收拾。回到家我再也懒得说一句话，吃饭就听见碗筷响，不吃饭家里连这点声儿也没有。后来索性尽量把和妈妈碰面的时间错开，她上白班我就晚上出去，她上夜班我就带饭上学校去混。妈妈骂过吼过也哭过，终究还是无可奈何。她再也不过来搂我脑袋或者把我夹两腿中间试衣服了。眼看着妈妈一天天地憔悴，嘴角咬出了标志坚韧不屈的深痕，我毫无办法。我不知别人是怎么过的，反正我是这样。越是别扭越是无从解释。一方面是了无终期的沉默对抗，一方面又挣扎于蠢蠢欲动的诱惑的深渊。

我开始留心女人的大腿和隆起的臀部。一听见妈妈在屋里洗澡我就烦躁，心跳气短，狠命啃手指头，把指甲盖都撕扯下来。我想起小时候妈妈常坐在澡盆里让我递这递那，可我过来了她又拿水撩我的脸让我滚开。总之我很钦佩并怀念自己那种熟视无睹的境界。

为什么想起这些？实在说不清楚。也许它和闵小玲的故事有着某种联系，也许毫不相干。不过我还是想到哪儿就说到哪儿吧，这样假话不多，老实说我现在不太信任自己。

五

有一晚喝酒回来，老流边打哈欠边说，妈的能发笔大财就好了，有钱还怕没老婆？我说你一月八九百还要怎么样？他说卖命钱花得不来劲。老末说你应该发笔妻财，听说香港那边有钱的寡妇多得很，像你这样的打眼工最受欢迎，你那玩意儿绝对赛过M56（一种老式的大功率凿岩机）。老流说那是啊单人双机也不在话下。老末说那就这么定了吧又发财又快活。说得老流口水直淌，转而又万分沮丧。老末忽而英雄气短，叹出一口难得怯懦的长气：老子就怕下井，找不找老婆急什么？真想干有的是小姐，花不了几个子儿。现在人口比例是母的多于公的你们知不知道？

我说你们天天嘴上练潇洒难道一回真事儿也没有？老末眼一横说你少他妈假正经，又想干又怕淌汗，多念两年书就比老子们干净了？我说我问问不能问吗？他说你不就想刺激刺激吗？想刺激就直说，少他妈人五人六拿架子。我噎得脖子跟脸一样粗只好不吭。老流安慰说哪天我领你上浴室后头去看，不过白糊糊一片什么也看不清还提心吊胆划不来。我说我懒得看。

但那天我们真看到一个奇妙无比的镜头：一个人赤身裸体立在废石场秋水一般惨白的月光里拍胸捶肚，把那玩意甩打得啪啪直响，然后咝咝吸着冷气走进一汪积水里。老流赌咒说这就是童子功。我们笑得岔气，又不敢放开喉，那人正是我们掘进区的黄来发。他还有这一手。然后老末骂声笑你妈的×，爬起就走了。然后我们就不笑，也爬起跟了去。

然后，我们胸口全都隐隐疼着，有巨石压顶的尖锐。

来到矿里，老流才骂道活该，狗日的黄来发是个厌货，谈不成连强奸都不会吗？老末说强奸你妹子。老流说我没妹子，要有妹子我就给他，快四十了还练童子功。老末说有妹子你早强奸过了还轮上他？结果老流一挥手把老末像乒乓球一样弹进阴沟。结果老末在阴沟躺着笑出声来，说我有办法了我有办法了！这个主意绝对妙绝对好玩儿绝对刺激。

结果这年底黄来发当上了劳模，大照片登上报纸，成了奋不顾身抢救工友避免一场重大事故的大英雄。我们全是目击者，这事千真万确谁也不能怀疑。被救的青工正是老末本人，他一遍遍天衣无缝涕泪交流后怕无比的演讲感动着成百上千的人。他掏钱办酒为自个儿压惊，把区头儿灌得昏天黑地。结果那女的果然回心转意，坚决要嫁黄来发刀山火海拦不住。老末本人却像还没玩过瘾，干脆就汤下面参加市里组织的读书报告团，再不用下井，凭嘴巴功混吃喝去了。他的故事自然也越编越圆，读书体会自然越来越深刻感人，充满了哲理与智慧。到了慢慢泄露风声时老末差不多已经名声在外，而那女的肚子差不多已隆成一张弯弓，头儿们有屁也都憋在肚子里谁也没敢往外放。

六

那时我妈也已经迷上了彩票，天一亮就进城去，天大黑才回来。这种如痴如醉的狂热劲头绝对不亚于当初看戏。她虽下岗了，却比上班辛苦十倍。如今各类有奖的玩意儿多如牛毛，从五毛的到一百的，还有什么瓜子香皂泡泡糖，反正哪项都跟国家建设有关。所以她眼花缭乱激动无比手足无措正在情理之中。

确切一点说，她那时还没有真正的买，到了她那个年纪做事就比较慎重，一般不玩瞎猫碰死耗子，这里有个运筹的问题。因为几乎她见什么就爱什么。当然是爱头奖的那些数目字——结果是什么也买不成，尽管每周去七天只买一次，但一买就买一天。她只买一些小额的，失败了也不懊丧，干什么都得付学费这话她听得多了。要不是矿领导付了太多的学费，她也不至于下岗，只拿一千二百大毛。依我说她还不如玩股票，股市那是国家开的赌博场，真金白银地杀进杀出，比那个过瘾。可她不听劝告。她认为她一辈子的血汗就值那么几个，而那几个小钱是经不起大风大浪的，不到关键时刻她绝不会动那个钱。可她又固执地认为，买彩票不是赌博，那不叫碰运气，那叫以小搏大，是有学问的。真正的赢家都是以小搏大，四两拨千斤，哪有拼老命的？

每天早早就去排上队，手心里几个小钱捏出汗来，排到了却又不买，一劲儿地研究那卖票的脸色，直到把人家看出变化来。如果有几个售票点，那就每个点都去排一次。这情景不去我也能想得出来。这里最难的是琢磨那些数目字的排列与组合。一般来说头奖总有两个数字相同，但在哪个位置相同什么数相同起码有上万种可能。所以有钱的话最好全部买。最次的做法也是把尾数十种可能买齐，起码五等奖跑不掉。如果每个售票点买一张那么第一位第二位就不能相同,这样机会增加了四倍;如果要连号票那么其他数就万万不可重复——如此这般莫名其妙的超自然经验她总结了很多。有的是从票友那儿听来的。她已经有了票友。有回她居然闹了个四等奖,二十块的削皮机不但三年后本金全退,而且还得个八块多的毛巾被。当然我们家没有水果可削,削皮机就送给大祥子结婚用了。但这成功让她两眼足足放大一倍,生命的活力全部聚集到那里燃烧了一夜,第二天就起不了床。不过这一打击并未让她气馁,相反更加兴奋,她用那双被矿灯硫酸腐蚀的干硬粗糙的手硬拉着我坐在床边,一遍一遍说"上路了",她说,"我已经上路了"!我觉得这整个儿就是凄惨二字,可见她说得那么迷醉病得那么沉重便也不好再去损她。

"嗯,"我说。每当我隐藏感情或者心情烦闷时我就用"嗯"来搪塞,这她早就知道并且知道我说过"嗯"以后必然是沉默,于是只好放开我。

这是个多雨的春天的夜里。在这样的夜里说"嗯"我也不愿意。但我除了这个字好像不会发其他的音。我看见昏黄的灯泡被风吹得摇摇欲坠,我的影子倒在长着白毛的墙根上怪里怪气地扭,好像是毛里求斯的祭祀舞蹈。

七

我感到我的战舰隆隆发动等待起锚了。

我跟老流说,老末这猪弄的把我们给晾了。他说是啊天天山吃海喝倒也罢了还穷骂我们两个。我说这叫托儿。托他妈的×他说，现在他越讲越神了，讲我吓得裤裆都湿了，你说当时我裤裆湿了吗？什么当时啊我说哪有个当时啊？老流怔着半天，说我都糊涂了，还跟真的一样，还跟别人穷解释说我没那么熊只不过犹豫了一下。我说你真能入戏。他说是啊怎么自己就把自己给蒙了呢？我说谣言讲一千遍就是真理这是大人物的名言。是吗他说下回我非捏扁这个大人物。

我们倒在山坡上嚼草根。难得一个好天却让人昏昏欲睡，而落日也远不如秋天的辉煌，我说老流春天来了咱们也不能闲着。玩什么呢他说，缺老末这王八犊子还真摆不成席。我说那也不一定，咱们玩个大的你看见我胸口这痣了吗？胸怀大志你都吹过十遍了他说，我也快相信真理了。我说你信就好，干成了我绝不亏待你。我可不像老末忘恩负义。他说你是比老末多两分，可以相信五分。我说别太挑剔这年头有五分真话就是高标准。我说我准备参加竞选区头儿，我说我是知识分子这一点特别符合时髦，我说现在的区头儿全是酒囊饭袋你也不是不知道，我说现在该咱弟兄亮相的时候啦。

总之我把老流给说活了，我知道老流手下归顺了不少农民工蛮小子，这帮傻×全都喊他大哥。下山时老流像个输入十万马力的阿童木，人家拖他打牌，他把手一劈十分庄严地回答：现在还玩牌？改革啦！他双目炯炯，气吞山河。

春天是个改革的季节，市里下来不少人，矿里也下来不少人，让基层区队民主选举头儿。动员大会开了若干次，再三说明这回是真的，跟以往选举不一样是招标是承包是光荣，原来的区头也都纷纷表态，说决不阳奉阴违决不嫉贤妒能决不⋯⋯怎么怎么，可他妈的反应了。所以我往起一站，会场就跟充了电似的。震啦老流跟我翘大拇哥，你小子嘴功也还凑合，咸盐能卖馊喽！选票包在我身上了。

我熬了三宿正经八百弄一承包规划，要改变这加强那，我认为我比他们强一百倍不算夸口。我对簌簌发抖的妈妈说,这颗大痣就应在这上头了,你怕什么?我干别的你不害怕闹改革你还怕吗?难道领导说话你也不信吗?

正式投票时出了点小岔子:他们竟要把票箱带回去,而且是区头儿自己点票。这他妈怎么说的?我一使眼色,老流他们就喊起来当场开票!一干部说这不是选举,这是给领导参考用的。老流说要参考就当面考清楚要不然我们的票不算数,想玩儿我们呐?完了一个弟兄把派班室大门给扣上了。干部们脸黄了半天,只好宣布当场开票。

老实说如果胸口如果没这颗痣,没有这颗痣引起的妈妈那些无穷无尽的期待,以及那些最高纲领与最低纲领,如果没把棒槌当成针,如果没有那个发霉的春天,干脆如果没有老流们的摇旗呐喊和战胜对手的几票之差,也许这些个事都不存在。闵小玲也不会去死。不过那样我也就不是现在的我了。一切都那么偶然,一切又都那么必然。总之你爱信不信,只当是放屁听个响。

八

结果是不言而喻的。春天过去了,河水已不再高涨。原来改革并不是这个意思。这不叫改革这叫宫廷政变叫篡党夺权叫什么都行。总之矿党委组织部一老家伙把我找去谈了一次话,说你又跳了吧?我说我不明白怎么"跳了"而且"又"?不过这也无所谓。但他后来说一堆应该争取进步之类的屁话,不过而且但是了一番,然后就拍我的肩,一下一下很柔情地拍下去:"你这孩子,你这孩子啊。你妈妈不容易啊。"听那口气,好像他是我爸爸,他对我的爱是蓄谋已久的。

我想那会儿我的脸一定很生动,拳头已从裤兜里挣脱出来,不然他不会弹出门去。我看见那张面孔如同黄梅天里返潮的腌猪肉,一粒一粒浓度很高的蚕豆大小的汗珠在毛孔极粗的老皮上一动不动。真是个宝贝。

老流拉我下馆子。本不想去的,可老流说是老末回来了,老末请客你不吃白不吃。他们认为我这人根本就是狗屎一堆连粪子都算不上,怎么让几个过时的老骗子给玩儿了,说这年头不会玩儿人你还能玩儿什么?说还胸怀大志呢,让人小拇指给玩得团团转。后来还是老末说了句公道话,说不是"粪子"不中用完全是共军太狡猾了。我说是啊他们根本不按正规战法,完全是游击战整个儿一土八路。老流说算了老说这个真没劲,这他妈才几两棉花啊不值一弹。

这才看清楚桌上有几盘菜。

这帮哥们倒是够意思,吃了喝了就光顾着安慰我,说年底给你弄一标兵劳模什么的要不要?说也不能老便宜黄来发,他老婆也不知打了多少青霉素怎么就肿了呢?说你愿意要这个大伙儿绝对承包了,老末的业务水平你又不是不知道。他们开价倒也不高,一人一条龙也就意思到了。我数了一下在座的也就七八个。我说生意倒是不坏可干吗非照顾我呢?他们说别人也没那么大的痣啊。我说花七八百买一大镜框子当电视看呐?老末说你要嫌贵还可以还价嘛,不过你要明白你的难度绝对超过黄来发,再说你妈买那么些花花绿绿的小纸还不如买一张大的结实耐看。我说我妈买什么碍你什么屁事?老末说别人不关心我还能不关心吗?我说你关心得不是地方。他说绝对没错,我就想知道她是为你准备还是为她自个儿准备。我说你还有副热肠子,然后把一盆才上的鱼汤扣在老末头上。

我说,趁热喝吧,冷了腥。

醒来时我发觉躺在人行道上,手上抓着一只空酒瓶。他们还真能替我照顾影响,考虑到我是个知识"粪子"。所幸的是我兜里除了空气什么也没有。我蹭到墙根上坐起来,心想着给儿子们揍一顿也合算,好歹他们也给我一个机会让我知道自己是个男子汉。

那时矿山已经沉寂,没入一片黑色的浪谷之中,几星渔火般的灯光在波峰浪峦间浮游,竖井像台不中用的灯塔,指示出一些莫名其妙的方向。而我屁股底下的战舰陡地颠簸起来了隆隆呼啸着直插过去,前面是尖厉的锐角,后面拖着惨白的长尾,我驾着它,直扑过去,什么也不能阻挡。狂风暴雨如鞭子抽打我肿胀的双颊和就要爆裂的胸膛,飓风呼号大浪崩塌,雷电裹挟着又咸又腥的海水以及伴随着海涛的令人发狂的愤激向胸中袭来。对这一切我已毫不在意,只沉浸在冲锋陷阵的惬意快慰之中。

就那一刻,我决定了。

我要玩真的,玩到底。我需要你,闵小玲!

九

那天妈妈又去看彩票了,到家挺兴奋。她说她在银行看到他们擦洗摇奖机了,她说那滚轴上有一个芝麻大的疵点。我说这可能是模具没刷干净。她说对呀对呀,窍门就在这哪。我说屁的窍门,摇奖全是碰运气,你少烦这些神成不成?你现在玩彩票都成名人了,全矿都知道你是票迷。她说迷就迷是政府号召的怎么啦。我说什么号召,玩彩票就是赌博。她说那政府还号召你赌博?我嗯了一声只好不吭,急急慌慌扒饭,晚上约了闵小玲一起出去。

妈妈端碗愣着，好半天才挤出笑来：你不是学机械的吗？你帮我算算。我说算什么？她说滚轴啊？一般都是摇三圈，你算算那个滚筒能停在什么地方？我说这怎么算得出来？她说不告诉你有个疵斑吗？这就是窍门！我说你还有完没完？这不用算就知道从零到九共有十个地方能停。然后她就两眼翻直，手脚冰凉，眼皮一点一点地红上去，大有永世不得翻身之态。然后她嘶哑着说：我还不是为了你吗？

老实说我一日三餐老咸菜都可以忍耐，但耐不住她这种口气，好像妈妈一举一动都是因为我。我的生命是她给的，这没有问题。但这究竟是因为一次暴力还是一次浪漫？凭什么我就该因为这一次暴力或者浪漫付出没完没了的精神利息？当然我也不能和她理论，我见不得泪水。我说我算我算，这还不简单吗？然后我翻书找一条最复杂的公式，胡诌几个数据，后来我来了灵感，得出的数字是这样绝妙——886742：爸爸溜，妻死儿。我在暗中可乐面色如铁，把笑憋进肚里。

妈妈拿着那张演算纸并不激动，左看右看前想后想，米饭一粒一粒数得十分认真，而且庄严。

总之那晚约会回来刚上床琢磨一些乱七八糟的计划和计划一些七糟八乱的念头，就听见有人喊"四号妈"。那声音鬼里鬼气，其可疑不亚于百慕大失踪的飞机。"四号妈"就是我妈，也就是住四号的妈妈，工人新村的居民没有尊卑意识，一律以门牌号码相区别，连姓也免了。这倒是充分体现了我们新型的人与人之间的关系。只是这帮人跟我过不去是一贯的。

果然不一会儿妈妈张皇失措闯进门来，恍恍惚惚失手将茶杯轻轻摔烂，又一声不响掩面淌眼睛水。然后我心中的油桶凌空而去沉闷地爆炸，灼红的神经开始萎缩、融化，抵赖是没有用处的。我是勾上了闵小玲，其实我也不打算抵赖，只是觉得没必要跟她明说。

因为我的计划太复杂,她听懂了只能坏事。

有事为什么不告诉妈妈这个问题我永远无法解释清楚,而为什么不找别人偏找这个丑八怪我又永远不能说出口。于是妈妈就更有理由悲哀痛苦撒泼哭闹忆苦思甜。从小时的屎尿到即将得手的彩票大奖,从胸怀大痣到为家争光,从坐怀不乱的圣人先贤到寡廉鲜耻的"狗东西",从阶级根源到遗传因子,一顿狗血淋头凌顶棒喝外带踏上一只脚,全是因为我全是为了我全是指望我全是我我我。

起初我还忍着,直到她真是上气不接下气时,我狠狠打一哈欠伸一懒腰,以梦游刚回来的姿态说,现在你说什么都晚了,我跟闵小玲都睡过觉了你还不知道吧?这回轮到她张口结舌预备打哈欠了,这姿势足足保持了三分钟,像一个无声电影的大定格。

然后我开门准备出去撒尿,妈妈嗓眼里把个"咦"字拖得又细又长尖厉可怕,然后捶胸顿足一屁股坐下地嚎将起来。然后京腔越语黄梅的调儿,唐宋元明怨愤的词儿,集多民族苦难之大成,叹古今因果善恶之报应,万弹齐发误国害民的四人帮。我稍一迟疑,从一号到十号的妈奶奶们就洪流滚滚杀将进来:说你这孩子怎么能这样?你怎么会这样?你怎么敢这样?你这样倒也罢了怎么还那样?既然那样了你就该怎么怎么样啊?

真把我撩毛了我脖子也能跟插进三根铅条似的挺起来,我偏要这样偏要那样偏不怎么怎么样,你们能把我怎么怎么样?

妈妈翻身向我扑来,幸亏被人架住,不然那一头非让她后悔一辈子,我这几根肋巴骨顶多承受十公斤压力。妈妈唱道:你这讨债的鬼呀,你干得好事还嘴硬呀,你跟你老子一样不要脸呀。我损她说,这好事你没干过?你跟我一样,不然我从哪来的?这一枪打得可够准,我见她两眼一翻,整个身子散了榫似的往下一瘫,闭过去了。

十

其实和闵小玲睡觉是以后的事，我说过我那时玩得很有分寸，后来才有点迷狂。当然这也没什么说服力，我也不想说服谁。使我拿不准的是，究竟怎么会有迷狂的呢？我这号混蛋？

有回我问她究竟喜欢我什么。她说什么都喜欢，眼睛，嘴，鼻子，还有干瘪的胸脯细长的腿，还有我这副不爱搭理人的劲头。她说她就喜欢有架子的人，没架子的人才贱呢，狗戴帽子都当人待的人纯属狗性太重。她说，从第一天我来矿里报到她就喜欢上了。真他妈的怪。

我只有苦笑了。我明白她是幸福的，有本书上说过被人爱不算幸福，只有全身心爱别人才他妈的幸福，而且幸福了就别说对不起。当时以为是老鼠药，现在我信。

她也是一种迷狂，爱的迷狂。每回狗似的偎在我怀里时那种战栗，那种恨不能化了的黏糊劲儿，那仰脸乞求的可怜样儿，都让我觉得自己是只尖嘴狐狸。"我知道你嫌我不好看。"有回刚吻过她就这样说。我说扯淡，我怎么会？她说她知道，要不然你不会那样。我一再追问是哪样，她又不愿说了。有一次她说，女的接吻时都把眼睛闭上，男的就不一定。我想可能是我在这方面露出了马脚，后来我就不闭。可她又说那还有什么意思？她说，你不要勉强，你爱怎么样就怎么样。于是我支支吾吾，胡诌什么陶醉之类。完了倒是她安慰我说不要紧，只要她自己心里爱着就很满足了。她从不问我为什么爱她。

其实那会儿她在家里的日子也不好过。我瞧不上她，人家也瞧不上我。她老头子早就把我给看穿了，认准我是个陈世美的货，因为我"就是那么个种"。她不谈她们家的事，但我知道，这些我全都知道。我天天和她爸面对面坐着,我能从抽烟咳嗽的烈度里感受到一切信息。当屋里只剩下两个人时,我就主动撤离,绝不多待一分钟。我相信我这么做她爸也会满意。

当然我也不能问她,她爸的看法无疑是正确的。

目的和手段错位到这种程度,已使我对自己的自作聪明和在单位里无端的积极肯干产生了深刻的动摇。我发现散步和接吻的不美妙处就在于次数太多。这就好比孙悟空在老君炉里翻跟头,看谁熬得过谁。

她不说,这些她都不说。她不会没有感觉,但她不说。一直到最后她都没有说。有回她让我躺下,她趴在我身边,在我脸上一下一下地啄。我感觉她流泪了,心里一紧以为她该问了,可她很快又把我嘴堵上。那一刻我真想告诉她算了,我就数数,我准备数到三十,她不问我就说。可到了二十,她就命令我别说话,"多静啊",她说。我只好不吭了。心里觉着这也太他妈的像演戏。那一夜的确很静,风清月白,夜色朦胧,树叶拍打空气发出了海潮般的尖啸,昆虫咬断草根的愤怒声如裂帛,蛐蛐儿交尾的欢呼时断时续,而知了的求爱却是凄厉痛苦的,据说为了这一次,它必须在泥土里等待七年。我躺着,山里涌出了团状白雾,慢慢地,这些白雾就鲜牛奶一样注满了我意识的黑洞。

十一

我跟妈妈吵架的故事被当成笑话广泛传播并添枝加叶染上不少喜剧色彩,帮助不少人改进了食欲。似乎我的形象在年轻人中又高大了不少在老年人那里又可恶了几分。

不过妈妈就是妈妈，谁让她是妈妈呢？我们照样过日子，谁也没想到去寻死。在我们工人新村吵嘴打架是一种必要的精神生活，可以增进团结。吵完架她连续三天进城愣把彩票从886742买到886749。她相信科学更不怀疑灵感，她说上回邮电局的头奖是两个六并排，这回可能会两个八打头，何况这是经过我计算的。我的学问她从不怀疑，不管怎么讲我都是这一带的知识分子。说这些话她是严肃的，眉宇间已有了神秘的喜色。这一次是什么开发公司的债券，五十块一张。钱不够了，否则就不会缺零和一那两张，这是个小小的缺憾。这个月家底告罄令我十分满意，心想她终于可以安稳几天了。

然而盘算这价值三十五万五千元的大套住宅却更加磨人。她觉着这回是必中无疑的，不是头奖也是二奖。她就像一个剑客，不出手便罢，一出手就要置人于死地。甚至她已经感受到领奖时那一刹那间幸福的眩晕："我的妈妈耶，我腿肚子发抖哦。"这样我不得不一遍一遍表示，开奖那天我保证扶着她登上领奖台。

妈妈认为咱们拿了那一大套楼房没什么用处，那房在城里，上班也太远了。房子不能光顾好看，还得实惠，也不能老进城过礼拜天呀。另外这间宿舍怎么办？虽是破房陋舍可住长了有感情，当初分到这间房有多难，和师傅们处长久了还真舍不得。再说单元房都是一门关死各顾各，来个小偷强盗只能干瞪眼。我说是啊，咱们人都是公家的，要私房干吗？她说那就拿钱吧，三十五万我几辈子也挣不回来，真怕到时候点票子点花了眼。我说现在银行有种机器，一摁电钮唰唰唰就出来了。再不然就拿支票，省得路上又担心武林高手。结果第二天一睁眼她决定先花个几万块钱再说，她承认这几年是让我吃了太多的苦，她决定补偿。这话令我十分感动，我说我每天还有一块钱饺肉两只鸡蛋，另外下井还能对付保健票，主要是妈妈你总吃老咸菜把眼神都吃蓝了。她的眼立刻由蓝转红，一口气从丹田叹到脑门：还不是为了你吗？还不是要那"狗东西"看看吗？看看哪个过得好！看看哪个把孩子出息了！

"狗东西"早已调离本地，但他的一举一动无不在妈妈的监视之下。他现在又有了三个孩子，老大是个跛子，老二是先天愚，老三是个女的，长大准是婊子无疑。关于"狗东西"我好像说过，小时候特别神秘，怀揣深仇大恨时刻准备一旦真相大白就要去劈山救母。而现在，我一遍遍无数遍知道大概齐以后就已经麻木，连开始那点弄清细节过程的兴趣也荡然无存了。"狗东西"对我而言只是一张发黄的照片一道生锈的铁箍一支愤激到了杂乱的曲子。被她说急了我甚至想去会会他。

每当她又要"来了"，我就憋气，闭眼，钻进被里。然而这次是躲不过去的，用"嗯"也无法抵挡，我就干脆跳起来做快活状。我大喊大叫买冰箱买音响买电脑还买组合家具，把她吓得往后一仰。我宣布，我们应当享受人类文明的全部成果，应当比世界上任何人都过得幸福，不过眼下首先还是应该买一台彩电，不能让妈妈你再到人家家里去出洋相了。这一闹她才由悲愤转回喜悦，笑了出来。

自从妈妈玩上彩票也就不玩戏票，倒不是不爱听戏，主要是戏少票子也少。上回十号家的大祥子结婚，人家留她看《铡美案》，本来她也不太上人家家蹭的，可那天她送了礼吃了席便觉着受之无愧，何况这是《铡美案》。看着看着又老病复发，跟着秦香莲拖子戴孝哭哭啼啼悲悲戚戚凄凄惨惨直奔开封而去，早已不辨南北西东。可能啤酒供应过量也可能冤屈莫辩无法分身，总之她尿急了，顺手拖过床下一只痰盂坐将上去。顿时稀里哗啦屁滚尿流弄得哄堂大笑愣把悲剧演成了喜剧。

妈妈愣着，目光像把忧伤凝重的琴弓在我那几根排骨上缓缓搓揉，然后扭头瞄准了家里唯一一处方形光亮，一眨一眨地跳动。"你有这个心就够了，"她说，"其实你也不小了。"

于是我顿觉狼狈，咕哝一句不小又怎么样，把这句话随手掖进裤腰然后去洗漱。其实我根本就明白不小会怎么样的，可我还是狼狈。我二十五了。问题不在于我会怎么样而在于我怎么样了之后又能怎么样。我当然无意坚守小时的诺言，可又不明白为什么耻于和妈妈讨论这个既实际又普通的问题。

时间就这样被她拉长了，每天都成了一条线，无数个点，变成一月，一年，一个世纪。阳光蛮横而热烈，像个死皮赖脸的蜗牛紧紧抓牢窗扇不肯离去。"我知道了"，她流着泪，"我真的知道了！"这至诚至真的幸福实在让我觉得自己是个提供假情报的国民党暗藏特务，那时我就预感到下场不好。

十二

有天闵小玲突然说，"爸爸今天答应了。"

当时我心中一惨，只"嗯"了一声便再也不吭声。她可能不了解我的习惯，极热烈地瞧着我，等待下文。她居然连冷笑和反感也看不出来，我很奇怪。于是我打算等她说出结婚或确定关系这类话时，再面带微笑地告诉她我从来没打算向她求婚。该让她清醒了。她应该懂得一厢情愿的爱情是多么可笑。但她也不说话，只是忐忑不安，扯着衣服角儿，模样倒有几分忸怩，似乎在等待我说出那个美妙动听的令小姐淑女们感觉良好的词儿。我偏不说。

她犟不过我，犟不过好像还挺乐意。没法子她终于还是说出来:"爸爸今天答应帮你解决组织问题了。"

当时是什么感觉?天地一亮,北极光那样迷人?不,我只是陡然心跳加速。就好像,就好像坐庄自摸杠后开花。其实这"组织问题"究竟有什么益处至今我仍模糊着,可玩儿半天也不能白玩儿啊是不是?立刻想到爱因斯坦的名言:这是上帝在掷骰子!我算服他了。

然后我若无其事一脚把两米多长的钢轨挑进沟底,是吗我说,你老头子也吝啬得够可以啦,这年头像我这么好的还有几个?她也笑了说是啊,一张党票有什么了不起,好像多金贵似的。然后我们俩对视着哈哈大笑。然后我们又亲热起来,连吻了好几次,啧啧有声。我问她你怎么知道我想要党票?她勒紧我,像要把我吞了似的勒死似的勒我,说你不用管,反正我早就知道,然后我就感到一股滚烫的东西喷在脸上,流进嘴角,咸的。怎么啦怎么啦我说。她什么也没说。

直到最后我才知道,她老头答应是有条件的,即以同我分手为代价。而她接受这条件的条件是,什么时候给我那玩意儿就什么时候分手,头天给我第二天就分手。价值规律太他妈的伟大,谁也不能消灭或创造。可惜我当时并不清楚这些,否则也不会发生后来的事。这条件我还是很乐意接受的,仅仅在速度上稍有异议。

我承认我不是人是猪是狗是粪子。

十三

老流骂,粪子,你狗日的成天泡妞儿把弟兄们都晾啦。我说我没有，我这不找你来了吗？他说那咱们这礼拜进城去看老末去。我说老末有屁的看头，跟咱们一样一边一个蛋。他说老末又跳槽了现在是什么演讲比赛团，他说这小子真能混，工资奖金照拿凭嘴里那只鸟在外吃了小半年。我说那咱们就听听他鸟嘴能唱出什么好听的歌来。

老末一见就乐了，从讲台上蹿将过来，说你们二位受教育来啦？我说听说阿摩尼亚气体能卖钱，特意赶来听听。他说这还不简单？这叫有智吃智有力吃力社会分工不同都是为人民服务。老流说我幸亏有一把力气不然吃什么呢？老末说什么事都要想得开，你幸亏有力气像粪子这号的无智无力之流只能吃屁，物竞天择适者生存这是个竞争的时代。老末西装笔挺领结及喉只是不能近看，那衬衣领子跟机修厂扔掉的纱头差不多，另外酒刺也更加发达整个一张脸已挤得像只成熟的癫葡萄。我把这意思跟他透了透，他只能表示遗憾。他说这儿精神生活太丰富也就显得物质方面略为不成比例。我说歌厅发廊多的是谁也没拦你。他说那个没劲，摸的不是地方。另外城里人都会他妈装孙子不如矿山乡村民风淳厚。老流说还没挂上一个吗？他说机会倒是有，就是都他妈赛洋娃娃，有个人跟我玩儿酷，说要跟我探讨弗洛伊德。我一句话就把她扔翻了。老流说你怎么扔？老末说我跟她说弗洛伊德是个医生最讲实践精神，这问题需要实践。老流口水直流，说这不过瘾我以为你当场脱裤子呢。老末看看表忙不迭跑了，说晚上再吹我请客，今天是决赛还得储备点表情。

老流问，难道表情也能储备吗？我说怎么不能？刚才他跟咱们已经浪费不少了。老流说是啊我看他也挺累说话都把眼皮垂着嗓音也变了。

那比赛没什么看头，一个一个都跟开叫的小公鸡似的穷喊，然后旁边有排老头举牌打分，红灯一闪一闪，十分钟一位，倒也不耽误。老流说这帮人全能当矿长。我说何止矿长进政治局也够条件。轮到老末上场，他玩个绝的，把头垂着，让一缕长发遮住眉眼，等全场都以为他犯病的时候才猛地把头一甩，以极其痛惜的口吻宣告——刚才，两个失足青年围住了我问，你天天谈理想和事业，可我们怎么没看见呢？对他们的不幸我深感惋惜。他泪光闪闪。

老流说，这王八蛋把咱们也捎上了。我说你是失足青年吗？老流说是失过足有回我一脚差点把他卵子踹出来，就那一足没踩对地方。

……我是一名掘进工，是的我的职业并不闪光可我的理想是修筑一个地下万里长城！我的事业是什么？同志们？是双手是劳动是每天的分分秒秒是每班的尺尺寸寸，是每一滴汗每一滴血是手中伟大的M56！对不起同志们，我今天放弃了原来的演讲题目，我认为有必要回答那两位朋友，我太激动，我太激动了太激动了。然后他说不下去，他站立不住，他被两个漂亮妞夹了进去，然后是如雷的掌声。

然后是老末夹着一大镜框子和一康巴丝石英钟陪我们下馆子。一时竟都没了话说，新洒水的路面平滑如镜，倒立着路灯和水墨画样的树冠。我们走着，老末疲惫不堪。我说你闪光的职业叫什么？他说叫以嘴养嘴。算了他说，没意思，谈点别的吧你们现在怎么样了？

老流这才缓过劲来，说粪子可以，进展神速已经推进到沙河一带了。是吗老末笑了眨着幽蓝的小眼贴近我：已经横向联合了？

那天吃得不来劲。老末酩酊大醉，竟然胡说矿里的妞儿没他不了解的，各部分都了解。老流大为妒忌说这怎么可能连我都没看清楚。老末说不信你问粪子，闵小玲屁股是不是凉的？冰凉。我说你妈是冰凉。完了老流又想揍他。

老流安慰我一路，说谁的屁股都是凉的，不信你摸摸自己就知道了。

十四

　　那天傍晚，我正在擦澡，几个孩子一路高叫着跑来，来了来了！于是我看见几十颗头颅同时拉长，指向村里的小马路。

　　于是我看见夕阳里蹦出一只火球，火球架着风轮，飞快驶来。这画面很壮观，以至于空气陡然凝固，工人新村最喧闹的傍晚压缩成无声电影胶带，小马路如同激战中的耶路撒冷街道。她支好坐骑，对我举起双手，微笑。通红的蝙蝠衫大张着，屁股上的肉如同两只倒扣的盆，我估摸这件牛仔裤根本就是自己缝的不然上哪买这尺寸？好看吗她喊。我说不赖，能赛过水缸。她说去你的。我说进来吧。由于她的勇气我原谅这俗不可耐。她的到来使这里安静起来也令我满意。总之我开始欣赏这么一种气氛，这么一种情趣：别人都把我们当成旋风中心加以注视，殊不知我们在台风眼里安闲自得，怡然泰然悠悠然。

　　妈妈本来正慵懒着，此刻也箭一般射起，慌忙搬凳子收盘子，泡茶时把茶叶一片不留地冲出杯外，做笑时把每一块肌肉一律错位，还不忘在我耳边发出命令，快问人家吃饭没有？你也不先打个招呼！于是更加满意她的到来，她使我们母子相互谅解冰消雪融。

　　我说妈你真是，瞎忙乎什么，她不过是来随便坐坐是吧？她赶紧答是，不喝茶不客气。坐了一小会儿，我说我家就这样，鸽子笼一只，还不如出去走走。她跟着站起告辞。妈妈却慌了，随手抄起一菜篮子说还要到什么地方去开会，说着说着就忘了真要死，然后穿着拖鞋带上门溜出去。我看她，她也看我，我嘿嘿，她也嘿嘿。然后猛笑而不可收，直把最后一抹残阳从窗帘缝里挤出去。

　　听说了？她答：听说了。听说什么了？她说那还有什么好话！你真是的这也能瞎编的吗？生气吗？她摇头，反正怪屈的，还不如是真的。真的又怎么样？她说真的就值了。

空气焦灼起来闹钟嘹亮起来屋顶旷远起来呼吸粗躁起来。在这昏暗的凉爽的傍晚，我突然发现她的五官单个儿看其实都很不错，就是脸盘略大分布不够集中而已。特别那双小巧的眼睛就像刚钻出巷道那样剧烈抽动，两支暗红的光束定定地发射，实在迷人。我从来没见哪本著作里描绘过这种光，束状，时断时续，暗红，高温。

于是我站起来。她也站起来。刚贴着，就软了。她嘶哑着，说你还等什么。我摇头，我等什么呢？

于是我燃烧了，脑袋迅速膨胀，手脚麻利又果断，瞳仁忽散忽聚焦渴到了迷离。她发育得很好皮肤很好臀部腰部其实也很好我发现，小腹凝脂一般微微歙动，火舌一样舔着我的心肝。我要求她闭上眼，不知为什么这样难为情。她服从了我又有点惭愧。总之在那个金色十月的傍晚，在这昏暗恰到好处的时刻，她成了一个真正的大美人。

我飞升了，人生的辉煌从此开始，她让我变成为一个完全的人，为这个我也得感谢她。上帝把男人的肋巴骨造成女人时也未必想到这一点。

平静后她头一句就是，现在你什么时候抛弃我我都心甘情愿。我说哪能呢。心里却想，这好像是哪部日本电影里的话？

她忽然笑出声来，翻身搂着我说，知道为什么突然上你家来吗？我说就为干这个吧。你又来了她说，爸爸让我告诉你，支委通过了，他怕拖久了更麻烦。我大喜忙说这倒不坏，我也表现得够累的了。不过干吗他自己不愿通知我呢？她嘻嘻笑着说，他都恨死了恨不得一把掐死你呢。我也笑了说这还像句人话。

我好像能看见那帮委员面部僵硬的表情，和闵书记装聋作哑作内举不避嫌状。于是我们再次搂紧亲热一回。妈妈已在门口跺脚咳嗽了。

十五

这礼拜天妈妈回来脸阴了一个晚上,整个儿像块铅板。喝稀饭就听见铮铮的嗑牙声。我以为又该"来了",可到底什么也没说。

天快亮时,她把我拉起来问你们打算什么时候?我说什么什么时候?她说办事啊?我说办什么事啊?然后眼就直了。

她说还是干脆要房子算了。我说要什么房子啊?她说要了房子就省心了。我说省什么心?她说房子谁也搬不走吞不下。我说这都哪儿跟哪儿啊?她说跟你说半天怎么还不懂?我说你根本什么也没说我懂什么呀?然后她眼圈一红泪才下来。

她说作孽哟,昨天那小孩真作孽哟,人家是个孤儿嘛还那么欺负他。我这才松了一口气。

原来昨天又开了一次奖。头奖获得者是一孤儿,二十五块钱得了十七万,腿都软了让人搀着才上去。结果没到家呢钱就让人分了一大半。电视台说你打算赞助《社会窗口》多少?福利院说你打算给母校怎么表示?还有什么少儿妇女残疾人等等协会以及数不清的表姐和表叔。那小子起初挺乐和又慷慨又幸福,后来就坐地下又哭又骂,骂这些强盗小偷孙子王八蛋吃人不吐卡的东西们,后来还是他厂里的师傅们仗义替他存上银行这才完事大吉。

我说这有什么了不起?这太正常啦太合理啦太他妈的活该啦,谁让他是孤儿谁让他交好运谁让他老实可怜来着?不欺负他欺负谁去?那社会岂不太拥挤人类岂不要爆炸那还有我们过日子的地方吗?

妈妈大喝一声:你昏头了你!我说我怎么啦?她说你个挨千刀的过年我们也要开奖了你昏头了你。我说开奖就开奖。她说那我们怎么办?我说随便怎么办。她说我们还是要房子吧结婚就在城里结，远是远了点那也总比赞助了好，房子割不开又吞不下。她说那些人真凶，别说是孤儿连我都害怕越想越怕，她说人家又不是偷的抢的捡来的，是你政府号召买的还这样。我说那又不是政府干的。她说反正都差不多，我说你就为这个睡不着吃不下啊？你放心好了我说，开奖那天我多喊几个弟兄让老末老流一文一武站两边儿看谁敢过来，有这哼哈二将把门鬼见了都滴尿。妈妈认真点头说看来只有这么办，本来我谁也不想告诉的。

　　妈妈终于顶着朝霞进城去，我看不见她的脸，可我相信她胸中已是一片灿烂，连鬓角的发丝也透着光华。妈妈是有信念的人，一个有信念的人活得就是比别人充实。她不像那些老头老太，三天两头还跑劳资科缠着人家问什么时候上岗。他们居然都相信下岗只是暂时的，困难只是眼下的，下了岗领导还会把他们收回去。轻信诺言是他们这代人的共同悲剧。妈妈也轻信，可妈妈的轻信是富有想象力的，是具有浪漫主义色彩的，所以妈妈比他们活得更加有滋味。她就从来不跑劳资科去纠缠人家，顶多偶尔去菜场拣几片烂菜帮子。金黄的秋天到来啦，收获的季节到来啦，咱们的好运也快来啦，妈妈。

　　这些念头着实令我感动。太棒了！

十六

　　说我们在荒山坳里尾砂坝上野合纯属谣传，其实每回都是在家里，尽管我不认为野合比家合更恶劣。再说有了妈妈的默许我们也无需忍受日益雄壮的西北风。我们完全可以挎着胳膊从小马路上走来，把一张张羡慕与蔑视的面孔碾得与地面平行，让空气里充满一种肃穆宁谧的味道。那段日子的确刺激够味儿并且贪得无厌。但是问题不在这儿，问题在于明知故犯。我越是清楚这样的事情干一次就毁她一次，越是要沉溺在自我求证般的快乐里。

我开始变得气粗。让她在家门口替我拆洗被褥，然后嘲笑她动作颠顶愚钝绝对不像个女人，告诉她媳妇这一光荣称号并不是那么容易挣来的。事实上她非常能干，动作麻利头脑清醒而且生性快乐，其结果我只能是无衅可寻。妈妈表示满意，邻居们也慈眉善目起来。她弄来一张油画，不知哪个年历上的，罗素的《樱桃女孩》，贴在我床头。那小孩肥胖，手上的樱桃和脸上的眼睛一样有着令人胆战心寒的纯洁。她左看右看拍着手说，真好。我说这孩子长大准是个蠢货，又肥又蠢，她说你不喜欢？我见她眉梢扬起脸颊透出迷惘便不再言语。

这礼拜上安全教育课时，陡然心血来潮，我让闵书记举着巷道剖面图，然后自己溜一边去喝茶吸烟同区长讲几句没用的屁话，整整晾他十分钟才开讲。我听见老流他们嘎嘎地疯乐自己也差点漏了气，只能拿教棒去敲图纸后面的脑袋。干着这些事我已经得心应手毫不费力，而且说起来并不十分愉快。我的才能在这方面如此突出可能得益于胎教和让妈妈死去活来的那些戏。总之我会在梦中笑出声来，并且能一再重复自己的手势和面部深奥的表情。这很奇怪，也令我感动，到了不能自已。

所以老末这次回来，我就请他吃。老流帮我吹，我也就忍不住。怎么样咱们也还可以吧我说。老末转着酒杯压低嗓门猛然凑到我脸跟前问：你干脆觉着自己就是个天才？那当然我叫起来，这样的天才几百年才出一个。于是他把嗓门压得更低把脸压得更近：你以为你是前进了？得到了？我说你别妒忌，你玩的那些都是虚的咱们是唯物主义者，玩干货。他说你知道地球是圆的吗？知道就好，所以本来就无所谓进退无所谓好坏，你坏得优秀了人家才说你好，你好得可爱了狗都多咬你两口你懂吗老弟？就你这两下还自称天才？我说你玩儿火你还不信，老子参加革命多年了还谦虚谨慎着呢你懂吗老弟？我说去你妈的吧老子参加革命也好几年了。可他那两只深不可测的猫眼却深深烙进脑瓜里，像两只深孔井贯通了我的肺腑。我得承认，跟老末比我确实还有差距。

十七

这年底，掘进区一条可恶的巷道顶棚塌落，堵里头十好几个。等巷道贯通恢复照明通风，黄来发和老流已经在大溜井里了。

没什么可解释的，当时漆黑一团天崩地陷乱石横飞气流如同爆炸。当然可以想象，黄来发去救老流或老流去拖黄来发，他们已经有过一次演习他们肯定会这么干的，但这只是宣传科的猜测。

组织几个弟兄倒挂丁钩下去探过，开头还能听见哼哼，后来哼哼也没了。谁都明白，这种抢救是徒劳的。

成箱成篓的点心馒头水果倒进溜井，各家各户也都送来包子粽子和酒菜，眼巴巴希冀自己那份心意能够恰巧穿过矿石缝隙跌入难友口中。汽笛一响工人新村的男女老幼全都涌到坑口，全都忘了自己曾经下岗曾经为了这个"岗"争得头破血流。全矿几千号人傻了似的死等着，也不知等个什么。

黄来发已经有儿子了。大祥子老婆已经快生了。他们的老婆哭得再凶也会嫁人。可是老流呢？老流顶他妈善良顶他妈老实肯干，可他连澡堂子后窗都没让他看清楚！他还说要领我去看的，他还不止一次安慰过我。老流太亏了，太亏了老流！我冲着溜井口没命地喊，可连个回响也没有，什么也没有。

不过我没有眼泪。后来放漏斗时全矿上下一片哀号连山头都模糊了时我也没有。看着妈妈和闵小玲们那些取之不尽用之不竭的眼睛水儿我甚至有种莫名的妒恨，我怀疑自己泪腺萎缩是妈妈造成的。她太能哭了，一人哭了双份。

我不悲哀，就跟那歌子里唱的一样。没什么可悲哀的，这就是生活。那天，坑口坐了几百人，头头脑脑的全都下了井，也有几百人。老末也来了，穿的工作服，他说他下去过了，然后我们就对视着，再也没话可说。谁都修炼不到家。矿长亲自放的漏斗，在此之前曾有恢复生产的命令，可毕竟没人敢碰闸把。黄来发和老流就睡在那上百万吨矿石里，他们完全有可能还没死透，起码尸首完整。谁都害怕漏斗里滚出一只胳膊或者半拉脑袋。矿长老泪纵横，拈了香又敬了酒，他说黄来发本来就是矿里的骄傲，而老流是矿里少数能使双机的英雄，本来也打算今年评为掘进标兵的，他们的牺牲是工人阶级的光荣是党和国家的重大损失所以比泰山还重。他放的屁没人当真，就是他让工人开展大讨论，"矿山有困难我们怎么办"，结果老工人全办下岗了而他倒成了大股东兼董事长兼总经理。他是怎么换算过来的还是个谜。可是不当真又能怎么样？谁又能阻止他拉开闸把？

还有那几个农民工家属，来了几十上百人，哭的闹的绝食的都有，可劳资科一扔出两万块钱，人家拿了钱就走，连头都不回连遗物都不要了。他们觉得卖得值，他们贱卖别人还能说什么？所以矿长才特别牛，说你们看见没有？人家也是人。别怨我狠，我也是没法子。就这市长还得表扬我，我要是不干了，十里八乡全得挨饿！

没什么可悲哀的。生活，就是这样。人们该干什么还得干什么，生活总得继续下去。我们还得活着。

这场事故照说与我无关。可真的无关又觉着太乏味太没故事似的。我在分析会上慷慨激昂,说早听我的采用喷浆支护哪会出这种事?说我早就看出那顶棚狰狞可怕是个不安全因素,说头头们非但不听反而对我打击报复,结果给国家人民造成如此惨重之损失,牺牲两位英雄等等。当天安全科就把我请去了解情况,整了一大本材料。我说我不是告谁的状我是希望能解决问题。科长说那还用说?结果区长书记第二天就给撸得一丝不挂,下岗不发生活费还等候刑事处理。等我再提出喷浆支护时那已是技术科的事了。他们暗示我矿里已考虑给予相应安排,在这节骨眼上还是少出头露面比较聪明。我采纳了。

老末天天下井。他比以前老实多了,也不来找我玩儿。他对我说,你果然是个天才。我说那还用说?他说现在我相信斗争哲学是绝对真理。那当然啦我说,卖嘴巴皮子拍马屁都是雕虫小技,你不知道这是个竞争的时代吗这时代需要大手笔。他说下回我要进了大溜井就该你拉闸把了。我说但愿如此。

十八

闵小玲再来我家时已不是什么书记的千金小姐,几天不见好像又矮了不少肥了许多,裹在一身棉工装里像个扁南瓜,怎么瞧怎么恶心。她说她家里这几天事多,那意思倒像我很想念她似的。我说有事就待着吧跑来跑去不累吗?她也真不经打,就一棍子便闷了,直把嘴唇咬进牙花里去。于是家里一律的沉默。

渐渐地,这沉默让人感到孤立,她们好像有过无声的默契无形的联盟，这默契和联盟似乎还有一个共同的支点。于是这沉默便倍加凝重滞长起来。于是我吹口哨，好像是支进行曲。我数天花板上的灰串子，刚好十五贯。妈妈目光变得灼人话音里却透着冷酷说：玲子你坐下慢慢谈，这几天出事故他心里不很快活。说完拉开门就出去。一股冷风进来，呛得我连连咳嗽，一边咳嗽一边喊，妈妈你上哪去？大冷天的反正没事儿干。妈妈头也没回，北风把她耳边一绺银发高高扬起，像把尖厉的匕首。我心里忽然紧缩一下。

　　闵小玲哭了，说你这人心也忒毒了。我只好解释说这几天心里特别烦，出这么大事故干什么都没心思，再说天也太冷我这人最怕感冒了。她把眉心拧成一块核桃皮，说上你这来就为干这一件事吗？我说那干什么呢？要不咱们下跳棋吧。她这才闭上嘴，身子蜷缩起来瑟瑟地抖，像只冻坏的小猫而且仅在屋檐下暂避一时。这情形一下让我想到小时的某一天，妈妈上班去了我夹着饭盒等在食堂门口的那种饥寒交迫，我跳着脚呵着气望着窗户里团状的白雾想哭又哭不出想喊又怕人骂……我把手伸给她说算了吧，我这人就这样你又不是不知道。她把一张苦巴巴的面孔仰起来然后再埋进我手心里，好半天才哽出声来。放心吧她说，我不会缠着你的，我说过心甘情愿就要算数的。

　　老实说这话着实令我眼皮直跳，热了好大一阵子，拿手在脸上搓了好几遍才告诉她我并没有那个意思。我什么话也没讲什么打算也没有什么也不想干什么。她说我知道，我知道迟早会是那么个结果，从一开始就知道了。我说你瞎想什么。她说我不怨你只怨我管不住自己，每次都管不住自己，每次回去都要哭一场可下次又来找你。她痉挛得厉害，我不得不搂她吻她用嘴巴来堵她。那天她说了很多，她的喋喋不休并没让我恼羞成怒，只是提到她爸爸时我才光火的。

　　她认定她爸爸是被我搞下去的。如果老末这么说我还有点高兴,她怎么也相信这个?她说她爸是老实人当了一辈子支书现在还是支书连矿长都是他培养的,现在都快退休了你还下这毒手实在太过分了。我说你懂个屁。她说我爸是真的帮你忙不然你根本通不过。我说出了这么大事故总得有人当替罪羊不是你爸就是矿长,你爸在区里是个人物可在矿里灰也算不上不抓他抓谁?她说大家都这么说的。我说大家都能懂这里的奥妙大家不都当矿长了?再说他培养出这样的矿长他心里不愧吗?她说你这人忘恩负义。忘恩负义就忘恩负义我说,他能把我怎么样?他干得坏事还少吗?我脸色严峻大叫大嚷:国家受这么大损失牺牲那么多阶级弟兄他一点责任都不想负吗?我目光凶狠义正辞严整个一马列主义政党。

这回把她震了,捂上脸就跑。

我喘着,冷笑,心想大道理就是赛过小道理,今后要玩就玩大的。

十九

以后她又来过几回,来了该干什么还干什么,干完了有时还吵架。仿佛不吵架就不够味没尽兴似的。亲热起来我也检讨自己,我说你看我像不像神经中毒?我是不是爱上了自己?我总渴望一种强刺激,究竟是什么我也说不清。她说她知道她什么都知道。但一生气便什么也不顾。恨起来我真想撕碎了她,可完了又觉得她还有可爱之处还是舍不得。她似乎也明白这一点,所以竟比以前放荡十倍。

每次完事以后她都呆呆坐着,目光迟钝地瞧着墙上的《樱桃女孩》。我说这幅画是不错。她说是啊。我说墙上有幅画并不见得是为了好看，主要是有那么个东西让你不孤单。她说是啊。然后我们就那么久久地坐着，彼此茫然地瞧着对方身后，一直等到会见结束。我觉着我们已经空前地爱着又空前地恨着，除了这两极没有其他的路好走。日子过得昏昏沉沉，好像这是一个任务非完成不可。

倒是妈妈比从前欢快，有时眉宇间竟带着喜气。她说，家里的事有我。该剃头了该换衣了自己记着点，手帕袜子天天换指甲长了勤点剪，别让人家笑话你缺家少教。连该我干的那份家务也免了，想插手也插不上，其实从前我想少洗一只碗都不行。忙你的去吧她说，然后把《起解》里的苏三唱得像一个等待约会的崔莺莺。一切都变得古怪而又无聊，以至于你觉着生活不该这么平淡，总应警惕点什么才对头。

有天闵小玲刚走，妈妈就闪进来神神秘秘闪闪烁烁忸忸怩怩把背对着我问究竟商量了没有，说是春节快到了要办就该说话了。我说办什么呀？她说办什么你问我呀？她说我看小玲子气色不对怕是已经有了，自己的事自己不抓紧老娘能服侍你一辈子啊？我说烦不烦究竟有什么有什么有什么？妈妈两眼陡然圆了，说你个糊涂蛋的鬼哎她来没来你不知道啊你们天天在一起干什么？玩过家家啊？我说什么乱七八糟来没来有没有办没办的我不管。可话一出口意识立即抽紧，一颗心电打了一样先跳后停，脑子里却是一片稀薄的空白，烟似的散开。

把她从家里叫出来我劈头盖脸一顿臭骂，我声嘶力竭语无伦次整个儿一种被玩弄被欺骗被强奸的恐怖。是不是没来是不是有了是不是想办等等已经不重要，我关心的是她要蒙蔽我要胁迫我要捉弄我。她像一个真正的高手，在我自以为是时早已设下机关。她居然装得那么可怜那么善良那么高尚，她居然。我好像是黄雀前头的螳螂，我觉着，从一开始就落入套中。这回是真的悲哀，悲哀就在于我很老练很潇洒很风流地玩过一票。骂着骂着我眼就潮了，我居然也有了泪！

她懵了，分辩说是两个月没来但是不是有了她也不知道她根本就没指望我会办。我说放屁，两个月还能不知道吗？你没读过书还能没看过电影吗你装得倒像。她说真的不知道也许身体太结实了反应不明显吧。我一巴掌就让她睡倒滚了两滚，说让你结实让你反应反应。正想再踏上一脚让她永世不得翻身自己却摔倒了，是妈妈撞的。妈妈泪流满面，说你个没良心的挨千刀的跟你老子一样缺德带冒烟的鬼，你要不答应老娘今晚跟你拼了。而她，趁机拿膝头走过来搂住了妈妈的腿。

我看见妈妈耳边那缕银发又竖了起来，在狂风中坚挺眩目。衬着银发的是一座仓库森严冷峻的黑墙，黑墙后头便是闵小玲家的宿舍楼，楼后是同黑夜一样沉重的群山，以及我认为一定存在着的像星星一样多的眼睛。于是我明白在这场厮杀中抵抗是没有用处的。我嚎一声便把脑袋掖进了裤裆里，闻到了一股腥臊的气味，这才发觉屁股真的冰凉。

二十

现在必须说到最难启齿的这件事，这搁在别人头上也许不新鲜，可对我来说毕竟不容易。因为总想着使事情有个光彩明朗的解释，太难了。

到家妈妈什么话也没说，只是一个人在灯下打坐，后来连灯也关了，还在打坐。我缩进被窝里，等着，总以为该有一顿臭骂或者别的什么事情发生，结果没动静。月光清冷，纱似的披了她一身，一地白光悄悄挪动，从脚背爬上膝头爬上肩头最后退出窗外。下小夜班的咯咯敲打着地面过去了，上早班的敲打着地面又过来了，耳边咚咚响个不停。我几次想喊她一声终于缺乏勇气。看着她周正的脸庞侧影在玻璃上渐渐模糊多少也有点酸楚。这才明白其实我一直是爱着和怕着妈妈的，爱着才会那么刻薄怕着才会那么粗暴。这才明白我在选择女人方面其实早就有了模式，所以闵小玲在我看来是那么的丑。

于是我坚信这是一个误会一个巧合一个轻喜剧而且演不长久，只要我不断修正计划事情还有转机。因为这对妈妈毕竟有益无害而对我却至关重要。于是我的战舰再次颠簸呼啸，一切狂涛恶浪统统压倒一切暗礁漩涡统统碾平。我挺立舰首心胸激荡迎着目标直插过去，直插过去。

早晨醒来妈妈已经出门，而我下班到家妈妈又坐在了原处。我看见床上地上堆着一堆现钞以及妈妈那张疲惫到了崩溃的脸。

"把闵小玲叫来。"妈妈说。她并不看我。

我说哇噻哪来的这么多钱？我尽量做得若无其事，可心律分明已经不齐。

"把小玲叫来。"妈妈又说。

我说你要给钱也给不了这么多，还不如我先跟她商量一下其实现在做手术简直就跟阉猪一样连证明也不用打的。

"把小玲叫来！"妈妈再次命令。

她这次生气和以前任何一次都不相同。我得遵命。

这一刻已经明白这钱从何而来是干什么用的了。尽管我跟闵小玲说你看我妈这人多怪。就为这么点小事连债券也卖了不就刮个胎吗？同时绝对能想到妈妈去兑换这些即将到手的大奖是怎样一副面孔，完全可以想象她是怎么感动了那帮票友，可以想象那些从嘴角一个钢镚一个钢镚儿抠出来的希望被人家揣进兜里锁进抽屉会产生什么样的效果,甚至一文不值半文地出手债券她怎么没犯心绞痛我也很怀疑。

妈妈不看我们,指着那堆钱说:"全在这里了,马上就打证明马上就办现在就办,你要再敢骗我我就死给你看!"

闵小玲扑通趴地下给妈妈磕了个响头,然后泣不成声的样子搂着妈妈的腰。我自然没有话说不过也许说过什么我不记得了。三个人像三具僵尸沉睡了许久。我听见周身的红血球在呐喊在抗议在厮杀,也许听见了也无所作为。

后来天完全黑了,外头渐渐有了声息里头也渐渐有了喘息。闵小玲站起来拉开灯说,妈妈你让我单独跟他说几句话吧。妈妈的目光像三角刮刀那样在我脸上划过,走出去。我感觉脸上辣辣地一跳,红血球排着队冲杀出来。

她其实什么也没说,手在我充血的脸上轻擦拭,就跟有多少灰似的怕碰痛了我似的。她也没哭,只是一双眼出奇的亮。后来她把外衣脱了只穿件水红的毛衣,她过来解我衣扣,我感觉那手指颤得很厉害。她箍紧我的腰脸贴在胸脯上,这些动作第一次让我感到难堪。我穿着她织的毛衣,她有权力把眼泪鼻涕蹭在这烟黄底色的织物上。水红和烟黄配在一起很和谐,就好像晚霞镀在残雪上的高光,给人以融融洋洋的暖意。

这样站得越久越觉着了一切的无意义。我苦笑着扳起她的脸说,其实你一点都不笨。她闭起眼呢喃说我可不愿意做个蠢女人。你早就这么想过吗我问。她点头说那当然。我说真有意思。她说是有意思。于是我觉着燥热并透不过气来,我说:来不来?她好像很感激似的点头。

我并非把这一切故意说得冷静,我只是尽可能说得客观。那时的确就这么信马由缰,任何意识都是黑的。生命与生命的搏斗中任何目的都不存在，一切都是过程。我的战舰已经停泊，蓝色的海湾与蓝色的天空交融在一起，时间与空间互相渗透，太阳和月亮碾成碎片在身边浮游，一切音响都跌入这片混沌之中，只有血液，岩浆奔突般的血液让我知道我还活着。

然后她趴在我脖梗上咬了一口，说我要给你盖个戳子。我以为被她撕下一块肉去，辣辣地溅出火星来。我说你盖吧多盖几个。她哧哧笑了说一个就够了，完了又拿舌条舔。穿衣时她说你陪我回家吧。我说行啊怎么都行。她说只要这一次。我说无所谓一次和一百次没有区别。她又笑一下，不再表示什么。

在路上她说，到家你对我好一点。我说行啊这不一句话吗难道我对你不好了吗？我可是理解也执行不理解的也执行你怎么说我怎么执行啊。她没笑只是说你亲热一点客气一点就可以了。我说那没问题只要不脱裤子就没问题在你家我怕冻着。她还没笑又说，你对我爸我妈也要客气一点。

这完全是一副朝觐老丈人的派头我很想损一损她不过还是忍了。想了想我告诉她，让我叫妈也许还行但叫"爸"恐怕就难了。她说这有什么难的一张口不就出来了？我说我好像叫不出口我越想越叫不出口，可能我的这个音已经死了。她诧异了一阵叹口气说那就叫伯伯吧反正一样的。我说那行。她说那就说定了到时你装也要装一下。我说何必装呢反正真是这么回事儿。这回倒是笑了一声，很尖厉。

起初我们顺着铁路走，那样路直很快就穿过精砂库房到了她家楼下。她定定地看着我说你还没亲过我呢再走一段吧，然后我们又拐上小道。跟从前一样每过一个暗处或者拐弯儿她就提醒我一次，那种疯狂的热乎劲儿很让我留恋开头的几回散步，觉着那时倒也有几分美好。我知道我是输了她是赢了所以她特别高兴，而我表现得似乎还可以并不十分冷淡因为我习惯于闭上眼睛。

最后一次是在路灯底下，她猛然尖叫起来说，不早了爸爸妈妈也许睡下了。我说睡下正好省得啰唆。她坚持说那样不好一定要赶在他们前头，她说今晚电视长一点就好了。我心想不就这点赢头吗有什么可张狂的但还是被她拖着跑起来。

谢天谢地她爸妈刚把电视关上，哥哥嫂嫂也在打哈欠伸懒腰。于是我只好按既定方针办。她老头子也还算客气她妈全力周旋气氛总算热烈。说一堆废话终于可以告辞，没想到她竟扑上来当众一吻，势派足且声音脆。于是一家人为之一愣全体起立送我下楼再三嘱咐明天一定来吃饭路上当心问你妈妈好。

走出很远她又喊了我一声，我站住了可她却挥挥手说算了明天见。

现在回想在她家我们并没谈结婚的事，估计她也没讲，不然事情绝不会如此简单。但认真琢磨那晚她确实有点不同寻常。

一切疑虑和诽谤都不足以杀伤我，相反使我的恐慌后怕变得情真意切起来。因为最有力的证词是她爸爸提供的，他亲眼看见我们最后那次相会是何等热烈缠绵。谁都清楚闵小玲是个幸福的樱桃女孩就要当新娘了，谁都知道我妈已经掏空全部家底为她办事连彩票都不玩了。所以这时候宣布我代理区长也算授命于危难之际，只是我自己没有激情而已。以至于新任支书连连催促召开支部大会，新书记一再要给我精神按摩的那一刻，她爸爸的那一票给的十分慷慨。

和她同班的两个电工说，一下井他们就走散了，她怕是迷了路走到盲井去。于是所有的希望曾经转向了盲井和-120米以上所有的死巷。自然不会有结果的。

其实早就有结果了。在她的工具箱里整整齐齐叠着她的外套和那件水红色毛衣。她下井就根本没准备上来。

矿里说，这就是不重视安全生产的恶果。

她爸爸一遍遍地喊，报应啊报应啊。

十五天以后一个漏斗里放出了闵小玲那只三十六码翻毛皮鞋，

我理所当然昏厥过去，理所当然博得很多同情之泪。后来这只翻毛皮鞋给了她爸，那件水红色毛衣归了我，闵小玲也就因工伤事故从花名册里永远走了出去。她没留下一个字，我也没给过她一个字，得了这件毛衣也就两讫了。大家都说这样处理好，也不枉了人家白好一场。即便有了新人总还有个想头。

闵小玲！闵小玲！

二十一

只有妈妈，目光犀利而阴鸷，总死死地搁在我后脑勺上。直到过春节，她没和我说过一句话。眼泪更加丰盈，常常独自没来由地汹涌一阵。然而妈妈毕竟是妈妈，妈妈有责任保护她的儿子，否则她就不该放儿子到这个多事的充满戏剧的世界上来，也不该继续活着。

至于我自己，我不愿意也不敢去深思，一切的偶然和一切的荒诞。像她这么一个对任何一片云一颗星都要大惊小怪的女孩，这么一个管不住自己的贪恋每一次享乐的女人，怎么会？我宁愿相信一个可笑的神话：那个姑娘为了铸成一口铜钟和救大家性命，奋不顾身跳进熔炉。可为了讨回她丢下的一只鞋，竟会在世世代代的钟声里发出哀鸣，鞋——鞋——。闵小玲的鞋是她自己送回来的，是她告诉大家她已经不需要鞋了。于是我也有责任告诉人们一个故事，当时大溜井那儿肯定出了什么毛病，电笆短路或者某个工人触电或者别的什么，总之她是个英雄她是为革命为人民为改革为四化献身的。这英雄壮举尚未被宣传科挖掘出来而使我和妈妈不能安宁。我想过有必要找老末和弟兄们重新谈判，每人赞助两条龙也干。可我受不住老末那双猫眼。如今世界上最靠不住的就是朋友,人们管骗子已不叫骗子了,叫朋友。

我不相信她会这么决然这么从容这么干净地走向溜井,甚至脸上带着满足的微笑。不,我不能美化她,不能让她在我心灵的上空永久盘桓上升。她不是那号人。我似乎亲眼看见已经看见这个场面——她从昏黄的巷道里走来,缓慢地百般无奈地失足滑入溜井,最后一刹间还想抓牢井壁,她扬起胳膊希冀有人路过,痛苦的脸上沾满泥土,在锈红和青灰的矿石间踢蹬翻滚,但撞击和碾压让她来不及后悔,她迅速肢解消化了,只把脑浆和血液溅湿了一小片岩土,她和她的也是我的儿子或者女儿再也不复存在。在这最后一刹间她眼前没有光亮,她或许看见了我或许什么也看不见,但她绝对是大叫了一声我的名字,然后听着这声音淹没在惊心动魄的矿石撞击的轰鸣之中。

我甚至宁愿想成这样——是我亲手把她推下溜井。我听着她在巨石间破口大骂,听这骂声铃铛一样在巨石间跌宕消散,然后我擦擦手去参加追悼会。那样倒也心安理得明明白白,总算我在这世界上干成了一件事情。

可惜我永远无法验证,就像我永远无法理解耶稣受难图和安魂曲。只知道这是一幅画一支歌,跟她一样。

二十二

年初二,妈妈突然说,上山烧纸去。我知道这是解冻了,我说应该烧应该烧我肯定去。正说着门口有邻居喊:四号妈进城去不去？今天开奖了不去看吗？妈妈脸上一惨，饭碗也端不住了。于是我弹出门大吼：去不去关你们屁事。我很想表现得英勇一些。

烧纸时妈妈仍然没有话，目光呆滞表情麻木，火舌舔在脸上，额前散发直立，冰冷彻骨。我想她应该哭，哭出来就好了。或者我能哭出来她也一定会跟着哭的。可是我没有泪。

我希望她的心思能飞到城里，她一定很想知道那些曾经付出灵感支出希望的债券命运如何，一定替摇奖机捏一把汗。886742，这数字我还记得，从二到九一共八张，得五等奖没问题的。如果真是个886742，好让她增强信心以利再战。如果干脆是别的不相干的票中奖也很好，省得老当成一个心事捂出心绞痛来。总之无论中与不中都和我们无关，中奖的都是王八蛋，发行彩票本身就是赌博，刺激侥幸心理让人相信命运破坏精神文明。妈妈你怎么还不哭啊，你好歹说句话啊。

那些黄表纸是专门从城里买回来的，一张一张印着阴符可能代表什么意思可能什么也代表不了。妈妈把那一堆纸烧完，张着嘴，想哭，却哭不出来，想吼又没个声，突然趴地下唱起来：

> 有日月，朝暮悬
> 有鬼神掌着生死权
> 地吔，你不分好歹何为地，天呐，你错勘贤愚枉作天
> 只落得两泪涟涟
> ……

她撕着心裂着肺：小玲子！你活得比我强啊！妈妈我不如你啊！

她捶着山拍着地，声如裂帛抓着我的头皮，我眼窝一热井喷一样的泪水射将出来，哗哗直淌。我跪下来，我发现能流泪原来是这

样痛快这样幸福，这样的……好！

　　奇怪的是妈妈始终没有流泪，她脸绷着，腔调古怪平缓，像从很远的地方传来。小时候的事情你还记得不？你不记得了。她说。

　　我打个寒颤，莫名其妙地害怕起来。真怕她再说下去就会冒出另一个熟悉的声音，赶紧说：记得我怎么不记得？小时候你老爱带我去看戏，把我塞在旅行包里，把我憋得半死。

　　妈妈说是呵，你从小就不听话老想把小脑袋伸出来。然后她就笑了，笑得咳嗽，咳完了再笑，再笑。于是我也跟着笑，笑得两头勾到一头去，满山乱滚。

　　这是新年第一个阳光普照的早晨，山野还光秃着，但生命分明早已苏醒，薄霜化作了露珠，石头也变得晶莹。我滚着笑着挥洒着热泪，竭力回忆当年把脑袋钻出旅行袋是个什么样子。我一定瞪足了双眼很想看清这个喧闹的世界，很想愤怒地哭闹几下以表明我的存在，很想拳打脚踢一番，说明我是压制不住的。我一次次把脑袋探出去，我的小脸在柔软的包袱皮上摩挲着，我吸进大量的混合着烟草糖果瓜子或许还有阿摩尼亚气体，我看见一道方形的光柱横在空中悬着不动，听见光柱里逸出了无数欢乐还有无数痛苦，我发觉周围是沉沉的黑夜而眼前旅行包的拉链竟如同万里长城的墙垛那样绵长无尽……于是我愤慨了，但我传达委屈的方式只能是撒尿。这一定很滑稽的，我觉着。

原载于《大家》2006年第6期

赶尸匠的子孙

一

　　过清水江朝南，朝山里头去，一直去，翻过鸡公岭再向西，一路向西，西到落日的尽边头，有个去处叫天堂山。这里三省搭界，地广人稀，深山老坳，天高皇帝远，自古就是个避乱求安的地场。那些官场失意的仇家追杀的看破红尘的，还有那些杀人越货想洗手上岸的，每每发愿进山，图的就是自食其力远离尘嚣。所以天堂山人口不多，姓氏却杂得很，据讲百家姓里有的天堂山能占一半。这些人野得很，不续族谱，不问来历，也不拜先人。书呢是要读一点的，家家都把小伢子送学堂里念两年，识几个字晓得记账看告示就中。这里方圆百十里只有一个小镇，也叫个天堂镇。天堂二字叫得好，人就活得快活些。老百姓讲：水往山里流，代代出诸侯。

　　这里的风气是男人学手艺女人做田。小镇上木匠瓦匠铁匠铜匠，种茶的烧炭的剃头的修脚的，磨豆腐的晃麻油的编篾席的缝衣掌鞋的，三百六十行行行都有，哪个也不挡哪个的路。顶不中的就唱小曲拉胡琴讨钱，也算一个行当。因此天堂镇的男人一年有半年是在外头混，剩下那半年就回来家过神仙日子。地广人稀，本来活人就容易，可人一活得松散，性子也就憨了。手上一壶茶腰里一袋烟，讲话慢条斯理，天上只要不下刀子，你都看不见他们急。

　　出镇沿沙河朝上走，路口有一巨大的青砖坟，叫做叫花子坟。讲的也是老祖宗的一员，靠乞讨筹款盖船屋的故事。这叫花子吃了一辈子残羹剩饭，却攒下一袋金银，留给儿孙们去盖屋。至于自己，临死丢下一句话：说是活着没少讨人嫌，死了，就把他埋在山口路边，让过路人一人给他一砖头出出气。于是感天动地，一人一砖头，砌成了一座小山样的坟。现如今清明扫墓鬼节烧香，老百姓头一炷香还是要敬这位叫花子。可见人无贵贱，活的其实不过是个念想。

在叫花子坟对面，早年来了个姓任的人家，就是我家的祖上。他盖了三间草屋，后来有了点钱也舍不得盖瓦，单单圈了院墙。圈院墙不为旁的，是为练武艺，怕旁人见了害怕。因为我们家的武艺有点怪：是吆赶死人的武艺。是怕人家讨嫌，才远远地把屋建到了山口上。

早年，在川陕湘桂的边境一带都有这一行。那些小商小贩，那些纤夫走卒，还有判了流刑的罪犯，一旦客死异乡，免不了就有好心的同乡或者同行凑钱买路。中国人讲究死者为大，让游子归乡、叶落归根、入土为安是个积德行善的事。可是路途遥远，扶了灵柩归乡毕竟花钱太多，所以就出现了运尸体回家的土办法，也就有了赶尸匠这一行。

旧时，在偏远小镇的客栈里经常可以看到"包吆死人过省"的招贴。吆，就是吆喝，跟吆鸡吆鸭差不多。死人不认得路，想回家只有靠活人吆喝。早年你若在川东陕南湘西桂北旅行，便极有可能看到死尸走路。晃唧晃唧地过来一行死尸，他们头上戴上一顶高筒草帽，脸上贴着黄表纸，周身裹着宽大的黑尸布，他们腿上绑着竹片，关节不能打弯，走路靠摇肩膀，碰见沟坎更是连蹦带跳，有点吓人。死尸在两个以上，尸身就用草绳一个一个串连起来。死尸前有一个摇铃敲锣的人领着他们，这就是赶尸匠。

赶尸匠也是白天上路，手中摇着摄魂铃敲着小阴锣，口中念念有词，警示行人避开，边走边撒纸钱，意思是买路了，同时也是指引死人踩着纸钱走，通知有狗的人家把狗看住。碰见行人就轻轻招呼一声，吆死人的！晚黑也投店住宿，叫一声，有喜神打店！那些生意清淡的客栈老板就乐颠颠地迎出来，因为据讲喜神打店，能带来财运。把人带到一处偏僻的房间，候在门外的老板等着赶尸匠掏出票子买供。旧时乡村客栈，老板是不管饭食的，但遇到喜神则非管不可。不但管进口，还要管出口，因为赶尸匠片刻不离死人，上不了厕所。饭食要两套，一套敬喜神，一套自用。老板只管送到房门口，搁在地头叫一声供果来了。此后直到鸡叫上路，赶尸匠再也不与任何人打招呼。旧时湘西桂北一带乡村小路都是建在村外的，所以赶尸体过村寨并不十分骚扰乡民。

  赶尸匠也有自己的地盘和行会，有死人归乡的信息传播。一般都在秋冬季节农闲时做，没有生意他们也就是一般种田农民。只有接到业务，他们才将自己装束起来，足蹬一双草鞋，身着青布长衫，腰间系一条黑丝带，头上戴一顶青布帽，腰间别着一包符，前去赶尸。虽然做着这件事，却忌讳旁人称赶尸匠。所以行内人请他们赶尸，是说请师傅，请师傅走一回脚！赶尸匠若答应，他便拿出一张特制的黄表纸，请你将死人的姓名、生辰八字、去世年月、性别籍贯等等写清楚，然后画上一张符，贴在这张黄表纸上，这张纸就一直别在自己腰里，以示魂魄随行。直到上世纪五十年代，政府明令禁止烟馆妓院，顺便将觋公巫婆、测字卖卜、吆赶死人等等一并扫除，这一行才逐渐绝了迹。

  这些都是后来我从书上看来的，我家老爹讲不到这么清楚。

  任家师傅的第四代传人叫任油条，就是我老爹，是个炸油条的，本名反倒没人记得。他不做本门手艺就担剃头挑子，早年也跑过不少码头，后来老了跑不动了拿不动剪子了，才专门炸油条。天堂镇后来人口多了，山口路边的生意铺面成了一条街，磨豆腐的晃麻油的编篾席的剃头修脚的缝衣掌鞋的聚成一趟铺面，都叫它油条街，反倒成就了他。

我老爹为人厚道，做事巴结，他接人家钱一定打个躬，伸出双手，道声收钱了，就跟受人好大恩惠一样。早年镇里没哪家没吃过我家油条糍粑的，有现钱的就把两个，没带现钱的就赊账，他也从来没得二话。

我老爹欢喜伢子出了名，看见路过的小伢子眼睛子睬睬转，靠住就要拿根油条追在后头白送，搞得大人十分过意不去，带伢子有时还绕道走。街上有伢子找到这窍门，大冷天故意跳到沙河里洗澡，害得他把手指头杵到滚油锅里好几回。现如今顶门立户的汉子都还念着他的这个好。

我家老太也是山外来的，原在大户人家给人做小，私跑出来跟的他。听讲老爹每回路过她家，都上门代她光脸。旧时妇女脸上汗毛多了是用麻线绞，只有大户人家才请得起剃头匠光光脸，谁知光着光着离不开了，就跟着剃头挑子进了天堂山。他们两口子年岁大了，都没生养过，比常人还格外多一番恩爱。听讲从前两个人没事还手牵手上山闲逛，冬天老太代老头焐脚，夏天老头代老太光脸，农民的交易，有几个能活出这种滋味？从前一镇人常拿这话开玩笑。只是两夫妻不能生养，人高马大的一条汉子硬是种不活一棵苗，私底下也有不少说法。但人们念他的好，不愿伤他的心。

任油条到五十岁头上，山外大饥荒，有人帮忙给他抱了一个儿子，取名任义。大概心里想的是仁义。这任义就是我。我围着油条锅长大，十来岁就能帮上家里忙，发油条擀糍粑闭着眼做。就是有一条，念书不中，不晓得怎搞的，看见字我就头痛，天天在学校里站壁根。老师来我家讲，你家任义子脑子不笨哎，就是有点怪，怪里怪气的。你讲么事他也晓得，就是不上心，你要问他，就把两个白眼对你直翻，翻得你心里发毛。

老爹老太心里明白，我一进山就是这副德性，小时候一天到黑也讲不出几句话。人家伢子还晓得淘气，在外头野，我只晓得远远地看，难得呲嘴笑一下立马又僵回去，脸硬得像张鬼脸壳子。在家里倒像是做客一样，端起碗就讲一声我吃了噢，背起书包就讲一声我去了噢，脱下衣就讲一声我困了噢。哄我也不吭声，骂我也不吭声。他们讲，我老是把一双眼翻白了，见天对山头上望。山头上有什么呢？荒山野草，几片白云。

现在我晓得我在望什么了，可那时谁都讲不清猜不透。

我老爹千恩万谢送走老师，转脸眼睛就潮了。讲，不是肥肉不巴皮噢，不是筋肉不巴骨噢，抱来的伢子焐不热。两个老人顶怕的就是这个，有眼睛水也只好往肚里头流。

街坊邻居都看不过去，常把我喊去偷偷教训一顿，小时候我经常能享受这种待遇：你这伢子不懂事哎，你爹爹妈妈容易吗？含在嘴巴里怕你化掉了，捧在手心里怕你冻到了，你就不能讲一句巴心巴骨的话吗？我那时只晓得把眼皮翻翻，一百个不吭声。直到有了一次表现机会，这个恶劣印象才改过来。

我十一岁那年，县里头来"割尾巴"。镇里手艺人早就跑光了，剩下几个老的跑不动，只好去蹲学习班，叫家里天天晚黑去送一趟饭。那些送饭的听到里头呜呜哭就是回回见不到人。老奶奶送一回饭就家来淌一回眼睛水，也不晓老爹是死是活，一点法子也没有。我把眼翻翻突然讲，我去送。老奶奶讲，多少大人都吓得滴尿，你去管什么用？我又把眼翻翻，只是不吭。

到晚黑我拎上篮子就去了，问道，我来蹲学习班，换我老爹家去可中？那工作队干部笑起来，把手放我头上摸摸，一旋，我就脸朝外皮球一样弹到街上去了。我倒也不哭不喊，把衣裳掸掸回家就困觉。二一天早上出工的时候，我却把一镇人都吓瘫掉了：乡政府大门对面的老皂角树下，我把炸油条的油脚子抹了一身，手上抓着一枝松火把。我跟他来真的，不哭，也不闹，就听见火把滋滋叫。

一镇人都轰起来了，说你这伢子有话好生讲嘛，别做傻事嘛。

我家老太腿都吓软了，满地满街地乱爬。于是全镇女人一齐又哭又喊：今天不放人，要死大家一道死！那帮工作队也骇得滴尿，忙不迭地放人。

他们放了人心里还不服，讲这么点点大的伢子是怎么想出来的？他哪来的这些毒点子？这么毒法子。后头肯定有人！我想我今天的思路跟旁人不太一样，恐怕跟我小时候的经历多少有点关系。

过后人家问我怎么想出来的，还是把眼翻翻，讲，没想。可能真是没想。

这样一来倒是把老头老太快活死了，见人就讲我家伢其实巴心巴骨得很，他是心里有数嘴上不说罢了。念书不中就不念了，念许多书有鸟用啊？

事情过了站，我又恢复了老样子。还是一天讲不出几句话，没事就对着山头向呆。老爹讲，向呆就向呆吧，向呆又不是病。老爹想开了。他反倒对街坊邻居宣传：这伢子重情重义，靠住是想他亲娘老子呢，想爹想妈有错吗？将心比心啊。二回他亲生娘老子找来了，就喊他认，他愿意走也叫他走，我想得开得很。

自此老爹再也不逼我上学念书了，有事没事就领着一帮伢子在空场上玩，吹些从前赶尸的旧故事，怎么拜师，怎么走脚，怎么见世面跑码头。

我在二十五岁头上成的亲，并没有人来认领我。倒是老爹心满意足地走了。老爹的坟修在喜鹊岭的一处山坳里，背风向阳，坟不大却是座双穴。空穴是为老太预留的。老太也常去看他，去了一坐就半天，看日头从头顶慢慢滑过，听松风在心底起起落落，闭着眼睛轻轻讲：我来陪你噢，我来代你焐脚噢，你不冷了吧？她跟人讲，这死老头子一辈子都怕冷，我代他焐呢。

听的人把头点点，一脸素净。再望喜鹊岭，果然白云荒草，荒草白云。

二

我出狱的那天是个阴天，雨要下不下的样子。打了好两天雷，就是不下。冬天里响旱雷，大白天见活鬼。按我们山里的说法，是个出怪的年成。

来宣布的干部是司法局的，还带着从前帮我辩护的那个郑律师，意思是这是个错案，现予纠正。口气很坚决的样子。郑律师对我把眼睛直眨，意思是有话你就大胆讲。我呲嘴笑一下，算是回答。讲什么呢？不讲了。那两个人互相望望，把吐沫咽了半天，后来还是律师开了口，说你有什么要求可以现在提出来。

我想了一下问，现在我就能家去吗？他们说是啊。我说那我现在就想走。我想的是，就是现在动身，到家也是明天的事了。

到了财务室结账我才晓得懊悔：坐了两年零七个月劳改，天天下窑推砖，统共得一百五十块还不到。心想早知道这样就该开口要两个。人家本来有心要帮你的，你自己转不过弯来，现在这话就讲不出口了。我捏着那几张票子，东张西望总是回不过神来。想想那个黄警官讲得也对，哪个叫你这么愚昧？你这么能吃苦，在哪赚不到一百五十块钱？愚昧！黄警官是个女的，好年轻的，当初就是她进山把我抓进来的。另一个开车的是个男警官，说，这些山里人的脑壳都生锈了，你永远都理解不了他们那种思维方式，你跟他讲什么道理都是对牛弹琴。帮忙帮忙，你有钱出钱有力出力呗，有帮忙坐牢的吗？

黄警官问，我讲的话你真的听不懂啊？

我答道，噢。

他们两个互相望望，不吭了。

然后我鞠个躬就出了狱，心里还在琢磨这一百五十块是怎么算出来的。两年零七个月，算算差不多快一千天，就算出了我七百五十个工，一个工只合两毛钱啊？这也太亏了。就这时，响了个炸雷，下雨了。

　　也就是这时，那个黄警察追出大铁门，喊我等一等，她硬塞给我一百块钱，说是她私人给我的。这妹子将来有机会我一定要报答她。那我怎么敢收？警察不欠我不该我的，凭么事收人家钱？打死我也不敢收啊。人活一口气树活一张皮，瓜田不正冠李下不拾履，人情大似债头顶锅儿卖，你敬我一尺我敬你十丈。这些做人的道理我懂。天堂山人从小就要晓得，一个人穷不死苦不死做不死，吐沫星子能把人淹死。官不怕财不怕，就怕背后有人骂，天堂人把脸看得比身子都重。

　　那妹子见我那么坚决就不勉强了，讲：任义啊，你有手艺又有点文化，你究竟怕什么呀怕？

　　我答应道，噢。

　　那妹子说，回去挺直腰杆做人，有法律撑着腰呢，别那么窝窝囊囊。

　　我连声答，噢，噢，我晓得了，我听政府的！

　　其实我怕么事？我么事都不怕。我敢来坐牢就说明我这个人心里没得怕字。

　　头年，莫乡长的儿子怀信子同人家打火拼，砍伤了几个人，事发了想找人替他顶缸。乡武装部的莫老大相中了我，他晓得我那一阵欠了不少债。我家巧巧产后大出血，差点把命都送掉。

　　我家老太是可怜老好一辈子的人，架不住人家几句好话，一口就应承下来。她也不晓得一判能判七年，晓得了她也不会答应嘣脆，莫老大讲顶多三年的。本来我也气不过，你自己横行霸道惯了，惹了祸就好汉做事好汉当嘛，喊人家顶缸算什么本事啊？可老奶奶你跟她讲不清啊，说，伢咪，打人不打脸呀，人家领导找上门是看得起你呀。你老爹在世人家帮过你忙的，做人不能忘恩负义嗳。再讲你要不答应你往后还有日子过吗？我老了说走就走了，你往后不还捏在人家手心里吗？凡事要想长远一点嗳。我想想以往是没少求人办事，我不靠领导靠哪个？还不晓得有多少人想巴结都巴结不上呢，想想，只好认了。我顶怕老太提忘恩负义四个字，我是抱养来的伢，一辈子都不能碰这根高压线。

  我家巧巧当然不愿意，哭得死去活来，讲你不怕人家来插花啊？你不怕我跟人跑啊？你不怕我死啊？我讲，我怕也没用噢，我都拿过人家钱了。

  哪晓得怀信子这小王八蛋还是出了事，也是他老子下台了没人帮他了，又把这事给捅出来，这才宣布把我纠正过来。想想也难怪那些警察要骂我，恨不得一脚踢死我，实际上我是出了警察的丑哎，让法官脸上都无光哎。我这张脸无所谓，掉地下也没人拣，警察的脸能丢得起吗？所以那个律师暗示我几回我都不吭声，我不能接这个腔，顶缸是自己心甘情愿的，就是一泡屎我吞下去也两三年了，现在再反悔就没意思了。做人要有点骨气的。

  对我来讲，当时最严重最头痛的问题，是腰里少了几张票子。一百五十块，买衣吃饭再打车票，真正只剩下一屁股搭两胯子了。可我又是非赶回去不可的，早先就有人带信来讲，讲我老太怕是不中了。我问过郑律师，郑律师也这么讲。怎么说也是应该先回去看上一眼，再迟了怕是连这点想头也不能让老人带走。不然的话，在城里先做上一段，怎么搞也不至于两手空空。我老是摸裤腰，我摸过好多遍了，其实不摸也清清朗朗，二十二块五毛。二十块能做么事？怕是只能割二斤肉打一斤酒，这么想想，真是丢人。我决定在大刘子店里先赊上一点烟酒，老太要上路了，怎么讲也是个白喜，不办一桌好茶饭讲不过去。

我搭的是旅游车,只有一趟旅游车,司机佬开口就要五十。我心里话天堂山么时候改成旅游景点了?坐了三年劳改,世事变化太大。其实从县城到天堂镇只隔着一座鸡公岭。如果算直线距离,顶多二十公里。当然,山路难行,弯弯多,险滩多,司机佬也不便宜。有时你看着看着就到了,乡政府的楼角就挂在手边上了,一转弯又不知跑到哪里去,望山跑死马,汽车也是属马的。这台旅游车这时也成了碰碰车,根本就是一路跳着上山下山的。司机佬嘴巴骂个不停,可两只手却钢爪一样抓牢方向盘动也不敢动一下。车上有七八个人,都把脖子长长地探出去,像一群争食的公鸭,鬼撵的样东倒西歪,一路惊呼。

　　只有我,把脸黑着,两腿叉开,蹬在椅子背上。我不叫,也不呼,我不想浪费表情,换句话讲我也没有许多表情供自己浪费。一个人,哪样活法不叫一辈子?哪样死法不叫一条命?该着你了你就生生逃不脱,叫有么用?怕有么用?要死鸟朝上,不死翻过来,我就是这样想的。人生在世,恼火的是活,不是死。

　　最恼火的还是腰里少了几张票子。人穷嘛,眼皮子就浅嘛。另外,我想巧巧,我是真想,天天都想。巧巧来看过我几回,有时孤身一人来,有时抱着伢子来,来了我只能把她膀子捏捏什么事也做不成。我真恨不得马快到家就把她抱上床,亲她,揉她,压得她喘不过气来,把她里里外外都掏空。让她轻轻地喊,他哎,你慢点噢,你小声点噢!可是不中,我老太就要走了,哪能马快就做这个事呢?可怜我连这点想头都不能有!

　　在镇头,小卖店的大刘子一见我就鬼喊:任义子你怎么才家来呀?快走快走,你老太一口气咽不下去,就是在等你个狗杂种哎。我嘴上讲哦,脚底下却不动。大刘子问,你还向什么呆?还不快走?我讲,我想在你家赊点烟酒,可中?大刘子一脸麻子坑都红起来,快走快走,你家什么都不缺,乡里乡亲的哪家不送一点?你跟我是什么关系？还放这种屁！

我千恩万谢过了，才慌不迭地朝家跑。远远地就看见家门口围了一堆老妇女，七嘴八舌地在那里聒噪。我扒开人群就冲进去，妈哎，妈妈哎，我家来了，我家来晚了！我跪在床头没命地喊。

一屋子妇女都抹起眼泪来。说，总算家来了。

老太一丝游魂还在，听见我喊，眼睛皮子还能微微地跳，只是睁不大开。巧巧也立在旁边，眼睛子红红的，嗓子哑哑的，手上拿一块毛巾，不住地擦，擦。老太嘴唇动了动，像是想说什么话，我把耳朵贴上去，听不清。巧巧喊，任义子家来了，没事了，你就放心上路吧！

老太又把嘴动动，咕噜一声像是有话要讲。巧巧跟我小声讲，头两天就水米不进了，好像还有心思没了，就是猜不透，我都急死掉了。

我听了这话耳朵根子立马叮的一响。我站直了转一个圈，讲：快，烧热水，烫手巾把子，拿剃头家伙来！我家传的手艺是剃头，老太的心思自然我最清楚。

开水来了，我吹口气把手巾把子拍得啪啪响，往老太脸上一焐，一屋子都惊叫起来。我只顾拿把剃刀左一荡右一荡，咔咔直响，屋里立马荡出热浪有了活气。一屋人屏声静气，听我一把刀哧哧地走，听老太舒舒服服叹了口气。等我边边拐拐角角落落地忙完，老太一张脸已经有了血色，跟困着一样。

大家这也才松口气，讲起当年老头老太的许多风光事。讲，这些年我老爹虽讲不在了，老太嘴上不说，心里还能不想吗？早上洗把脸。就能伤到心呢。这心事，旁人摸不透，媳妇摸不透，也只有做儿子的能摸透。都讲，这个伢子养得不亏！还是这伢子有孝心，虽讲不是亲生，却比亲生的想得还周全！这都是老娘讲不出口的心思哎，旁人怎么晓得？又都讲，人生一世草木一秋，做女人的能像老太这样活出点念想，容易吗？不容易。

听到这些话，心才服帖了。好像做人做成功了，验收合格了。

正叹息着，有人忽然想到合葬是个难题，讲现如今做什么事都要有指标。我有点奇怪，难道死人还要批指标吗？他们说真是的。疑惑着，轰然一响，雨急将起来，敲在瓦上，就跟擂鼓的样。看着看着山就矮了，看着看着沙河就白了。

再去看老太，老人家已经上路了。

三

原来是乡政府出了告示，现如今讲文明了，人死了一律要火葬，这是县上的决定，也是天堂山发展旅游事业的需要。所以乡里成立了丧葬改革办公室，今后凡是未经批准私埋乱葬的一律从严处理。

我听得有些发呆，半天讲不出话来。心想自己真是坐牢坐迂掉了，么事都看不懂了。这生老病死哪个也不能晓得，难道没经批准连死都不能死了吗？众人又讲，你也不用太当真，成立这个所那个办，不就是想多收几道钱嘛，没有过不去的门槛。前年成立文明办，要收文明费。今年成立丧葬办，也就是要个丧葬费，好大事啊？一人省一口，养个大肥狗。再讲你家老爹早八辈子就做的双穴，又不是今天才冒出来。你好生求求，多塞几包好烟，兴许就把证领下来了也不一定。

我傻愣愣地问，这从严处理是怎么处理？大家面面相觑，都答不上来。可能大家以为我坐劳改坐怕了，听到官府腿肚子都抖。又有人讲，别想那么多了，趁大家都在，该换老衣的换老衣，该搬寿材的搬寿材，任义你去乡政府跑一趟，不就什么都晓得了？小鬼再怕也得见阎王。

我这才清醒过来。好在寿材寿衣头几年就预备下了，是现成的，我抓上几包烟就出门了。巧巧跟后头一把拉住我，代我套上白麻戴上黑纱，又掏出一把碎票子，她讲那个烟怎么中？你起码要买二十块以上的。又悄悄讲，连升子回来当乡长了，你先去看看他，先听听他怎么讲。这话让我一愣。

连升子，来福子，还有个刘麻子，都跟我是学堂里的同学，几个伢从鸡巴拖痰灰的时候就玩得好。后来又加上一个武巧巧，当年还假码十七地在一堆磕过头，要拜我老爹做师傅学手艺。虽讲这些都是小伢子搭妈妈锅的把戏，可到底还算得上交情，巧巧这么讲自然有她的道理。

但是这话由巧巧嘴巴里讲出来，就让我多少有点心里不自在。我晓得巧巧对连升子还是有心思的。

我出门时又回头瞥了巧巧一眼，巧巧刚好把脸别过去，这更让我觉得怪怪的。连升子什么时候回来的？连升子怎么当乡长了？你是怎么晓得的？这些问号像疯狗一样撵着我，撵得我心里七上八下没得底。

是的哋，自己三年不在家，巧巧是怎么过的？当真没人来插过花吗？依巧巧那个野性子，我家老太是管她不住的。伢子小，家里穷，守着那二亩地本来就够她受的了，她怎么架得住人家甜言蜜语哄呢？何况还是个当官的连升子？

可是，可是，天堂山到底是个讲究插花的地场哎。男人不在家，女人要插花，天经地义嗳。旁人插花也就罢了，偏偏那个连升子不能叫他插。为么事不叫他插？我也讲不清。因为自己混得不像个人？因为她从前讲过话的？因为连升子是大学生？连升子在县城里做事了？连升子现在又回来当乡长了？因为都是又都不是。我就这么一脚高一脚低往乡政府去找人，我来找人到底做么事反倒记不大清了，我有两天没合眼了，耳朵边就像有人唱山歌——蕨菜荠菜灰灰菜，清水咸盐也是个爱——心里乱得跟鸟毛样，真的。

雨住了，风停了，我站在老皂角树下拼命想，想得脑壳子都痛。后来我记起来了，我还有事没办啊，有大事没办，我是个重孝在身的人。我要问清楚丧葬证在哪里办。我现在还不能去见连升子，我听到这三个字就心烦。我要领丧葬证赶紧家去守夜呀！

一打听，丧葬改革办公室就是从前的武装部，我心想这下好了，丧葬办的莫老大跟我家还有点交情，就是他喊我去顶缸的呀，这下找对路子了。当初他三番四次上家里来动员，不是自己仗义，怀信子早就进去了，怎么讲这也是个大人情吧？当真三年劳改还顶不上一张丧葬证吗？

果不其然，莫老大一见我就笑了，说早知道你要家来了，我跟你讲得不错吧？顶多三年，我不会害你的！我也噢噢答应着，慌忙递上烟去。莫老大摆摆手，点上自己的烟，说来办丧葬许可证啊？我答，噢。一包撕开口子的烟我也不好收回去，就大大咧咧丢到他桌子上。

莫老大说，人死不能复生，节哀顺变吧，我说哦哦。他说你先拉到县上去烧，烧过了火葬场会给你开个证明，然后拿那个证明来我给你办证。你放心，我不会卡你的。我说，我有点特殊情况要跟莫主任反映反映哎。

莫老大说，不就是老任头的双穴吗？乡里都晓得的。你老娘要早几个月死，我都没得二话。现在乡里布告都贴出来了，你让我怎么办？精神文明是个大事，要靠大家共同支持。连升同志讲了，天堂乡火葬率要达到百分之百，决不搞下不为例。我们执政能力强不强就体现在这高头哎。

我讲，莫主任哎，你讲这些大道理我哪懂啊？讲道理我不是你对手噢，你把嘴捏起半边来我也讲不过你噢。你就不能抬抬手帮我想想法子吗？

莫老大说，我有好大胆子啊？我不过是个中层干部。跟你讲句老实话，趁早拉去烧。水家涝有一户姓古的，硬是不听劝，非要埋，结果怎么样？埋下去几十天还是扒出来，人都烂了臭了还得烧！

我心想我家老头老太一辈子就这么点心事，费了多少脑子才建起这么个双穴，天堂乡没哪个不晓得，没哪个不夸，怎么就妨碍你文明呢？我要是捧个骨灰盒子回来放在老爹身边，还不晓得有多少人在背后骂呢。人家不晓得政府又来了新章程，人家只会骂你个不肖子孙，骂你抱来的野种养不家！我这哪是办白喜啊？这比扒我皮还难受哎。

我讲，莫主任你千万千万代我想个法子，你帮了忙我感谢你一辈子。

莫老大两手一摊，说你这话讲的，我有办法还不帮你吗？

我讲，要多少你讲个数，我没二话噢。

莫老大把脸一黑：我跟你讲清楚，乡长就怕大家误会，要求我们办证一律免费。晓得了吧？政府不收钱，一分钱都不收，完全彻底为你们服务。

我急了，一张笑脸转眼就硬住了。就讲了句狠话，我说做人要讲良心哎，我当初帮你忙的时候你是怎么讲的？你讲二回有事就找你，你把胸脯拍得嘣嘣响哎，你摸摸良心还在不在莫主任？

莫老大把脸垮下来，黑得跟锅底样。讲任义子哎，三年牢把你坐出息了。你跟我叫板啊？我怕你威胁啊？你是帮我忙啊？我有什么事要喊你帮忙？那是看你有点懂事了才给你个机会！你朝二面望望，天堂山哪块石头你能喊答应？

我傻了，是的吔，天堂山哪块石头我能喊答应呢？可他莫老大能，他手下那些民兵如今都叫保安了，他动动小拇指你就是死虾子一只。他能把你碾得渣子都没得，灰都剩不下！

我是怎么家来的，我已经不晓得了。昏昏沉沉还记得，临出门莫老大喊我把香烟拿走，我没拿，走到外头那包烟还是摔出来。我三把两把没接住，烟就滚到阴沟里去了。莫老大跟后头喊：我给你指条路，乡长办公室在楼上，门朝东！

我没去找连升子。

天亮了，我躺在自家床上。

四

寿材，还在堂屋中间架着，老太的大照片还在条案上搁着，麻衣、黑纱、喜糖、白手帕早已停停当当，堆了几箩筐。这本是个出殡的日子啊。到家两天了，街坊乡亲来了好几发，又走了好几发，都晓得，这好事怕是要办黄了。

那天早起我就勾头坐在条凳上，一动不动。我脸色难看得很，脑壳子还突突地跳，一句话也讲不出来。我儿子小宝还认着生，拉着巧巧的裤脚，死都不肯过来喊我一声。

巧巧早把茶叶蛋剥好了，又下了一碗面，洗脸水换过几遍了，我一只袜子还没穿上去。巧巧问：昨晚跟哪个干仗的？吓死人的。又讲，是连升子送你家来的，他讲今天再来看你呢。你高低是怎么个说法嘛？你讲话嘛老子嗳！

巧巧问几遍了，我都懒得答。我不晓得怎么答，我怎么能晓得呢？我只记得，有包烟迎面飞过来，我伸手去接，三把两把没接住，那烟就滚到阴沟里去了。

我家里的大芦花鸡还在，从前数它顶会下蛋，娇惯很了就作怪，鸡也会作怪。哆哆哆，眼看就把嘴啄到我脚丫子里。我甩起一脚，那大芦花鸡在堂屋里滚了几滚，滚到条案下没来得及惨叫一声，就把白眼翻开了。

巧巧把两眼直眨，一声没吭就领着小宝把大门带上，想躲到外头去。

回来！我喊住她吩咐：把鸡毛褪了，煨汤。你不讲连升子要来吗？

巧巧只好过来拎死鸡。

我讲：我又不是跟你发火，哭丧个脸做么事？

巧巧没吱声，小宝倒是吓得哭起来。

正烦着，连升子到了。

多老远就听巧巧喊，哎哟来就来是了，还买许多东西！这话听了也恼火，心想你多少年没来了，我家办事你拎点东西算个屁。见巧巧忙东忙西满屋乱窜，又掸灰又泡茶，更加火冒冒地五心烦躁。连升子进门我连屁股都没抬，一心想找几句狠话杵杵他。

哪晓得这连升子太会做了，一步蹿到面前捉住我双手拼命摇，摇得我一句狠话也想不起来，只好也跟着傻笑。连升子带来一个大花篮，放在老太照片底下，鞠躬，鞠躬，再鞠躬，然后又抓住巧巧的双手拼命摇。然后说，我来晚了我来晚了！讲得巧巧眼睛水直喷。这东西真有两把刷子，讲假的不中。

连升子穿的是黑西装，白衬衣，还打一条领带，说话两个眼睛子溜溜转，看上去又年轻又精神。巧巧说，你们两个人坐在一堆，哪像兄弟哦，倒像是父子俩！

连升子笑起来，说没那么严重吧？任义是长得老成，这些年又吃了大苦了，看上去精神面貌就差些。又说天堂山这些年的确穷狠了，我回来晚了，对不起家乡人民啊。天堂山本来不应该是穷地方嘛，都是这些年瞎搞的嘛。

巧巧说，你们越发展，我们越受穷。

我忙说，这话能瞎讲吗？你个妇道人家，你晓得虾子从哪头放屁啊？

连升子说，这就是你不对了，你这叫轻视妇女。巧巧讲得一点都不错，这些年讲起来天堂乡有好大发展，那都是统计数字哎，老百姓能得到多少实惠啊？连升子说，前几年我们乡主要靠几个矿，锡矿、铅矿，还有煤矿，我算过一笔账，全乡一万多人口，讲起来人均"鸡的屁"有一万块，但我们实际人均年收入是好多呢？一千块还不到！你讲这个统计数字有什么用？我们乡运出去的矿值每天大概是五十万。可是乡政府收的税一年还不到五十万！我们光修路的钱每年都要花一百五十万！讲起来农民是有点事做了，可拿的工资一个月不到三百块，干的活跟牲口一样。钱呢？钱都揣到老板腰里去了。我们每天有那么多的财富运出去，到头来还是穷。山上长的砍光了，地下埋的掏空了，环境破坏完了，水库的水漏光了，房屋塌掉了，家里的地窖陷下去几十米，你讲这样的发展有什么意思？

我心想是的哎，这话还像句人话哎。

连升子说：从前水家涝那一片原始森林多好啊！我们小时候玩得多快活啊，现在树砍光了，连兔子都没有了，连水都没有了。砍树的时候没有任何补偿，森林是国家的，但人还要活啊。就开梯田，好，现在发现问题了，要保护环境了，防止水土流失了，要退耕还林了，辛辛苦苦开的梯田又全部退回去。说是每年补三百斤粮食，补八年，可八年以后怎么办啊？连升子说，这次县委派我回来，就是要从根本上解决这个问题，天堂山再也不能这样下去了，要转变思路!

连升子讲得两眼放光,气壮山河,讲得我也坐不住了。心想是的吔,天堂山不是个穷地方嘛,从来没听讲天堂山人饿肚子嘛,天堂山人个个都是能豆子,不孬嘛,怎么发展了许多年还是一副穷酸相?

当然我还没糊涂到忘记自己是谁,我着急的不是天堂乡怎么发展,我着急的是老太赶紧入土为安。眼看到年边了,进了二月龙抬头,天气说变就变,不了了这件大心事,讲什么话都是空的。我说,连升子哎,你讲的这些大道理都对哟,你现在是一嘴的嘴哟,我不抬杠噢,可我家老太还在寿材里躺着,怎么办呢?

连升子把手摆摆,说你的情况我晓得,莫主任也汇报过了,讲起来任老爹还是我师傅,一日为师终身为父嘛,这点道理我懂。但我还是要请你让我把话讲完。我刚才讲,不能那么发展,那怎么发展呢?这才是我要讲的话:天堂乡要发展旅游事业。旅游业是绿色经济,是环保经济,是服务经济。到时候每个人都有事做,像巧巧这样的,山歌唱得那么好,就可以出来唱山歌嘛,说不定就唱红了,成了大歌星也不一定!怎么才能发展这么好的经济呢?那就要把环境治理好!要上下一条心!要令行禁止!要下定决心!要说话算数!

我说,你讲的都对哟,我家老太不妨碍你旅游哟,他的坟在喜鹊岭,离大马路还远得很。再讲双穴是早些年建的,天堂山哪个不晓得?你卡我做么事?

说着话,鸡也炖好了,小菜也摆上了,巧巧掏一瓶酒出来,咔一口就把瓶盖咬掉,讲:拜把子兄弟亲手足,有好大个事哎?这么粗声大气的。你们这些大男人,遇事还不如妇道人家。又讲:任义子昨晚讲一夜胡话,今早又发老大的火,把我骇得滴尿,有什么过不去的河沟啊?我就不相信天堂山容不下个人。

我就说，主要是这个道理讲不通哎。

巧巧讲：我们妇道人家，不晓得什么理不理的，讲良心就中。喝酒！

连升子站起来，讲我今天真的有事，改天我请你们喝。现在我们就上山，把酒也带上，我们去看老爹的坟，怎么样？

我说，那好啊，你去看看就晓得了，要是妨碍旅游你割我舌条下酒！

到了坟前，连升子又是三鞠躬，叫声师傅哎，连升子回来看你老人家了！连升子永远是你的徒弟，我们都是赶尸匠的子孙！

这话叫得我心里发酸，叫得巧巧眼睛子红红的，赶紧背过身去。腊月里，山上风冷，巧巧还特意带件棉衣，可连升子硬是不穿，西装笔挺地立在坟头。大风把连升子的长头毛扬起来，像一身黑麻衣。

然后就敬酒。连升子把酒一杯杯倒出来，绕着坟一杯杯敬下去，一瓶酒洒完，又喊：师傅哎，你们老两口的双穴还是双穴，你们永远安息在一起。现在改变，只是形式上的变，实质内容没有变化！你们的精神，你们的恩爱，永远值得我们学习！我们晚辈要像你们那样，热爱生活，把天堂山建设得更加美好！

我听得发愣，说，你喊了半天究竟是么意思？你还想烧我老娘啊？

连升子转身搂着我说，话不能这么讲，火葬不是烧，是葬。我们的心到了比什么都重要。天堂乡火葬率要达到百分之百，天堂山要净化环境，要移风易俗，这是我亲自向县委做的保证。我自己怎么能带头破坏？任义你要支持我哎，天堂乡的陈规陋习就靠我们大家一条心才能破除哎，你讲对不对？

我喊起来，我讲不对！我又没妨碍你旅游，你就不能实事求是一点吗？

连升子说，我说到就要做到，否则我讲话就没权威了，我讲话跟放屁一样，那改革还怎么改？我要不坚持改革，天堂山永远不能翻身！好，今天就到这里，我还有事，再见。

我喊，那我怎么办？

连升回头一笑，按规矩办。他笑的时候，一嘴白牙一闪，像一把刀子，一道闪电，从我眼前划过去，从那时我就晓得，他跟我永远走不到一起，我们的界线其实早就划得清清楚楚了。

然后我就呆掉了，一屁股坐下地了。

山风呜呜地，从松树林子里钻出来，就像有多少个人在哭。

巧巧过来拉我说，要不然，就听连升子的吧，哪个不晓得你心已经尽到了？反正是个念想，骨灰跟老爹在一堆也是一样的。

我喊，放屁呀，这一上午他都是在放屁呀！他放了几个屁你就信啦？喊着，我就哭起来了。我捶着地，放着声：老爹吔，老天爷吔，我怎么办啊？

巧巧看我那样，也跟着哭。小宝看他妈那样，也跟着哭。

……从小我们就玩在一堆的，连升子、来福子、大刘子，还有武巧巧，我们玩得最好。玩得好不是因为我任义好，小时我三棍子打不出一个屁，话都讲不全，是因为任义的老爹好。跟任义玩，就是跟老爹玩，有油条吃，还能学武艺。

他们讲，我们结拜兄弟吧，不能同年同月生，但愿同年同月死。他们讲，我们拜师吧，跟老爹学功夫，将来打遍天下无敌手。

老爹说，学这一行没用哟，三百六十行最孬赶尸匠。小伢子要好生上学读书，将来做大官。他们说不做官不做官，做官不好玩，我们就要做赶尸匠！

老爹讲，学这一行，一是要胆子大，二要身板好，等你们满十六岁才能学。为么事？十六岁才能看出身板有多高。你想想，一百多斤的人背在身上赶山路，个子小压都压死了，没有好身板背不动噢。老爹讲,貌相还要长得丑,你们生得眉清目秀一白二漂的,哪能吃得下这个苦?

我们不怕苦我们不怕苦,我们一不怕苦二不怕死!吵的老爹脑壳痛。

老太讲,小伢子好玩嘛,又不是真收徒弟。老爹讲,这一行从来不乱收徒弟的,学徒要有娘老子立字据,任打任骂,生死不问。老太就笑,讲你胖你还真喘起来了。老爹讲,好好好,我就带你们玩。

先过第一关,望着当空的太阳旋,然后突然喊停,要你马上分清东西南北,你要分不出,你就不能做。因为你此时不分东西南北,你晚黑夜在山里就分不清方向,连家都认不得。旋都旋过了,没有哪个能分得清。

第二关,背背篓,挑担子,你要担得动两倍重的东西才中。因为死尸不是活人,遇上陡坡,尸体爬不上去。赶尸人就得一个一个往高坡上扛。拿来两个面粉袋,装满沙石背。没练几天个个都瘫掉了。

第三关,练胆量。把一片桐树叶放在深山的坟头上,乌漆麻黑半夜里喊你一个人去取回来。你们敢不敢?敢!都讲这件事顶轻巧。

巧巧是女伢,女伢不能去,就做监工。男伢一个一个去,一天去一个。头一天,大刘子取回来了,老爹点点头。二一天,来福子取回来了,老爹点点头。三一天,连升子也取回来了,老爹看看又点点头。巧巧不干了,巧巧说连升子要赖,他家去困觉的,桐树叶是在地上拣的,她看见了。老爹就笑,说是真是假我心里有数,好玩的嘛,又不当真。其实树叶都有记号的,哪个偷奸耍滑他都有数。

他们都不当真,只有我当了真。我在大山里转了一夜也找不到那个坟,拿不到桐树叶就一夜不家来,把老太急得哭。

老爹讲,伢们咪,做么事心都要诚,偷奸耍滑,越学越傻。

老爹讲，赶尸虽讲不是么子大武艺，也要苦练三十六种功噢。第一件功，是站立功，也就是让死尸能站起来。第二件功是行走功，让尸体走路。第三件功是转弯功，让尸体边走路还能转弯。还有下坡功、过桥功、哑狗功。哑狗功最难，让狗见到尸体不叫。死尸最怕狗，狗一叫，死尸会惊倒，特别是怕狗来咬。最后一种功是还魂功，还魂功越好，死尸的魂还得越多，赶起来就越轻松。

老爹讲，我老了，不中了……

不好玩不好玩，不学三十六功。我们就玩赶尸，赶尸才好玩。然后就天天玩赶尸，连升子赶，大刘子赶，来福子赶，只有我老是被人家赶，我背书背不过他们，算术算不过他们，连猜咚猜也猜不过他们，我只好老被人家赶。我背的尸就是武巧巧，巧巧就欢喜叫我背，喊她走脚也不干，喊她摇铃也不干，喊她敲锣也不干，她就要当那个尸。因为装尸才能叫我背。

有一天老爹真的老了。临走拉着老太的手讲，我这辈子心满意足很了，就是任义子放不下噢，由小看到老噢，这伢子太实忱，没心眼，往后非吃人家亏噢。

老太讲，你放心走，吃亏是福噢，不怕噢，儿孙自有儿孙福，想开了就走噢……

这些事想起来就跟在眼边前一样。

山风起了，雨又下了，喜鹊岭的酒香转眼散得干干净净了。

五

傍晚黑，大刘子来了，来了就要酒喝。我讲我哪有心思陪你喝酒噢，我都愁死掉了。大刘子说，虱多不痒债多不愁，你愁说明你债还不多，就这么点点良心债。哪像我啊？几十根吸血管插在头上，反倒不愁了！

然后就喝酒，边喝边淌眼睛水。人家都讲勤俭能持家劳动能致富，可想想自己这些年，老老实实做事，巴巴结结做人，到头来还是穷得一屁股搭两胯子，鸟是鸟蛋是蛋。开个理发铺子照讲是家传吧，我手艺不比人家差，做事比人家还卖力，硬是搞不过那些洗头小姐。生意清淡也就罢了，粗茶淡饭日子能过，可穷人生不起病哎，巧巧一次大出血，家里就四处生狼烟再也翻不过身来了。人家拿你不吃劲也罢了，把你当肉头也罢了，反正债是背过了牢也坐过了，眼看就能从头开始了，可老娘的寿材硬是埋不下去。我总不能把棺材搁在屋里过日子啊？做人做到这种地步还有么意思？

喝到半酣，大刘子突然讲，看来你坐三年劳改真是坐迂掉了，世事不通了。巧巧问这话什么意思，大刘子支支吾吾又不讲了，直到巧巧困觉去了，他才一脸坏笑地说，我不能讲，我要讲连升子坏话，巧巧非扇我嘴巴。我说你放什么屁啊？这种时候还有心思开玩笑。他说我又没讲什么，你急什么急？这样磨到半夜，他才讲出来：你晓得莫老大为么事要卡你？他是做戏给连升子看呢。

我讲，做戏不做戏，不都是要卡我吗？

大刘子就笑，连升子卡你是真，莫老大卡你是假。

我问这话是什么意思，大刘子说，你要真有诚心，我给你指条路。我当然有诚心，我都成什么样了你看不见啊？大刘子讲，就怕屎到屁股门你又不敢朝下蹲。我说我现在杀人的心都有了，现在就想把莫老大砍了。大刘子就笑，杀人犯法哎，犯法的事不能做。而且你砍莫老大也砍错人了，莫老大不过是执行者。他讲，莫老大昨天是演戏给连升子看呢。

么话？早先我也看不懂。大刘子讲，这些年我办厂厂倒，开店店亏，慢慢地跟干部混熟了，才摸到这里的门道。干什么事都要顺着干部的毛摸，你才能干得成功。你不把当官的毛捋顺了，摸舒服了，你就是累死你都不晓得是哪个下的药。他随便在哪给你下点药，你就死虾子一只。他今天不让你死，明天就让你死几回。你信不信？也不是说哪个人特别坏，人都差不多，一个鸡巴两个蛋，没哪个特别好也没哪个特别坏。他也不是成心要害你，他只是要得到他应得的那一份。那是他应得的。县里为什么要抓火葬？因为老书记升官了，他建的火葬场没生意。新书记要搞房地产，没土地。连升子为什么要抓火葬率百分百？他是看准了领导的这块毛痒痒，他不把这块毛捋舒服了，他能干成事啊？凡事都是有原因的。

大刘子讲，这些年天堂乡的头头换了一发又一发，来一发新人就要想一个新点子。讲起来都叫改革，是新思路。从前姓李上台是养长毛兔种留兰香，后来姓莫的当家是开矿，招商引资。现在连升子要搞旅游，为么事呢？讲穿了就是没钱花，腰包空了。天堂乡屁股大一个地方，要养多少干部？几百口人都朝他要钱，他哪来的钱？还不是朝老百姓要？要不来怎么办，就改革。这一回动静最大，连升子把县委书记都搞来给他壮胆。要求所有干部都要统一到他的新思路上来，叫做不换思想就换人。问题是头头换了部门还是那么多，思想换了问题还是那么多。部门的这些人也要吃饭啊。七个所八个办，还有好几个站，他们也要活啊。怎么活？朝老百姓要到钱才能活。莫老大那个部门，养了七八个保安，平常要收哪家的费要扒哪家的坟，都要靠这些黑头鬼子，可人家也不是铁打的，要吃也要喝啊？所以连升子一句话，丧葬改革百分百，不收费，其实底下都晓得是放屁，都等着看笑话呢。上回他们去水家涝扒坟，就是连升子听到汇报了，发了大火，乡里另外拨的钱，才扒成功的。所以讲哪家死人了，悄悄埋了也就埋了，没哪个管闲事。但你家情况不同，你家老爹就在连升子眼皮底下，乡政府个个都晓得，他要放你过身了，连升子在天堂乡一天都混不下去，都盯着呢。你要敢硬埋，他真敢硬扒，连升子这人你晓得，他能做出来，这话巧巧是不信的，所以我刚才不能讲。但真到了扒坟那一步，你家风水也就完了。

大刘子讲，我也不瞒你，今晚就是莫老大叫我来的。你别急，听我讲完再发火，你要不干，只当我放屁听个响，没哪个逼你。眼下你要想平安无事把老娘葬下去，只有一条路，到火葬场开一张证明来。火葬场的证明从哪来？抬个死人去烧。死人从哪来？一个字，买。到哪买？方家嘴子。方家嘴子有个孤老太前几天刚死，才埋的，他们那边管得不严。另外我给你透个信，到目前为止天堂乡有三户人家正为丧葬证发愁，家家都想土葬，所以要决定就趁早。这是老莫的话，他讲他跟你家老爹有交情，答应过老爹要帮你的，不然上次也不会找你去顶缸。你觉得受屈，你收人家两千块总不是假的吧？儿子救活了是真的吧？巧巧平安回家是真的吧？领不领情是你自己的事，我不过是个传话的，就讲这么多。

他讲完了，我头也大了，手脚冰凉。花钱买死尸，这是我长这么大头一回听讲。可我不能不服气，人家讲得是有道理。人家是比我聪明，这么犯难的事情一句话就被他点穿了。想土葬，不难，花钱去买。就隔一层纸，你就想不到。眼下我要过这一关，也只剩这一条路。

可是，可是买死尸要好多钱呢？我就是有钱又找谁去买呢？大刘子讲，这我就不晓得了，人家不过给你指条路，办法还要靠你自己想。

这一晚我只困了两三个小时，天麻麻亮就上路了。我想我得赶早把这尸体定下来，去晚了说不定就被人家抢了先。从天堂镇到方家嘴子二十里地，我走了两个钟头还不到，天大亮时我已经站在那个新坟旁边了。那个村的村长也好讲话，他明白得很，一开口就晓得你的意思。他说你给死者的亲属两千块，村里意思到了就行了。我晓得，这意思一下也是一千块。哪晓得那家的后人死活不干，话还骂得特别难听。这平时水都喝不上一口的孤老婆子突然金贵起来了，我跪地下给他磕头都不中。后来那个村长就使眼色，让我先回去。我想想这事还是有希望的，于是又马不停蹄朝家赶，现在剩下的就是赶紧找钱。

我去找大刘子借钱，大刘子问，你可是真想好了？我讲是。你真下定决心了？我讲是。你二回反悔再来找我麻烦怎么办？我讲我给你立下字据，我家房子随便你扒。

大刘子讲，那你也不要借钱了，现在就把剃头铺兑给我，我给你四千，不算少吧？余下那一千你去打点莫老大，你得把他那一班人嘴堵上才中。

大刘子这东西真奸，从小就奸，他是个捉住鬼都能卖钱的人哎。我不是不晓得他奸，但我没法子，事到如今他倒像是行侠仗义的好汉，是我在求他把我家铺子抢走。大刘子其实早就眼馋我的那间铺面房，他的小店在镇头，我的铺面在镇尾，一头一尾都归他了，他在天堂乡也就站住了。

我心里就像堵了一块烧红的铁，我把铺面给了他，我家连大门都封死了，将来怎么过？话到这时明白了也晚了，顾不了这么许多。这个世界哪个有钱哪个狠。想想真叫人穷志短，当初就为两千块能救命，去代人家坐牢。现在三年牢坐完了，又得拿家里铺面去换四千块，早知道这样还不如当初就把铺面顶给大刘子。我有三年时间外加两千块做么事不好？

当然，这些话我没跟巧巧商量。不是没时间，农民的交易，少的是票子多的就是时间。是因为这话跟女人讲不清啊，她只晓得喊，只晓得哭，从来拿不出一个好点子。女人永远搞不懂，一个男人除了养家为么事还要讲脸面。都讲女人难做，其实男人要在社会上混，比女人难得多，扛的多得多。

　　但是，四千块钱真的揣到腰里，心思又不对了。四千块，厚厚一沓子啊，我一辈子没拿过这么多钱。我别在腰里朝家走的时候，手心里全是汗，一直捂在那个地方。一只小雀子捂在手心，捂重了生怕它死了，捂轻了又怕它飞了。人这东西怪得很，没钱的时候总以为有了钱所有难题都能解决，可真是钱到手了一分一厘都舍不得。我一遍一遍问自己，这么干究竟值不值？我是拿自己家的老底子，一家三口将来的日子在换这张脸哎，就为听人家讲一句：这伢子真孝顺，比亲生的还亲？我这张脸当真这么要紧吗？退一步讲，就算是为赌气，跟连升子赌，跟莫老大赌，我把自家的铺面都赌掉了，又能挣来好大的脸？

　　不中，不中不中不中！我耳朵里全是这些声音，快到家门口时，我脑壳都要炸了。我不敢进家，我怕见到巧巧，我没法跟她交待嘛。我有法子了，我买到死尸了，我搞到丧葬证了，我能让老爹老太合眼了，可自己家呢？自家大门都没得了，被封死了，从此只能从后门进出了！

　　我上了山，直接来到坟前。我的头在老爹的碑上狠命撞，一点都不觉得痛。老爹哎，你白养我这么大噢，我是个人见人欺的东西噢，狗都拿我不吃劲噢，人家在我头上屙屎屙尿我都不晓得躲噢。你怎么不讲话啊？你伸手拉我一把啊？

　　在坟前躺了好大一气，渐渐地，头不痛了，倒是头皮一阵阵地发麻。后来才晓得，就那几天工夫，原先一头的黑发白了一半！

　　也就是那一刻，我的想法完全变了。为么事我要按人家的路数去做呢？既然大家都有点子，大家都晓得算计，为么事我就不能想点子呢？要想就想绝点子，绝到你们大家都怕，我打小就跟你们不一样嘛。

　　我没回家，直接到后院里拿了一把锹，找了根索，然后直接奔方家嘴子去。当时也没想别的，就是不想花钱买。

是的，我要去赶尸了。老爹伸手在拉我了。

六

水家涝其实不是水涝，是山岗。早年山顶上有片湖，有好几十亩大，所以就叫涝。后来森林砍光了，湖水也就干了，变成了旱地。再后来，退田还林了，又种上了树，是那种有人栽没人养的野林子，稀稀拉拉像秃子头上的毛。所以夜走水家涝也不觉得怕，不像早年，不但有兔子和山鸡，还有野猪跟豹子。早年大白天都见不到日头，一个人是不敢进林子的。不讲那些野物，就是树藤杂草也能缠死你。早年还有各种稀奇古怪的传说，迷信故事不晓得好多。有一个讲恶人的，讲他做了亏心事还死不认账，结果被山魈抓到林子里缠住，活活饿死不讲，身上的肉那些野物都不吃，嫌腥，最后是被蚂蟥吸干的，只剩下一架骷髅。有一种干柴就叫骷髅枝，从前上山砍柴顶怕这种柴，看上去粗粗的壮壮的，塞在锅膛里只冒烟不起火，家里人就骂，靠住又是骷髅枝！

我走水家涝就是看中了它的荒蛮，大白天也难得碰见人。另外，翻过水家涝就是方家嘴子，能省五六里地。还有一个算盘是，如果能把尸体背回来，我得先有个地方放，然后才能把老太换下来。我必须让人相信老太是真的拉去火化的，我的丧葬证不能是假的。

我看到了姓古的那家被扒掉的坟。墓碑倒在烂泥里，墓已经塌下去了，连棺材都砸烂了。我相信这家人已经不想重修了，他们也许连死的心都有了。在山里，认为最重的刑罚就是掘人祖坟，那些人下手就是这么狠。连升子，你真做得出来！我现在就是为了这家人也不能让你们得逞！

我这么想想又觉得自己不是很孤单，我是在为老百姓赌这口气。水家涝是个连狗都不来拉屎的地方，怎么就影响你的旅游事业了？你的事业真有那么要紧吗？一个农民，生在这里，长在这里，死了也埋到这里，怎么就看不过去？要发那么大的火？我非要跟你两个斗斗看！

去的时候还好，天还没很黑，站在岗上就能望见方家嘴子那片地界。我坐在岗上歇了口气，心想成与不成就看这一下了。我甚至想到，我也许这一生都决定在这一下。我不晓得么事会有这个念头，反正我真是这样想的。而且我相信，老爹在阴间也在为我出力。想到这些，我眼眶里有泪水打着旋，我对自己讲，你一辈子都笨，一辈子都属算盘珠子被人家拨来拨去，你总要当一回自己的家哎。

我找了一棵树，把树桠砍劈了，塞上一块石头。做上这些记号以后才把装钱的塑料袋埋下去。另外我想到，下岗的时候，一定不忘了在那些陡坡上凿几个脚蹬。还有，一定不要忘记回来走荒草地。总之我想得很细，想到了很多，也许一个人心里有了目标，就会这样。

下山的时候，天已大黑了，等找到那个坟，估摸已经很晚，我相信连狗都懒得出来了才开始动手。挖坟之前，我没忘先跪地下磕了三个头，我讲老太哎，对不起你老人家了，我也是没得法子噢，你帮了我这个忙，我负责给你选个上等盒子，每年都给你上香上供，我保证不比你困在这里差噢。

等把坟扒开来，我发现这家人也太缺德，就给老人裹了一张席子，连身棉衣都没得，我的这些念头也就不在了。我心里话，你们待老人这样，还不如让老人火化呢，那一点心亏的感觉立马跑得干干净净。天冷，土都冻硬了，等把人扒出来，我发现我根本背不走她，她身上的冻土起码一百斤。这家人为了省事，居然在坟上浇了水，这也太不是东西了。我只好把外面的冻土连单衣一点一点剥下来，一边剥一边还在心里头骂，我现在一点都不心虚了，甚至觉得我是在做好事，是来搭救这个老太的。

然后就是把尸体背上身。背死人跟背活人不一样，死人已经硬了，身子坐不下来，所以必须用索绑在身上。好在这些办法老爹教过，难不住我。这老太又瘦又小，也不晓饿了多少天才死的，所以也不很重。

苍天在上，厚土在下，天神在上，地煞在下，万物有灵，万牲有家，今日归根，来年发芽，逢山路开，遇水桥搭，有钱买路，脚下生花，疾——

我想走得疾，其实走不疾。翻水家涝山岗时还吃了大亏。原先铲的脚磴太陡，全都用不上。因为身上背个死人，根本抬不起腿来，实际上我是靠两只前爪着地硬爬回来的。这才晓得从前老爹讲得对，一门不到一门黑，百样武艺不压身，那些站立功，转弯功，行走功不是说着玩的。当初如果能跟老爹多学一点，今天也不至于这么犯难。有一段，我实在累得架不住，就差点起了恶意，想用绳索绑住尸体往山上拖。幸亏我没那么干，万一拽下一条腿或者胳膊，那就造孽大了。

老爹说，伢咪，将来你不论做哪一行，记住第一要紧的不是手艺，是诚心。心不诚，么事都做不好，做不长。赶尸这一行贱吧？贱行也有贱行的规矩！你受人之托，就要忠人之事，偷奸耍滑最要不得的。照讲，你收了人家脚钱，把死尸在乱坟岗上一埋，揣了钱就回家，哪个晓得？特别是乱世，打仗跑反，哪个来追究你？全靠自己心诚哎。你一次起歹心，二回再也没有回头生意，祖师爷赏这碗饭不是随随便便的。那些河南教的赶尸匠耍滑头，把人家死尸分开，把身子埋掉，头和四肢装在竹篓里，到地方再洒还魂水，看上去好看，可那已经不叫全尸了，那能不招报应吗？所以河南教的赶尸匠没有哪个活过四十岁。我们这一派从来不做这种缺德事。我们都是实打实地背，做人要有骨气。再苦再累，都要把真人送到家，爬，也要爬到家。让人家魂归故里入土为安。

伢咪，这碗饭不好吃噢，二回你不要学赶尸。你守着剃头挑子太太平平我就放心了。你晓得我为么事不能生养？就是背尸背的！那一年打仗，有个连长死了，当兵的凑钱，央告我一定把他送到家。原本不敢答应的，可那些士兵跪了一地，讲他是个好人，一定要送他回家，我看不过，只好答应了。哪晓得打仗哎，枪子不认得好人坏人哎，炮弹就在身边飞，你师叔当天就炸死了。我收了人家钱，答应了人家的事，就不能回头，也不敢回头，硬是在河沟里躲了一夜。三九天，你想想，那种冰寒刺骨，就那一下，小鸡鸡就冻缩掉了，缩到肚里去了。可那也得背，我一个人，硬背了七百多里地，把他送到家。他到家了，我自己也毁了……

伢咪，做人要有骨气噢，要咬得住劲噢，要心诚噢，要挺住噢……

一路，老爹的话就在耳边响。没有他的话，我真挺不住。

天麻麻亮的时候，有一个秃头鹰瞄上了我，有好几回，翅膀差点刮在脸上，我晓得它是闻到气味了。秃头鹰叫起来声音特别瘆人，咕，嘎嘎嘎——哭不像哭，笑不像笑，叫得你浑身发冷汗毛直竖。要是平常，早就腿软了，可这时我居然清醒到晓得这东西是在喊它的同伴。我要是不能把它撵走，不但尸体保不住，连自己恐怕都回不去，听讲秃头鹰顶欢喜叼人眼珠子。当时身上又没得火柴，不然有支火把还能对付一阵。没法子，我只有跟它拼命。我把尸体放下来，铁锹举着一动不动，像棵树一样动都不动，等它冲过来时迎头就是一下。就那一下，把我救了。后来才晓得，我头上脸上身上，全是血，不晓得是从哪来的。

等我回到了那棵树旁，取出了我的钱，再回头看方家嘴子，天已经大亮了。我对自己讲，今天一早就进城，再拿回骨灰盒子开证明，下晚回到天堂镇，还来得及办丧葬证，明天就能办事了。

我得永远记住这个日子，农历腊月十九。那一天，我脱胎换骨。

七

办完事，我算过一笔账，除去开销还剩下两千多块。我准备用一千块去摆平方家嘴子，我相信一千块足够，甚至还用不了。我很奇怪自己，现在想么事跟以前都大不一样了，想什么事肯定得很，没有二话，更没有犹豫。从前可不是这样，我得感谢腊月十九这个奇特的日子。

还剩下一千多块能做么事？我必须面对这个问题。我现在已经没有剃头铺子了，即使有我也不可能再做了。巧巧哭也哭过了，闹也闹过了，我家大门已经封上了。是我亲手封的，一点都不心痛。我的心已经野了。

我发现这世上的路是走不完的，就看你敢不敢走。眼边前的事实就像一个万花筒，我钻进去了就有了各种各样的可能。我确实开窍了，用一句时髦话来讲，我从这里面看到了巨大的利润空间。从前那二两醋钱再也不可能吸引我。

我去找了莫老大，我讲我请你到天堂酒家凌霄宫喝酒，一来是感谢，二来也是有点事情要谈。讲这话时我腰挺得笔直，脸上也没有以往那种低三下四的笑。

莫老大愣了一下才笑出声来，说你小狗鸟也想开了？

我讲是，我想开了。我想大刘子讲的是对的，你要想做成一点事，你不把干部的毛捋顺了，摸舒服了，是不中的。我首先得把他的毛捋顺。

我叫了一桌菜，陪他喝了三杯酒。然后我讲，你那边的事我承包了。

他讲，么话？

我又讲一遍，我讲我一揽子全部承包了。

他笑到岔气，讲，那我喊你任部长呢还是喊任主任？

我讲，部长是你，主任还是你。但那一摊子事归我。

莫老大把酒杯在手上旋了半天，讲一个蛤蟆四两气，做人气性太大了不好。任义子你老把我当个对手，我不就当个小干部吗？跟你有什么两样？

我讲我没跟你赌气噢，我感谢你还来不及。我是真心实意跟你合作。你想想吧，过几天再答复不迟。然后我就走了，把他一个人留在凌霄宫里快活。

事实上莫老大愿意平等对话是第三天的事。也许他认为我这个人可靠，也许他觉得反正我不干也要找旁人干，总之他愿意合作。我们就在老皂角树下碰的面，三句两句就谈妥了条件。

协商的结果是三七开，每发一张丧葬证他提留三成。也就是说我卖一具尸能得两千多，乡丧葬办也能提留两千多，他的理由是，你不能让公家吃亏哎。我想也对，公家是不能吃亏的。

接下来就是招兵买马。他手下那些黑头鬼子我一个不用，这些人名声太臭。莫老大也承认，这些人吓唬老百姓还中，干大事指望不上。

我首先找的是黑牙，一个狱友。这伢子是个孤儿，跟我差不多，话不多，下手狠。另外黑牙住县城，四里八乡都够得着。我跟他讲，你跟我干没得亏吃，有我一口就有你一口。他讲任哥你放心，在牢里我就跟定你了。
　　开头几单不是很顺，一般人都还接受不了，土葬一下要花八千块，等于平白无故挨人捅了一刀，血流得莫名其妙，一般都还想不通。这种心情我们都理解，所以也不催他，只是告诉人家有这么个路子，留下联系方法。但人就是这样，磨久了磨烦了磨怕了，哪个不想早点了事？一个死人躺在家里，就是在催命。当初如果有人跟我讲八千包办，我把屋全扒了也就扒了。
　　后来我们做开了，人家也就慢慢承认了。因为毕竟我们是在帮人家忙，你有难题我帮你解决。而且这话还不能公开讲，公开我们都讲火葬好，文明，环保。只是在人托人情况下在万般无奈的情况下才透露一点点。现如今你讲办事不花钱，是免费服务，哪个信？宁愿花钱买平安。事实情况也就是这样，有现成例子摆在那里，花了钱真能入土为安。
　　也有不听劝的，不听劝的结果就是鸡飞蛋打。过几天去做头七，碑还在，坟塌了，人早就飞了。你埋到哪个深山老坳都没得用。再回头来找，我们也只能表示同情，希望他去报案。他哪敢报案呢？你私埋乱葬不罚你就是客气。
　　挖尸体全部是临时雇的外地民工，挖一个五百块，拿上钱走人，干一次就换，决不拖泥带水。这种人在车站附近最多，一般都是没得路费回家的受骗民工，好找得很。黑牙在这方面还比较听话，不贪多，也不欺生，不像后来的那几个员工，经常给我找麻烦。当然，做长了人总有疏漏的时候。
　　最紧张的一次是，有一个存尸体的地方暴露了。那是个废砖窑，因为怕临时急用，就存了几具尸。哪晓得附近有几户五保户，闻到了味道。死尸味臭得厉害，是那种恶臭，那种臭我形容不来，反正是一闻到五脏就能翻过来那种。他们还听到拖拉机响，看到半夜里拖拉机往里面运东西。几个老人就到派出所里去报案。

派出所接到报案当然要查，那时民间已经有不少议论了。有讲亲眼看见诈尸诈坟的。有讲看见鬼魂走路的。也有人讲看见半夜盗尸的。事实情况也是这样，哪家的坟被扒了，埋的人不见了，都有名有姓的，时间长了想瞒是瞒不住的。

那天我是下午接到莫老大的电话，当时我还在邻县。他讲你那个事情发作了，赶快处理！我问是哪个事？电话就断掉了。我有点奇怪，莫老大从来都没跟我通过电话，怎么会突然这样讲呢？再一想我就明白了，立马通知黑牙，连夜转移。过后我特意到那个村子去看，才晓得派出所真是搜查了，只查到几筐烂西红柿。几个老头还不服气，讲西红柿怎么会这么臭呢？不可能的嘛。

这一次让我吃惊不小，后来就想到买通殡仪馆的点子，把死尸存到冷库里，又卫生又安全，需要了就直接拖进炉子烧。

我赶回来请莫老大喝酒，感谢他帮忙。开头他还假码十七地把我训一顿，讲我给他闯了大纰漏，连累他工作不好开展。

后来我听烦了，讲，我无所谓哎，你要讲不干了，我现在就歇手。我本来就是农民。然后两万块往桌上一拍，红彤彤地两沓子。

莫老大想想就笑了，说你狠你狠，我儿子刚刚考学，还在发愁呢。

我说我不狠，我累了半年都代你忙了，连吃饭钱都挣不到。

那莫老大也棍气，听我这样讲立马退回来一万块，说，任义任义，你仁我就义。

话说到这一步都觉得近了不少，这才知道莫老大其实也是伤心人，讲起来部长主任当着，实际上一大家子月月亏空，老的要看病小的要念书，不另外找一点他都不晓得怎么活下去。他的活法也简单，莫老大讲，你上头出什么新点子我都不反对，不管你天上下什么雨，总得让地里打点粮食哎。以前我老以为都是这些乡干部跟老百姓作对，一天到晚要钱收费，乡里黄头鬼子来黑头鬼子去，老百姓恨的都是这些人。现在听莫老大讲我才晓得，他们讲起来是国家干部，是为国家做事，实际上国家并不给他开工资。他的工资都要在老百姓头上出，你老百姓欠粮欠费实际上就是欠他的工资哎，他能不跟你急吗？

但这件事确实来得蹊跷。我问，你怎么晓得派出所那天要搜查砖窑？

他说，我也觉得奇怪，正想问你呢。你是不是跟派出所的黄所长有关系？

我说没有啊？他说那就怪了，老黄以往跟我一直不大对劲，可那天明明是故意跟我透的风！当时我考虑事情闹大了对哪个都不好，就赶紧打你手机。

这不是出鬼了吗？难道派出所是看我穷很了想帮我一把？要不然就是放长线钓大鱼？黑牙也告诉我，他那天在城关镇也碰见公安局的人了，他们正对一片坟地指指点点。黑牙说，要不然就先避避风头看看再讲吧。可那几天我们的生意刚刚转旺，订单多得来不及做，眼睁睁票子到手了又化成灰实在不甘心。想来想去觉得好像也不像，公安局也没这么好，先警告一下，不中二回再抓你？难道他们要在全县范围内拉网？最后才一网打尽？再一想，他有多少大案还来不及破呢，凭什么就把我当条大鱼？

我问莫老大，挖坟盗尸能算个什么罪名？能判好多年？莫老大想了半天想不出来，他还没听讲过有这种罪。盗窃？抢劫？扰乱社会治安？好像都不像。后来他就讲，自己吓唬自己没得用，有情况我自然会通知你。公安局看坟地，很有可能是看中那块地皮了。现在县里各个机关都在忙圈地盖大楼呢，肯定跟你联不上。

我讲前两天有人给我算过一命，讲我有贵人相助哎。

莫老大讲，这话还有点像，也许就应在这件事上了。

总之七上八下过了几天，看看，没什么动静。再看看，还没得动静。心里就躁起来，好像盼着要出点什么事才好。

刚好那几天我家巧巧不安生，天天跟我吵，吵得六神不安。巧巧本不是那种小鸡肠子女人，性子直，也野，但从不记仇。以往吵嘴也吵，两天一过她自己就不记得了。你要再跟她提，她就趴你肩头上哈哈一笑，讲，我讲过那种话吗？你咸盐都卖得馊噢任乂子哎。可这一回不同，这一回她咬死了我身上有股子死人气，不让我上她床。

我晓得我没有，我就背过一回死尸，就是那个孤老太，哪能到现在还有气味呢？我晓得她是讲我做的这个营生。我一直讲在外头跟人家合伙倒点小生意的。我是真的没法跟她讲，妇道人家到底胆小，讲了怕她架不住。

其实巧巧不快活也不是一天两天了，从我到家办老太丧事开始她就没快活过。开头是为火葬不火葬，要是搁今天，也许就火葬了，火葬也没好大的事。可当时就是转不过来，好像天塌了，好像全世界都在害我。后来就是为我盗尸，她明知是假的也不敢声张，心里憋了老大的火。只是安葬的时候特为把那个盒子放在老太身边，磕头磕得格外多格外响。我晓得那都是跟我赌气，做给我看呢，我也只好由她去。再就是为铺面顶给大刘子的事。不过这事还好，还没大闹，眼看着我把大门封起来也没闹，就是在床上躺了两天。再后来，就不对劲了。

时间长了总是瞒不住的我晓得，我的想法是，等我赚到了一笔就歇手不干了，我不贪心。当真票子烫手啊会咬人啊，讲到底家里还是缺钱，她也晓得没钱不中，所以一直都跟她糊弄。哪晓得那天她跟我来邪的。

那天，我多喝了两杯，又有几天没进家了，到家就往大床上一躺。我喊，巧巧哎，快过来让我香香噢，我累死掉了。巧巧过来了，说你别躺我床上，我害怕。我讲怕么事啊，现在我们有票子了，你想买什么你讲？你看看，有好多！我就把腰包袋解下来给她看，那里头有三四万。你怎么都想不到，她接了腰包袋直接就塞到锅膛里，擦根火柴就要点。那就能让她点了吗？我差不多是从床上横着飞过去的，一头撞在锅台上，三把两把才抢出来。

巧巧讲，你个缺德带冒烟的东西哎，这种黑心钱你都敢拿啊？你蹲三年劳改还没蹲够啊？枪子子到了脑壳后头还当苍蝇哼啊？我就问她这话是从哪听来的，她讲这还用听吗？你做什么好事你敢讲出来吗？再问，她就承认是连升子讲的。连升子还要她提醒我，不要太过分了，讲他一直为我担心。巧巧讲，你看看人家连升子！人家那么忙还要为你操心。你三十几岁了不是三十几斤！

又是连升子！我一听巧巧讲这三个字头就大了。

我讲好好好，连升子好，你跟连升子过吧。连升子今晚可来？你讲明了今晚有插花的我就让他嘛，现在可来得及？来不及我就躲锅灶后头。

那天我是气昏了，把能想到的脏话全部骂了一遍，骂得一嘴白沫，到水缸里舀水喝。再回头看巧巧，她已经躺下了。她讲，骂完了吧？没劲了吧？没劲你就听我讲一句：我愿意找哪个插花是我自己的事，天堂山自古就有这规矩，你管不着。我就是找一百个插花的，屁股也比你脸干净。

都冷到这种程度，再讲也就没意思了，只好一个人走出来。

我真的不干净吗？当真连升子要踩我一辈子吗？永远都不能翻身吗？那天晚上我一直在问自己。我拎着个腰包袋孤零零地坐在老皂角树下想了好几个钟头，看着乡政府办公室的灯一盏一盏熄掉，我不晓得连升子办公室是哪一间，到底还是没上去砸门。

后来我想，我一定要到城里去。就是坐劳改，我也在城里上车。

八

我在城里注册了一个文明丧葬礼仪服务公司。租了个铺面,买了一台小四轮拖拉机。买宝马是后来的事,开头还是很艰苦的。铺面里摆一些花圈纸箔,黑纱孝服,还有各种档次的骨灰盒。火葬生意我们也做,还代办丧事,差不多是一条龙服务。我们和各个医院、殡仪馆都有合作。当然最赚钱的还是土葬,越是不准土葬钱就越好赚,规定越严厉利润就越高。

富贵险中求,这是古话了。

有天我回天堂乡代客户开丧葬证,在走廊上碰见连升子,就硬着头皮上去打招呼。哪晓得连升子见到我,抬手连连点我的鼻子,点了半天一句话还没讲出来,一个字都没吐出来,掉头就走了。弄得我好恼火,心想我也没掘你家祖坟,恨我恨成这种样子。

奇怪的是莫老大一见我就笑了,说你的贵人是哪个啊?就是连升子哎!

莫老大说连升子昨天在会上表扬了丧葬办,还特为叫我转告你,不要出纰漏,特别是现在这段时间,千万不能出纰漏。

我讲这就出鬼了,刚才他还对我那么凶,差点生吃了我。

他说这就对了,他心里恨不得生吃了你,可实际上又不得不保护你。你想想,派出所又不归我管,黄所长凭什么要跟我通气啊?你搞的那些鬼把戏当真人家看不出来呀?现在上上下下都怕这一块出纰漏!因为什么?天堂乡上报纸了,火葬率百分之百已经吹出去了,县委又把天堂乡的经验到处推广,一旦出了事哪个最害怕?当然是连升子。

我说那我干脆请连升子吃个饭,索性把话讲开,免得大家人不人鬼不鬼。

莫老大说万万不可。他说连升子是个走仕途的人，他怎么会在乎你这点小钱？他在乎的是县委徐书记！只要徐书记想抓火葬抓旅游抓房地产，他就会一直帮你捂，你只要不是太过分了，他都一概看不见。一旦徐书记心思变了，或者来个马书记牛书记了，你就趁早歇手，赶紧滚蛋！

人说比干心有七窍，聪明。我看比干到这帮人还远得很。

这倒让我想起大刘子点拨我的那个话：顺毛摸。当时我还不大懂，现在我是一百个相信。大刘子开个小店，整天没事跟人家练嘴，倒真练成二乡长了。老百姓要顺干部的毛摸，小干部要顺大干部的毛摸，大干部要顺更大的干部毛摸。一层一层摸上去，大家都能得点好。而且还能进一步朝下想，你只要摸对了干部的心思，他还会想点子帮你，到了一定程度，他还生怕你不满意，生怕你不把他当自己人。你做过头了，他还千方百计帮你圆过去。到了这一步，他的尾巴实际上已经捏在你手里了，他要是想犯怪，你手上轻轻一捏，立马老实。所以，你要做的，实际上就是给他安一条尾巴。

我好快活啊，一颗心到喉咙口探头探脑好几回，现在总算大摇大摆回到肚里困觉了。连升子小狗日的尾巴总算被我捉住了。

有回大刘子来玩，我问他连升子现在怎么样了？大刘子讲连升子现在比龟孙子都乖。不像刚来时那么张狂了。刚来的时候好厉害啊，要改这个改那个，宣布多少条纪律，不换思想就换人，还不许干部下乡扰民，哪个违反就处理哪个，一副改革家样子。现在怎么样？见到哪个都把脸挤扁了笑，还握手摇膀子，还整天撇个洋腔，你好？你好吗？原因也简单，两年多下来，把人得罪完了。那七个所八个办还有几个站是好惹的吗？他们都是实权派，又都是这个代表那个代表。眼看就要开两会了，他敢不老实？

我想想，这个世界真是好玩。当初连升子要抓火葬率百分百是要顺徐书记的毛摸，莫老大免费服务是要顺连升子毛摸，我要承包丧葬证是顺莫老大的毛摸，现在又反过来了：等于我给莫老大安了一条尾巴，莫老大给连升子安了一条尾巴，连升子又给徐书记安了一条尾巴。讲起来各人都有各人的心事，摸来摸去反倒摸成一家人了。

后来四里八乡全做通了，还有医院，殡仪馆，全都成了朋友，有什么事一句话。朋友多就这点好，哪里有消息立马就晓得。开头还不行，哪里埋了死人，还得到处打听，还真出过不少事。后来关系多了，也就不用存现货了，随时要随时挖，还都是新鲜的。我办公室有各县的地图，四里八乡，邻近几个县，哪里埋了死人，埋的是什么人，立马就晓得。不是所有的尸体都能挖的，这要看对象。有些关键人物不但不挖，你还得照看好。

关系多到什么程度？这么讲吧，今天医院太平间到了多少新人，火葬场送走了多少旧人，我当晚就有清单。我再跟你吹个牛逼：如果你有急用，我一个电话，从化尸炉里直接给你拖人。你家有人要烧的话，我保证给你打折。还保证质量，那些参加火葬的家属哪搞得清楚啊？哪根骨头是自己亲人的？还不是我的人给他随便铲两铲？

有一回闹出个笑话，一个朋友临时打电话来，非要马上给他办一个火葬证明。当时正在饭店里请客，我又走不开。我就打电话跟火葬场商量，能不能先开一张。他们说进炉子的人数都是有电脑监控的，不好改的，一改那头就知道。我说你怎么这么笨呢？你烧一半留一半，下次回炉再烧，电脑也能看见吗？他们后来说我有创造性思维，硬是把一具尸烧出了两个证。我讲这就好比你到馆子里吃鸡，可以一鸡两吃，也可以一鸡三吃嘛。他们都笑。

议论当然有，怪话也不少。还有直接骂娘的。讲兔死狐还晓得悲呀，人入了土都不得安生吗？还要掘坟扬尸啊？死人还要榨二遍油啊？哪朝哪代见过这种怪事啊？从前听都没听讲过。你没听讲的事情太多了。

我这人不欢喜讲话，更不欢喜跟人抬杠，我只晓得做实事。听领导的话，我们不搞争论，闷声大发财没得错。精神文明不好吗？火葬率百分之百不好吗？发展旅游经济不好吗？只要政府号召的，你就放心大胆去做，顺毛摸没得错。

去年在天堂乡召开全省火葬工作现场会。县委徐书记喊我介绍经验。我讲我不晓得讲话噢，你喊我当委员我也不当，你喊我当代表我也不当，只晓得做实事。后来他就笑，讲我是农民企业家，还保持农民的本色。我讲我本来就是农民嘛，没得色。大家就鼓掌。我看见连升子也在拍巴掌，还特为带上一句逗他玩玩。我讲连升乡长最了解我了，我们鸡巴拖痰灰时候就在一堆玩，我干的事他比哪个都清楚！我看见他脸色煞白，腿肚子跟过电一样抽个不停，差点昏过去。后来省领导就做指示，要加强科普宣传，要破除迷信，要移风易俗，要教育农民……

现在公司做大了，这些低档次的生意也不大做了，除非朋友帮忙。我主要考虑一些高端问题。但人的生活圈子变了，也容易得罪老朋友。

比方大刘子，有次来找我玩，当时正有客人，就把他打发回去，老大不高兴。后来我专门请他吃饭，赔礼，坐在一起又没得多少话讲，讲来讲去都是过去的旧事，实在累人。吃饭时候他看我尽点蔬菜，生怕我不给他吃饱，还特为提醒我这家店的老鸭汤不错。

我哪是舍不得钱呢？钱对我已经不重要了，我是精神不够，这是大实话。我从来不亏待老朋友，黑牙讨老婆，我一笔就给他五十万。就是大刘子，来讲他店里生意怎么怎么好，就是地方不够用，我晓得他的意思，当场就叫秘书打一个委托书，把家里三间瓦屋委托给他。因为是祖屋，白送他也不行，犯忌讳的。但我讲清楚了，房子永远归他了，将来我也不会回天堂山了，回去也不会住了。

我这人就怕做亏心事。方家嘴子是我的转折点，我到死都不会忘记的，后来我明里暗里给他村里帮过多少忙？他村长搞不懂，他早就不记得我了，要送东西我也不要，只好把我的照片印了好多张，每家挂一张。他们要是明白，应该把那个孤老太的照片每家挂一张才对。

其实我就是怕做梦，睡觉我不敢关灯。

我跟黑牙分手的时候，两个人喝了不少酒，黑牙还流了泪。我说你要记住，我离开以后不管遇到什么难心事，亏心生意都不能再做了，任何人找你都不能做。黑牙说，任哥我听你的，你就是我的再生父母哎，不听你的听哪个？我说话不能这么讲，这么讲不通。讲到底还是要做人。

这话应该怎么讲才通呢？我还没想出来。

九

要讲亏心，自始至终我只对一个人亏心，那就是巧巧。

巧巧疯了。这是我万万没有想到的。我也不可能想得到，我一个人在外忙得跟疯狗一样，有时饭都顾不上吃一口，哪能想到她的感受呢？原先只晓得她是生我气，气头上骂几句，骂过了就算了。哪晓得她能这么想不开呢？我忙里忙外，累死累活难道不是为她吗？她就不能为我想想吗？

乡里有人打电话，讲巧巧满山遍野跑，几天几夜在外头跑，也不吃饭，高兴就唱两句，不高兴就整夜鬼喊，现在嗓子都哑掉了！

吓得我滴尿，忙问我小宝怎样了。他们讲小宝还好，有邻居看着呢，就是看见他妈害怕。他妈现在也不认得小宝，看见就跟没看见一样。

我跳上车就朝家跑，一路上，心就跟刀戳的样，车子颠一下，血就冒一下，浑身都在滴血。人家讲真夫妻是前世冤家，现世是来讨债的。平时不管怎么吵，棒打不散刀砍不开，就是死了肉烂了，筋还是连的。我跟巧巧从搭妈妈锅开始，就玩在一起混在一堆，就是坐劳改心也困在一堆呀。

小时候我是又呆又笨，就是有一身蛮力。她呢又聪明又漂亮，山歌还唱得好，那个声音就像天上来的，一点荤腥没得。可她偏偏愿意跟我好，任谁都想不通。有一年县剧团来演戏，听她唱过几嗓子就要收她，她死活不干，还跑来逗我：小他哎，你猜我去不去？我讲那还用猜吗，有的吃有的喝还拿工资逛商店跑码头！她讲我偏不去，我气死你！我讲你去不去都不关我事噢。她就骂，呆子，任呆子！

哥喂你呀真是个呆
姆妈在家你不敢来

小时候我是呆，一句话到嘴边要分几段才能讲得清。可我不孬，念书不中我做事中，炸油条打糍粑，犁田打耙，砍柴摸鱼样样都中。我身大力不亏，每回跟我家老爹学赶尸玩走脚，出力的都是我，背尸都是我，喊脚的摇铃的都是连升子来福子大刘子。我背的尸就是武巧巧，巧巧欢喜叫我背，喊她走脚她不干，喊她摇铃铛撒纸钱她不干，她就欢喜叫我背。她咬我耳朵根讲，小他哎，你身上的汗好好闻噢，骗你是小狗！

一来二去我们都大了，赶尸不好玩了。初中毕业了，高中上不去了，回家做田了。只有一个连升子，去县城读书了，去省城读书了，去外头做官了。而我们，也长高了，成人了，胡子拉碴想女人了。

小他哎，我给你当老婆，可好？我讲，噢。小他哎，你是呆呀还是孬啊？三棍子打不出一个屁！我讲，噢。小他哎，你真孬哎，孬死掉了！我讲，连升子比我聪明，你跟他吧，进城逛大码头。小他哎，我就欢喜孬子，你还不晓得吧？

> 粉嫩嫩的小手白花花的身
> 就不晓你伢安的是什么心

其实我哪不晓得呢？那么大的人了，我什么都晓得，就是不敢。巧巧哎，我家穷噢，你没听讲过吗？冷尿饿屁穷扯谎噢，怕你跟我吃亏噢，熬不住噢。小他哎，穷是么东西呀？好些钱一斤呀？亏是么东西呀？怎么吃呀？巧巧哎，我怕连升子有一天来插你花噢，我真怕他回天堂山哎。小他哎，怕人插花没得用噢，天堂山自古就有这规矩噢，可惜能插我花的人还没生出来！

那时候，巧巧妈妈还不大情愿，主要是嫌我家穷。但天堂山的规矩是闺女大了自己找婆家的，又碍着我老爹的面子，大家都磨不开口，只好拖了又拖。后来巧巧急了，把小棉袄绑在肚子上到处跟人家讲，我有了我有了。又跟她妈讲，准备接生吧。她妈到底没能犟过她，答应了。其实那时我们连嘴都没香过！我是听讲了这事以后才敢做。

巧巧哎，你晓得什么叫家？为么事家家大门都要做七块板？为么事饭桌也要做七块板？我教你数数。我把着她的手——有的七（吃），没得七，有的七，没得七，有的七，没得七，有的七（吃）喽——

小他哎，你敢亲我噢？你闷头驴子偷麦麸噢？我告诉老爹打你认不得家！巧巧哎，有你在我才有家噢！

蕨菜荠菜灰灰菜
清水咸盐也是个爱

　　这些事，这些话，这些歌，这些从前的杂花花，放电影一样在眼边晃，心都晃碎了。吵也吵过了，哭也哭过了，闹也闹过了，她晓得她已经挡不住我了。我已经把公司开到县城里去了。
　　我的心思是避一避，等她气消了再把她接到城里来，等她世面见得多了，自然就明白我的苦心。她要什么我都愿意给她，我真是巴望她能快活，可是要我歇手不干，要把我送回去坐劳改，我没法子答应嘛。
　　她千不该，万不该，不该去找连升子。我讲这话不是怕她跟连升子有什么关系，刚回来我还有这个心思。后来我进城以后才晓得，城里那些年轻漂亮的小姐大把抓，连升子哪能看上她嘛。她都三十好几了，农村妇女风吹日晒雪打雨淋的，三十几的脸还能看吗？我不担心这个。
　　我也不担心她告发我，我那点秘密在她看来是个事，天打五雷轰一样，硬在心里憋了一两年，斗争了一两年，不晓得好大的罪过。可这点事在连升子那里早就不是秘密了。连升子起小就是个能豆子，那么聪明的一个人，他能不晓得利害吗？按大刘子的说法，连升子最清楚哪头大哪头小，他做什么事都要反复算计的。他有粉不往脸上搽专往屁股上抹？现在天堂乡是全省火葬工作的先进单位，他的火葬率百分百到处都介绍经验的，他能扒开我老爹的坟去看吗？他敢吗？何况他下一步就要搞民俗文化旅游节了，他有板凳不坐偏坐树桩子？我也不担心这个。
　　我害怕的是巧巧受不住。巧巧心太慈了。巧巧没经过什么事，她把连升子看得太高了。在巧巧眼里，连升子是我们这帮人中的人尖子，文化高，又是干部。动不动就看看人家连升子！连升子是一杆秤一把尺，他不公道哪个公道？连升子肯定站在她一边。她心里就是这样想的。她心里憋了一两年斗争了一两年，是舍不得我，是怕送我去坐劳改。现在，她连这一点都舍去了。

我是真希望连升子能给她一个说法，能理解她可怜她，帮她大骂我一顿，发狠心发毒誓要把我抓回去法办。反正他扯谎扯惯了，多扯一次也无所谓。那样她心里也许好受一点，起码不会想不开。可是连升子没有这么做。

实际情况是，连升子对她非常小心非常客气。我估摸连升子肯定劝她不要瞎讲不要瞎猜。连升子还会说，任义同志（我现在也是任义同志了），任义同志是个农民企业家，县领导对他很重视哎，你要帮助他支持他哎！有人看见，连升子亲自送她出的乡政府，连升子还站在老皂角树底下对她笑着挥挥手。

就是这天夜里，巧巧疯了。满山遍野地跑，几天几夜不着家。

我找到巧巧，她坐在田埂头上，一头的草屑一脸的灰，眼睛子一动不动，细一看，是白的。我喊，巧巧，巧巧你不认得我啦！她笑一下，不吭，只顾啃手指头。我哭了，我说巧巧，我是任义哎，我特为家来陪你噢！

巧巧讲，我是鬼哎，你是哪个？

后来又把小宝抱来，小宝喊妈妈，她也听不见，只讲自己是鬼。

我急了，听人家讲，人犯糊涂时打一巴掌就能打过来，就狠狠捆了她一耳光。

巧巧从田里爬起来，一点痛的样子都没有，说，你来啦。

大家都讲，好了，好了，这下清醒了。

巧巧却说，我是鬼，你来捉我的吧？捉我卖钱的吧？我能卖钱哎。

我蹲地下抱头大哭。

十

　　这是又一个春天了,天堂乡组织的盛世天堂民俗文化节开幕。我本不想来的,连升子发请柬打电话也不想来,我说我跟天堂乡已经没得关系了,我户口在城里了。徐书记非拉我来捧场,说你是天堂乡的骄傲,你不来大家都没面子。后来想到刚刚签了一笔大单,紧张了好几个月,出来散散心也不错。

　　来了就先站到乡政府新楼的台阶上看阅兵。乡政府如今盖了新楼,把从前的老皂角树扒掉了,成了个大广场。这开幕式还真搞得一本正经。乡里七个所八个办还有那几个站,还有莫老大的黑头鬼子们,都穿制服戴大盖帽站成方队,连升子跑步到我们跟前喊,首长同志,阅兵准备完毕请指示!徐书记说开始吧。然后十几个方队咔咔咔地从我们面前走过去。徐书记喊同志们好!底下就喊首长好!徐书记喊同志们辛苦了!底下就喊为人民服务!然后大家就死劲拍巴掌,我一个从前人见人欺的农民站在他们一起拍巴掌,也跟做梦一样。然后就是参观,连升子撇着洋腔,拿着一个电喇叭亲自给旅游经济考察团讲解。

　　各位领导,各位来宾,女士们先生们,请看——

　　我们天堂镇是一个巨大的船形围屋,几百间房屋共用一圈围墙,街道也是包在围墙里面的。在高山上看,这个围屋就是波峰浪谷之间漂浮的两头尖尖一条船。经过考证,这是明末清初的建筑,距今已有四百年历史。相传,我们的祖先殚精竭虑,经过数代人的努力,才盖出这么一条大船。当时交通不便,深山里建一条大船,为了什么呢?为的是平平安安和和谐谐,那时这里没有党组织也没有政府,他们是如何达成共识的呢?这还是个谜。

　　我心想,天堂乡还是乡,变不成天堂。唯一的变化是街心站着两个穿黄色反光背心的人在扫马路。大概这就是连升子的环保经济，我听讲镇里家家茅厕都扒掉了，现在屙屎屙尿要跑到沙河边公共厕所去，还不晓得冬天怎么过。他的解说词也不怎么样，如果我站山头上看船屋，就觉得这是一个快淹死的老人浮在海面上，只剩下一张大嘴巴，拼命地喊救命。

连升子撇个洋腔继续说，我们这里盖房与别处也不一样，别处是先砌墙后盖顶。此地是先搭架上梁，然后盖顶，最后才砌墙；别处是将凹形的瓦背嵌在两根椽条之间，此地是将瓦背立在椽条上的。立于椽上而不倒，那才叫个真功夫。层层叠叠上去的瓦片就像一张布满机关的大网，一处瓦碎全镇都响。从前有一伙小偷不服气，趁晚黑上房行窃，还没走几步里头就知道了，逮个活死。因此方圆几百里只要讲天堂镇的瓦匠，出价都高一些。

天堂镇有一半居民是手艺人，一年里有半年是在外面做生意，挣了钱就赶紧回家过快活日子。他们懒是懒一点，可懒得有道理：人生在世第一要紧的是什么？是快活。辛辛苦苦在外面做，家怎么办？挣一堆票子把快活丢了还有什么意思？这是天堂人的思维方式，很有点人文精神。天堂人都想得开，这里的男人都"巴家"，家是快乐的重要源泉。有钱无钱回家过年。男人们能带两个钱回来更好，实在没钱也要在家里休息半年，养足精神来年再做。女人也不见怪，看到钱高兴，看到男人回家更高兴。要是男人脸色不好就问一声：又上老板娘当了吧？男人只要答一声嗯哪，女的就再也不问。手艺人出门在外，什么故事都有可能发生的。和东家结过账，一般都要喝一餐酒，酒喝好了一般都有老板娘来纠缠，嘻地一笑裤子就掉下地了。这种事还怎么问？出门在外事事难哪，女人们也想得开。

哄的一下都笑了，连升子更来劲了，脸涨通红地说——

我向大家透露一个秘密：此地尽管偏僻，男女关系上并不保守。男的出门在外，女的也有被人家插花的。插花就是把一枝花插在柴禾挑子上，或者菜篮子把上，要是女的愿意呢就把花收下，晚上就代你留门。要是女的不愿意呢，就把花摘下扔掉，大家不伤和气。旁人也见怪不怪，是女人都欢喜有人爱，十个女的九个肯，就怕男的心不稳。讲开了就是两个字：愿意。人家愿意天王老子也管不了！

哄地一下，又笑了。

但我跟大家说清楚噢，插花有插花的规矩，一对一，跟第三者无关。花是不能插在人家门头上的，插在门头就是打这家男人的脸。寡妇是更加不能欺的，寡妇家里还有死鬼。做了这种事，就被认为不上路子，两个人的事，你情我愿，不能伤及无辜。从前有个媳妇上山砍柴，一担柴禾挑进家才发现里头夹了一枝花。这媳妇犯了愁，她是没留意，真不知道是哪个插的，却又不敢坏了规矩，就跟丈夫商量说我们不能破坏规矩，你不如躲在锅灶后面，来了人我就跟他讲清楚我不愿意就算了，他走后你再出来，乡里乡亲的别当面打人家脸，丈夫答应了。谁知这插花的来了，正是她从前的旧相好，多年不见面这一个不字没到嘴边身子已经软了。一头是丈夫一头是旧相好的，这媳妇心里头有事，配合上难免就差一些。结果那个人还没怎么说话，她丈夫却心急了，扒在灶头上喊：孬子哎，屁股上垫个枕头嘛！那个旧相好的一惊，掉头就跑，自此坐下了病，到死也没能回到天堂山。

再次哄堂大笑。徐书记说，各位老板听清楚了吧？不能坏了规矩！

连升子接着说，此地女人个个漂亮，个个勤快会做，犁田打耙，割稻插秧，全是女人的事，去河里挑水怀里还吊着一个伢。这是真正的农家乐！有时忙得米下锅了，还找不到柴禾，就喊伢子到邻家去讨。要是大家都没有呢，她们就约好一起上山，可见要插花也不容易噢。上山砍柴是她们的一个保留节目。辫子自然要梳的，衣裳也要光鲜一点，柴刀磨得锃亮别在后腰上，谁也不想比别人差。然后一条扁担一根索，站当街上喊：大姑娘上轿啊？想插花也不能这么想法子！于是姑娘媳妇就一个跟着一个上山。砍柴砍热了，她们把褂襟子撩起来在前面打个结，露出肚脐眼，跟今天的歌星一个样，挑起柴担齐刷刷地走。要左肩就是一色的左肩，要右肩又是一色的右肩，花摇柳摆一样齐刷刷地扭，那简直……

徐书记叫，好！下次你就组织一个女子担柴队，就在街上扭，让老板们来插花！可以搞点特色出来嘛，想方设法让游客开心。

我看那些老板们都开心得很，个个都想投资的样子，好像这个项目立马就能挣到大钱了。吃饭时徐书记问我为什么不讲话，我说讲话是书记的事，干活才是我的事。徐书记说，你这个人啊就是不开朗！

我晓得我为么事不开朗，回到天堂山，心里就不开朗，看到狗都想踹一脚。本来是想散散心，可越散心就越沉重。我不是土生土长的天堂人，可是天堂的山水养大了我，这里的一草一木一水一石都跟我扯不清分不开。但我的成就越大，越不想承认自己是天堂人。我小时候为什么欢喜望着山头向呆？欢喜白云荒草？现在我明白了，我注定是要走出去的，是要飘泊流浪的，我是没有家的。现在我跟天堂山还有什么关系？没有了。巧巧进了精神病院，小宝进了县城念小学，将来我们还要到省城，到北京到上海。我早就想把天堂山忘记，忘记得越干净越好。我带儿子经常去看巧巧，我们总希望老天开眼，巧巧能活蹦乱跳地走出来。同时我心底里还有一丝讲不出口的愿望：她康复的时候最好保留一点点后遗症，最好能忘掉天堂山。但我们总是失望，医生总是对我们摇头。巧巧不是只顾咬头毛玩，就是指着我们喊，疯子，疯子！小宝问，妈妈是不是疯子？我讲是。小宝又问，那她为么事讲我们是疯子？我讲，在她眼睛里，我们就是疯子。

徐书记拍拍我肩膀说，听说你最近改做国际贸易了？我点点头。

最近我确实谈成了一笔生意，而且前景还非常看好。事情是这样的，我公司得到情报，现在埃及的医科大学每年需要三十多具尸体，作为解剖学实习用品。但是埃及人只对木乃伊感兴趣，死了都想土葬，所以尸体供应严重缺货。所以，我的机会来了。经过几轮谈判，现在出口到埃及的中国尸体，全部由我公司提供。中国什么资源都缺，就这东西不缺。每具尸体卖十万埃镑，差不多一万八千美元，单这一笔我能赚多少？这仅仅是一年的，还有今后若干年呢？还有其他国家呢？你算算？这些尸体都是全尸，省事得很，大部分除去体液就行，只有小部分要锯开分段的。而且有专门部门检疫，绝对健康，绝对合法。所以我现在天天在家睡觉钱都花不完，想起来我都发愁哎。

徐书记听得眼睛子要跳出来，说任义同志啊，我要跟你干一大杯，祝贺你！

于是我兴头瓜脑端起杯子，跟徐书记咣地碰了一下。可就这时，隐隐约约的，断断续续的，从山头上飘来一阵山歌声，我手一抖杯子就掉下地了。

　　　　哥喂你是那空心的菜
　　　　良心卖光你才家来——

这声音尖尖的，亮亮的，就像一把刀，从头顶上慢慢地划过去。又像是一枝火柴，在我心尖轻轻磨磨磨，然后哧啦一下就冒出光亮。

这声音我太熟悉了，只有那种在深山里长大，喝的是山泉，吃的是野果，看不见烟火的地方才能生出来。我难道听错了？明明好多人都听到了。

有人问，好像有人唱歌？连升子站起来说，刚才我还忘了介绍，我们天堂山还是个山歌之乡，唱山歌那是一绝！你们明天在民俗文化表演中就会看到这个节目。山歌对唱，不但好听，而且现编现唱，优美动人！

可我怎么听怎么都像是巧巧的声音。除了巧巧，天堂山还有谁能有这样的声音？我慌神了，麻乱麻乱，巧巧不是在医院里吗？巧巧不是嗓子哑了吗？巧巧不是疯了吗？她怎么会在这唱呢？

连升子还在解释，说天堂的姑娘个个都会唱。

听到这话，心里那个火苗呼啦啦朝外冒，热浪直翻。也不晓得哪根筋拐的，我跳起来了：各位老板，我就是天堂山人，跟连升乡长是从小玩到大的朋友。我晓得天堂山还有一绝，那就是赶尸。我老父亲从前就是赶尸匠。连升子忙说，是的是的，我们都是赶尸匠的子孙。我说，我愿意在这里给大家表演一段赶尸，给大家助助兴。请连升乡长背尸，我来赶。

说罢我不管三七二十一，抓住一个小孩就抱到他背上去，我对小孩讲，你只要不哭，过后给你一百块。那连升子开头有点不快活，脸色还不大好。我晓得我叫他是叫不动的，我就对徐书记望，徐书记微笑着对他点点头，他立马就愿意了。

我拽了一张大桌布把他们蒙起来，又在他头上盖了块餐巾算黄表纸，我就敲着碗在前头引，他在后天跟。走几步我就丢下一张票子，他就踩着票子紧紧跟。我喊，左脚一朵花（一泡屎）哎。他就朝右边跳一下。我喊，右脚冰碴碴（有水）哎，他就朝左边跳一下。我说前头大路直哎，他就摇着膀子两腿直直朝前挪。我说不怕恶狗撵哎，他就左转右转绕着圈走。

赶着，喊着，我就哽住了，眼睛水止不住地朝外喷。喷了我还喊，还赶，我不能叫他停下来。我好像回到我的从前，我好像看见了我的巧巧，巧巧趴在我耳朵边讲，小他哎，你身上的汗好好闻噢。小他哎，我就欢喜孬子你不晓得吧？我好像听到巧巧就在耳边唱，唱得撕心裂肺山崩地裂——

  哥喂你是那空心的菜
  良心卖光你才家来
  要卖你再下力地卖
  卖完肚肺你卖死胎

原载于《北京文学》2005年第12期

豆选事件

一

　　灯，瓦数低很了，昏黄着，像是骨粉不足的软壳蛋，悬在穿堂风里，悠悠地晃，晃得人心烦。灯底下，是一颗青皮锃亮的脑壳，垂着，喝闷酒。喝着，眼就直了，直勾勾地盯住了地下的影子。那影子淡淡的，扁扁的，在脚下蠕动着，像只乌龟。那乌龟的脑袋一伸一缩，还回过头来对他笑，猛然觉着那脑袋上竟然长着一张自己的脸，吓了他一跳。觉着，这乌龟快要钻进地下去了。地是新抹的水泥，全部用500号水泥，磨得发蓝、发亮，像水又不是水。是水就好了，是水就能钻进去了！他想。

　　屋里还有一股子新石灰的刺鼻的芬芳，灰墙还不是很干，干了就更白了。多好！他嗅着，鼻也酸了，眼也热了。屋子搞这么好做么事？多吃多少苦，少困多少觉，究竟图什么呢？他有点怀疑起来。从前他不怀疑的，做过多少梦，发过多少狠，都是关于做屋的。好像人来到这个世界，就是为了给自家做一间屋。讨个老婆住在自家的屋里，能挡风能避雨了，才叫做人做成功了，没有白来世上走一回。现在，他有一点点怀疑了，真的，他有一点点怀疑！

　　菊子进屋，屁股头一拱就把两扇门带上了，腰胯扭得跟那些明星一模一样。她手上端着两只大碗，热腾腾的，浑圆的胳膊在眼边前一闪，他忽然觉得喉结里咕噜一下，好像不敢看似的，头垂得更低了。

　　要死了，菜没上就喝啊？菊子喊起来，伸手就把酒杯夺下来，手镯子在碗沿上碰得叮的一声响,然后手就落下来在围裙上揩。他看见这手已经叫石灰水烧肿了,蜕皮了,红红的不很好看。

不看他也晓得。从前他一天看一百遍也不嫌够,泡泡的嫩嫩的,小馒头一样,还有两个肉窝窝。现在,他真的很怕看。

吃啵,还想什么心思啊?菊子笑着说,我现在心满意足很了,屁心思也不想,就想困觉。他端起杯子,哼哼着想不出半句话来,于是眼皮子更不肯抬了。

又不晓哪根筋扯住了。菊子嘟囔一句,站起来。想想,又过去把窗帘拉上,站在他面前,两只粗糙的手捧起他的脸。这女人也学洋乎了,跟电视机子学的。

继仁子猛地犟开了,把酒倒下肚。恶厉厉地吼,又是鸡蛋?天天鸡屎臭闻不够啊?菊子一怔,不高兴了,将就点啵,老爷。我忙得磨不开身子,瞧不见啊?继仁把杯子一顿,走开了。大门摔得哐当一声。

来到后院鸡舍,还听见菊子在抽抽。夜间的饲料拌匀过了,骨粉也磨出来了,缸里水满了,地下粪扫过了,连笤帚丝子也洗干净了。哪块哪块的都不用他烦神了。还有什么事不快活哩?屋是新翻的,里旧外新。窗是大窗,四对开的。朱漆大门也是对开的。屋前檐角飞上去,像个公鸡头,翘上了天。洋乎,个个见了都把大拇指一翘,狗日的继仁子是晓得洋乎哦!

晓得。继仁子也是方家嘴子的后代,也跑过码头见过世面,没吃过猪肉,当真没见过猪跑么?不但屋洋乎,摆设也要洋乎。沙发、电视机,墙角还站一台大电扇。乡里布置下来的,如今是新农村了,参观访问的也多了,要专业户们带头摆设呢。特别是,他如今是个代表,新补上的代表,事事就更不好将就了。

将就?他继仁子百事好将就,万事好将就,就这事,没法子将就嘛。

蜂子叮在心口上了，鼓胀胀地痛，咽不下，吐不出。一包烟揉烂了，摔得像炮弹。颈子勾起来了，把一颗光脑袋也掖在裤裆里了。

菊子好像洗了，梳了，光鲜多了。一个人坐床边上，眼神也散了。

他偷偷望着，心里猛然一酸。有多少回了，她都这样躲在山口路边一块大山石后头等着他。见他来了，就往起一跳：小他哎！他也假模十七地捂着胸口喊，妈妈哎骇死我了！然后她就嗤嗤地笑，笑到他脸红颈子粗。菊子是六岁那年牵着他瞎眼老娘的褂襟子进山的，老娘是看她可怜，也没想到牵回来是水灵灵的一枝花。人家都在背地里讲，继仁子娘眼睛瞎心不瞎，这丫头靠住是城里哪家偷养的私巴子，你看那眼媚的，你看那皮嫩的，噫唏！

那时他隔三岔五就从矿上朝家赶，讲是讲想看看瞎眼老娘过得怎么样，其实是看哪个呢？难讲得很。菊子进山时六岁，转眼就十九了，十九岁的大姑娘就不能不让他有点想法。他也不晓得想的是什么，反正觉得怪对心思，听她叫一声小他哎，一天的云都散了，一身的汗都干了。小他哎，好听。老娘虽讲眼睛看不见，心里清清朗朗，临死把两个人的手一牵，他们就困到一个被窝里了。

菊子见他回来，讷讷地讲一声：困吧。说着顺手就把灯扯过了，便要出去。继仁子一把逮住她手颈子，慢慢拉过来，就着月光，他看见菊子眼皮子一跳一跳的，蚕豆大的泪珠珠，噗噜噗噜朝下滚。他嗷的一声把她搂紧了，脸埋进她奶子里嘤嘤地哭。哭够了，已在被窝里了。他摸着菊子滑溜溜的身子，一口气叹到底：算了，不想了，想多了脑子痛，白想。

跟你讲一声，我有了。菊子冷冷地说。

蜂子又蛰他一口。像把刀子在剐他的肉，一丝一丝地剐。有……了？

嗯哪。有了。

喘息粗重了,牙齿打架了,他冷。他腾地坐起来,又咚地倒下去,终于问:哪个的?

你的。菊子仍是冷冷地。

他冷笑。难讲,他想,难讲。

我晓得的。菊子说,这两个月我没吃药,也没去。

鬼,你这个鬼哎,他在心里喊。许多年了,你都不代老子生,害老子人前人后摊孬装孙子。这时候你倒有了!你要再生出个小眼睛子子来,你不是要老子死嘛?他恨死掉了。

菊子突然翻过身,伏在他胸上喊:真是你的,继仁子!好两个月我都没……没见那畜牲了,真是你的,是我俩的。她捶他。

万一不是呢?他反冷静起来,这一刻。

万一……菊子呆住了。

万一不是,推又推不走,甩又甩不了,走到哪都晓得那是个杂种,他还跟在你后头要吃要喝要蒺藜狗子玩!他心想,老子不是活受吗?趁早给老子刮掉。想想,又说:刮掉!菊子张张嘴,哭不出,喊不出。她已明白他的坚决了。她抽搐起来,架子床也伤心地抖起来。

继仁翻过身去,就再也不想讲话。一轮圆月咬住了山尖,窥头窥脑的。那月,大且黄,还有点红,像哭肿的眼睛泡。

二

下午,继武子又过来了,把他拖到山涝里,讲了整整一半天。

继武子是他家的叔伯兄弟，当过几年兵。退伍不到二年，他家就翻过来了，又会开汽车，是个能豆子，能得很。能你就发就是了，偏偏又不安生，还好管个闲事。也不晓得怎搞的就把村长国栋得罪下了，人家手掌心一翻，不晓得跟哪个把嘴一歪，就把他驾驶本子收走了。自此便结下了怨，白天黑晚动点子，要把国栋拱下台。眼下又要选举了，听讲是海选，他就更来劲了。

哥哎，听讲这回是试点，真正的豆选！豆选你晓得吧？就是一个候选人名字搁一个大碗，你高兴选哪个，就在他碗里丢一颗大扁豆，旁人都看不见，一水儿的是县里来人监票！这回不把这狗日的选下台，方家嘴子就再也没机会了。在他看来方家嘴子过了今年，明年就不过了。

哥哎，继武子动员他说，我不是为我一家子想哎。我自家开不开车都不要紧，我有旁的活路嘛。你想一下子，像方国栋这号人，干了多少坏事？祸害了多少家庭？还叫他当村长，地卖光完了，怕是连人都要吃光呢。

国栋是个吃人不吐卡的东西，他晓得。吃过了他还跟你两个笑眯眯，他也晓得。正因为晓得，他才不能跟继武子后头瞎哄。继武子还没成家，他肩膀头子还嫩得很。他心想机会不机会跟你都扯不上关系。这是你操心的事吗？喊不喊他当，卖不卖地，是上级领导的事。海选豆选那都是领导上讲究的方法。讲的好听，听得好过。这点都看不出来你还能豆子呢。最后选哪个还不是领导说了算。他讲大武子哎，国栋千不是万不是，他也是一方领导，是领导你就得服他管。你不服你就要吃亏，怕吃亏你就把你那屁股嘴夹紧一点点。

这话就不对了。继武子道，村长是大家选的，大家不拥护，他就不能当村长。

吃山水讲海话，大家是哪家？继仁冷笑着，你还早得很噢，大武子，你还嫩得很噢，毛还没出齐噢，家去吃两年饭再来。他拍拍屁股要走了，没工夫跟他磨牙。

继武子急了，你听我讲嘛！硬是扯住他不放，掰手指头跟他讲讲。方国栋怎么怎么爬上去的，怎么怎么安插了亲信，怎么怎么勾结开发商，又怎么怎么把公家的当作自家的。一二三四五，从圆鼓（远古）到扁鼓（古），讲得脸也红了，汗也冒了，很是气得架不住的样子。

讲好了啵？没得讲了啵？继仁子冷冷地答，我能家去了啵？

继武子哎的一声叹口气，瘫倒了，两眼红通通地朝着天，看着又怪可怜。继仁子便安慰道：你年事还轻噢，大武子，不晓得厉害噢。这话你跟我讲过就算了，千万别在外头瞎讲，没得用噢！

怎么没用，这些都是假的么？大武子又要跳了。

真的又怎样？你把他鸟啃掉了？你就告到天王老子那块去，这也是个工作问题。

他不光是工作问题，他是人品问题！他贪污腐化欺男霸女……多了！大武子瞧瞧继仁子，又闭嘴不讲了。打人不打脸，他也懂。

日头偏西了，把大山的影子一点一点推过来，推过来。影子像块铁板，压在继仁子心上，把脸都压青了。他透不过气来。

哥哎，只要大家都站出来讲话……

没用噢。他吁了一口气，拍拍大武子，嗓子也哽住了：哪个听你讲理？哪个代你做主？青天大老爷还没出世呢。叹口气，又说：没用噢。

有用。大武子肯定地说：你不是人民代表吗？方家嘴子就你两个是代表，你讲话还是有分量，你站出来弹劾他。弹劾……就是揭发的意思。大家都出来揭发他，狗日的就混不下去了。要改选了，这回是豆选，多好的机会，你不能指望青天大老爷，你要靠自己……又讲了许许多多，从扁鼓讲回圆鼓。

没用噢。继仁只是连连摇头。

你这代表怎么当的？大武子火了，你还算个代表？拎起来一大挂，放下来一大摊，猪大肠，狗屎！

是的噢，他承认自家是猪大肠是狗屎，还不中么？人民代表？自家最清楚这代表帽子从哪块儿来的。绿茵茵的帽子噢。你自找的嘛，你还巴不得狗日的多来几回嘛，狗日的能写条子狠嘛，木材也有了，红砖也有了，还都平价的。打掉牙齿往肚里咽啵，猪大肠哎。

哥哎，我晓得嫂子是个好人，她也是没法子。像她这样的，方家嘴子也不是一个两个了。我实在是没法子劝才这样讲的，嫂子对我有恩我永生永世不会忘记的，你千万不往心里去！

打一巴掌揉三下，好听话都叫他一个人讲了。

继仁子摇摇晃晃站起身，跟跟跄跄朝家走。眼睛水却止不住小山泉一样朝下淌。这大武子真不晓得好歹，年轻气盛，专拣他刀疤子下盐。

方继仁！大武子还不放他过身，大声吼：你还算是个男人呐？没鸟用，就不要讨老婆！窝囊一辈子，你狗日的养儿都没屁眼！

他腿肚子转筋了，心里跟蜂子蜇的样。这大武子年事轻，火气爆，他也不怪。可也不能骂人嘛。要骂对耳朵根骂两句也就算了，还偏偏要对山里头吼。

不是男人……没鸟用……肉头……乌龟头！

那吼叫在山涝里传过来递过去，从山里荡到山外，打嘴巴子也没这么难过！他的头，就跟搁在搓板上，搓过来搭过去，活拉拉地揉大了，捻碎了。

眼睁睁地，三星偏西了。

三

　　这一晚，继武子也没闲着。他借了小学校的教室，给一帮子小青年开会呢。到年边了，那些在外念书的外出打工的也都陆陆续续家来了，小豁子小相子大明子，还有桂兰秋香冬妹子，有钱无钱，回家过年。在大武子看来这就是一个机会一股子力量。现在他要把这股力量组织起来，他吆喝道，把灯都开开，亮亮的，我们又不是开黑会。明打明放跟他狗日的干！

　　小学的女老师徐改霞是继武子的同学，对他有点又爱又怕的意思，但还是小声说，不好吧？八字没一撇就扯旗放炮的。

　　继武子说，怕什么怕？我就是让他们知道，护地队已经成立了，他想一手遮天办不到了。再说不是要改选了吗？改选以后他方国栋是村长还是劳改犯还不一定呢。一帮小青年也都起哄道，说的是啊，等继武子当上村长，徐老师你想跟他开黑会可不中，不能把你们惯出这个坏习惯，大家都想监督监督呢。于是哄堂一笑。

　　继武子皱着眉说，你们就知道扯闲篇，来正经的一句词都没有，长一张嘴就知道吃。有人顶他，你来呀！继武子说，来就来！

　　选民朋友们，叔伯婶娘们，兄弟姐妹们，你们好——

　　立马有嘘声，说不中不中，还撇个洋腔，你——们——好——，要来实的。

　　继武子说，实的就是方家嘴子护地队成立以来，已经成功地阻止了村委会出卖我们的土地，保卫了我们的家园。现在村委会要改选了，我们要乘胜追击，彻底粉碎方国栋们的阴谋，把大权夺回来。我们的口号是——

保卫土地，保卫家园！
　　现在的形势是——
　　改选改选，彻底改选！
　　我们的口号是——
　　挨家挨户，扎根串连！
　　我们的目标是——
　　每家每户，自觉自愿！

很好，继武子摸着下巴，端起领导架子说，现在就差行动了，你们一定不要怕麻烦，要把道理说透说清，选举跟我们每个人都有关系，不能把自己看矮了。

有人嗤他说，道理哪个不懂？不痴不孬的哪个不晓得票子好？关键是害怕！方国栋是头好货吗？何况他后头还有国梁国材国宝，何况他四兄弟后头还有个老奸巨猾的点子叔。这句话算是敲到缝上了，吵吵嚷嚷一个大教室立马冷清下来。都觉得，人多势众并不见得真有力量。

方国栋的爹是麻子，外号就叫个点子叔，是上一辈领导。麻子点子多，好琢磨，在这一带是出了名的。方家嘴子从前穷得一屁股搭两胯，就是在他手上光景才好起来。那时他当支书，见315国道建了一个收费站，凡过路的汽车都得交十几二十块钱，心想公路从我村里地头上过，怎么他能收钱我就不能收呢？一琢磨，就领着全村也修路，沿公路扒了几百亩菜花地。这条小公路一头开在收费站的前面二百米，一头开在收费站后头二百米，路口插个小牌子：过路费五元。开头人家不懂，渐渐地那些过路的司机就知道是个窍门，能省五块是五块能省十块是十块，这样肥水自然就流一部分到方家嘴子来了。年底一结账，净赚十几万，当年的三提五统就省了一大块。而且这是一份铁杆庄稼，人在地头上一坐，钱就自己往箱子里蹦。

　　这一带后来都学方家嘴子修起了小公路。只要有公家的收费站，这前后不远的地方肯定就有一条二公路，相沿成习，不服还真不行。点子叔退下来后，村委会就把小收费站交给他打理，每月给他开固定工资，把他养起来。一村人都觉着应该，喝水不忘掘井人，没有点子叔哪来的这份铁杆庄稼呢？

　　又过几年，点子叔老了，住在镇医院里突然就想到了死。他怕死后一大家子闹不团结，就喊人把村支书叫来，说我要立个遗嘱。遗嘱说：原来的政策不变，我死后承包人就是大儿子国栋，大儿子死后就传给大孙子。支书是他二儿子国梁，心想你不就是不放心我吗？就答应了。点子叔还是不踏实，又要求遗嘱进行司法公证，交给村党支部监督执行。后来这一带，凡有公产的村子，也都学点子叔，凡要传儿孙的，也都要进行司法公证。这事后来传到乡里，又传到县里，领导觉得太过分了，太不像话了。你把国家的变集体的也就罢了，你退休找个养老的地方也就罢了，怎么还要传子孙还要国家公证呢？就把国梁提拔起来当副乡长，把国栋提拔起来当村长，给个官当才把这条规矩废掉了。

　　但国栋这东西更不省心，当上村长后瞄上了二公路圈起来的那千几百亩菜花地。方家嘴子本来就地少人多，他今天卖一块，明天卖一块，卖的钱又不明不白，眼睁睁看着公路边起小楼了，他家在县城买洋楼了，连小轿车都开上了，一村人这才醒过神来。照说方家嘴子是个大家族，几百年前还是一家子，不到急眼了哪个好意思出头讲？都闷个头不吭声。直到秋收了晚稻开镰了，传出来国栋正和城里的什么公司谈判，要整体开发菜花地了，一村人还蒙在鼓里。地是集体的，人人都有一份，不痴不孬的眼睁睁看着他活抢，活拉拉在自己身上割肉，哪个不喊疼呢？于是这才出了个愣头青的方继武，出了个打抱不平的护地队。

护地队虽说成立了，虽说乡政府也睁一眼闭一眼，但也没什么大作为，也就是开开会喊喊口号，因为人家开发商根本不跟你谈。人家都在城里谈，谈过了就进酒楼进休闲中心，想逮都逮不着。所以根本的问题，最重要的问题，还是改选村委会。但村委会的问题也就是国栋一家子的问题，这就更不简单了。国栋家除了国梁当副乡长，还有个国材在省里当处长，还有个国宝在美国读博士呢。

大武子说，害怕是正常的，怕吃亏怕报复，怕他家的大藏獒，你们怕我也怕，我老娘天天念叨出头椽子先烂呢。我知道他后头有人，有钱又有权，但是越怕越没出路。你怕他就不吃人了？现在只有大家团结起来，集体行动，统一行动，才能选掉他狗日的。大武子讲得斩钉截铁，气壮如牛，两只眼睛电灯泡样的一闪一闪。心想到了这一步，你后退也是个死，要死不如死个轰轰烈烈。他是豁出去了。

继武子从小就不怕死。当过几年兵就更不怕了。头年，他还在开汽车跑运输的时候，在城里帮过几个上访的村里人。人家的地被占了，人被打伤了，连讲话都不能讲吗？就为这个，他把国栋得罪下了，把驾驶执照也给收走了。没了执照，他索性就天天帮人家写材料递材料。上访多了，也就成了精。他发现，城郊的一些乡，上访户们都组织起来了，有的叫护地会，有的还叫护地党小组。这些人统一口径，集体行动，跟开发商谈判，还真有搞成功的。于是他也组织了一个护地队，想学人家跟国栋叫叫板。只不过他这个护地队也就十来家人，一帮子小年轻鼓大堆。人家根本没把你放在眼角里，你想玩人家都不带你玩。现在，国栋眼看就要整体开发了，千几百亩菜花地眼看就变成人家的度假村了，一村人这才着急起来，拐弯抹角地跟他们套近乎，打探消息。他说，着急就参加护地队吧，又不敢了，都怕跟国栋撕破脸没好果子吃。继武子觉得自己比那个买稻种的梁生宝还难，难多了。

散会以后，徐改霞定定地瞅着他，说你真是想好了？想好了。想好我就不再讲什么了。你当几年兵还真是出息了。她的嘴好看地一撇，一看就知道学哪个明星。

继武子愣了半天说，走走吧。

虽是初冬，山风已经尖得能割人了。只有沙河上涌起的一团团雾气还能让人觉出一丝暖意。月光很亮，也很柔和，是适合谈情说爱的那种。很少的几颗星反倒有点孤单了，懒散散地落在天边。他俩沿河一直往上走，徐改霞缩在大衣里时不时地瞅大武子一眼，那感觉真是怪怪的。她知道他一脑门子官司，心思根本不在自己身上，所以也不敢多话。

他们一直来到叫花子坟，青砖砌成的一座大坟。进过天堂山的都晓得这是本地的一个景。相传一个老叫花子一辈子讨饭为生，却攒下一袋金银，留给子孙盖屋。临死时丢下一句话，说是活着没少讨人嫌，死了就让过路的一人砍他一砖头出出气。这话讲得感天动地，于是一人一砖头就砌成一座小山样的大坟。现如今清明祭祖鬼节烧香，人们还少不了敬他一炷。可见人活着是不论贵贱的，活的就是个想头。

徐改霞说，你打算一直走下去吗？大武子不吭，扭头又往回走。

徐改霞说，你怎么不讲话？你是讨厌我吗？大武子还是不吭，还是闷头走。

徐改霞火了，说你就那么想当村长啊？那么大怨气啊？不就为个破驾驶证吗？

大武子这才站住了，慢慢说，你错了。我才不稀罕这个村长呢，我也不是想出出气，想报复哪个，我就是想扳这个理。讲了你也不懂。完了就自顾回家去了。他心想，你不讨厌，但也不可爱，你怎么就不懂呢？

徐改霞在后头喊，你站住！他也不站住。

四

　　村里也在热闹，这几天就跟过年一样。新闻也多，谁谁也报名豆选了，谁谁又退出了，还有就是国栋家的见人就打招呼，让人到他家去。国栋放出话来，一张选票300块，选过了就兑现，不过得先到他家去报个名。自然有人去报的，也有人讲是收买人心的，总之是乱套了，走马灯一样。

　　继仁子闷掉了，呆掉了，吃不下睡不着。几天过去，五大三粗一条汉子硬剩三根筋挑着一个头。国栋是亲自到他家来过的，也没有多话，就是拉拉家常。就这已经让继仁子发呆了。他不是怕豆选，他是怕国栋找事。

　　国栋是好惹的啊？他来拉家常是白拉的啊？他跟你讲话是白讲的啊？他的时间就是金钱，效率就是生命！那些报名的，那些退出的，绝对不是无缘无故，那都是国栋下的一盘棋。大武子年事轻，他哪晓得深浅啊？可现在他已经不操心大武子了，他顾不上大武子了，他是怕连累自家。大武子跟他走得近，村里人都晓得，那是上辈子老人走得近，由不得自己嘛。大武子能信他话吗？他的话放屁不如。如今这二年，日子刚缓过来，跟国栋家的关系刚近一点，又要找事了！

　　菊子看着他，问又不敢问，劝又不好劝，只能偷偷地抹眼泪。

　　山里雾退得迟，头十点钟了，太阳光才懒懒地飘进沟里来，小风啾啾地吹着，刀样地刮脸。继仁穿件大袄，昏头耷脑地蹲在门槛高头吸烟。

　　昏昏吵吵地，只见着一帮人担着竹床子走过去，急急慌慌的。又见着大武子姆妈跌跌撞撞地小跑着跟出来了，一面跑一面哭还一面骂，你个黑良心的，挨剪刀的，下手这么毒法子啊，大武子年事轻嘛，不懂事项嘛，你不得好死啊！

三姆妈哎，继仁撵上去，怎搞的？

三姆妈只晓得鬼喊、跺脚，话都讲不清了。继仁子慌忙掏出一百块钱给她，闷闷地回家来。他不晓得为么事要掏票子，三姆妈也不晓得为么事要接票子，只是拿了钱慌里慌张去追赶担架去了。

菊子在鸡舍里伸出头来，黑眼珠子郁郁地望着他。讲，是大武子昨晚给人打伤了，为个什么豆子，打得半死。在沙河边躺了一夜，清早才找到。

继仁心里格愣一下，枪打的样。又格愣一下，然后就怦怦跳个不停了。早就晓得嘛。他暗暗地喊，你小狗日的非吃亏不可嘛，你敢跟国栋斗啊？

你作嘛，作死嘛！三姆妈也在骂儿子了。哭声从老远飘过来，破碎得很，凄凉得很。两家人从前就走得近，都是孤儿寡母，同病相怜，互相搭帮过日子，继仁子继武子本来就跟亲兄弟一样啊。

继仁子哎，大武子头天找过你了啵？

嗯哪。

菊子过来了，眼圈黑黑的对着他，大武子跟你讲什么了啵？

嗯哪。

有话你别闷在肚里，讲出来就好了。噢？菊子两天没开口了。一开口话就格外戗人，格外顶真。讲什么事呢？啊？讲出来，我能架得住噢。

嗯哪嗯哪！烦死。

你不讲，我也晓得一点了。

晓得，你晓得虾子从哪头放屁？

是讲那畜牲的事啵？菊子并不松口，冷静得古怪，古怪地清醒。那神情，也很古怪。她讲，迟早，会有这一天的，我晓得。

放屁的话！男人的事，你少插嘴。继仁吼叫起来，声音也轰轰炸耳朵,响得自家也吓一跳。

菊子靠在篱笆上,肩头一抽一抽地哭了。哭了好一阵,忽然抬起头喊:二回那畜牲来,你还躲走啊?然后捂个脸就撞进里屋去了。

继仁子嘴张得老大,脑袋慢慢地垂了下来,钻进裤裆里。

二回?是的。还有二回,三回,十回。一开了头,就封不住口了。人是不能伸手求人的,你一伸手,腰就弯了,腰就永远直不起来了。

可他又有什么法子呢?想要脸早就该要的,早就该一扁担把狗日的腰打断的。现在,讲什么都迟了。方家嘴子十有六七怕都晓得了。都晓得他方继仁是个肉头乌龟头了。十回八回,一百回也就这么回事了。

国栋的兄弟叫国梁,早先在村里当支书。他倒不贪财,性子憨憨的,人也还肯吃苦,就是有个毛病,好一口女人。哪家的媳妇好看,千方百计都要搞到手。搞不上手他就困不着觉,好像做人做亏掉了。他搞女人也不要蛮横,还要讲点小情调,要你心甘情愿送上门。你要不情愿,他就慢慢等,慢慢给你下套子,叫你一家子都难受,猫捉老鼠先不下嘴,等老鼠骨头酥了,他才慢慢享用。他看上菊子不是一天两天事了,早先当支书时没让他得手,到乡里以后就觉得亏,有点急,每次回方家嘴子都从他家过。继仁子也晓得,心里有数防着他一点就是了。可你不能不过日子哎,你做屋要批地,你办鸡场也要批地,他不求人你不能不求人哎。直到有一天,看到人家都发了,做大屋了,他就忍不住了。他对菊子讲,二回他再来,你就多求求他,在人屋檐下不能不低头噢,膀子扭不过大腿噢……

后来,他就真躲出去了。躲出去,就像老鼠躲猫。他觉着,自己就是一只老鼠,被猫相中就没得跑。他早就被猫逮住了,骨头早就酥过了，不是一天两天，也不是昨天今天。他想，天堂山自古就作兴插花，自己在矿上，菊子要是跟人插花不也就插了？女人，也就那么回事。老婆还是你的，捞点现的也不亏。

可是，可是，可是日子还得过下去。但过下去就觉得不对劲了，真的不对劲了。办了鸡场也不对劲，做了屋也不对劲，当了代表就更不对劲，哪哪都不对劲。大武子讲得对，他就是属猪大肠的，拎起来一大挂，放下来一大摊，是肉头是狗屎！

可是这么一想，又觉着自己是没法子跟大武子比的。大武子他能闹腾，是个能豆子，他大不了拍拍屁股走人，你能走吗？你肚子里有几碗水自己不清楚吗？你不还在人家手心里捏着，你不还得在人家屁股底下讨饭吃？你是谁呀。

这么一想立马打了个冷战，觉得肚子也饿了，立马盛了一碗冷饭，开水泡泡，吃起来。吃着，猛然又倒吸一口气。国栋来跟你拉什么家常？人家忙的小汽车都来不及冒烟，人家晓得你跟大武子的关系，人家是招呼你呢，人家是给你面子呢，人家是要你表句态呢。

菊子，你出来，有话跟你讲。

菊子出来了，眼泡肿肿的。

你到乡里去一趟，跟方乡长讲一声，就讲大武子的事我不晓得，就讲我没答应大武子，就讲……随便你怎么讲，可晓得？

你还叫我去啊？菊子说，我真不能去了，继仁子，你做点好事。我一进乡政府，腿肚子都抖哎。

又不是头一回，抖什么抖啊？

我真不能再干了，继仁哎！

放屁的话，要抖上床去抖！他火爆爆地，要你去你反倒不去了，摆架子啊？他顺手抄起一杆秤，抽过去。啪的一声，秤断了。

菊子眼睁得多大，也不晓得痛了，半天才怯生生地讲：头一回，也是你喊我干的，你现在不认账了。我哪晓得啊，我真的不晓得嘛。这才一口气哭将出来。

一嘴巴子糊到自家脸上了，继仁子气不过，恶厉厉地拿碗就砍。一碗砍在胸口上，碗摔成两半个，菊子倒在地下哼。一群小鸡飞样地围过来，啄啄又看看她，啄啄又看看她。

菊子爬起来，抱住他的腿，跪在他面前，你打吧，打死我吧，打死活该啊。

继仁子眼珠子出血了，抄起门边竹丝子就对她背上抽，打，不打你是孬种，老子舍不得你啊？老子饶过你啊？老子不吭声，你还长脸了。老子也不是小妈妈养的，老子也是个男子汉啊。打着，自己倒反哭出声来。

竹丝散了一地。菊子不哭了，也不叫了，两只眼睛呆呆地散了神。

五

住了几天院，继武子一大早就赶回来了。头上缝了七八针，缠着一脑袋绷带，像个剥了皮的生洋芋。在村口，碰上国栋的小汽车要出门，两个人就迎面顶上了。继武把膀子一抱，一点让的意思都没有。国栋把车窗摇下来想招呼他，他却扭头跟别人大声嚷嚷说，没事没事，有好大事啊？头掉不过碗大的疤！

国栋犟不过他，只好把小车退回去。门一开，国栋下来了，对继武子笑笑说，大武子你怎么作，我都没法子计较，你才好大岁数啊？就好比你小时候，我把你抱在怀里，你劈脸给我一巴掌，我能跟你计较吗？你放心，打人的事我已经跟派出所报过案了，村里也不会饶过凶手的，很快就有结果的。

大武子说，你放心，打人的事我也不会计较的。我跟你是政治斗争，我不跟你玩那些小心眼，那都是地痞流氓黑社会干的事，我会为这点小事浪费时间吗？我的一分一秒都要合理使用呢。

国栋说好好好，你狠你狠。小汽车屁股一扭绕道走了。

一帮子小青年立马围上来，小豁子小相子大明子，大拇哥一翘，够种！继武子一笑，说豆选豆选，就是斗过了再选。你不敢斗就不要选。徐改霞在一旁撇嘴道，现在又能了，谁在医院喊爹喊娘咪？继武子不理她，自顾打听这两天村里的情况。然后一帮子人就拥着继武子上他家里来。然后就七嘴八舌说起村里的变化。

其实也没什么大变化，就是国栋那300元有点难为人。说是又有不少人去国栋家报名了，虽讲没拿到现钱，总算是露过脸了。刀切豆腐两面光，等着看下文呢。说是如果给现钱说不定就死心塌地豆选他了。但国栋那个人说话不算数是一贯的，所以多数人还是那个态度：不见真人不烧香。说到底是现在人心散了，爷死娘嫁人了，各人顾各人了。

继武子说，也不能那么看，300块不算少，一家好几口就是上千。他要真给，你们都去拿，我支持你们拿。我估摸到时候他急眼了会真给的，不拿白不拿。他的钱也是人民的币，那本来就是大家的钱。我相信良心，是个人他都有良心晓得是非，是个人都有脑子晓得算账，当真哪头大哪头小他算不清啊？还有桂兰秋香冬妹子，小豁子说，话虽这么讲，可人心隔肚皮啊，谁不知道打个小九九？都巴不得别人出头自己落好呢。你这一挨打，孬子都晓得发抖，是什么意思都清楚。徐改霞哼哼道，这就叫一手硬一手软，胡萝卜加大棒，还是人家厉害！

继武子笑了，说当然是人家厉害，人家在台上，又有权又有钱，又有领导经验，当然是他厉害。我们跟他斗，是因为我们厉害吗？是因为我们有理。

有理管屁用！哪个跟你讲理啊？这年头不讲里，讲外！

大武子说，这两天住院，我也在问自己，我当真是想当这个村长吗？不是啊。我是为赌气吗？为个驾驶执照跟他寻报复？好像也不是啊。我们究竟为个什么呢？这样做究竟值不值？你们刚才讲现在人心散了各人顾各人了，我们成立护地队为什么家家就拥护呢？可见人人心里都有一本账，各人顾各人是因为没人来顾他。人心究竟是怎么散的？谁希望人心散，你们想过吗？照说方家嘴子最应该讲集体了，最不应该散，我们自古就是一家，三百年前还在一口锅里抡大勺呢。

这一说都懵了，你看着我，我看着你，哈出的白气像一锅蒸笼。人人脸上都冷着，硬着，跟戴上鬼脸壳子一样。个个目光都跟刀子一样，一眼就劈到心里去了，能劈死人。他们好像都明白了一点什么，又好像一时还说不大清楚那一点是什么。

那你说说，究竟是怎么散的？

我要能说清楚就好了。我要能说清我就真能当村长了。

大武子把目光远远地投出去，穿过大田，穿过沙河，一直上了白头岭。白头岭已经蒙了霜，头真的白了，白得像一个老怪，颤颤悠悠，沧沧桑桑，慈慈祥祥，深深沉沉，望着他的子孙们。

六

点子叔近来爱到继仁子的鸡场里闲坐，三不之一个人遛弯儿就遛到鸡场来。他说，还是你这架棚子好，背风，向阳，又靠马路。

继仁说，那都是国梁帮的忙，批的地好。

点子叔一撇嘴，他晓得做么事？能的。

继仁子对点子叔向来是又敬又怕，虽说是同辈分，却并不敢多话的。所以点子叔常来反倒让他不自在，又要做事情又要招呼他，生怕冷落了老人。倒是点子叔心宽，不在意这些，说是你忙你的不用管我，然后就一个人坐玻璃窗底下晒太阳。有时也跟继仁子讲讲古，都是有一句没一句的，不晓得是么子意思。

你晓得这地方为么事叫个方家嘴子？你不晓得，你爸爸晓得，你爷爷更晓得，你们这一辈人都不晓得了。人啊，都是属猪的，嘴朝前拱眼朝下看。

其实他是晓得的。点子叔讲他不晓得，他就不能讲晓得，只好把头点得跟啄豆子样。是啊是啊。

这一片天是哪个开出来？是姓方的两兄弟开出的。两兄弟都是叫花子，讨饭讨伤心了，就靠山搭个窝棚，合伙讨一个老婆，养了一十三个儿。人哎，是属巴根草的，有土的地方就有它的命。人就要像巴根草一样地活，千人踏不死万人踩不灭，你就放把火烧，它的根还死不绝，来年它还能拱出头。

是啊，是啊。

人活着为么事？也就是为了一张嘴，嘴是人一生世的全部内容。整个村子也是一张大嘴，吃不够填不满，个个饿死鬼投胎。方家嘴子穷得一屁股搭两胯子为么事能人丁兴旺？就是会讨饭。从祖上到现在，哪家没讨过饭？哪个不会唱花鼓打竹板？家家一到农闲，大门一带腰篮一拐就走了。顺沙河出天堂，沿长江下湖广，口粮少就留给劳力，口粮多就卖了换钱。钱存多了就做屋，屋做成了就讨老婆。讨了老婆就一个一个往下生。他们不晓得享福啊？是他们认为日子就该这么过。活人活人，吃了就能活，活了就能生养啊。这狗都不拉屎的地方从前硬是没人要啊，是省政府大笔一挥才归的天堂乡。

是啊,是啊。

么时候风气才变的?是你家爷爷在台上的时候。你家爷爷就是方大勤。方大勤就是你爷爷,你都不记得了。都是一帮不孝子孙哎。

是啊,是啊。

你家爷年轻时候也是个能吃会做的主,六尺高的一条汉子,跟你现在差不好多,一顿能吃三四斤米。他上公社里开会,帮食堂杀猪,大师傅拿他寻开心说,大勤子大勤子,都讲你是饿死鬼投胎,你到底能吃好多?方大勤看看那只猪,口水咽了半天,讲不晓得。大师傅讲你是猪啊,你自己吃好多自己不晓得吗?方大勤讲我真是不晓得,反正来开会没吃饱过。那时大师傅也有点小权,挥手就割一条肥膘肉丢到他面前说,五斤米饭五斤红烧肉,你要一顿吃光了,我围公社院墙爬三圈。从前干部都愿意开会,天天吃会议伙食,天天都跟过年一样,都跟在后头起哄看把戏。你家爷爷,方大勤方支书,这才吃一顿饱饭,当众过了一把嘴瘾,吃完还拍拍肚子讲,你又没酒,搞点酒来我还能喝一碗猪油!

是啊,是啊。这故事继仁子听过不晓得多少遍了。

就这么个人,能吃会做的方大勤,六〇年饿死在你家的门槛上!你家爷死的样子那才叫惨,他是上半个身子在门里,下半身子在门外,两条腿上棉裤磨烂了,膝盖骨都露出来了。那时你家离大队种粮库才几十步路。就在这几十步的路上他留下一条长长的印子。开春了,逃荒的人都家来了,见到僵在大门上的方大勤,个个都跟过了电一样啊。孬子也晓得,在最后的那一刻,你家爷是怎么在那几十步路上来回爬啊。他饿啊,他不想死啊,他来回地挣扎啊,可是那把能让他活下去的钥匙就在自己腰里别着啊,他伸手就能把种子粮塞到嘴里头啊。可怜他硬是饿死了。开犁了,播种了,方家嘴子风气这才变了。都讲,再不外出讨饭了,要对得起大勤爷！方家嘴子么时候才讲集体的？就是那时候。你们哪晓得集体啊？爷死娘嫁人，各人顾各人！你们都是狼心狗肺，忘本了，都忘本了！

是啊，是啊。

点子叔讲得气也喘了，泪也流了，这才心满意足回家去。

继仁子也叫他讲得心灰灰地，做么事都提不起精神来。心想老人好念旧呢，陈年烂芝麻，有一搭没一搭。可又仔细一想，好像又不是讲古，倒像是说今呢。

继仁子心想，点子叔下回再来讲古，一定记住要表个态：方家嘴子么时候富起来的？就是点子叔你在台上的时候啊。这怎么能忘呢，就是把自家爷爷忘了也不敢把你老人家忘记啊。

七

膀子扭不过大腿，菊子到底犟不过男人。菊子天不怕地不怕，就怕继仁子不搭话，继仁子不讲话有好几天了。早起，她牙一咬，便上乡里来。

大田里空荡荡的，没几个人。菊子心里也空荡荡的，既不苦，也不甜，这也不是头一回了。可又明明觉得这跟以往不一样，究竟么事不一样呢？不晓得。

哥哇你是空心的菜，良心卖光你才家来！

悠悠地，微微地，时断时续地，在耳边唱。哪个在唱？这么熟，这么怨，这么对心思？

不，她不怪继仁子，怪只怪自家命苦。只怪那畜牲永不放她过身。从她十几岁起,那畜牲就在动她点子了,她晓得的。但那时,她敢咬,敢踢,敢抓。那时,她哪个也不怕。晓得害怕是这几年的事。她怕继仁子想不开。

妹妮你呀真是个呆,姆妈在家你不敢来!

她不呆,她早就没得姆妈了。继仁子的瞎眼姆妈就是她的亲娘。她六岁那年就牵着继仁子娘的裰襟子进了天堂山。从此她就注定要给继仁子当老婆的。继仁子就是她的天,她早就欢喜了继仁子。

蕨菜荠菜七七菜,清水咸盐也是个爱!

继仁子也确实待她好。相中哪件衣,欢喜哪个镯,继仁子过多少天都不忘,下井扒煤进城卖炭想方设法都要代她买。那时她天天都想笑,笑也笑不够。

可是笑久了,人也会累的,心也会烦的。没得法子了,只剩这一条路了,继仁子讲,只要方乡长一句话哎,什么什么都有了。于是她只有去求了,她晓得这一步是跨不得的。为了继仁子,她必须跨。后来,日子果然缓过来了,继仁子果然快活了。看他快活,她也快活。可快活中又有多少不快活。

顶伤心的是不敢要伢子。做梦都想要伢子。可她不得不拿眼睛水过药吃。这一向,起屋了,上梁了,继仁子眉心舒展开了。她想着,往后总该顺汤顺水了。于是她决心不吃药了。可怀上了,还是留不得。

她天不怕,地不怕,苦不怕,累不怕,就怕继仁子不信她的话。她晓得迟早会到这一步的,晓得了还是要一步一步朝泥坑里走。这就是命哎,你輋不掉,摆不脱,死活都要按它的路数走!

方乡长哎。她趴窗台上喊。

那畜牲怔一下,出来了。哪个喊你来的?开会哩嘛。看不见啊?他脸黑得赛锅底,一脸的官司。

菊子慌忙做出笑来，看看你嘛。不中啊？

讲的跟唱的样。他蹲下了，并不带她进屋，以往都喊她进屋等的。

你有事，我家去了。她讲，腿却不动。

家去跟你继仁子讲，别跟人家后头瞎哄。他埋头抽烟，看也不看她。哄狠了，没好果子吃。

讲么话嘛，没头没脑的。

讲么话？方家嘴子闹事你哪不晓得啊？

一丝一毫不晓得，真正不晓得。菊子说，继仁子也不晓得。这两天忙转向了，天一黑就困觉。

唔。他讲，不晓得也好。你放心，鸡场是我抓的点，我不会不管的。批麦麸啊？他掏出本子来了。一样的麦麸两样价，就看他条子怎么划。

是噢，就是想批麦麸噢。

条子塞过来，又嘻嘻笑了：说以后有事叫继仁子来，你不要来。

菊子还不走，索性问，到底出么事了？

屁事没得。他告诉她，几个村有人想造反。以为真要变天了，想捞一票。

一路上她都在想，这狗日的还不该造反吗？地随便他卖，女人随便他睡，他一家子要多少人供养？皇帝三宫六院七十二妃也是有数字的，他连个数字都不要了。

有人要造狗日的反了！她回家来说，胸脯子一挺一挺，很激动。

继仁子吼她，他造他的反，你做你的事。

她把嘴张着，跟枪打的样，胸门口隐隐地疼。本来有许多话要讲的，转眼就找不见了。于是只有闷头做事，连想也不敢再想了。

八

这一天,一群老汉靠村口墙根上讲古晒太阳,一个戴眼镜的干部进村了。

老人家,他客客气气,请问方继仁家在哪?

村东头,新盖的大瓦屋。于是干部就来到大瓦屋里了。有人吗?

人来了,是继仁子。是年书记啵?

你认识我啊?年书记笑了,拉住了继仁的手,慢慢地摇。

继仁窘着,半天才说:坐,坐吧。喝了茶,看了鸡场,又扯了扯闲篇,才转入正题。年书记原来是想了解方国梁方国栋的有关情况的。原来大武子真的告到县里去了,县里又转来一批人民来信。信里头谈到方继仁家的事。乡里马上要开人代会了,方继仁是本届的人民代表,而方国梁的问题又关系到乡政府的领导班子问题,怎么讲呢?由于等等等等的原因,年书记想听听方代表的意见。

继仁子头上冒汗,两手在褂襟上直搓。我没意见,我真的一毫意见也没得。

年书记开导他说,不要紧的,如今提倡和谐社会,和谐就是化解矛盾的意思,你是人民代表,还有什么话要保留呢?

我不保留哟!我保留做么事嘛?

听讲你爱人好像有点意见?年书记压低了声音,我随便问问,讲错了你也别往心里去啊。

瞎讲。她个妇道人家能有什么意见?没得,屁意见没得。

方国梁对你爱人是不是有不尊重的地方呢?他问。

继仁子脸却涨紫了,受了好大屈似的:这是哪个出溲的瞎编的?害人不是这么害法子嘛!他连半毫意见也没得了。

于是年书记便也不好再问了，安慰他几句便去找方继武同志了。

年书记是新一届的书记。他原本在县委工作，是个研究生，理论水平很高的。头年就写过一篇报道《昔日讨饭嘴，今天新农村》，省报一登，县委也震动了。因此，他对方家嘴子是很有感情的。如今他已是第三梯队的队员了，下基层主要是锻炼锻炼。如今的形势怎么讲呢，就是要建设社会主义新农村，他去韩国看过新村运动了，去美国考查过农业合作社了，有着很多很多的先进思想。头一个先进思想，就是要在天堂乡搞豆选试点。不干就不干，要干就干出点爆炸性来，他就是这么想的。县委也很支持他，钱书记亲自对他讲，你办事我放心，你试点我支持，你能翻好大跟头，我就给你铺好大毯子。于是他就发现了方继武同志。

此刻方继武正领着小豁子小相子几个在探讨集体主义。怎么讲呢，现如今都各人顾各人了，集体是个老黄历了。可要把方国栋选下台，没点集体主义还真不中。你费了多少劲，喉咙哑了唾沫干了，人家还是半信半疑，人家只跟你来现的。方国栋小拇指动动，掏点钱许点愿，比你什么大口号都管用。这一点让他眼睛子都出血了，妒忌得要死。他晓得组织起来很重要，可两手空空拿什么去组织呢？

继武子挥一把锄头在稻场边上猛刨，身后跟着一帮小年轻把颈子伸多长地看。他吊着一只膀子，绷带除去了，头毛剃去一大块，打了个十字疤，阳光下刺眼得很。他一边挖一边讲，我非要把这个蚂蚁窝找出来。他讲蚂蚁是最讲集体主义的，有组织有分工，最有牺牲精神的。他想让全村人都明白，蚂蚁凭什么能做到这一点。蚂蚁能做到的，人偏偏做不到？人还不如蚂蚁么？这个想法让他很兴奋，头上冒着热气，一锄头一锄头挖得恶狠狠。

现在他越来越好钻牛角尖了，有点走火入魔的意思，硬是把一条蚂蚁通道找出来。一帮子小年轻跟在后头喊：那边，那边！他们嘻嘻哈哈拿他开涮，说大武子不光能当政治家，还能当科学家呢。人家非要发扬蚂蚁精神，把泰山脚啃掉。

蚂蚁窝终于被他找到了，可找到的蚂蚁窝又让他心里很懊恼。这么多的蚂蚁，这么有组织有纪律的蚂蚁，竟然是为了供养白白胖胖的一只蚁后！这怎么能称得上集体主义？这简直太野蛮太低级了，太不那个了。

稻场边上是个废碌碡。继武子想想就站到了碌碡上，他清清嗓子喊，乡亲们，父老兄弟们……

应该喊女士先生才带劲。一个小年轻说。

去。继武子又喊：姐妹们，现在我请你们选我当村长，以后还选我当代表，我能代表你们的利益，我晓得你们的利益在哪，我也晓得怎么才能维护你们的利益。我叫方继武，现年……

年书记过来了，拍着巴掌。竞选呐？开开洋荤？他笑。

青年们闪开了，不笑了，都望着大武子。

大武子早瞟到了，却并不理睬，继续大声说：要解决我们村的土地问题，只能靠我们自己，不要指望哪个青天大老爷。你们选我做村长，我负责反映你们的意见。

方继武同志我就是来听你的意见的。年书记招呼道，来来，我俩聊聊。

对不起，我现在没有时间。他继续演讲。乡亲们，父老兄弟们，姐妹们……

年书记脸有点黄了，可还忍着：你以为你这样就能当村长了吗？方继武同志？

请你文明一点，不要打断别人说话。大武子一本正经，当不当村长，你只有一票的权力，你也是个选民，不要忘了，年大安同志！

年大安同志不笑了，脸红了，黑了，青了。方继武同志！有意见可以提嘛，我们工作有不到的地方可以批评嘛，搞这一套干嘛？

年大安同志！大武子嗓门比他还高，什么叫搞这一套？哪一套？

年书记叫他说愣了，好一阵口气才软下来，说继武子啊，我晓得你对我们有意见，上回你来找，也不是不接见你，实在是开会抽不开身。今天我就是专门来找你谈心的。

继武子犟劲上来了，年书记哎，我跟县政府都谈过了，还跟你谈什么？二两棉花的交易，不弹了。

我们这次豆选，就是要落实基层民主的，要不然怎么叫豆选呢？

是的哟，我们民，你们主。

现在是要建设和谐社会，你这样讲就不和谐了。

是的哟，我们和了，你们就谐了。

你还真好抬杠，这样下去是要犯错误的。年书记把头直摇。

书记哎，我再犯错误也犯不到哪块去了。你还能把我农民开除掉啊？

好好好，年书记手直摆，你狠你狠，你等着吧。

我等着。继武子叉腰站在碌碡上，一句也不让，半句也不让。继武子豁出去了。

年书记掉头就走了。走远了，青年们又围上来。

算了，算他狠。省得吃眼边亏。

就是，就是啊！

继武子脸色惨白，张着嘴，哈了半天气，才哇一声哭出来。他哭得好无奈好没出息，他坐在碌碡上，哆嗦着，手也没处撑了，亏得旁人把他架住。哭着，抽噎着，老也止不住。哭得边上两个姑娘也跟着抹眼泪了。

过来一只瘦架子猪，在碌碡上蹭痒痒，蹭得哧喇哧喇响。又过来一只大公鸡在蚂蚁窝边啄石子，啄啄，又丢开，啄啄，又丢开。然后挺着胸很傲慢地踱开去。

九

菊子在叫花子坟边站半天了，也望不见个人影。太阳眼睁睁地啃着山头滑下去，把菊子的身影长长地投到路边上。坟头上荒荒的，只有几根枯草在砖缝中摇曳。菊子冷得抱着肩跺着脚，瑟缩着，本来小巧的身子如今更单薄了，下颏更尖了，眼窝更深了。只是满满的胸脯在一天天地发胀，她实在舍不得刮掉这个伢。她晓得自己一天不去，继仁就一天没得好脸色。

再这样下去，菊子真要疯了。

因此，她要帮大武子一手，大武子要晓得什么她就告诉他什么。她已经把大武子当作救星了。只要那畜牲下台了，继仁子就再用不着怕哪个了，继仁子还会欢喜她的，她觉得。那时，伢子也保住了。万一这个不行，她还能怀上的。她是个能生能养的女人，不比旁人差，这一点她从来不怀疑。最后一点阳光已从她瘦削的肩头退下去了，她竟然一点也没察觉，反倒觉着身后越来越灿烂了。

大武子哎！大武子过来了，后头跟了一大帮。菊子慌忙挑起稻箩迎上去。

有事啊？继武子停也不停，自顾走。

你……菊子不晓怎么开头：才家来啊？

有话就讲，我有事哩。继武不很高兴的样。

菊子索性把挑子歇下来，拦在他前头：大武子，你那事搞得么样了？

继武子把膀子一甩，站下了：么事啊？

就是……把那畜牲搞下台的事啊？

你讲话注意点好不好？继武子挣开她的手，我不是要把哪个搞下台，我是行使正当的民主权力。

是噢，就是讲这民主嘛权力嘛。菊子更慌了。

继武子十分警惕地把膀子抱起来，等着。

是这么回事，菊子费劲地讲，那天你找你继仁子哥了啵？你想晓得么事情我跟你讲，我完完全全跟你讲。只要，只要能帮你一把。

可继武子却更加警惕了，眉心也锁起来。你要跟我讲么事情呢？

讲那畜牲，方国梁，他把我……

继武把手一劈，跳上岗子，我对你那些烂事一毫兴趣没得。你家去吧。碰上方国梁你告诉他，我跟他们是政治斗争。搞臭他用不着我。他们早就臭得不能闻了。

大兄弟，我是真心哎！菊子脸都灰了，伤心得很，大武子讲话也太毒了。

继武子挨了打，反倒把他打成英雄了，一乡十四村，他村村都去。到哪先把大牌子扛头里：我们是宣传选举法的！那些个村长明知他是跟方乡长作对，却也不敢怎么阻拦，谁知这样做对不对呢？天堂乡要豆选了，风气要变了。有个别对方乡长有意见的干部，递烟端茶不说，还提供场所呢。加上各村都有人做他的经济后盾，好烟好酒招待，气势就更壮了。每天，都有一班子不怕死的愣头小年轻跟在后头，挑明讲就是当他保镖的。继武子突然神气得很了，一塘水还真叫他搅浑了。下午还跑到乡政府大街上去讲了一气，弄得人心惶惶。

好吧，对你的真心我就表示感谢吧。继武子跳下坎子，拍拍屁股，走了。

菊子跟后头喊：大武子哎，晚黑出门要小心点噢。那畜牲毒得很。

大武子站住了，头也不回，想讲什么，想想又不讲了。

讲嘛，有话你就讲嘛。我是真想帮你哎。

这话可当真？

当真。

当真就中。很简单，你把方国梁的事公开讲出来，到处去讲。你敢不敢？

菊子要哭出来了，这事怎么讲出口啊？

就是啊，你也晓得讲不出啊？讲不出你拿什么帮我呢？大武子突然凶巴巴地喊起来，嘴都扭歪了。喊着，眼角里还有泪光一闪一闪。一帮子小年轻也跟后头起哄：是啊是啊，讲不出你怎么做得出呢？

然后他们就跟雀子受惊样的一哄而去。走很远了大武子才突然回头喊：菊嫂子，刚才那些，算我放屁！

菊子并不觉得好受多少，心已经凉了。大武子已经不是从前的大武子了，好像变了一个人，变成一个干部了。讲话这么冲，这么毒，这么远。她想，大武子要是真当上村长，村里会是什么样呢？

继仁子找来了，喊，死到哪块儿去了？

我，挑不动了歇一番。菊子是挑稻出来碾米的。

挑不动讲得动！继仁早就看到大武子了。

我，又没讲么事嘛。

还要讲事？还嫌不够啊？还要害好些人啊？你怎么不死叫死了好多了，省得害人。继仁子恶狠狠地夺过扁担，挑起就走得菊子一踉跄。

是啊，怎么不死呢？死了好多了。菊子想。

这晚，小学校的徐老师突然来找她拉话，讲了许多关于继武子的话。那意思分明是欢喜大武子的，是要她帮忙讲好话的。她心里这才慢慢地被抹平了，心想自己还有一点点用。又想到这两个倒真是很般配的，就夸徐老师人长得好看，衣裳也好看，又有文化，脑子又活络，便主动要帮她讲。徐老师送给菊子一件衬衣，粉红的带绉纱花边的，菊子就笑，讲我要穿上这件衣出门人家都满地找牙了。

徐老师讲才不是呢，讲大武子就嫌我穿衣土，穿什么衣都土，讲菊嫂子就是命苦，不然人家穿上什么衣都好看。

这话又让菊子发了一夜呆，五雷轰顶一样，眼睛水也有了。

十

真的要豆选了。村口拉出了横幅：实现基层民主，确保试点成功！为了方家嘴子的美好明天，请您投上神圣的一票！

乡里年书记亲自来方家嘴子给大家做了动员报告。他说他去韩国考查过了，韩国农民喜欢讲合作。他也去美国考查过了，美国农民喜欢讲权利。我们建设社会主义新农村，既要讲合作也要讲权利。

他说为什么要在天堂乡试点呢？因为天堂乡条件最好，县委最支持。有人老欢喜讲农民文化程度低，不适合搞民主选举，其实早在四十年代的陕北，就搞过豆选。事实证明民主政治跟文化程度没有多大关系。金豆豆，银豆豆，豆豆不能随便投。选好人办好事，投在好人碗里头。当时的美国友人史沫特莱就说，这是比美国还要进步的普选。所以天堂乡的试点就是恢复革命根据地的老传统呢。总之意义很多，很伟大。

然后就是唱花鼓戏，说快板，派传单，晚上还放了一场电影。

电影放到一半，场子就有点乱。有些人悄悄溜出去，又有人悄悄钻回来。回来的都把手揣在兜里，喜滋滋的，还悄悄传个话，说分批去，别动静太大了。又讲，这回是真出血，一扎新，还连着号呢。

另一边，年书记也跟大武子谈了话。叫对话。年书记很欣赏这个年轻人，觉得他还有一点点思想，还能跟他对上话。年书记管他叫继武同志，继武同志你们成立护地组织，我是不是支持的？支持的。中国的民间组织不是太多而是太少，这是我的基本认识。你们宣传豆选，我是不是支持的？支持的。三农问题的实质是农民权利问题，这也是我的基本认识。顺便跟你透一句，这次豆选是怎么来的？是我争取来的。所以你不要有对立情绪。你一对立，我们就不好对话了。

大武子哼哼着，心想，那你不成我们的大救星了？可嘴巴却讲，我不对立噢，我对立做么事啊？我害怕还来不及。

于是年书记就笑了，一笑一口白牙，说这就对了，现在就是要讲理解讲合作。其实你不知道，乡政府也有乡政府的难处，真难，比你们难多了，你不知道！

大武子说，不就是没钱花吗？我知道。

年书记说，这话也对，就是难听一点。正确的表达是财政困难。你现在是个骨干了，这次豆选以后也许还能进班子，所以我也不把你当外人，希望你能发挥一点骨干作用，说话别老那么难听。

那我这个骨干能知道财政困难到什么程度吗？

具体我也不方便透露，反正是寅吃卯粮，亏空很大。我到基层来也是吓了一跳。前些日子镇小学都叫债主封掉了,你知道吧?那么多干部,那么多老师,都要吃饭,你来当乡长试试,上哪找钱去?现在农业税免了,可钱从哪来?到现在都没一个明确说法,怎么办?所以我的意思是,你们看问题要全面一点,各方面都要想一想。

你要我想什么呢?

护地要护,豆选要选,考虑问题要站得更高一点,看得更远一点。

更远是多远?

起码要等县乡的财政渠道问题解决了,有些事才有可能不发生。

大武子说,我明白了。

你明白什么了?

我明白国栋为什么胆子那么大了。有些人不光寅吃卯粮,连子孙后代都要吃呢。

你不明白。年书记突然又笑了,说你明白了就不会这样了。你以为把方国栋选下去问题就解决了?说全国人民都还没明白你就明白了?说你们那叫情绪叫仇恨,根本不叫政治要求。

这话说得大武子有点发愣,不服气地说,我一直强调我们是政治斗争。

年书记把他肩膀拍拍,把手伸出来,好好好,欢迎你常来聊聊,抬杠也行!

可当天夜里大武子就把护地队召集起来开会,说现在形势很好,年大安找我谈过话了,这回狗日的非下台不可,你们要有信心!

十一

　　第二天，继仁子突然对菊子笑了，那不是一种家常过日子的笑，那是一种公事公办的笑，笑到菊子有点害怕。继仁子说，下晚你去请继武子来家喝酒。

　　菊子想，继武子是自家兄弟，还要说请吗？他偏要说请。请了还不中，还要菊子到路上去等，拉也要把他拉家来。还讲，你不就欢喜等他吗？还讲，我两个喝酒，吵架，你要在旁边劝，要像个嫂子样子，别跟他桌子板凳一样高。

　　这话杵在菊子胸口就像一块冰，半天不得化。

　　菊子承认，自家是欢喜跟继武子讲话。特别是继武子当兵回来，长成高高大大一个男子汉了，见多识广讲话干脆，不像继仁子三棍子打不出一个屁。但她很清楚，两个人自小一块搭姆妈锅长大，一块斗老将，一块套麂子捉知了，但那都是小伢子把戏，一毫没得旁的意思。从懂事起，她就把继仁子当成自家的男人了，代他缝补代他把家为他操心，这能是假的吗？可继仁子偏要这样杵她！

　　她晓得继仁子这一向心思多，脾气躁一点也正常，拿她出出气也算是正常。可菊子一肚子委屈又能跟哪个讲呢？她是有眼睛水没地方淌啊。

　　果不其然，两个人坐下没讲两句就抬起杠来，一个讲你是蛤蟆吃天没事找事，一个讲你是有板凳不坐偏坐树桩子，一个讲你把一塘水搅混对哪个都没好处，一个讲凡事都有个理不讲理就是不中。

　　菊子有点急了，拿一瓶酒咔一口就把瓶盖咬下来，说：你们两兄弟有什么话不能慢慢讲啊，非要争个你高我低啊？我是个妇道人家，不晓得什么理不理的，讲良心就中，喝酒！两个人这才笑了，端杯子喝酒了。

喝到后来菊子才有点明白，原来是国栋要继仁子给继武子传话，只要继武子答应不捣乱，有什么条件随便他提。闹了半天他是替国栋讲话的，难怪他的笑那么古怪，他的话那么剜心，原来那都不是他自己的。这就对了，这才是国栋平日的嘴平日的脸，难怪她觉着有点熟悉，好像在哪见过。继仁子平常对她再狠也不是这副嘴脸。

继武子说，我的条件很简单，就是他下台，交代账目。

继仁子说，那你不是要他死吗？他不当村长能做么事？逼人不能逼得太狠。

继武子说，我没逼他，是他自己把自己逼到这一步。

继仁子说，你就那么想当村长啊？

继武子说，狗日的才想当村长呢，我不想当，我也当不上。

那你究竟想做么事哎？

继武子突然笑了，说哥哎，我跟你打个赌，赌哪个能选上村长。

哪个？

你。

我？继仁子跳了，讲你捣什么鬼哎？我有那个本事我能混成这样啊？

继武子也跳起来，这就讲对了，方家嘴子能人有的是，就缺个好人当村长。

你放屁噢继武子！讲你捣乱你还不服，讲你能耐你一脑门子狗屎。我不是人啊？我当村长就不贪了啊？有钱我也会花，有权我也能贪！

对呀，对呀，跟着朝下讲呀？

朝下讲？继仁子眼睛子直翻，我讲不好，我不讲了。

不讲我讲。刚才你问我究竟想做么事？前些日子我也在想，想得眼睛子生疼，狗日的讲假！现在我想通了，我就是想选一个好人不要选什么能人。人一能耐心就黑了。你不是讲好人也会贪吗？对了，你今天好不能保证你明天也好，这件事做得好不能保证那件事也能做好。这就要有个法子能把你搞下台去，这法子就是豆选。豆选就是都选，大家都来监督你，叫你坐不稳，叫你一天到晚提心吊胆生怕出错，汗毛凛凛地为大家办事，这就是我心目中的好村长！

继仁子闷掉了，半天想不出话来答。

倒是菊子有点奇怪，村长如果当得这么窝囊，哪个还愿意当呢？哪个当官不是为发财呢？如果大武子明知当不上村长，他这么干又是图什么呢？不过这话她没讲出来，她要讲出来继仁子又要骂她桌子板凳一样高不识相了。她觉得自己很难，又要像个嫂子样，又要顾到继仁子的脸面，还不能伤到他兄弟和气，只好一遍遍地劝酒。

但继武子这番话她是服气的，如今的大武子已经不是从前那个鸡巴拖痰灰的脏伢子了，讲出话来钉是钉铆是铆，有板有眼。虽讲他那一套下辈子都实现不了，但话讲得在情在理。是人都有人的毛病，哪个当村长都不能十全十美，是要想个法子把人治住才中。

两个人都喝醉了。继仁子醉了就往床上一倒，大武子醉了就是不住地哭，眼睛水淌得跟自来水一样。菊子扶他回家还一路嗷嗷地嚎，像是受了好大的屈。菊子怕三姆妈骂人，就扶继武子在老白果树底下坐了一气。这白果树年头久了，枝枝丫丫地盖住了亩把地，像一把大伞撑在村中央。在方家嘴子，有头有脸的人家才能把屋盖在周围，为了占住这块风水宝地，也不知出过多少伤心事，人都想不开啊。她想。

我对不住你啊，嫂子！继武子突然放声喊起来，菊子吓了一跳。我对不住你啊……把你写进材料是没法子啊……凡事都有代价啊总要有人牺牲啊……没法子啊。

菊子讲，你有么事对不住我的？别瞎讲。

大武子讲，真的，我真对不住你了，我先给你磕个头！

菊子慌忙拉住他，我就是帮不上你噢，能帮上你要我做什么都中。

大武子又跳起来讲，你能。

我？

算了，不讲了。他们一家那些丑事个个都晓得，家家都受害，就是没人敢讲。大武子伸出一根手指头：只要讲出来，他们全完蛋！

菊子不吭了。大武子的话她是听懂了，上回她就听懂了，听懂了心里就隐隐地疼。可这些事又跟哪个讲?这些事哪个来听你讲?

现在形势还难讲得很噢，我对不住你噢，我真的没得底噢……

菊子本想跟他提提徐老师的事，现在他醉成这样，还讲什么呢？她心想大武子是醉很了，已经不晓得轻重好歹了。

菊子慌忙把他生拉硬拽送回家了，回来心还怦怦跳。又跟虫子咬的样，一阵一阵地撕得疼。她一个妇道人家，就是当众把衣裳扒光了，又能帮你好大忙呢？

穿山风越刮越紧了，要焐雪了。满村的树都摇晃了，一地的月光都搅碎了。

十二

继仁子气得脸铁青，摔盆砸碗的。究竟气个谁，他也不晓得。早晨他去敲国栋的门，想把继武子的事再解释解释，他的意思是继武子年事轻瞎鸟操，其实并不想当村长，他已经问清楚了，想叫国栋放心。哪晓得国栋不放他进家，就把他堵在门外说话，一点礼数都不懂，这在方家嘴子就是打人家脸。讲起来国栋还比他小一辈呢，这样欺负人。

国栋冷冰冰地讲，反正我把话讲到了，听不听在你们，不要怪我不给你们机会。

这话什么意思？什么叫你们？头天他还低眉顺眼地讲我们呢，还说你跟继武子不是一路人，转脸就不认账了？难道继武子讲他能选上村长的话叫他听见了？就算听见又有好大个事啊？他不想当这个村长，他能当这个村长你国栋不就当省长了？这些话翻来覆去在心里头盘，弄得五心烦躁六神不安。但老生闷气也不是个事，下午跟上禽蛋公司的车，把门一带便上镇上来。菊子跟后头讲什么事，他也没听见。

胡经理大老远就招呼他：老方哎，你方家嘴子尽出新闻人物哎。

瞎讲，方家嘴子是个伤心的去处嘛。他还谦虚着，想找地方下货。

胡经理笑：今个儿是要伤心一阵子喽，公安局警察车子都来了嘛。

么话？继仁子呆住了。

你还不晓得啊？乡政府里都闹翻了，讲是来抓那个……那个叫么子的？搞豆选的？方继武？

哐当一下，蛋篓子掉下地了。继仁子噢的一声怪叫，大腿一拍，掉头就跑。蛋清淌了一地。

继仁子没命地朝家奔，也不晓得奔个什么。早晓得嘛，他想，早晓得小狗日的要倒霉的嘛！瞎鸟操嘛，老虎嘴边抓虱子嘛。

他跑着，汗跑出来了，泪也跑出来了。事到如今，他才晓得，这些天心里鼓鼓噪噪都是放心不下。这些天一肚子闷气猫抓的样，其实是暗暗代大武子出力的,他心里其实是巴望大武子成功的。原先害怕的其实正是偷偷盼望着的,原先不敢承认的其实正是暗暗鼓劲的。自家怕死,人家出头,还要装出一副清白的样子来,什么鸟人嘛。泪流的,比汗还多。

一辆绿颜色的警察车迎面过来了,鸣的一叫就过去了。继仁子张张嘴,一屁股就坐倒了,那车顶上有个小红灯,呜呜地叫,把继仁子头都叫大了。

原来,有关方面早就密切注视着大武子的动向了。各级机关早就做好准备,要保卫民主选举的顺利进行了。豆选是个新生事物,差额选就不是新生事物了?看问题要看到本质,要看领导权掌握在谁手里。就是新生事物也要有组织有领导地进行,怎么能由着一帮小青年牵着鼻子走呢?且不论结果怎么样,这个风气绝对不能开。

本来,年书记还想保护方继武这个人才的,他觉得他是个人才。年书记去找了县委。县委很慎重,一分析一研究,觉着问题大了。方国梁错误再多也不过是个经济问题,工作问题,还有个生活作风问题。经济问题也就是个吃喝问题,工作问题就难讲了,改革嘛,交学费是难免的嘛。生活作风问题就更难讲了,讲不清的,改造落后习俗是个长期的任务。但方继武的问题就不同了,是个政治问题。政治问题就不好开玩笑了。

钱书记把年书记好一顿批评:你怎么搞的?早就该采取措施了,拖到今天,影响这么大!

年书记委屈得很,掏出小本子翻着说:我找他谈话不下七八次了。

谈不下就采取措施嘛。

采取什么措施呢?总不能把他抓起来吧?

为什么不能抓?可以行政拘留嘛。钱书记分析说:他破坏选举就是扰乱社会治安,扰乱治安就可以拘留审查。你乡里不敢处理,县里来处理。

年书记哭丧个脸，说，那推迟一点总可以吧？我们再做做工作总可以吧？

怎么能因为个别人捣乱，人代会就推迟了呢？可见你们乡党委也太软弱了。豆选照选，人代会照开，我亲自去参加。我还就不信了，豆选能选出个流氓？开完会钱书记却把他肩膀一搂，又安慰他，说你还年轻着咧，将来机会多得很，舞台大得很，你着什么急呀。

一锤定音了。

警车呼呼叫着，在乡里游转，凡通公路的村子都游过了转过了才回县里去。

十三

方家嘴子死了，鸡子也不跳了，狗子也不叫了。

大老远就听见三姆妈在嚎：你个作孽的鬼吔，你叫老娘怎么活哦！……

菊子这两天都不大对劲，一点东西都吃不进，连苦胆都吐出来了。她跟继仁子讲几遍了，想去镇上看看，继仁子理都不理，嘴里还骂骂唧唧，气性不晓好大。下午她是听见有汽笛呜呜的叫，当时她正在吐，身上一毫力也没有。直到外头有人叹气讲，官府的交易，今天刮风明天下雨，你哪搞得清啊？一问，才晓得大武子出事了。讲是大武子还不服，还想挣扎，立马按倒在地，上了背铐，门牙都磕掉了。

村里的小年轻一个都不见了，转眼就消失了。只有西墙根几个老汉在晒太阳。见她来了，也立马不吭声了，连声咳嗽也不咳了。一堆妇女伢子围着三姆妈，见她来了，立马闭嘴了，也不劝了，眼睛子都怪怪地直起来。

三姆妈哎……菊子喊。

三姆妈两眼放出绿阴阴的光来，像一头母狼。两只手也朝她伸过来。你！你个畜牲子哎，你个讨好卖乖的东西子哎……老娘跟你拼了，老娘不想活了。

菊子后退着，躲闪着，讲也讲不清了。

妇女们又拉又劝，三姆妈又一屁股坐下地了，大腿直拍，眼泪鼻涕淌了一身。

菊子只好木呆呆地转身，回家去。她搞不懂这些人是怎么了，见到自己怎么就跟见到鬼一样？

滚啵，三姆妈骂，有多远滚多远，卖了发财去啵，发财打棺材啵！

她心里一抖，晓得这是在骂自己了。可又觉得不太像，大武子出事明明才晓得，怎么扯跟自己也扯不上啊？但这明明又是冲自己来的。他们都以为是菊子害了大武子。菊子是个贱货是个婊子。菊子卖了发财了。菊子勾来了官府抓走了大武子。

卖去啵！卖了发财啵，发财打棺材啵！这骂声一阵一阵，近了，大了，三姆妈骂到门口来了。她吓得不敢开门，拿被子包住头，可那声音还是刀子一样直往心里钻，钻得人肝都裂了胆都碎了。

继仁子回来了，回来也是骂她。你自己做的事自己不晓得啊？你晓得她伤心还去撩她，你找死啊？你要我怎么出门啊？脸塞裤裆里啊？你想死不是这么想法子嘛，你死到外头去死嘛，沙河又没盖盖子，没哪个拉你！

继仁子两眼血红，跟吃过死尸一样，一口一个死。他浑身在发抖，站又站不住，坐又坐不住，只好躺在床上骂。骂一气又哭，哭过了再骂。三十几岁的一条汉子，跟三十几斤一样不识数了。

起风了，落雪了，雪子子打在老白果叶上啪啦啪啦响。菊子一个人站在树底下向呆，木木的傻傻的，碎雪子披了一身。她不晓得为么事站在这里等，也不晓得要等个谁，家是不能蹲了，从家里出来她就没想回去。也许是想等大武子家来。要是大武子能放回来，她也许就能醒了。大武子能证明，她不是害人的人，不是卖的人，更不是卖了发财的人。可大武子没家来。

她好像看见小时候，一帮伢子在树底下斗老将，耳朵里听见一帮伢子在鬼喊，赢了输了都叽里哇啦地欢呼，断一根又从鞋窠里再拔一根。老将就是杨树叶的把，要放在鞋底捂，捂熟了捂透了捂臭了才有筋道。每回大武子都性急，捂不透就拿出来斗，斗输了还哭。她顶见不得大武子哭了，一哭她就把自己的老将给了他，然后他拿着自己的老将又把自己打败。人家都讲，这丫头心慈得很，愿让人呢。大武子就跟她亲弟弟一样，她就是要让着他护着他，她很愿意被大武子打败。她天生就欢喜照顾人。大武子当兵去了，她给他缝了鞋垫。大武子退伍了，她又给大武子送了一盒糖。大武子已经六尺高了，胡须都变黑了，不晓得么意思。她讲你亲口讲的忘记了，成亲时要给你留满满一盒糖，要比人家多一倍！大武子这才记起来。大武子，大武子……

可大武子人呢？怎么还不家来呢？她记起来了，就在这棵树底下，大武子讲，对不住你啊……总要有人牺牲啊……没法子啊。当时还很不懂，现在忽然就懂了。懂了她就要去做，她不能让大武子蒙冤，不能让大武子坐牢，也不能让继仁子抬不起头，她要让政府晓得，真正的害人精，不是大武子，正是这畜牲子。

她去继仁子姆妈坟上磕了头，捧了一把土，扫了一把灰。她从六岁进的天堂山，天堂山把她养育成人，她不能忘记大恩大德。她腰里还剩几十块钱，用手巾方子把它包好找块石头压在坟前，她晓得继仁子会到这来取。

最后那一刻，她又想到了继仁子，她不怨他了。没能为他留下一男半女，已经是她的罪过了。本来她是能做到的，可继仁子不要她做，他信不过她，这是没得法子的事。她也想到过肚里的伢，是个男的还是女的？像哪个？但这只是轻轻一闪，就像吹了一口气，转眼就消失了。

她为自己系的是一个双环扣，越拉越紧的那种扣，把自己挂在了国梁办公室的门框上。人家都讲，马善被人骑，人善被人欺，由小看到老，这丫头的命怕是不好噢。最后这一刻，她信了。

十四

大武子关了两天就放回来了。没讲他有错误，也没讲没错误。反正放他，他就家来了。如今是个法制社会，超过四十八小时就不能再关了，不能再关就要放人。所以他就家来了。那天，有人给他发过手机短信，叫他快走，他还没搞懂方向呢，警车就到了。这两天，他就在等待提审，他准备了一肚子的说辞，可还没审呢，又叫他回来了。去得稀里糊涂，回得莫名其妙，太没意思。

可是，一出看守所大门，眼泪就不争气地喷了出来。这就叫自由吗？他不知道。可他知道自己是完完全全失败了，莫名其妙就失败了。他觉着国栋他们在某个地方看着自己呢，他们一定笑死掉了，动动小指头，就把对手碾成了星星。

他走在大路上，两条腿只是在机械地移动，一切都是麻木的。他要上哪去？下一步干什么？他不知道，也不想知道。他觉着自己已经失去目标了。其实他本来就没什么目标，只是看着来气，就要跟国栋他们斗一斗。其实他对村长一毫兴趣都没有，他根本就不是当干部的料。可他还是卷进去了，也是莫名其妙。他有两个战友，开了运输公司，早就喊他去入伙。他还有个老领导，开了一家修配厂，也叫他去帮忙。他为什么要把时间浪费在这上头？方家嘴子在他眼里算个屁啊？灰都算不上。

　　他觉着又长大了不少，学到不少知识。究竟是为个什么事呢？他想。什么事也不为，一点事也没得。白白浪费了许多时间，还丢了一颗门牙，怪不划算。

　　太阳懒懒的，天空灰灰的，大路弯弯的，下了一场小雪，其他一切都是老样子，他觉着，怪没趣的。

　　远远地，望见一队人，抬着口棺材，踽踽地上山了。纸钱撒了一路，脚印歪歪斜斜踩了一路。新落的小雪已经化了，枯草上挂着泪珠。

　　他有点吃惊，一打听，才晓得菊子已经走了。

　　小学老师徐改霞三言两语就把事情讲清楚了，不像那些人就知道瞎吵吵。她说，乡里安排的，上午就要出殡，下午还要豆选，村里留个死人怕不喜庆。

　　大武子把嘴张了半天，一口气才喘过来，噢的一声就蹲地下了。他哭不出来，累得浑身直颤。徐改霞劝，你跟着走吧，到了山上再好好哭。这一说把他又说醒过来。他叫，不能走！不许走，不能就这么草草埋了！

　　众人都有点木木的，不知他是么意思，看看他，又回头去看继仁子。继仁子早就傻了，半点表示都没有。

　　抬棺材的都是村里的年轻人，小豁子小相子大明子，还有桂兰秋香冬妹子，经过这件事，心也灰了气也短了。爱怎么搞怎么搞，反正天还是那个天地还是那个地，别人能过他们也能过，基本上没有主张。小豁子还讲，国栋已经开始变脸了，原来答应的300元他都赖账了，今天早上盼琴家的去登记，愣被大藏獒给吼出来，现在说什么都晚了。

这话又让大武子打了个激灵，像是给抽了一鞭子。他趴在棺材前头讲，不能走，你们真不能走啊，我求求你们啊，不能走！你们别怪我狠心，事情到了这一步，只能狠下心来办！他说你们别那样看着我，我不是怪物，人情世故我懂！他说安排你上午出殡你就上午出殡啊？你们以为人家是随便说的吗？人家这是气势，人家这是用气势压你呢！他说死一个人就怕了？这是必要的牺牲，没有牺牲就没有胜利！然后把手一挥，回村！挨家挨户地走，慢慢走，叫全村人都看看，都想想。特别是要围着国栋家的大院走几圈，叫他们也看看，也想想！

大武子一喊，嗓子突然就哑了，声音哑啦哑啦响，凶得很。目光也很凶，红彤彤的，一滴泪都没有。他扶着棺材，说菊子菊子，你不能就这么不明不白地走啊，要走也要走得风风光光啊。

于是棺材又回头了，进村了，挨家挨户，走走停停。大武子不住地提醒大家，不忙不忙，急什么？每家每户都走到，到了就歇歇停停，慢慢喊，慢慢哭。

慢慢地，吹响器的也来了，唱花鼓的也来了。响器吹的那个叫响，花鼓唱的那个叫惨。慢慢地，年轻人眼睛里就有了泪，大武子眼里也有了泪。于是方家嘴子一村人都动起来了，来送一个年轻的媳妇上路了。这媳妇六岁牵着继仁子娘的褂襟子进的天堂山。自打来到方家嘴子，没吃过一口好茶饭，没困过一个安生觉，没养过一个伢，没留下一句话。走了。她本可以不走的，就为掀掉一扇磨，推倒一个影子，为证实一个人人皆知的事实，为给男人腾一片能伸腰的天,走了。没什么光彩,也没什么不光彩,自古乡下女人,都这样。

于是一村人都出动了,跟着棺材上山了,来送菊子上路了。

坑早就挖好了,就在继仁子姆妈坟旁。棺材落下去,一点响声也没有。男人脸都黑着,很没了光彩一样。女人悄悄抽泣,想起菊子的许多好处。

老人上来捧土了。菊子哎,你受屈了。菊子哎,你命苦噢。三姆妈拍着坟,喊:菊子哎,你心太急,心太实了,么事这么急嘛!

继仁子不哭也不喊,只跪在坟边,拍土,拍土。土堆得更高了,拍实了,他还是拍土,拍土。拍累了就伏在坟上,望着方家岭,眼都望直了。

刚止住声的又哭起来了。方家嘴子世世代代,不嫌穷也不怕富,不畏势也不避难,重的是个情分,讲的是个义气,敬的是个骨气。而今一村人都来了,都来哭了,来送菊子上路了。

风把哭声送远了,在山谷里盘旋。都上来捧土了都上来道别了,土越堆越高。哭声越来越响,越来越响,把群山也震动了。群山应和着,很是肃穆苍凉。白头岭耸立着,默默地,低头哀恸了。

纸钱点着了,旋起来了,飞上天了。

钱灰飘到野溪里。溪水淙淙流着。溪边站着个大武子,大武子冷冷的,像是看到什么,又像是想到了什么,心里怦然一动。他好像看见自己小时候,他拿着一颗糖到处去找菊子。菊子菊子,这是什么?是糖。是大白兔子糖,老师给我的。他看见菊子把嘴抿得铁紧,听见菊子喉咙里咕噜咕噜响。我俩一人一半,可好?好。那你让我香香嘴,可好?菊子想了半天,说好。然后他就把糖叼在嘴里,等着菊子来咬。然后他就等来一个大嘴巴,菊子哭了,掉头就跑。然后他就跟后头撵。撵啊,撵啊,怎么都撵不上。

他忽然想,菊子为么事要把自己挂在国梁的门框上?为么事要把绳子结成一个双环扣？他记起来了，双环扣是小时候套麂子常用的扣，这个扣看起来简单，其实越扯越紧。她是要大武子来认这个扣呢，旁人不懂，他大武子还能不懂吗？这个扣扯直了是一根绳，套住了就是一个圈，像个句号。小时候他们常说，我给你打个句号，你再坏就给你一句号！这话只有他能听懂，这是他两个人的秘密。

现在她终于给了自己一个句号，也是给他打了一个句号，还给所有的不平，所有的憋屈，所有的人所有的事统统打上了一个句号。这个扣，只有大武子能解。

可大武子怎么也想不通，为么事是菊子来打句号啊，为么事是这样啊，他本不想这样的啊。他要把国栋搞下台，是正当合法的，家家户户心里都是这么想的，只是没人敢出头罢了。他要的是一场政治斗争，是本当属于自己的权力。可结果偏偏是这样的不政治不光彩。为什么偏偏是菊子？他还有什么脸去见继仁子？不应该啊，真的不应该啊。

这天晚上，豆选进行得很平静。县里领导乡里领导都到场了，亲眼见证了方继仁当选村长。第一轮他的豆还不算多，第二轮人们把豆全都给了他。这个结果他们开头也没想到，但后来还是想到了，于是他们都拍了巴掌表示祝贺。毕竟方继仁也还不错，没有太出格，县委钱书记作指示的时候还特为提到了老支书方大勤的名字。他希望继仁子能够像他家爷爷一样，一心为集体，带领大家共同奔小康奔和谐。钱书记当然不会想到，也不会理解，为什么结果会突然逆转。他当然更不懂，为什么一双乡下女人瘦格郎筋的手，能在这天晚上异常有力地卡住历史的脖子。

这一晚，天堂山落了一夜大雪。风却轻得很，一点声响都没得。雪花不急不慌的，一片一片朝下飘，跟纸钱一样。那雪花也出奇，有银杏叶子那么大，有小伢子手掌那么软。到天亮时，山路就封住了，白头岭就消失了，满世界都素净了。

十五

  继仁子死掉了，跟枪打的样。枪打的还晓得痛，他连痛也不晓得了。腿也不是自己的了，手也不是自己的了，什么都不是自己的了。他死了一个老婆，换回一个村长。他不要这个村长，也不要这个家了，要家做么事呢？要做田，要做屋，还要辛辛苦苦想点子挣票子，图么事呢？还不如早先去讨饭，还不如在外跑码头，落个肚里快活两手闲。他是个讨饭的坯子嘛。他生成没本事嘛，就他这样还想讨老婆，讨个老婆连伢都不敢养！他想不通，实实在在想不通。他何必害人家菊子呢？

  继仁子又慢慢地活过来了，心里苦巴巴的，想吼又没得个声，想哭又没得个泪。他抱个头，捂个耳朵，走开了。走远远的，越远越好。他出村了，上山了，下山了，自家不晓得自家上哪去了。钱就是命，命就是狗屎，他得了结论了。

  兴隆酒店里来了一班人，连哄带拖，把继仁子架将出来。

  老板娘跟出来喊：继仁子哎，你当真赊账啊？

  要钱没用噢，钱就是命，命就是狗屎！他比划着，开导她说：没用噢！

  一班人都笑了。放心啵，方代表还能欠账不还吗？于是就往乡政府大院里来了。

  钱书记亲自到乡里来了，敲锣打鼓放鞭炮了，人代会胜利召开了。继仁子当上村长了，不折不扣是豆选选上的。电视台的丫头介绍他是从前讨饭的苦孩子，今天的养鸡能手。因此是很有代表性的。

但他醉成那个样，大会主席团只好安排他困觉了，开幕式无论如何是不好参加的。下晚县里乡里领导来看望大家时，他正鼾声如雷，因此也不好叫醒他的。他参加时，正是大会发言，有人喊，叫继仁子讲，他就懵懵懂懂地被人推上去了。

困了一大觉脑壳子还有点痛，人却精神多了。隐隐地，还记得点事，却又记不起许多，好像曾经有过许许多多的话，又好像一毫话也没得了。继仁子憨憨地笑着，很是不好意思，头皮抓了又抓，问："讲么事呢？"说完就要下去，却被前排的代表推回来了。

随便讲，放开讲。

继仁子回头望望，钱书记正笑眯眯地对着他。年书记也鼓励他说：拣要紧的，随便讲。

我叫花子出身，就讲叫花子话哎？继仁说。

很好嘛。钱书记笑着带头鼓掌了。

万万没想到，叫花子今天也当代表了。

哗——，鼓掌。

叫花子三条苦：冷尿、饿屁、穷扯谎。没法子想哎。我今个不冷不饿也不穷，专门来点实的，讲假的不中。

哗——，再次鼓掌。省里记者也来了，照相机直闪，录像机直转，录音机咔地一按。都觉着，这个农民太会讲了，太幽默了。

我姆妈在世时老讲，继仁子哎，二回长大做么事呢？做田嘛，还能做么事啊？做田不中噢，我姆妈讲，二回长大好歹要学门手艺。果不其然，我今个有门手艺了，养小鸡子了。

哗——，又鼓掌了。效果真是太好了。

养鸡子那么好养啊！得有科学。有科学还不中，还要有窍门。窍门那么好找啊？他不讲了，端水喝，心里突然燥得很，干得很，嘴里又苦得很，苦得想哭一场才好。脑壳里，有个织布梭子在飞，一丝丝地，一片片地，一段段地，都联起来了。他谁也看不见了，眼前白花花的一片。么事要养鸡子哩？没得法子想哎，狗日的扯谎。

　　记起来了，他都记起来了。那是个大雪天，他跟个包工队讲妥了，做小工。菊子娶回家才十几天，他倒要走了。家里就一床被，留给菊子了。他快三十了，才有个菊子，舍不得。舍不得也不中，他卷半条破絮，上路了。到处是雪，地下白了，天倒下黑了。走到大路口菊子撵上来，扛着两只稻草把子。他哎，挑上把草吧，也能隔隔潮。她哭了，两眼像个红桃子。然后他就走了，头也不敢回。

　　讲啊，讲啊？有人在催。

　　讲么事呢？没得讲头噢。继仁子哽住了。

　　讲吧，讲吧。屋里静得很，就等他讲，专听他讲。忆苦才能思甜呢。

　　么事要养小鸡子哩？想都没想过嘛。起先搞副业就是兴丹皮嘛。哪晓得，丹皮兴了，狗日的收购站硬不收。一级非讲三级，菊子气不过，不卖了，结果烂掉许多，钱也没讨家来。后来又淘黄沙。沙河几十里长，都是淘沙的，独独跟我作对。白天黑晚干，腿都泡肿了，肩都挑破了。结果上来一伙人，拳打带脚踢，硬讲我偷他沙。乡政府讲搞不清，不管。可怜我几百吨沙，活拉拉叫人家霸去了，抢去了。

　　眼睁睁地躺了几天，屋顶上茅草都数清楚了。菊子推推他，说：我晓得了，这畜牲还不死心嘛。许多年过去了还不死心。菊子跪在面前，哭得呜呜地：真是我拖累你了，继仁子哎。他揉开她，心跟铁一样的。他早就晓得，早就猜到了。他只想着，再走，去讨饭，去做小工，跑码头……祖上都是这条路，他想不到旁的路，最省心最现成也就这条路了。他收拾好了，不吱声要出门了，菊子一头把他撞倒在地，甩手就是一巴掌。你就这么大出息啊？三十岁一条汉子去讨饭啊？你姆妈白养你了。她浑身直抖，泪也没得了。

后来，就养小鸡子了。大武子代我出的点子，还代我垫钱买的鸡种。我心里话：惹不得我躲得吧？养小鸡子不出门不照面的，中了吧？也不中。狗日的逼你完税。我鸡蛋影子还没见一个，背一屁股债了，哪块有钱完税呢？后来饲料又涨价了，两三毛一斤，鸡蛋才卖好些钱呐？这鸡又不是泡泡子，能吹得大。后来大武子也跟狗日的搞翻了，帮不上忙。一点法子都没得了，只剩一条路了。我跟菊子讲，去求他啵，怕求人不中噢。菊子，菊子……

菊子一声不吭，烧了，吃了，就上床了。半夜，一个人趴他姆妈坟上磕头，又哭了一气才回家。他都看见了，硬装不晓得。天黑就去了，清早才回家，两眼直直的，一声也不吭。他还装不晓得。一乡人都晓得，他不晓得。

会议室里有点乱了，椅子拖得哗哗响。

麦麸也有了，碎米糠也有了，砖也有了瓦也有了，什么都有了。我怎么富的？就这么富的。哪不亏心哪？继仁子喝水了，讲不下去了。牙齿磕在茶杯上，铮铮地响，发电报一样。一屋子人都听见了。一屋人心都拎起来。

猛然，坟墓一样的大会议室里，响起一声嘶哑的吼叫：他瞎讲，他诬蔑好人！

我不瞎讲噢，方乡长哎。我要讲半句瞎话，你割我舌条下酒！

主席团也乱了，钱书记跟年书记咬耳朵了。

钱书记哎，我不参加了，这叫代表会啊？国梁抗议了，甩袖子要走了。

继仁子猛然觉着，国梁原来并不可怕，原来他也怕着自己，继仁子嘿嘿地笑了。他简直想象不出，自家五大三粗一条汉子凭么子要怕这瘦精精的东西呢？这东西站没站相，坐没坐相，凭么事骑在自家头上屙屎撒尿呢？他完全想不通！他大声说：走吧，滚吧，你有多远滚多远！你喊老子当代表，老子今个就当一回真代表。哎，老子不选你了，老子要弹……弹你妈的了。哎。从前活矮了，今个老子站起来了，老子不比你矮！继仁子喊着，吼着，跳着，心里一热，眼睛水喷了一脸，他不擦，还喊，还吼，还跳……

乱了，全乱了，主席团宣布暂时休会了，继仁子还不能住嘴，他有一肚子话，一肚子心思，一肚子打算。他想着，该给姆妈的坟修一下了，该把鸡舍扩大了，该对菊子去讲一句实话，其实他想伢都想疯掉了。

十六

国梁调走了，调外乡当调研员去了。年书记调走了，打报告当教员去了。国栋全家都搬走了，搬到城里发财去了。继武子也走了，到城里打工去了。他跟徐改霞到底还是没搞成，他老拿她跟菊子比，徐改霞受不了。

只剩下一个继仁子走不掉，老老实实在家当村长。

清明那天，继仁子上山给姆妈菊子烧纸，远远地望见了大武子。他看见大武子坐在坟头上抽烟，又把那烟一颗一颗插在泥土里。大武子脸冷冷的，眼睛阴阴的。瞟他一眼，他心里一抖，瞟他一眼，他心里又一抖。

他想，你瞟什么瞟，有话你就讲嘛。

可大武子什么也不讲，转身就走了。

他记起来，大武子是讲过的，他说不定什么时候豆选，他还要家来,还来捣乱,叫你坐不稳,叫你一天到晚提心吊胆,生怕出错,汗毛凛凛。

又一想,老子又没做错什么事啊?老子不贪不腐的,老子怕你个鸟啊。

原载于《上海文学》2010年第1期